Promesse Mantenute

Amy Lane

Triskell-Dreamspinner

Special Print Edition

Pubblicato da
Triskell Edizioni - Dreamspinner Press - Special Print Edition

Promesse mantenute
Copyright © 2010 di Amy Lane
Traduzione di Emanuela Graziani

Illustrazione di copertina di Paul Richmond
http://www.paulrichmondstudio.com

Stampato negli Stati Uniti d'America
Prima Edizione
Gennaio 2010

Edizione eBook italiano: 978-1-61372-961-8
Edizione Paperback italiano 978-88-9312-236-8

Questo libro è dedicato a tutte le persone che hanno messo la famiglia al primo posto e i sogni al secondo, perché sanno che è molto più divertente realizzare un sogno se hai qualcuno con cui condividerlo.

RINGRAZIAMENTI

LA MIA amica Wendy gestisce da dodici anni un allevamento di cavalli praticamente da sola. Ha ucciso diciassette serpenti a sonagli con un fucile da caccia, è in grado di domare un cavallo, farlo partecipare a dei concorsi e vincere medaglie, e non ha mai permesso a nessuno di dirle che una donna non può fare queste cose da sola. Questo libro è per lei.

La mia amica Julie ha seguito per oltre vent'anni il marito, militare della marina, nei suoi spostamenti. Ha guarito una ferita alla mano causata da un incidente in moto lavorando coi ferri, non si lascia mettere i piedi in testa da nessuno, e ha letto più cose di qualsiasi altra persona io conosca. Questo libro è per lei.

La mia amica Barb nel giro di un anno ha perso tutte le persone adulte che amava con tutto il cuore, ma continua a crescere i suoi figli e a lottare per la sua casa. Questo libro è per lei.

La mia amica Bonnie risponde alle e-mail alle tre e mezzo di notte perché sa che a volte la differenza di fuso orario non cambia il bisogno che si ha di lei. Ha passato un anno e mezzo a dirmi che le persone che sono cattive con me a causa di quello che scrivo sono stronzi e sciocchi bastardi, e sapete una cosa? Non mi stanco mai di sentirlo. Questo libro è per lei.

La mia amica Roxie ha vissuto una vita piena e intensa, con una buona dose di solidarietà e autocritica, al punto che può guardare ai fallimenti degli altri con compassione e comprensione – è creativa, stupefacente e non giudica mai, a meno che non si trovi a che fare con casi di spudorata meschinità o bigotteria, e allora non ha pietà. Questo libro è per lei.

La mia amica Saren continua a mandarmi video sovrannaturali anche se io non ho tempo di cercarne altri da mandare a lei, e ha un marito che mi offre punta di petto virtuale col mio Top Ramen vero. È merito della sua indulgenza verso la mia bizzarra e recente ossessione per la carne di vitella se questo libro è stato scritto. Questo libro è per lei.

Il mio amico Matt ha una moglie davvero irresponsabile che preferisce scrivere piuttosto che occuparsi della casa, e che continua ad affidare le speranze della famiglia a quello che sarebbe dovuto rimanere soltanto un hobby con del fascino invece di un'ossessione per il successo. È gentile, solidale, e non mi sgrida mai per le multe, anche se ci portano sull'orlo della bancarotta, e mi ama ancora dopo venti anni. Questo libro è in special modo per lui.

Amy Lane
Gennaio 2010

PROLOGO

Farah, Iraq, giorni nostri

CARRICK JAMES FRANCIS era cresciuto a Levee Oaks, in California. Non era proprio la Death Valley, ma d'estate faceva piuttosto caldo: le temperature raggiungevano i quaranta gradi con buona regolarità tra i mesi di giugno e settembre e, quando la brezza del delta era troppo dannatamente pigra per muoversi, nella valle tirava un vento caldo.

Dopo due anni passati in Iraq, aveva iniziato a desiderare che fosse davvero la Death Valley. Se fosse cresciuto lì, magari guidare un'ambulanza in Kuwait non gli sarebbe sembrato come stare nel settimo buco del culo di un demone peloso che vive nel decimo colon dell'inferno.

«Sono passati due anni e ancora non riesco a credere che questo posto faccia sembrare bella la mia città natale!» Crick scosse la testa, disgustato. Aveva sempre odiato Levee Oaks. L'avevano quasi buttato fuori da scuola per aver scritto sul serbatoio dell'acqua 'Capitale della California della feccia bianca'. Lo avrebbero fatto sul serio, se Deacon non l'avesse cancellato prima che tutti lo vedessero.

Un'altra cosa per cui era in debito con Deacon Winters. Un altro favore enorme che aveva ricambiato comportandosi come un perfetto idiota.

«Sì beh,» stava dicendo il soldato semplice Lisa Arnold, «non rimarrai qui ancora per molto, Punky, quindi piantala di lamentarti!» La partner di Crick scosse la testa; anche tutta equipaggiata, col giubbotto antiproiettile e l'elmetto, era carina, bionda e spensierata, come se stesse indossando un paio di bermuda e una canottiera a una riunione di famiglia. In effetti, lei era sempre stata una piccola esplosione di dolcezza e freschezza nel bel mezzo del deserto, e Carrick le voleva bene come a una sorella. Una sorella maggiore. Ne aveva avuto abbastanza di pulire, cambiare i pannolini e dar da magiare alle sue piccole sorellastre.

Carrick espirò e guardò i mezzi di trasporto blindati davanti a loro: un intero gruppo di soldati che tornavano a casa. Ma prima dovevano percorrere la lunga strada fatta di sabbia e sabbia e niente altro che fottutissima sabbia da Farah a Bagdad, da dove sarebbero decollati.

«Ridimmelo: quanto manca?» L'ambulanza che stavano guidando era dotata di aria condizionata, poiché la maggior parte delle volte avevano a che fare con colpi di calore. C'erano state delle ferite – ed erano state parecchio brutte, roba da incubo – ma tre quarti del loro lavoro era stato occupato dalla distribuzione di fluidi e borse del ghiaccio, per evitare che i cervelli delle unità di combattimento bollissero come uova nella padella del Medio Oriente. L'aria condizionata era più un suggerimento che una regola, un suggerimento piacevole il più delle volte, ma mai quanto l'aria condizionata mangia ozono di un centro commerciale in California.

Lisa lo guardò di traverso. «Cinque giorni. Da qui a Baghdad, da Baghdad alla Turchia, dalla Turchia alla Germania, dalla Germania a Los Angeles, da Los

Angeles a Sacramento. E così Abracadabra, sei a casa ragazzo, e tutto questo baraccone non sarà altro che un brutto ricordo!»

Crick sorrise e la guardò dolcemente. «Mi mancherai, Popcorn,» disse, ed era vero. Era stato un viaggio di due anni, lungo e triste, il più grosso, fottuto errore della sua vita da idiota. Quando era arrivata Lisa Arnold, allegra e gentile e dura come una roccia, Crick stava seriamente pensando di mettersi a ballare nudo in un campo minato, tanto per farla finita.

Ma poi era arrivata lei, ed era ficcanaso e spensierata, alla faccia sua e del suo malumore... e poi aveva scoperto quello che Crick non voleva nessuno sapesse nell'esercito, e lui aveva pensato di essere fregato.

E invece lei gli aveva salvato la vita.

«Non ti mancherò quando arriverai a casa e lui ti starà aspettando.» Si distrasse un attimo dalla strada – cosa assolutamente contro il protocollo – e lui, di fronte a quel gesto di affetto carino, irritato e lentigginoso, cercò di non far trapelare la sua ansia.

«Pensi che starà bene?» Non doveva chiederglielo di nuovo. Non voleva pensare a come sarebbe stata la vita una volta tornato a casa se Deacon non si era ripreso, se non era stato capace di tenersi coi piedi per terra negli ultimi quattro mesi. Quell'uomo era stato un modello di virtù per tutta la vita, finché Crick l'aveva lasciato e il mondo gli era crollato addosso.

Lisa scosse la testa e guardò storto un qualcosa di sfocato che stava fendendo la luce accecante davanti a loro. «Oh, piccolo. Per favore, non...»

Non finì mai quella frase. Il veicolo militare di fronte a loro esplose in schegge, che sventrarono il loro mezzo come una cascata di migliaia di stelle seghettate, che brillavano di rosso a causa dello scoppio.

3

Crick tentò per il resto della sua vita di dimenticare di aver visto Lisa disintegrarsi, cadere a pezzi davanti ai suoi occhi, mentre lui veniva sballottato di qua e di là come una bambola di pezza dentro un'asciugatrice – una bambola di pezza fatta di carne e un'asciugatrice fatta di coltelli.

Prima di sbattere la testa contro il suolo, protetto da quel dannato elmetto, ebbe un attimo di lucidità.

Oh, dannazione, Deacon – avrei dovuto darti più tempo.

Parte I

Crick

CAPITOLO
UNO

Onesto come un cavallo

Levee Oaks, California, tredici anni prima

QUANDO Carrick aveva sette anni sua madre usciva con un bigotto fissato con la Bibbia che, dopo aver visto i capelli neri e lisci del bambino, i suoi liquidi occhi neri e la sua carnagione chiara, aveva dichiarato che «il piccolo ragazzino messicano può passare per un bianco», e quindi pensava che non sarebbe stato un gran problema farlo crescere nel modo giusto.

Per tutta risposta, «il piccolo ragazzino messicano» gli aveva mollato un calcio negli stinchi e poi era corso via. Sua madre aveva comunque sposato Bob Coats, ma grazie a Dio lui non aveva mai obbligato Crick a prendere il suo nome.

Francis era il cognome di sua madre e gli piaceva. Non andava matto per *lei* – specialmente dopo che aveva sposato Bob – ma il nome andava bene. E comunque suonava molto meglio di «piccolo ragazzino messicano».

Si erano trasferiti a Levee Oaks, che poteva essere definita in modo approssimativo come un 'sobborgo' di Sacramento, ma di fatto non lo era. Levee Oaks era una città strana – graziosi, piccoli quartieri di periferia vicino alla proprietà equestre. Il liceo faceva parte di una circoscrizione di Sacramento più ampia, che racchiudeva alcune delle zone meno raccomandabili della città, ma tutte le scuole elementari appartenevano a un altro distretto, e quindi si comportavano come se le superiori e le medie fossero su Marte e non fossero degne della loro considerazione. Il risultato era un branco di studenti delle medie confusi, e un ambiente scolastico che aveva fama di inviare professori supplenti che gridavano di volere della tequila e un porto d'armi.

Molti abitanti di Levee Oaks lavoravano nella città di Sacramento. Molti abitanti non avevano un lavoro, punto. Un *sacco* di residenti frequentavano una delle chiese che sembravano estendersi a ogni angolo. A otto anni e mezzo, dopo essere sopravvissuto alla sua prima alluvione, Carrick immaginò che le chiese fossero lì per tenere lontano l'acqua.

Dopo un altro anno e un'altra alluvione, Crick concluse che le chiese non stavano facendo il loro dovere, e quindi erano dannatamente inutili. Ecco perché iniziò a marinare la scuola domenicale, e fu così che conobbe Deacon.

Saltare la scuola domenicale non era così divertente come poteva sembrare. Non c'erano né sale giochi né cinema – diavolo, c'era appena un minimarket come punto di ritrovo, e comunque lui non aveva un soldo. Quel che faceva il più delle volte, indossando la sua polo consumata a righe color cachi, era vagabondare. Si avventurava su per una strada stretta, poi giù per una stradina e lungo l'East Levee Road, e alla fine arrivava fino all'argine.

Un giorno arrivò all'argine e lo seguì fino all'allevamento di cavalli del padre di Deacon, e se ne innamorò.

All'inizio pensava che gli piacesse il posto, perché aveva tutto quello che mancava a casa sua. Il ranch era grande (mentre la casa di sua madre sembrava sempre troppo piccola), e dipinto in un blu stravagante, con un bel tratto di prato e un vialetto di accesso a forma di U che circondava la casa e arrivava sul retro, dove la fattoria si apriva un po'. C'era un granaio grosso quattro volte la casa e due piste a forma di anello per le esercitazioni, pascoli bruciati dal sole, sufficienti per nutrire comodamente venti cavalli e, al di là di quelli, del terreno per cavalcare, in modo da non dover svolgere tutte le esercitazioni all'interno delle piste.

Ma la casa, per quanto fosse bella, rimaneva pur sempre una casa, quindi Carrick capì presto che quello che amava era la cavalla, perché era, come Deacon disse per anni, una delle puledre più belle che avesse mai cresciuto. I suoi movimenti erano argento liquido, la sua andatura liscia come lubrificante, e il suo manto era di un bel color ciliegio scuro. Mentre cresceva il suo amore per i cavalli, Crick si trovò d'accordo con l'affermazione di Deacon – anche quando pensava che il «lubrificante» fosse l'olio per il motore.

Dopo essersi innamorato della cavalla, Crick scoprì il suo amore definitivo, ovvero il ragazzo all'interno del maneggio che guidava l'andatura di quella piccola e deliziosa puledra. Con le sopracciglia aggrottate per la concentrazione e il volto illuminato da una qualche gioia celestiale, beh, era l'incarnazione della poesia dei muscoli, dei tendini, della pelle e del movimento.

Crick si guardò intorno e vide che c'era un gruppo

di persone radunate alla recinzione dell'anello di allenamento, quindi si intrufolò tra due ragazzini della sua età e si mise in piedi sulla sbarra più bassa del recinto, il posto migliore per avere una buona visuale da sopra quella più alta.

«Non è bella?» bisbigliò il ragazzino accanto a lui, e Crick guardò la cavalla e pensò al vento.

«Sì,» disse.

«Deacon dice che il Pulpito inizierà a far soldi, se riescono a far riprodurre qui Lucy Star e avere uno stallone.»

«Deacon?» Aveva un suono adulto ma anche carino. Negli anni a venire, Crick non si sarebbe mai stancato di sentire il nome di Deacon.

Il ragazzino – né bello né brutto, con capelli lisci marroni e un sopracciglio dal taglio aggressivo – fece un cenno della testa verso il giovane nel maneggio, e Crick scoprì cos'era il vero amore.

Deacon Winters era sempre stato bello. Crick non lo aveva mai sentito riconoscerlo, neanche una volta, ma andava bene così. Poteva farli lui tutti gli apprezzamenti alla bellezza di Deacon.

Il ragazzo nella pista si tolse il cappellino blu da baseball e rivelò dei capelli marroni striati di biondo dalla luce del sole, lisciati all'indietro sulla testa a causa del sudore, che gli ricaddero sulla fronte da quello che una volta doveva essere un taglio a spazzola sulla sommità del capo. Il suo volto aveva una forma molto squadrata – aveva un mento quadrato, zigomi alti, e una fronte ampia, e i suoi grandi occhi di un verde-nocciola erano veramente belli, anche sotto la luce accecante del sole.

Aveva la faccia e le mani abbronzate, ma la parte superiore delle braccia sotto la maglietta a maniche corte era pallida, e anche se aveva solo tredici o quattordici anni, mostrava lunghi fasci di muscoli nodosi nei bicipiti, nel petto e lungo la schiena. Le articolazioni dei polsi erano larghe, perché doveva ancora crescere un po', e le clavicole sporgevano nette attraverso la sua maglietta blu sudata.

Deacon pensava sempre prima ai cavalli che a mangiare – una delle cose per cui Carrick lo amò ancora di più nel corso degli anni. I semi di quell'amore furono piantati proprio in quel momento, mentre Carrick guardava quelle mani grandi e capaci che guidavano l'andatura del cavallo come una nuvola porta l'acqua dal mare alla valle.

Carrick poteva a malapena trattenersi, e quando si trovava in quella situazione, non riusciva *mai* a tener chiusa la sua dannatissima bocca.

«Cavolo, è proprio una bella cavalla. L'hai allevata tu? Quanti anni ha? La cavalchi? Dannazione, io vorrei cavalcarla – pensi sia possibile? Sei Deacon? Questo ragazzino dice che il tuo nome è Deacon, il mio è Carrick. Deacon non somiglia proprio a Carrick, ma forse il tuo nome è irlandese come il mio. Il mio nome è irlandese perché lo è mia madre, anche se il mio vero padre era messicano. Ma non parliamo di lui, quindi io sono irlandese, e anche tu, potremmo essere fratelli, giusto? Non mi dispiacerebbe avere un fratello, perché mia madre è di nuovo incinta e avrà un'altra bambina...» e così via. Qualsiasi cosa per far sì che quel ragazzo lo guardasse, che gli rispondesse, per far sì che qualcuno così bello notasse la sua esistenza.

Ma Deacon lo ignorò per i successivi quindici minuti. Stava lavorando con la giumenta, ed era a quello che andava tutta la sua concentrazione, capitolo chiuso. I due ragazzini seduti vicino a Crick si spostarono sulla sbarra, indirizzandogli sguardi di compassione prima di saltare giù e andarsene. (Più tardi Crick scoprì che erano clienti in attesa della loro lezione di equitazione, e che avrebbero poi fatto parte dello sfondo fumoso della sua adolescenza triste.) Carrick rimase lì solo, con la sua bocca e il ragazzo dei suoi sogni.

Finito d'allenarla, Deacon condusse via la puledra per abbeverarla e darle una bella strigliata. Alzò lo sguardo verso il piccolo seccatore seduto sul recinto e mosse il mento, per far segno a Crick di seguirlo.

«Vuoi cavalcare?» chiese, mentre Carrick gli trotterellava al fianco. Annuì con foga ma senza parlare, per una volta.

«Se vuoi cavalcare, ti insegnerò dopo le ore di lezione. Ma devi darmi una mano a spalare via il letame dalle stalle, va bene?»

Crick pensò che fosse giusto. In fin dei conti, anche la merda di cavallo era meglio della scuola domenicale.

«E un'altra cosa,» disse Deacon, guardando Crick da quella che sembrava un'altezza impressionante (Crick sarebbe poi diventato più alto di lui di una decina di centimetri, ma non lo sapeva.) «Per favore non parlare così tanto, spaventerai i cavalli.»

Per favore, non. Era la cosa più aspra che Deacon potesse dire. Non parlava molto – mai fatto. Gli insegnanti pensavano che fosse stupido finché non aveva superato i loro esami col massimo dei voti. I clienti del maneggio gli parlavano di continuo, cercando di coinvolgerlo nella conversazione, ma Deacon arrossiva e si voltava da un'altra parte. Crick ci mise *anni* per portarlo ad aprirgli il suo cuore e confessarsi, e anche allora non capì quanto fosse raro che Deacon si aprisse con qualcuno del tutto. Ma quel silenzio impressionante aveva i suoi vantaggi.

Per capire se stava passando il segno, a Crick bastava sentire le parole *per favore, non...* e si fermava.

Deacon aveva quell'effetto sulle persone.

Infatti, Crick capì più tardi che fu proprio l'effetto che Deacon aveva su di lui a tenerlo vivo e fuori dalla prigione negli undici anni successivi.

Quella sera Parish Winters riaccompagnò Carrick a casa, con Deacon seduto sull'altro lato del grande camion Chevy blu acciaio. A Crick piaceva il padre di Deacon – aveva capelli grigi, un volto segnato dal tempo e un sorriso dolce. Deacon poteva possedere quella stessa dolcezza, ma tendeva a tenere chiusa la bocca, concentrandosi tutto il tempo.

Non aveva importanza – Parish vedeva il cuore di suo figlio, e in quella prima notte, Crick era sicuro che l'uomo aveva visto anche il cuore di un ragazzino solo e arrabbiato.

«Penso che prenderemo il ragazzo i sabati e le domeniche,» disse Parish quando il patrigno di Crick aprì la porta.

Bob Coats fece storie. «La domenica è il giorno del Signore! Il ragazzo deve...»

«Bighellonare per l'argine, in cerca di guai? Penso che il Signore preferisca che lo teniamo occupato, non crede?» sbuffò Parish. Bob aprì la bocca per contraddirlo di nuovo, ma un'occhiataccia a bruciapelo e personale del padre di Deacon lo zittì.

«Adesso mi stia a sentire. Non è la prima volta che vedo il suo ragazzo in giro per le strade. Se vuole tenerlo in Chiesa la domenica dovrebbe passare più tempo con lui tutti gli altri giorni.»

«Non è mio figlio,» si surriscaldò Coats. «Questo piccolo bastardo messicano è un errore di Mel. Ma ne abbiamo bisogno perché deve prendersi cura di sua sorella...»

«Beh, lo farà gli altri giorni, allora,» disse Parish, col volto inesorabile che mostrava il suo disgusto.

«Perché lui, Winters?» chiese Coats con cattiveria. «È abbastanza carino, è il tuo tipo?»

Carrick alzò lo sguardo come se gli avessero sparato... era come se Bob Coats avesse guardato direttamente nel suo cuore e preso nota del bagliore che lo circondava da quando aveva visto Deacon. Ma Coats voleva soltanto fare incazzare il padre di Deacon e ci era riuscito. Parish afferrò il patrigno di Crick per la maglietta macchiata di sudore e lo sbatté contro la porta.

«Stammi a sentire, brutto ignorante bastardo,» ringhiò. «Mio figlio è un bravo ragazzo, ha buoni voti e lavora sodo, e non chiede nulla se non cavalcare. Ai compleanni, a Natale – il mio ragazzo è sempre così, perché non vuole un cazzo di niente. Fino a oggi. Perché oggi mi ha chiesto di far lavorare Carrick al Pulpito due giorni a settimana. E visto che a te *non frega nulla* di quel ragazzino, darò a Deacon quello che vuole e a Crick ciò di cui ha bisogno.» Parish sottolineò il discorso – uno dei più lunghi che Crick gli sentì mai fare – con una spinta alla camicia di Bob contro la porta.

«Se lo vuoi così tanto puoi averlo!» Coats sputò di lato, e Crick per poco non se lo prese nei capelli. «Ma farà meglio a essere qui dopo la scuola per aiutare la madre con la piccola.»

«Ci sarò!» promise Carrick con fervore. Non gli dava fastidio prendersi cura della piccola – Bernice, per tutti Benny, era un tesorino con un sorriso malizioso. Prima di parlare con Deacon Winters, la sua sorellina di due anni era stata la sua migliore amica.

Iniziò così. L'amore lungo una vita di Carrick per i cavalli – e per Deacon Winters – era sulla buona strada.

Il fine settimana successivo, mentre era immerso nella merda di cavallo, ma più felice che se fosse stato a casa a guardare la tv, Crick gli chiese perché. Perché Deacon si era lanciato con suo padre al salvataggio di

Crick dalla sua misera vita casalinga?

Deacon aveva scrollato le spalle e gli aveva sorriso. Il suo sorriso era a muscolo teso e potente come la luce del sole, e fece sentire le farfalle nello stomaco a Carrick. «Sei onesto come un cavallo, Crick. Chiassoso, ma onesto. Non è una cosa semplice da trovare.»

Quindi Crick aveva una qualità – una specie di virtù. Ci si aggrappò. Ci furono anni difficili – alcuni anni dannatamente duri - ma Deacon aveva visto dell'onestà in lui, e Crick era determinato a non deluderlo.

Ecco perché proprio quel week end, quando Deacon lo fece salire a cavallo e portò quel castrato, placido e a prova di bomba, lungo il cerchio a un'andatura soffice come una pallina di cotone su una nuvola, Crick aveva sorriso fiero al suo eroe e riso. «Dannazione, Deacon, è fantastico… ma voglio andare *più veloce!*»

Deacon piegò la testa di lato e rise. «Va bene, Speedy. Proviamo un piccolo galoppo.»

E Crick si tenne con tutte le sue forze. Non se ne rese conto, e neanche Deacon, ma da quel momento in poi il giovane gli diede tanti buoni consigli.

Per esempio, quando Crick fu colto in flagrante a fumare erba sotto le gratinate scoperte del liceo, al sesto anno, Deacon gliene diede uno bello grosso.

Le autorità scolastiche, cedendo alle suppliche di Crick (nel panico, in lacrime, senza vergogna) avevano chiamato Parish per venirlo a prendere al posto di suo madre, e Deacon era andato con lui.

Se Crick avesse potuto fare un'ulteriore richiesta, sarebbe stata quella di non far sapere mai a Deacon quanto fosse completamente idiota. Il ragazzo che glielo aveva chiesto aveva i capelli e gli occhi come Deacon, forse un po' più scuri, e fossette ai lati delle guance, e…

gli aveva sorriso. Aveva condiviso con lui un segreto. Aveva copiato i suoi compiti di matematica e in cambio gli aveva offerto dei dolcetti dal suo pranzo. Era arrivato il più vicino possibile all'essere davvero popolare - fumare dell'erba non era sembrato un granché come prezzo da pagare.

Poi aveva visto l'espressione impaurita sul volto di Deacon mentre Parish arrivava nel grande pick up blu, e gli era sembrato un prezzo davvero troppo altro.

Parish trattò con le autorità scolastiche – e da quel che Crick riuscì a capire, raccontò un sacco di balle circa il fatto che Bob e Melanie Coats sarebbero stati i primi a essere informati, e che gli sarebbe stato impossibile scontare un mese di punizione perché lavorava al Pulpito per sostenere la sua famiglia.

E mentre Parish parlava, Deacon stava facendo sembrare un mese di punizione come un sogno che si avvera.

«Ma che diavolo» era tutto quello che riusciva a dire. Crick fissava il suo eroe, mentre Deacon lottava con le parole, col respiro, e con il tremito di rabbia delle mani, come se stesse decidendo se strangolare Crick o metterselo sulle ginocchia.

«Mi spiace Deacon.» Provò a essere stoico. Ci provò per davvero, ma le lacrime già scendevano e il naso iniziava a colargli. Al diavolo Brian Carter e i suoi biscotti Oreo – li avrebbe scambiati tutti solo per far sì che Deacon avesse di nuovo una buona opinione di lui.

«Sai cosa succede se fumi erba, ti ubriachi, o fai altre cose stupide come questa? Ne hai un'idea?» La schiena di Crick poggiava contro il muro della scuola e Deacon torreggiava su di lui, il pugno chiuso, tirato indietro e alzato come se fosse pronto a colpire qualcosa. Crick non si perse d'animo. Bob lo picchiava almeno due volte a settimana – Crick poteva sopportare il dolore, e stavolta se l'era meritato.

«Mi dispiace... Per favore, non dirmi che non posso più venire da voi. Per favore, fammi continuare a lavorare al Pulpito...»

Deacon scaricò il suo pugno... dritto al muro sopra la testa di Crick. Grugnì all'impatto e Crick sentì scricchiolare le ossa, ma Deacon si limitò a guardare in basso verso di lui, tenendosi la mano che grondava sangue e scuotendo la testa.

«Quella merda può ucciderti su un cavallo. I cavalli non distinguono una persona ubriaca da una cattiva, tu non distingui un ronzio nel tuo cervello da un albero nella tua testa – rifatti quella merda, e non potrai più venire. Quella merda ti ucciderà!»

Crick guardò il sangue sulla mano di Deacon e pianse più forte. Senza quasi neanche sapere quel che stava facendo, massaggiò col pollice le nocche ferite. «Non lo farò, Deacon. Per favore. Solo... per favore non essere arrabbiato con me. Non...»

«Perché l'hai fatto?» chiese Deacon, togliendosi di dosso l'attenzione come faceva sempre.

Crick singhiozzò e cedette il passo alla sola virtù che era accusato di avere. «Era gentile con me, e io ero solo.»

Deacon scrollò la testa con un sospiro e si risistemò con attenzione il cappellino da baseball usando la mano non ferita. «Devi tenere duro fino al week end, Crick. Ricorda che da sabato mattina a domenica sera hai degli amici e una famiglia. Per favore non costringermi a dirti che non puoi più venire. Per favore.»

Oh, Gesù. Deacon aveva detto 'per favore'.

Parish li raggiunse e li prese, e portò il figlio al pronto soccorso di Kaiser in città, commentando soltanto con un: «Gesù Cristo, Deacon – non potevi sfogarti su un cuscino o qualcosa del genere?»

Dopo che la mano e il polso furono bendati e steccati, portò i ragazzi fuori a prendere un gelato. Non parlarono affatto di scuola, punizioni, o dei tanti motivi per cui l'abuso di droga era una cosa cattiva mentre i cavalli erano una cosa buona. C'erano solo loro tre che mangiavano il gelato, e chiedevano a Deacon come avrebbe fatto a tenere le briglie con quel gesso fastidioso sulla mano. Deacon scrollò le spalle. «Quel piccolo castrato è così dolce. Devo solo pensare nella giusta direzione. Andrà tutto bene.»

E fu così. I guai di Crick erano tutt'altro che finiti, ma seguendo l'esempio di Parish e Deacon, quella fu l'ultima volta che ebbe a che fare con l'abuso di sostanze. Tre giorni dopo, quando il gesso di Deacon era stato rimpiazzato con una variante in fibra di vetro resistente all'acqua, il giovane portò Crick a fare una galoppata su un sentiero col suo miglior amico, il ricevitore Jon Levins, e gli diede un'altra ragione per non rischiare mai di perdere la cosa migliore nella sua vita.

Il fiume Sacramento può essere del tutto inquinato in alcuni tratti, ma a Levee Oaks c'erano alcuni affluenti, perlopiù usati per irrigare i campi, che erano sia puliti che profondi. Uno di questi correva fino al confine estremo del Pulpito, assieme a una grande roccia di granito sotto una coppia di querce. Deacon la chiamava la Roccia della Promessa, e anche Jon, e Crick si fece contagiare dalla loro eccitazione mentre riempivano le bisacce delle selle con panini con burro di noccioline e marmellata, mele, acqua e asciugamani.

La cavalcata di per sé non fu lunga, ma faceva un gran caldo. Non indossi mica il costume da bagno quando vai a cavallo, e si erano già superati i trenta gradi, benché fosse solo maggio. Non gli importava. Parish e Patrick, l'unico lavorante fisso del Pulpito, erano fuori a far concorrere Lucy Star, per farle guadagnare qualche punto e poter vendere i suoi puledri con un pedigree. Deacon doveva portarla al concorso ma poi si era rotto la mano, e finché non gli toglievano quel gesso maledetto, non aveva né lezioni di equitazione né allenamenti di football, praticamente nulla da fare, a parte pulire le stalle e prendersi cura degli altri animali.

Deacon l'aveva chiesto con gentilezza, e lui e Parish si erano trovati d'accordo che portare tre cavalli fino ai confini della proprietà e ritorno poteva essere considerato un buon allenamento. Il risultato era una vacanza migliore di una gita allo zoo o di un film al cinema o di qualsiasi altra cosa che Crick avrebbe potuto fare, perché il suo patrigno Bob non gli avrebbe dato il denaro necessario.

Crick poteva cavalcare un cavallo e portarlo lontano e veloce come voleva. Fin dal primo giro che aveva fatto nel piccolo cerchio, Crick non aspettava che un'occasione per essere libero, e la sola differenza era che davanti a lui correvano altri due cavalli a mach uno con le code in fuoco.

Era *fantastico*.

Alla fine dovettero rallentare e procedere al piccolo galoppo, il che era un bene perché i muscoli delle gambe gli iniziavano a cedere – è dura reggersi su un cavallo al galoppo, ancora più difficile se lo stai *portando*, aiutandolo alzando il tuo corpo e guidandolo con le tue gambe, mani e stomaco. Quando Crick era sul punto di umiliarsi chiedendo un passo tranquillo, le due querce divennero chiaramente visibili oltre i campi bruciati dal sole che Parish falciava una volta l'anno per il fieno.

Dopo un altro tratto al piccolo galoppo, smontarono e condussero i cavalli fino alla sponda inclinata della piscina naturale per abbeverarli, e Crick guardò per bene il solo posto nella sua vita che avrebbe considerato sacro.

La Roccia della Promessa non era niente di speciale – una fila di rocce sopra uno spazio largo e profondo in quello che poteva definirsi più un torrente che un fiume. Le rocce erano circondate da querce, quindi il posto era ombreggiato, e c'erano querce sentinella, quindi l'erba non era bruciata dal sole nella loro ombra. Ma l'aria lì, nell'ombra e vicino all'acqua, era più fresca di una quindicina di gradi rispetto a quando avevano attraversato i campi, ed erano così distanti dall'argine e dalle strade che gli unici suoni udibili erano il tintinnio dei finimenti e i respiri affaticati e felici dei ragazzi dopo la cavalcata. Era carino, pacifico e segreto, e per la prima volta nella sua vita Crick si sentì come se fosse al centro di qualcosa. Solo quel piccolo gruppo di persone – più Parish, ovviamente – conosceva quel posto. Non c'erano spazzatura, preservativi usati o lattine di soda, e niente che gli ricordasse il suo patrigno Bob o le sue sorelle piccole o le lezioni che odiava o il fatto che tutto il resto della sua vita sembrasse avvolto e legato a quella piccola città schifosa.

Crick pensò che se il Pulpito era il suo mondo e Parish il suo santo padre, la Roccia della Promessa sarebbe stata la chiesa che avrebbe venerato.

Deacon prese le bisacce, rovistò velocemente al loro interno e poi tirò i costumi a Jon e Crick, quindi senza tante cerimonie iniziò a togliersi i vestiti per mettersi il suo.

Crick cercò con tutte le sue forze di non ingoiarsi la lingua.

Aveva sempre saputo di amare Deacon Winters, ma pensava fosse quel tipo di emozione 'normale' che ogni ragazzo prova per il suo eroe. I ragazzi attorno a lui parlavano di ragazze e, mentre trascorreva il sesto anno,

Crick supponeva che prima o poi si sarebbe messo a guardarle e avrebbe iniziato a parlarne anche lui. Temeva quel momento – perché avrebbe significato che una parte della sua anima non sarebbe più stata centrata su Deacon – ma pensava fosse una cosa tipica della sua età e che sarebbe passata.

La pelle di Deacon era chiara – specialmente vicino a Jon, che era biondo e abbronzato grazie ai giorni passati nella piscina dei genitori – e aveva cicatrici dovute alle cavalcate e al football, e una che gli attraversava lo stomaco, causata da un intervento di appendicite, quindi non era perfetto. Ma *oh, Dio* e *oh, wow*, quel ragazzo era bellissimo. Quei fasci di muscoli tesi, che aveva visto quando lo aveva conosciuto, si erano un po' sviluppati negli ultimi due anni, ma non mangiava ancora abbastanza. Le sue clavicole risaltavano vulnerabili e delicate dal suo petto definito, e l'incavo tra il collo e le spalle sembrava essere particolarmente sensibile. Aveva un neo piatto vicino al capezzolo destro, e un altro in basso sulla clavicola, e Crick cercò con tutte le sue forze di non fissarli, mentre allo stesso tempo ne memorizzava le posizioni per poterli rivendicare in un qualche appuntamento futuro. Doveva spogliarsi anche lui, comunque, o sarebbe sembrato un coglione, e quindi perse per un minuto la concentrazione.

Si era appena tolto le mutande quando Jon disse qualcosa d'illogico e spiritoso; Deacon gettò la testa indietro e rise, e Crick d'istinto guardò in alto.

Oh, Dio. Deacon era nudo, mentre teneva il costume di fronte a sé e si preparava a indossarlo, e Crick poté guardarlo per bene, nudo e sorridente, e tanto bello da spezzargli il cuore.

E il suo piccolo pene si drizzò con un flusso di sangue che Crick giurò venisse direttamente dal cervello. Arrossì – peggio che se si fosse ustionato – e si infilò il costume a casaccio. Senza guardare nessuno degli altri ragazzi, raccolse e annodò i suoi vestiti e li lasciò cadere in un mucchio su di una roccia, poi alzò lo sguardo con la faccia più innocente che era in grado di fare.

«Possiamo buttarci dentro subito allora?» chiese, e Deacon annuì con un piccolo sorriso.

Grazie a Dio l'acqua era fredda, o Crick avrebbe provato ad affogarvisi dentro, tanto per.

Mentre Jon e Deacon correvano sulla roccia e si buttavano nella piscina naturale di sotto con un tonfo acuto, alzando grandi schizzi d'acqua, Crick arrivò a due conclusioni.

Non avrebbe *mai* iniziato a guardare le ragazze.

E probabilmente avrebbe amato Deacon Winters in modo sincero e profondo per tutta la vita, come la maggior parte degli uomini ama le proprie mogli.

E prima o poi, poiché Deacon pensava che fosse onesto, avrebbe dovuto prendere le palle in una mano e il cuore nell'altra e dirglielo.

Ma non quel giorno. Quel giorno avrebbe riso e schizzato Deacon e Jon. Quel giorno avrebbe riso con Jon (che era estroverso e arguto, al contrario di Deacon) e guardato Deacon di nascosto per vedergli strizzare gli occhi e spalancare la bocca mentre rideva.

Quel giorno Crick avrebbe ascoltato quei due ragazzi più grandi di lui parlare delle loro ragazze, e avrebbe cercato di non farsi spezzare il cuore. Non stavano flirtando l'uno con l'altro e una fantomatica ragazza che non poteva vedere non sembrava una gran minaccia.

Quel giorno Crick sarebbe stato felice e si sarebbe divertito, e avrebbe rafforzato il suo proposito di comportarsi bene a scuola, in modo da non far vedere di nuovo a Deacon il suo lato peggiore, come lo vedevano sua madre e il suo patrigno.

Fu in grado di mantenere quel proposito per tre anni.

CAPITOLO
DUE

L'espresso della speranza

CRICK ricordava di aver visto Deacon discutere con suo padre una sola volta. In modo indiretto, era lui la causa del litigio.

La primavera precedente al diploma di Deacon sembrava essere eccitante per tutti, tranne che per Deacon stesso. Fin da febbraio la sua cassetta delle lettere era colma di offerte e 'soldi facili' (come li chiamava Parish) provenienti dai college, e la prospettiva che Deacon se ne andasse da qualche parte rendeva l'aria elettrica. Era un atleta, aveva ottimi voti, e i consulenti che avevano inviato la maggior parte dei moduli senza il suo coinvolgimento, non smettevano di tesserne le lodi – quel ragazzo era indubbiamente destinato a grandi cose.

«Un college in città?» Crick poteva udire forte e chiara la voce di Parish provenire dalla casa, mentre si occupava del primo puledro di Lucy Star – un cavallo spettacolare che non era stato castrato grazie al suo carattere dolce e al suo trotto perfetto. Fino a quel momento nessuno aveva mosso obiezioni al fatto che si occupasse di uno stallone, anche se aveva soltanto tredici anni. Se Crick sapeva il fatto suo non ce n'era motivo – se non era in grado di prendersi cura di un cavallo così docile dopo cinque anni passati sotto la guida di Parish e Deacon, tanto valeva che tornasse a pulire le stalle. Al momento quel compito spettava a un altro ragazzino – Nathan – che Parish aveva sorpreso a dormire in un box vuoto con un occhio nero. All'inizio Crick ne era piuttosto geloso, ma Deacon continuava a trattarlo come suo pari e Parish come un figlio, quindi il giovane gli aveva aperto un po' il cuore per accoglierlo. Diavolo, perlomeno non spalava più il letame nelle stalle.

Ma, gelosia a parte, la tempesta che stava scuotendo la sempre pacifica casa dei Winters era abbastanza da fargli perdere la concentrazione nel maneggio.

«Prima il college della città,» stava spiegando Deacon, con pazienza. «E poi Chico State...»

«Oh, e Davies non è più vicina...»

«E più costosa!»

«Hai tutto pagato!»

«Non ne ho *bisogno*!» ribatté Deacon, con la voce che si alzava di un'ottava. «Non ho bisogno di una laurea per mandare avanti questo posto, papà! Ho bisogno di alcuni corsi di zootecnica, di un po' di pratica come paramedico, di un po' di roba del computer, e di qualche corso di economia! E ho bisogno di *stare* qui!»

Calò il silenzio, e tutto il mondo di Crick si fermò bruscamente rabbrividendo e urlando. Deacon se ne andava? Aveva visto la posta, li aveva sentiti parlare del college, ma non se ne era davvero reso conto fino a quel momento. Deacon doveva andarsene. Aveva un'offerta tutto compreso - più di una a quanto sembrava. Aveva un'occasione *per andar via da Levee Oaks!*

E lasciare Crick lì, in quella landa desolata, da solo.

Evening Star si mosse e cercò di cambiare direzione, e riuscì quasi a sfuggire alla presa del braccio di Crick. Il giovane si ricordò che uno stallone di due tonnellate poteva trasformarsi in due tonnellate di guai se lo si ignorava, interessandosi di più agli affari di qualcun alto, ma continuò a tenere le orecchie aperte per quanto poteva.

«Deacon… figliolo… l'ho promesso a tua madre. L'ho fatto. Lei voleva vederti andare a scuola, voleva per te tutto quello che lei non ha mai avuto.«

Crick poteva quasi vedere quel sorriso. Era fiero e teso, un piccolo vezzo delle labbra carnose. Diceva che Deacon stava bene – di non preoccuparsi per lui, non gli serviva proprio nulla.

«Scusa, papà, tutto quello che voglio è qui al Pulpito. E sono abbastanza sicuro che fosse così anche per la mamma, o non sarebbe rimasta.» La sua voce si abbassò dolcemente alla fine, e Crick guardò in su d'istinto e vide Patrick. Il dipendente e miglior amico di Parish ricambiava il suo sguardo da sotto un berretto da baseball che nascondeva i ciuffi ribelli e i tristi occhi grigi. Nessuno parlava mai della madre di Deacon. Crick aveva sentito dire che era morta quando Deacon aveva cinque o sei anni e adesso eccola lì, viva e reale tra padre e figlio come se non se ne fosse mai andata, ad amare Deacon con la stessa abnegazione e senso comune del marito.

Patrick volse la testa verso il cavallo e Crick capì al volo. Erano entrambi preoccupati, avevano origliato, preoccupati, e si stavano occupando di uno stallone che sembrava imbizzarrirsi di più a ogni passo.

«Dannazione, Even, potresti continuare a tenere un fottuto piccolo galoppo?» Crick imprecò tra sé e sé, e cercò di assicurarsi che la linea di affondo non si allentasse e lo confondesse di nuovo.

«Figliolo,» disse Parish dopo un orribile momento carico di tensione, «non ti va di andar via coi tuoi amici? Jon e Amy – se ne vanno giù al sud. Non ti va? Potresti giocare a football per altri quattro anni – so che ti piace!»

Deacon mormorò qualcosa a voce troppo bassa, quindi Crick non riuscì a sentirlo e ci fu un attimo di tensione, durante il quale gli zoccoli di Even Star sembrarono il tuono di Dio.

Parish riprese, protestando ancora, ma solo in apparenza. Il suo tono era rassegnato e Crick sapeva – diavolo lo sapeva anche Even Star – che Parish aveva perso e Deacon aveva vinto.

«Sarà ancora qui quando tornerai, figliolo.»

«Possiamo ancora perderlo, papà. Lo sai.»

La voce di Parish s'infranse, e arrivò talmente vicina alle lacrime come Crick non l'aveva mai sentita.

«Deacon... per favore... sei giovane. Potrebbe non essere ciò che pensi che sia.»

«Papà... ti prego, non farlo.» Crick chiuse gli occhi alle parole magiche, le parole che significavano che Deacon aveva vinto in pieno e per davvero. Anche la voce di Deacon si abbassò, e Crick si domandò quale fosse il prezzo della vittoria. «Per favore, non rendere tutto più difficile di quanto non lo sia già.»

Dopo l'allenamento, Crick strigliò Even Star con colpi fiacchi e senza prestarci troppa attenzione. Lo stallone si mosse e quasi lo mise al tappeto contro il lato del gabbiotto, e il giovane tirò fuori d'istinto un mazzo di carote, riuscendo a malapena a salvarsi le dita dai denti famelici di Even. Quando scappò dalla stalla – e da un cavallo davvero amoroso – vide Deacon in piedi lì fuori, che lo aspettava.

Crick riuscì solo a guardarlo.

«Penso tu abbia sentito tutto,» iniziò, con un debole sorriso sulle labbra. La sua testa era china, nel tentativo caratteristico di minimizzare o anche di riconoscere il sacrificio che stava facendo per... per cosa? Per un randagio che lui e suo padre avevano raccolto? Uno spalatore di letame che ce l'aveva col mondo intero? Che dannata perdita di tempo!

«Avevi un'occasione per andartene, Deacon,» ringhiò Crick, sentendosi una merda. Voleva gettarsi ai piedi di Deacon, aggrapparsi a lui e piagnucolare come la sua sorellina più piccola, Missy. *Per favore, non lasciarmi, Deacon, per favore, per favore, per favore* era in guerra con *idiota testa di cazzo, non rovinarti il futuro per un perdente come me.*

«Io non ho mai voluto andar via,» disse Deacon con calma. «Puoi farlo tu quando verrà il tuo turno.» Si voltò per andarsene e scomparve nel cielo color jeans, silenziosamente com'era venuto. Crick rimase lì senza fiato nella sua scia, a chiedersi se era quello il momento in cui doveva prendere le palle in una mano e il cuore nell'altra e dirgli la verità.

Sei tutto quello che voglio, Deacon.

Ma non l'aveva detto. Aveva tredici anni – che ne sapeva di cosa significasse perdere l'amore della sua vita?

Gli studenti dell'ultimo anno avevano l'ultima settimana di scuola libera, ma Crick rimase comunque sorpreso quando il pick up di Deacon si fermò di fronte all'ingresso della scuola media, e ne scesero i suoi amici Jon e Amy per farlo uscire prima dalle lezioni

«Shhh...» gli sussurrò Amy mentre la guardava sorpreso nell'ufficio del responsabile scolastico. «Fai finta che siamo i tuoi zii...»

Crick le sorrise, lei spostò i suoi capelli lisci e scuri sopra la spalla e gli sorrise allegra. Negli ultimi due anni era venuto a patti con Amy Huerta, la ragazza di Deacon. Aiutava il fatto che fosse carina e calma quanto Deacon e che, nonostante i suoi occhi e capelli scuri e la carnagione caffellatte, avesse mostrato un reale interesse per lui come persona e non l'avesse mai trattato come un fastidioso fratellino che era parte integrante del suo ragazzo. Odiava ammetterlo, ma lo aiutava anche il fatto che in autunno se ne sarebbe andata alla UCLA mentre Deacon era fermamente convinto a iscriversi al corso di addestramento per paramedici, il primo passo per diventare un imprenditore perfetto nella gestione del ranch.

Ma questo sarebbe successo in autunno. Adesso la segretaria dell'ufficio guardava i due teenager in modo penetrante, poi diede uno sguardo alla faccia speranzosa di Carrick e sospirò.

«Allora... Jon e Amy,» strinse gli occhi, «*Francis*,» intonò, acida, «avete il permesso di portar via vostro *nipote* prima della fine delle lezioni.» La donna alzò gli occhi al cielo e scosse la testa. «E salutate Deacon da parte mia – pensavate davvero che non mi ricordassi di voi? Sono passati solo quattro anni, per l'amor del Cielo!»

Jon regalò alla donna – una signora di mezza età, madre di tre figli, dal volto tondo e gentile – un sorriso smagliante e si chinò per baciarle la guancia.

«Grazie signora Lacey, lei è la migliore.»

Corsero ridendo fino al furgoncino. Jon e Crick montarono dietro mentre Amy si accomodò davanti – sì, era illegale, ma in fondo non dovevano fare molta strada. Deacon si fermò davanti a un cancello e poi girò per una strada di servizio che non veniva quasi mai usata, dirigendosi verso un campo bruciato dal sole che non era stato falciato. Crick si guardò intorno alla ricerca di punti di riferimento e sbirciò Jon nel vento caldo, coi capelli biondi un po' lunghi ondeggianti dietro di lui, mentre si girava ad annusare l'aria come un Golden Retriever troppo cresciuto.

«Dove andiamo?» gridò Crick per farsi sentire sopra il rumore dell'auto e il ruggito del vento.

«Sempre nello stesso posto!» rispose Jon. «La Roccia della Promessa – il miglior posto per nuotare eccetto Folsom Lake!» Folsom Lake era a quasi trenta miglia di distanza – trenta miglia di strada brutta. C'era un sacco di traffico per Folsom, e il livello del fiume era piuttosto alto quell'anno, quindi Discovery Park era pericoloso.

«Perché avete deciso di portare anche me?» chiese Crick, ma dal suo sorriso si capiva che non gli dispiaceva affatto.

«È stata un'idea di Deac!» ribatté Jon. Lui e Amy lo chiamavano 'Deac', ma Crick non riusciva a farlo. «Ha detto che se dovevamo festeggiare dovevi esserci anche tu!»

C'erano delle lattine di soda nella ghiacciaia nel retro del furgoncino, e i panini barbecue con carne di manzo preparati da Parish il giorno prima. Avevano portato anche un paio di vecchi costumi di Deacon per Crick, e il giovane gliene fu grato.

Erano stati alla Roccia della Promessa un sacco di volte dopo la prima, e quel posto per Crick conservava ancora intatta la sua sacralità mozzafiato. Questa volta i ragazzi si cambiarono davanti al camioncino, mentre Amy li aspettava pazientemente dietro. «Non capisco perché non ti cambi con lei,» borbottò Jon rivolto a Deacon. «Non è niente che non hai già visto.»

Deacon era arrossito sotto il berretto da baseball e aveva ammesso che sì, l'aveva già vista nuda, ma: «È una questione di educazione. E comunque,» mormorò mentre si infilava il costume, «ci lasceremo in autunno.»

Il cuore di Crick aveva fatto una capriola vestito da cheerleader coi pon-pon, ma Jon sembrava pensieroso.

«Perché?» chiese, mentre si alzava piegando i vestiti. Crick cercò per un attimo di ammirarne il corpo – lungo, aggraziato, abbronzato e adorabile – ma accanto al petto largo e alla perfezione di marmo chiaro di Deacon, Jon era soltanto una decorazione. «Perché dovresti rompere con lei... voi due... vi volete bene per davvero!»

Deacon annuì, col volto pensoso e davvero triste. «È vero,» ammise, spostando quell'espressione triste oltre le loro spalle, dove aspettava Amy, a braccia incrociate, col piccolo volto marrone rivolto verso il sole. «È vero... ma lei se ne va per diventare un avvocato e fare grandi cose.» Scrollò le spalle e arrossì senza che Crick ne capisse il motivo. «Sarà un'attivista politica – quel tipo di cose. Il mio cuore è qui, lo sai.»

Deacon guardò di lato verso Jon, come se già ne avessero parlato, e Jon guardò nello stesso modo Crick, come se lui sapesse di cosa si trattasse. Ma Crick scrollò le spalle, col cavolo che lo sapeva, e Jon alzò gli occhi al cielo e sospirò.

«Bene,» disse Jon lentamente, con un'indifferenza tanto forzata che c'era da chiedersi come la parola non si fosse spezzata. «Non mi dispiacerebbe, ehm, prendermi cura di lei quando saremo laggiù, se non ti scoccia?»

Crick sbatté le palpebre, fu l'unica cosa che riuscì a fare per non farsi sfuggire, *Che ne è di Becca?* Becca Anderson stava con Jon da quando Amy stava con Deacon. A Crick non importava molto di lei – aveva lunghi capelli biondi e un bel visino di cui si vantava. Era anche stata molto esplicita nel far capire a Deacon che le sarebbe piaciuto prendere il posto di Amy in qualsiasi momento, un'azione davvero schifosa nei confronti di Amy, Deacon, *e* del ragazzo con cui si supponeva uscisse.

Deacon sorrise saggiamente al ragazzo che era il suo migliore amico fin dai tempi dell'asilo. «Se aspettassi a fare la tua mossa finché non sarete là te ne sarei molto grato, okay?»

Jon arrossì e annuì serio. Capiva perfettamente, e sembrava grato per l'onore.

«Avete finito, ragazzi?» chiese Amy allegra. «Se non vi date una mossa di me rimarrà solo un pozzanghera di sudore!»

«Pensavo che le signore traspirassero!» replicò Jon, e la risata di Amy riuscì a spezzare un po' anche il cuore di Crick.

«È dolce da parte tua pensare che io sia una signora, caro. Se non vi sbrigate diventerò una stronza arrabbiata!»

Deacon piegò la testa all'indietro e rise, e Crick capì che doveva amare Jon e Amy perché loro amavano Deacon, e come non si poteva amare qualcuno così bello, in grado di fermare il tempo?

La giornata era radiosa – una di quelle che si stampano nel cuore di un ragazzo e gli promettono che non finiranno né si sbiadiranno mai. Nuotarono e giocarono. Ci fu una tremenda battaglia con l'acqua, con Crick e Jon da una parte e Deacon e Amy dall'altra. Crick riuscì a vincere arrampicandosi su uno dei massi accanto al bordo dell'acqua e balzando su Deacon a tutta velocità con un placcaggio al corpo nella parte più profonda della pozza naturale. Deacon tornò su sputacchiando e ridendo, e Crick si aggrappò a quei momenti in cui i loro corpi erano caduti insieme, muscolo a muscolo, il petto di Crick sul polso di Deacon, anni prima che succedesse tra loro qualcosa di molto più eccitante.

Alla fine si sedettero in silenzio sulla roccia, con Amy appoggiata sul petto di Deacon, a guardare il tramonto e a parlare a voce bassa del futuro.

«Allora,» mormorò Jon, disegnando forme a caso sulla Roccia della Promessa con un bastoncino. «Prima l'addestramento da paramedico e poi zootecnica?»

Deacon affondò il naso nei capelli di Amy per un attimo, poi guardò su annuendo. «Penso che Parish speri che mi piacerà talmente tanto fare qualcos'altro in *qualche altro posto* da accettare una di quelle borse di studio rinviate e andarmene.»

Amy arrischiò uno sguardo verso di lui. «Sicuro che non succederà, Deac? Puoi ancora…»

Deacon scosse la testa e sfregò la tempia sulla sua. Anche Crick riconobbe nel gesto il principio di un addio. «No, piccola. Il mio cuore è qui al ranch. Mi dispiace.» Piegò la testa per un momento e poggiò la guancia sulla testa della ragazza, mentre lei gli si avvicinava e chiudeva gli occhi.

Jon batté sulla gamba di Crick e gli fece cenno col mento. Si allontanarono insieme nel tramonto senza fare rumore.

«Lui rimane per te, lo sai.» Crick non si aspettava quelle parole, e guardò Jon di colpo. Erano spalla a spalla adesso – l'altezza di Crick aveva avuto un guizzo nell'ultimo anno. Era cresciuto di altri dieci centimetri, ed era alto quanto Deacon e Jon, che erano almeno uno e ottanta.

«Lo so.» Aveva sentito la discussione. «Come faccio a esserne degno?»

Jon si fermò a godersi l'aria sul viso. «Io non sono gay. Vorrei esserlo, sai?»

Crick sbatté le palpebre, del tutto fuori dal suo elemento, anche se quello lo *era*. «Non capisco perché vorresti esserlo,» ammise candidamente.

«Penso di amare Deacon più di chiunque altro – anche di Amy,» gli confidò Jon. Non avevano portato birra; per quanto ne sapeva Crick, nessuno di loro beveva. Deacon spesso ci scherzava su, dicendo che avrebbero potuto diventare Mormoni, ma poi non l'avevano mai fatto. Crick era tentato di avvicinarsi per catturare il profumo del suo respiro, tanto per. Jon lo vide a disagio e rise.

«Arrivo al punto Crick, davvero. Vedi, le cose stanno così.» Jon si sedette sull'erba e si distese, con la testa rivolta verso le stelle. Faceva una bella figura lì – specialmente per Crick, che aveva imparato lo scopo della cosa che stava tra le sue gambe e l'aveva apprezzato parecchio nel buio della sua cameretta. Ma Crick non si eccitò né rabbrividì né gli venne duro, anche guardando quella bellezza da film sotto la luna.

«Così come?» chiese Crick, sedendosi accanto a lui.

«Vedi, io darei qualsiasi cosa per essere la persona più importante per lui, lo sposerei se il mio corpo reagisse a quel modo, ma non lo fa e quindi non posso. Mi capisci?» Jon guardò Crick tristemente, e questo lo colpì. Per la prima volta nella sua vita, qualcuno a cui teneva voleva essere come lui. E poi lo colpì che gli importava di qualcuno che non fosse Deacon o Parish o le sue sorelline. Era una scoperta stupefacente – ma se ne sarebbe occupato più tardi.

Adesso Jon aveva davvero bisogno di lui.

«Neanche Deacon lo capisce,» gli ricordò Crick, e Jon gli sorrise gentilmente, come se non ci arrivasse.

«Deacon è una di quelle rare persone,» iniziò Jon, cercando di sembrare disinvolto senza riuscirci, «che segue il cuore prima di pensare ai suoi bisogni, e non il contrario.»

Crick aggrottò le sopracciglia, riflettendoci. «Non capisco.»

Jon si tirò su a sedere e lo guardò da sotto la cascata di capelli biondi, e poi scosse la testa. «Se pensi che rimanga qui per assicurarsi che il suo fratellino non si cacci nei guai, stai tristemente sottovalutando quanto lui ti ami, Crick. Non dico altro.»

Era un buon momento per tacere, ma mentre guardavano il sole tramontare – e Deacon e Amy condividere un insopportabile momento privato, per quanto gli permetteva la loro distanza – Crick rimuginava su quanto Jon gli aveva appena detto.

E continuò a rimuginarci anche nei mesi successivi, perché gli dava una sorta di speranza che non avrebbe mai creduto di poter avere. Crick aveva imparato che la speranza era una cosa schifosa. Quando aveva dieci anni, a Natale, aveva sperato di ricevere per regalo da sua madre qualcos'altro oltre ai jeans, o che il suo patrigno Bob lo avrebbe ringraziato per come preparava tutte le mattine le sorelline Benny, Missy e Crystal, e gli preparava la cena praticamente tutte le sere. Quella sua speranza era stata tristemente delusa - ma Deacon e Parish gli avevano donato una sella nuova e un cappello da cowboy. Aveva imparato che la speranza poteva tradirti, ma se non avevi speranza la vita poteva davvero sorprenderti nel migliore dei modi.

Odiava la speranza. Gli faceva temere il tradimento.

Ma nella primavera del suo primo anno al liceo ebbe un'altra ragione per sperare, e ancora non sapeva come comportarsi.

Curiosamente, iniziò con una lieve commozione cerebrale – provocata da tre ragazzi che gli avevano sbattuto la testa contro il pavimento – e una visita dei paramedici locali.

«Criiiiiisto, Crick!» ruggì Deacon mentre gli esaminava l'occhio con la luce. Uno degli altri paramedici gli diede del ghiaccio per la testa e un panno per tamponare il sangue che sgorgava dal naso rotto, poi diede una pacca risoluta sulle spalle di Deacon e andò fuori per occuparsi degli altri tre ragazzi. (Due polsi rotti e qualche dente saltato – non si poteva dire che Crick fosse moderato.)

«Perché diavolo lo hai fatto?»

Crick evitò gli occhi verdi di Deacon, fin troppo perspicaci. «Habbo ibiziato logo,» protestò, e Deacon abbassò la mano con la luce e le tenne su entrambe come se stesse carezzando un cavallo.

«Vuoi che te lo metta a posto subito? O vuoi andare a casa col naso rotto senza poter respirare?»

Crick scrollò le spalle, cercando di nascondere la paura. Sì, gli aveva fatto male come un rabbioso figlio di puttana, non c'era nemmeno da chiederlo, e ora doveva riprovare di nuovo quel dolore? Deacon gli mise le mani su entrambi i lati del naso e fece un movimento forte e improvviso coi pollici.

Il corpo di Crick ebbe uno spasmo e lui piagnucolò. Deacon si mise la sua testa sul petto per calmarlo. «Già, lo so, fa male come un dannato martello pneumatico, vero?»

Crick annuì e cercò di pensare ad altro oltre al dolore lancinante che gli esplodeva in testa.

«Dammi un minuto,» mormorò Deacon, spingendolo un po' indietro per ricontrollargli l'occhio. Crick inspirò profondamente, e Deacon sorrise appena i suoi occhi si dilatarono. Già – faceva male da morire, ma ne valeva la pena visti i risultati. «Grazie, Deacon.»

Deacon sorrise in quel suo modo tirato e affilato, e arruffò i capelli di Crick, causando un altro lamento quando la sua mano toccò alcuni dei bernoccoli e delle escoriazioni sulla sua testa. Il sorriso scomparve, assieme a parte della sua spavalderia. Sembrava davvero preoccupato e Crick si sentì di merda.

«Allora, me lo dici il perché?» chiese Deacon dopo un istante.

Crick scrollò di nuovo le spalle e per un attimo pensò di mentire, ma poi ricordò che si trattava di Deacon. Erano all'interno dell'ambulanza e le sue luci fosforescenti nascondevano le lentiggini chiare che Deacon aveva sotto gli occhi e lungo il naso, ma Crick sapeva che c'erano. Si era fatto crescere i capelli sopra la testa, ma continuava a tagliarli sui lati, e il risultato era... affascinante.

Crick tornò a concentrarsi su quel che stava dicendo, ma non era diventato più semplice da confessare.

«Mi hanno chiamato... in un certo modo.» Beh, una cosa del genere detta da uno studente di liceo sembrava piuttosto stupida, no?

Ma Deacon non lo trattò come se fosse uno stupido. Posò la sua mano ferma sulla spalla di Crick e gli chiese: «In che modo?» Come se già sapesse la risposta.

Crick distolse lo sguardo.

«Andiamo, Crick, hanno potere su di te solo se glielo permetti. Dimmi come ti hanno chiamato.»

«Non si riferivano solo a me,» borbottò Crick, senza incontrare il suo sguardo.

«E a chi altro?» chiese Deacon, piano, ma lo sapeva già.

«A noi... tu, io, Jon...»

«Come ci hanno chiamato?»

Crick guardò da un'altra parte e brontolò, e Deacon lo scosse un po'. Si girò a guardarlo e disse: «Froci.»

Deacon annuì. «E che significa?»

Crick arrossì. «Lo sai cosa vuol dire!»

Deacon alzò un sopracciglio, e Crick arrossì ancora di più. «Dillo amico, devi farlo.»

«È una persona a cui piacciono gli uomini... lo sai...» Crick iniziava a pensare che un naso rotto e un mal di testa nucleare non fossero così male comparati a quella conversazione in particolare, ma Deacon, che da lui si aspettava sempre la verità, lo stava guardando come se non avesse ancora finito. «Farci... del... sesso.» Okay. L'aveva detto. Fatto.

Deacon gli tirò un pugno a sorpresa. «Ed è sbagliato?»

Crick trasalì. «Cristo, sì! Non è naturale... è quello che... ehm...» Oh, e non era *questa* un'ipocrisia su cui non aveva fatto conto? «Ehm... dice la Chiesa. E, ehm... anche quei ragazzi.»

«Quelli che hanno cercato di ammaccare il pavimento con la tua testa tre contro uno? E chi ha perso? Loro?»

Un sorrisetto cercò di farsi strada contro il volere di Crick. «Hanno perso per davvero?»

Deacon scrollò le spalle. «Non si scorderanno di te, ma adesso porteranno il gesso, quindi fossi in te non andrei neanche a provocarli per farti colpire.»

Il sorriso alla fine arrivò sulle labbra di Crick e Deacon alzò gli occhi al cielo.

«Calma, ragazzo. Carrick, la prima volta che sei venuto al Pulpito stavi saltando la Chiesa. L'unica volta che ascolti quello che dicono in Chiesa finisce *così*?»

Il sorriso di Crick scomparve. «Non capisco cosa vuoi dire.»

«Crick,» la voce di Deacon divenne *totalmente e completamente seria*. «Io amavo davvero Amy, questo fa sì che a te interessi di meno quello che mi succede?»

Gli occhi di Crick si spostarono. Deacon l'aveva rimpianta, era quella la verità. Aveva perso peso, era diventato più taciturno, e più di una volta Crick l'aveva sorpreso nell'atto di prendere il telefono, prima di ricordarsi che non stava più a casa dai genitori. «No.»

«Ti preoccuperesti meno per me se invece mi struggessi per Jon?»

Crick guardò in su, un po' in panico. Jon una minaccia. Sembrava una cosa stupida – e lo era – ma anche intelligente, e non lo poteva cambiare. «Diavolo, no!» rispose, per mascherare il fatto che la cosa lo mandava fuori di testa. L'espressione gentile di Deacon gli fece capire che il giovane sapeva *esattamente* cosa stava pensando, ma sorrise anche lui, con le sopracciglia che s'inarcavano amichevolmente sugli occhi verdi.

«Pensi che a me importi meno di te perché 'ti piacciono i ragazzi'?» chiese Deacon alla fine, e Crick ringraziò Dio che Deacon avesse lasciato a lui la risposta, perché era una domanda che aveva paura di porre. Crick ci mise un po' a rispondere, perché Deacon teneva la sua mano dura e capace sulla sua coscia, e doveva ricordarsi come respirare col suo naso rotto.

«No,» ansimò, conscio della quiete e dell'intimità dell'ambulanza.

Il sorriso di Deacon spezzò il peso nel petto di Crick. «Esattamente.» Si appoggiò all'indietro e scrisse delle note sulla sua cartella, e iniziò a chiedere a Crick se a casa ci fosse qualcuno che potesse accertarsi che non dormisse fino alla mattina e che la prendesse con calma.

Crick scosse la testa. «No. Benny e Missy arrivano a casa alle tre, e ho già fatto tardi per andare a prendere Crystal. Dovevo tagliare il prato oggi...» Quel pensiero gli fece vedere doppio, e Deacon annuì.

«Non ti preoccupare, ci occuperemo noi di andare a prendere tua sorella e di portarla a casa. Patrick o papà

possono sorvegliarti, così potrai sonnecchiare un po'
stanotte visto che ci saranno loro a svegliarti.»

Il sollievo di non dover tornare in quella piccola
casa dal prato marrone e al merdoso compito da
babysitter gli fece venire le vertigini. Dopo l'incidente
con la marijuana al sesto anno aveva iniziato a dormire
nella camera libera di Parish tutti i sabato notte e, nel
silenzio della mente, chiamava quel posto casa.

Stava per dire «grazie» quando la porta
dell'ambulanza venne aperta e fece il suo ingresso il
preside Arreguin, il volto tozzo tutto severo e gli occhiali
che irradiavano autorità.

«Devono venire i suoi genitori prima che vada
via,» disse l'uomo, fulminando Crick con lo sguardo.
Crick aveva troppe vertigini anche solo per alzare gli
occhi al cielo, e iniziava a sentirsi come se avesse usato
una spazzatrice meccanica per grattarsi la schiena.

«C'è il mio nome sul suo foglio per le
emergenze,» disse Deacon con una gentilezza
ingannevole. Lui e Parish avevano riempito quei moduli
dopo l'incidente con l'erba. Come diceva Parish, Crick
non poteva occuparsi dei cavalli quando la sua schiena
era troppo a pezzi a causa della cinghia per potersi
muovere.

Il signor Arreguin socchiuse i suoi piccoli occhi
grigi. «Non ne ero a conoscenza,» disse freddamente
«Bene, dobbiamo parlare della sua sospensione.»

Poche cose sorprendevano Deacon, ma quella ci
riuscì. «È stato aggredito da tre ragazzi ed è *lui* quello
che viene sospeso?» Guardò Crick severamente, come
per chiedergli se ci fosse qualcosa che dovesse sapere.
Crick scrollò le spalle, forse era per il dolore alla testa
ma era abbastanza sicuro che non fosse stata colpa sua.

«Mi hanno spinto,» disse intontito, cercando di
guardare i presidi... tutti e due. «Stavo tagliando per il

corridoio fuori la palestra per andare a lezione di algebra, e loro sono sbucati dagli spogliatoi e mi hanno chiamato,» – arrossì e guardò Deacon per avere un sostegno morale – «frocio, e mi hanno chiesto dove fossero i miei amici frocetti e poi,» – deglutì, perché non aveva detto questa parte – «hanno detto che Deacon fa sesso coi cavalli e mi hanno spinto contro il muro.»

La mascella di Deacon si indurì. «Ed è allora che li hai colpiti?» lo spronò.

Crick scosse la testa. «Erano in tre, Deacon. Ho cercato di arrivare al cortile interno dove ci sarebbero stati dei testimoni. Eddy,» – girò la testa verso l'esterno, dove il ragazzo dalla fronte larga e bassa e i capelli scuri a spazzola stava probabilmente ridendo del suo gesso e cercava di romperlo sulle teste dure di Tomas e Brandon – «mi ha bloccato. Sono riuscito ad alzarmi, ma…» Fece spallucce, fingendo di non ricordare il sapore del sangue in bocca quando si era morso la guancia e la vibrazione del vialetto di calcestruzzo sotto il petto e il mento. Aveva sperimentato un terribile momento di panico – erano in tre, e potevano ucciderlo. Poteva morire lì, in quell'orribile piccolo corridoio che puzzava di calzini da ginnastica e metallo bagnato.

«Mi stavo solo difendendo,» finì debolmente, e Deacon si volse verso il preside con in faccia un'espressione che diceva: «*Allora?*»

Arreguin scosse la testa. «Li hai provocati,» disse aspramente. «Lo fai, lo sai.»

Le sopracciglia di Deacon arrivarono all'attaccatura dei capelli. «Li ha provocati venendo aggredito tre contro uno?»

Arreguin si accigliò. «Guardalo. Il modo in cui si veste, i capelli, le persone che mangiano con lui…»

Deacon guardò Crick sbattendo le palpebre, sorpreso, e Crick sperò che la sua testa esplodesse e morisse. C'erano dei gruppetti, e i gruppetti avevano dei nomi. I jeans di Crick erano diventati attillati come lo scovolino, e la sua t-shirt era aderente, di un blu baby, e gli scopriva l'ombelico. Quando non era al ranch indossava dei mocassini senza calzini e i suoi capelli erano acconciati in ciuffi lunghi. Era il cliché del rock alternativo e Crick e i suoi amici sapevano di cosa si parlava a pranzo nel loro gruppo ristretto.

Ma nell'espressione di Deacon non apparve disgusto, né gli si corrugò la fronte con disapprovazione. Si volse invece verso il suo ex preside – l'uomo che neanche otto mesi prima aveva lodato Deacon per il tipo di bravo ragazzo americano che incarnava – con una faccia arrabbiata e fiera.

«Signore, penso che lei stia parlando di discriminazione. Non vorrei pensare che lei faccia delle discriminazioni verso gli studenti a causa dei loro capelli o di come si vestono, vero?»

Anche l'arrogante signor Arreguin capì la minaccia nascosta in quel tono.

Arreguin sbatté gli occhi e arretrò un po' verso l'uscita posteriore dell'ambulanza. «Non cerca affatto di conformarsi,» disse freddamente.

«Non mi sembra che 'conformarsi' sia un requisito richiesto dallo Stato,» replicò Deacon, con la mascella serrata. «Ed essere picchiati perché non ci si vuole conformare è un reato d'odio, punito con la reclusione, mi sbaglio?»

A Crick scappò un'esclamazione di sorpresa, e il preside avvampò. Deacon guardò sopra la sua spalla e roteò gli occhi verso Crick. «Non bisogna solo saper mettere i cerotti in questo lavoro,» disse con un sorrisetto, quindi si volse di nuovo verso l'uomo che aveva il potere di rendere la vita di Crick un inferno per i successivi tre anni, tre mesi e due giorni.

«Quindi, signore – posso portare Crick in un luogo dove possa riposarsi e curarsi, o devo andare a chiamare lo sceriffo per denunciare un crimine basato sull'odio?»

Arreguin guardò entrambi in cagnesco con un'orribile ripugnanza. «Non avrei mai pensato che anche lei fosse un tipo che 'non si conforma' signor Winters,» disse maliziosamente, e Deacon gli regalò uno di quei suoi sorrisi fieri e tesi – in cui non c'era nulla di spiritoso.

«Essere un 'tipo' è un gioco da ragazzi, signore – pensavo che quella piccola cerimonia dello scorso anno volesse proprio dire che siamo andati oltre. Ora se mi vuole scusare, Crick sta per vomitare la colazione.»

Deacon gli circondò le spalle con un braccio e gli resse il secchio per il vomito.

La sera seguente la vertigine di Crick era quasi del tutto scomparsa – ma non la rabbia che gli ribolliva dentro.

Le sue sorelline avevano passato la prima notte assieme a loro, e Crick si era divertito a guardare Parish che si occupava di tre piccole ragazzine turbolente. Era molto più divertente quando il loro sorvegliante/buffone/cuoco/chi gli faceva il bagno non era lui.

Quando furono tutte sistemate nel letto di Deacon – lui era di turno fino alle prime ore del mattino – Parish lo svegliò e lo fece mettere a sedere, poi si lasciò cadere accanto a lui. Guardarono un po' di televisione, e Parish si accertò che Crick non stesse per svenire da un momento all'altro, poi puntò l'allarme della sveglia sul comodino per l'ora successiva.

«Non so proprio come fai, figliolo, sono un sacco di cose da fare per un ragazzo impegnato come te.»

Crick sbatté gli occhi. «Io... non lo so... devo farlo. Hanno bisogno di me.»

Parish rise e diede una pacca alla coscia di Crick – con gentilezza; Crick era uno straccio. «Beh loro ti adorano lo sai? Hanno passato la serata a dire 'Crick s'è fatto male!' e 'Sii buono con Crick!' Benny non mi ha perso di vista finché non si sono accertate che tu stessi dormendo sulla poltrona.»

Crick avrebbe alzato gli occhi al cielo, ma gli faceva troppo male. «Benny è furba,» mormorò. «Se solo tenesse chiusa quella sua boccaccia.»

Parish annuì saggiamente. «Già, ha un bel caratterino. Penso che suo padre ne sia la causa.»

La bocca di Crick fece una smorfia. «Non so, sono io quello che è stato pestato in una rissa.»

Parish lo guardò con gli stessi occhi verdi intensi che aveva Deacon. «Figliolo, non è tua la colpa per tutto quello che ti succede. Quelle bambine sono venute qui senza una parola di preoccupazione per i loro genitori e questo depone a tuo favore e contro di loro. I tuoi genitori non hanno obiettato – neanche una volta – ad affidare tutta la loro famiglia a persone che dicono di odiare. Stessa cosa di prima. E quei ragazzi – qualsiasi cosa gli frulli nelle loro teste… il fatto che tu sia te stesso non c'entra niente. Tu eri a portata di mano. Loro avevano la violenza e tu sembravi un buon bersaglio da picchiare. Non è stata colpa tua.»

Crick si strofinò gli occhi. Oh Dio, gli faceva male la testa. Il dolore stava calando, ma lui aveva rifiutato i sedativi e adesso se ne stava pentendo. All'improvviso si ritrovò la mano di Parish sotto il naso che gli tendeva un paio di Tylenol e un bicchiere d'acqua, e gli si riempirono gli occhi di lacrime.

«Tu e Deacon siete la mia famiglia,» disse; non sapeva se a farlo parlare fosse la botta presa, la stanchezza, o il fatto che il padre di Deacon fosse la persona più carina del pianeta.

«Figliolo, per noi è lo stesso,» gli disse Parish, controllando con attenzione mentre ingoiava le pillole, e Crick sentì le lacrime riempirgli gli occhi e scendergli sulle guance.

«Il preside non doveva dire quelle cose a Deacon,» mormorò, perché ne sentiva il peso.

Parish grugnì. «Deacon non mi ha detto nulla.»

Poteva quasi sentire i sedativi fare effetto e i suoi occhi si socchiusero in una beatitudine chimica. «Deacon è stato fantastico,» sussurrò. «Deacon può fare tutto.»

«Davvero?»

Crick cercò di essere il più chiaro possibile, ma era chiaro che quello che diceva faceva male.

«Quell'uomo… durante i quattro anni di Deacon al liceo ha cercato di farlo giocare a football il più possibile. Adesso che si è diplomato ed ha le sue opinioni, deve prendere e diventare sgradevole? Conservatori… sono gli stronzi come lui a dargli una fama cattiva.»

Crick stava iniziando a sognare, ma non gli interessava. Il Tylenol stava facendo effetto, era ancora un po' goffo a causa della ferita alla testa e gli era impossibile nascondere la venerazione per il suo supereroe. «Deacon non è così,» mormorò. «Gliel'ha fatta vedere a quello stronzo. L'ha fatto sembrare uno stupido ignorante. Era come Superman, sai?»

La voce di Parish sembrava inquieta. «Crick, Deacon è solo un uomo. Anche lui ha le sue debolezze. Devi ricordartelo, può fare e sopportare fino a un certo punto, okay?»

Crick aprì un occhio e vide il padre di Deacon passarsi una mano nei capelli grigi e gli tornò in mente che l'uomo aveva più di cinquant'anni. Certo sembrava arzillo e vigoroso e lavorava ancora sodo come due stallieri giovani, ma non era giovane. Deacon era il suo unico figlio e Parish sembrava preoccupato per lui.

«Non ti preoccupare,» disse Crick cercando di essere l'adulto che a Deacon serviva lui fosse. «Non farò mai del male a Deacon.»

Parish soffiò fuori l'aria e si occupò del telecomando. «Dormi, ragazzo,» lo spronò bruscamente. «Le persone si feriscono l'un l'altra di continuo solo per ciò che sono. Ciò che conta è che, se fai del male a qualcuno, devi poi fare quello che puoi per porvi rimedio.»

Davvero un buon consiglio. Peccato che Crick non lo avesse in mente la sera successiva. Le sue sorelle dormivano a casa quella notte – Parish costrinse la madre di Crick a prendersi del tempo libero per badare loro, se proprio non voleva occuparsi del ragazzo. Crick non era più a rischio coma, ma si sentiva ancora intontito e dolorante, e aveva passato la maggior parte della giornata a guardare la tv e a lavare i piatti, perché si sentiva in colpa per essere lì a imporre la sua presenza. Quando finì o si annoiò di entrambe le cose, iniziò a disegnare nel suo album. L'unica insegnante di Levee Oaks che *non* odiava gli aveva detto che era bravo a disegnare, e aveva un blocco per disegnare di tutto, e un altro per i disegni speciali, e voleva esercitarsi, visto che aveva del tempo libero.

E se non disegnava, ribolliva di rabbia.

Ribolliva.

Il preside Arreguin... quel tizio non gli aveva mai rivolto la parola durante tutto l'anno al liceo, e poi compariva per accusarlo di aver iniziato qualcosa? Aveva insultato Deacon per essersi schierato dalla sua parte? Fottuta Levee Oaks. Conservatori – sicuro, Parish aveva ragione. Levee Oaks, la capitale dei conservatori del fottuto mondo.

All'improvviso i suoi occhi si strinsero come fessure.

Cavolo, quanto voleva che anche il resto del mondo lo sapesse.

Il serbatoio dell'acqua era proprio nel centro della città, vicino al centro della comunità, alla pista ciclabile e ai quattro (li aveva contati!) magazzini di generi alimentari e piccoli fruttivendoli, che evitavano alle parsone tragitti più lunghi fino a Safeway e Wal-Mart, che distavano circa dieci miglia. Ma quella sera, alla nove in punto, quando Parish pensava che fosse andato a letto e Deacon non era ancora tornato a casa, i marciapiedi erano già sgombri e sulla strada principale avevano sistemato i segnali «Non Disturbare», quindi nessuno vide Crick mentre si arrampicava sulla dannata torre, portando con sé un secchio di vernice rossa che gli penzolava da una mano, avanzato dall'ultima volta che avevano dipinto il fienile.

A metà strada era convinto che quella fosse la peggiore idea che avesse mai avuto. Non era completamente guarito, tremava tutto, la testa gli pulsava come se il suo cervello stesse per sparpagliarsi su tutta la torre al posto della vernice.

Quando arrivò in cima e guardò di sotto, sperò quasi di cadere a terra, battere la testa e morire, perché sarebbe stato meno doloroso che ridiscendere giù.

Ma dannazione, quel tizio aveva insultato Deacon, e non poteva sopportarlo.

Crick iniziò a dipingere con pennellate feroci e determinate.

Non aveva messo in conto l'ambulanza che attraversò la città all'una di notte, e Deacon che scendeva dal lato del passeggero bestemmiando così forte da svegliare lo sceriffo Cooper, che viveva oltre l'argine.

«*Dannazione*, Crick!» Deacon fece i gradini della scala due per volta, arrampicandosi sul lato della torre come un maledetto ragno, e Crick lo guardò nel modo più antipatico che potesse trovare per il ragazzo che amava da quando aveva nove anni.

«Non poteva dirlo, Deacon,» borbottò Crick. Fece scivolare il pennello nel secchio, sedette pesantemente sulla piattaforma e, appoggiandosi alla ringhiera, si fissò le scarpe. Fin dove poteva arrivare il suo vomito da quell'altezza? Aveva la sensazione di stare per scoprirlo. «Non posso permettere che ti dica quelle cose.»

Deacon arrivò in cima e scosse la testa, la sua faccia a metà strada tra esasperazione, pietà e divertimento. «Non puoi permettere che chi mi dica cosa?»

Crick si girò a guardarlo con una faccia annebbiata e si chiese come mai la testa non gli si fosse staccata dal collo. «Il preside. Che bastardo. Nessuno deve parlarti a quel modo.»

Deacon guardò quello che aveva scritto e si massaggiò le tempie. «Quindi hai deciso di dipingere 'Capitl dei Conservatri d mundo' per fargliela vedere.»

Crick sentì l'inflessione delle parole scritte male e si accigliò, piegando la testa sulla spalla per vedere. «Volevo scriverlo bene.» Aveva fatto le lettere alte trenta centimetri – questo doveva aver alterato la sua vista già appannata.

A Deacon scappò una risatina e mise affettuosamente una mano sulla testa di Crick. Si accigliò e la tolse. «Crick, hai la febbre e non porti neanche un giubbotto. Fanculo. Fanculo a tutta questa merda. Se gli abitanti della città lo vedono quando si svegliano, non potrai più mettere piede a scuola qui. Gesù, perché non me lo hai detto?»

Crick poggiò la guancia contro la barra gelata del

parapetto. «Tu non c'eri Deacon. Faccio sempre cazzate quando non ci sei.»

«Amico, prima o poi te ne andrai da qui e devi imparare a comportarti come si deve. Ma non adesso. Prima voglio vederti finire la scuola.»

Deacon tirò fuori il cellulare, sospirando arrabbiato. «Papà, sì, l'abbiamo trovato. Patrick è ancora lì? Senti, puoi farmi un favore e dirgli di portarmi in città il compressore ad aria portatile e quattro litri di quella vernice bianca che abbiamo in garage? No. Non vuoi sapere quello che ha fatto. Forse quando si diplomerà dopo il liceo te lo dirò e tu potrai dargli addosso.» La voce di Deacon si abbassò, preoccupata. «No, non sta bene. Penso che possiamo attribuire molto di quello che ha fatto alla febbre e alla botta in testa... e al fatto che Crick è Crick. Sì, non ti preoccupare. Patrick mi vedrà quando arriva. Starò attento. Anch'io ti voglio bene.»

Patrick dovette mettersi in piedi dietro Deacon e reggersi alle sbarre per portare giù Crick dal lato del serbatoio dell'acqua. Deacon rimase sopra e collegò il compressore, guardandoli preoccupato finché Patrick non mise Crick nell'ambulanza. Il partner di Deacon, Jake, faceva due lavori per poter pagare gli alimenti e stava schiacciando un pisolino in uno delle barelle nel retro. Patrick mise giù Crick, gli fece dare da Jake altro Tyrenol, dell'acqua e una coperta – erano i primi di marzo – e li lasciò entrambi a dormire nel retro del mezzo mentre lui aiutava Deacon.

L'ultimo pensiero confuso di Crick prima di addormentarsi fu che in qualche modo era stato in grado di fottere l'atto del fottere, ma non riusciva a capire come.

Mancava solo un'ora gelida all'alba quando Deacon e Patrick coprirono di bianco l'ultima striscia rossa e ridiscesero la scala; Crick stava battendo i denti sia per la febbre che per il freddo all'interno del veicolo fermo. Sentì la voce di Deacon mentre il mezzo veniva messo in moto e si accese l'aria calda, e poi qualcosa di squisitamente caldo lo avvolse, assieme all'odore di cavallo, crema da barba aromatizzata, vernice e sudore maschile.

«Mmmm...» mormorò. «Ha il tuo profumo, Deacon.»

«Perché è la mia giacca, idiota.»

Crick la tenne stretta e strusciò la faccia contro la fodera soffice. Era il parka da paramedico di Deacon e, mentre fuori era fatto di nylon scivoloso, dentro era tutto soffice e appiccicaticcio e sapeva di Deacon.

Lo portarono al Pulpito, e Deacon chiese a John di trovargli un sostituto al lavoro per la notte successiva. Tre giorni dopo, quando era tornato cosciente, non vomitava più e la febbre era passata, Crick si beccò una ramanzina di proporzioni epiche, ma visto che poteva stare a malapena seduto ed era ancora oppresso dal rimorso, non fu poi così male.

Ma quando ci ripensava, ciò che ricordava meglio di quella notte, o ciò che ricordò come prima cosa, non fu la predica di Deacon o il volto dispiaciuto ed esasperato di Parish.

Il suo ricordo più vivo di quella notte, la notte in cui fu quasi buttato fuori da Levee Oaks – sia dalla città *che* dalla scuola – era di Deacon seduto accanto al suo letto mentre il sole sorgeva, che gli cantava piano qualcosa mentre lui piagnucolava per la febbre.

«Non credevo sapessi cantare,» mormorò Crick, e la risata sommessa di Deacon lo accompagnò nel sonno, assieme a un soffice, quasi impercettibile, bacio sulla tempia.

Ah dei, la speranza. Nostra salvatrice e nostra aguzzina, prezzo e lasciapassare per il traghetto dei sogni che ci porterà nel futuro.

CAPITOLO
TRE

Il costo delle
promesse infrante

LA SALA di disegno era completamente vuota alle quattro di pomeriggio di giovedì, ma non l'armadio a muro delle attrezzature posto nel retro.

La signora Thompson, l'insegnate d'arte che aveva ispirato Crick nel disegno, contava su lui e Brian Carter per ripulirla, e loro l'avevano fatto. Non avrebbero mai tradito la sua fiducia: l'adoravano. Era l'unica insegnante che li aveva capiti davvero, che credeva in loro, che li conosceva per ciò che erano e non li giudicava.

Ma questo non voleva dire che sarebbe stata molto contenta di scoprire che, dopo aver ripulito e atteso che passasse il custode per spazzare e passare lo straccio, i due erano sgattaiolati dentro l'armadio per fare quel che stavano facendo.

Sedevano uno di fronte all'altro, con le ginocchia piegate, i pantaloni abbassati attorno alle caviglie e i loro peni nelle mani. La testa di Crick era poggiata contro la fila di colori a tempera che non venivano mai usati, e lasciava un'impronta dei capelli nella polvere. Stava pensando spasmodicamente che i calli erano favolosi a contatto della parte bassa del suo glande... specialmente... quello... che continuava a toccare... proprio... quel... dannato... punto...

«Crick,» ansimò Brian nel silenzio oscuro ed eccitante, e il giovane interruppe quel che avrebbe potuto essere una cannonata di orgasmo per vedere cosa voleva.

«Crick... guarda questo.» Con cura, Brian prese la mano con cui non si stava masturbando e s'infilò un dito in bocca, preparandolo e bagnandolo per bene. Poi, con difficoltà, perché il suo corpo stava fremendo e lui lottava contro il proprio orgasmo come stava facendo anche Crick, abbassò la mano tra le gambe. La mano di Crick rallentò e lui lo guardò affascinato mentre col dito tracciava un percorso tra i due testicoli coperti da un'ispida peluria marrone fino ad arrivare nel punto tra le palle e alla sua fessura tra le natiche... e poi, mentre il ragazzo aveva delle difficoltà per la posizione strana, se lo... infilò... dentro...

«Urghhh.» L'orgasmo di Brian era strozzato, perché stavano cercando di non fare rumore, ma fu lo stesso potente. Crick guardò a occhi spalancati mentre il pene del ragazzo eruttava un fiotto di sperma, e un altro, e un altro... poi rabbrividì e chiuse gli occhi, appoggiò la testa all'indietro e...

E una bocca calda e bagnata lo circondò, braccia forti lo strinsero attorno alla vita, e il suo corpo andò in fiamme mentre veniva.

E ancora e ancora e ancora.

Brian non poteva inghiottirlo tutto. Un gocciolio disordinato scivolò giù per i testicoli di Crick e sotto, arrivandogli fino alle natiche, tanto per provocare. Crick guardò scioccato il suo amico, che gli sorrise.

Brian aveva dei capelli biondi ispidi e un viso

tondo affascinante – con delle guance piene e tonde spruzzate di lentiggini – e per un istante Crick voleva baciarlo più di qualsiasi altra cosa avesse mai voluto. Abbassò anche la testa, con un sorriso sognante e gentile sulle labbra, quando d'improvviso si chiese cosa stesse facendo Deacon in quel momento. Si fermò e si tirò indietro, e si sarebbe preso a calci quando vide Brian girarsi dall'altra parte, per nascondere il dolore.

«Mi spiace,» bofonchiò Crick, tirandosi su i pantaloni come stava facendo Brian.

Brian cercò di fare spallucce come se non fosse successo nulla. «Va tutto bene. Io pensavo solo che... sai...»

Beh certo che lo pensava. Erano diventati amici e si erano confessati l'un l'altro ciò che erano durante una chiacchierata pacata – per quanto ne sapeva Crick, loro due erano gli unici gay in tutta Levee Oaks, punto. Per gran parte del secondo anno di Crick, Brian gli aveva dato dei passaggi nella sua piccola Toyota rossa – diavolo, era anche stato a cena al Pulpito.

Deacon gli aveva detto che Brian era un ragazzo simpatico.

E adesso che le cose erano andate oltre il *io ti faccio vedere il mio se tu mi fai vedere il tuo*, Crick si stava tirando indietro.

«Non è colpa tua,» disse Crick piano, sporgendosi in avanti per mettere una mano sulla spalla di Brian. Glielo doveva. «Io... io pensavo che potevamo farlo. Pensavo... pensavo di potermi sentire così con te, ma... sembra proprio di no.»

«E ora... siamo solo amici adesso?»

Crick sperò per il meglio e circondò da dietro il petto di Brian col braccio. Brian si adagiò su di lui, le spalle rigide, curve, tristi.

«Beh... *certo*. Amico, hai un'idea di quanto sei

importante per me? Te ne rendi conto?» Aveva parlato con la passione e l'onestà che Deacon gli aveva sempre riconosciuto e il corpo di Brian si rilassò un po' contro il suo.

«Allora perché?»

Crick poggiò la faccia sui capelli di Brian, e pensò a quanto fosse bello toccare un altro essere umano in quel modo e quanto fosse orribile che lui non fosse chi voleva.

«È stupido,» bofonchiò. «Io sono stupido. Io... io sono innamorato di qualcun altro e pensavo di non doverlo essere, ma non posso costringere il mio corpo a...»

Ma era inutile. Appena Brian afferrò il senso del suo discorso, tutto il suo corpo si irrigidì e lo spinse via con rabbia.

«Hai ragione,» scattò, tirandosi su goffamente dal pavimento polveroso. «Tu sei stupido, e io ancora di più – più stupido – totalmente dannatamente idiota.» Era girato di schiena, ma portò la mano al volto, e Crick sentì la sua voce spezzarsi. Oh Cristo. *No, Gesù, Brian, non piangere...*

«Brian, io ti voglio comunque bene,» buttò lì Crick , sperando di poter salvare in qualche modo la situazione, ma era certo che masturbarsi con un ragazzo per poi dirgli che ami un altro era l'equivalente di uno dei suoi classici casini, moltiplicato per tre. Oh, Dio. Aveva cercato di superare la cosa per Deacon, davvero, e Deacon sembrava essere d'accordo, ma quando aveva visto la faccia di Brian bella e speranzosa, ma non abbastanza per lui, si era reso conto...

Diavolo. Si era reso conto di essere ancora uno stupido del cazzo.

«Lascia perdere.» Brian girò la testa di lato, asciugandosi il viso sulla spalla. «Avrei dovuto saperlo.

Pensavo volessi un fidanzato, ma seriamente... chi mai potrebbe essere all'altezza di quel dannato Deacon Winters!»

Crick chiuse gli occhi. Bello sapere che essere «onesti come un cavallo» significava anche essere altrettanto limpidi da capire. «Sono un cretino totale,» mormorò, chiedendosi perché non riuscisse a cambiare.

«Beh, io sono ancora peggio, perché pensavo che potessi amarmi sul serio,» disse Brian tristemente, e Crick si fece di nuovo avanti. Sarebbe stato bello, pensò ridicolmente, se avessero potuto tornare indietro al punto dov'erano prima di finire lì dentro. Sarebbero stati amici, lui non stava scherzando prima. Gli piaceva un sacco avere un amico.

«Brian...»

«Vai al diavolo.» Brian non si voltò più. Uscì dal piccolo armadio, lasciando Crick da solo, con l'odore di pittura acrilica, polvere e sperma.

«Ma Brian...» Crick fece due passi in avanti e Brian mollò la condanna definitiva.

«E trovati un passaggio a casa per i cazzi tuoi!»

Crick sospirò e lo guardò andare via. Bene, merda. Tanti saluti all'arrivare a casa alla stessa ora delle sorelle. Meno male che Benny stava diventando brava ad aiutare Missy e Crystal, perché se camminava a passo spedito poteva essere a casa in tempo per preparargli la cena.

Camminò rapido, ma era pur sempre una lunga camminata, e questo gli diede tempo di pensare se fosse il caso di chiamare Parish per chiedergli aiuto. Decise di no per due motivi. Il primo era che Parish avrebbe voluto sapere cos'era successo e Crick non aveva il coraggio di dirglielo. Inoltre Parish avrebbe voluto occuparsi di nuovo delle ragazze, perché da quando Crick aveva battuto la testa, l'uomo aveva preso l'abitudine di fermarsi da loro e viziarle prima che Bob rientrasse per bere. Lo faceva anche per dare a Crick del tempo libero, e lui gliene sarebbe stato grato per sempre, ma non aveva alcuna voglia di spiegare a sua madre e al patrigno Bob il perché della presenza di Parish quella sera.

Ma la ragione principale per cui non lo chiamò era che non voleva parlare con lui. Voleva parlare con Deacon, voleva *davvero* parlare con Deacon.

È possibile che qualcosa continui a crescerti nel petto perché non la lasci uscire? Doveva saperlo. Forse se confessava quella cosa a Deacon e la liberava nell'aria, poi sarebbe diventata più piccola, o più debole, o avrebbe potuto schiacciarla e ucciderla o altro, perché al momento lo riduceva uno straccio. C'era stato Brian, un fidanzato perfetto con la *sua bocca sul pene di Crick*, e lui l'aveva allontanato per un sogno irraggiungibile, la speranza traditrice che Deacon potesse prima o poi amarlo come l'amava lui, per sempre, amen.

Aveva davvero bisogno di dirlo a Deacon, e di sentirsi dire da lui che gli sarebbe passata e allora forse sarebbe successo.

Quel pensiero gli tenne i piedi per terra, la testa tra le nuvole e lo stomaco in un campo pieno di farfalle per tutto il tragitto fino a casa.

Una volta arrivato diede da mangiare alle sorelle, gli fece fare il bagno, e le vestì. Poi lavò un sacco di roba in modo che le ragazze avessero vestiti puliti da indossare l'indomani, pulì la cucina, e proprio quando la mano della madre toccò il pomello della porta d'ingresso, si ritirò nella sua cameretta con un sandwich e il blocco da disegno. Era la sua routine serale, e tanto meglio per ignorare i lamenti della madre sul lavoro o il modo in cui i suoi occhi scattavano a guardare la porta nel terrore di Bob.

Questo lo teneva anche al di fuori della portata di

Bob, così non doveva schivare le scarpe per il gioco notturno di bevute di 'tratta di merda il ragazzino messicano'.

Sedeva nella sua camera e apriva il suo blocco speciale, quello che gli era diventato così caro nell'ultimo anno, e diceva a se stesso che ne avrebbe strappato tutte le pagine e le avrebbe bruciate.

Ma non poteva, perché erano tutti disegni di Deacon, i suoi lavori migliori.

Deacon che si prendeva cura di un cavallo, con la fronte corrucciata e concentrata. Deacon che conduceva un cavallo con in groppa un bambino, con la faccia rilassata e serena, che rideva senza inibizioni. Deacon, seduto sotto le querce alla Roccia della Promessa, il ciondolo di grani che faceva risaltare ancora di più le sue spalle di giovane uomo vulnerabile. Deacon, mentre sorrideva in quel suo modo fiero e tirato da sotto la punta del cappellino da baseball, e sfidava Crick a ricambiare quel sorriso.

Ah, dei. Crick chiuse il libro con la mano che gli tremava e lo posò sul comodino, poi spense la luce e si distese per dormire. Cercò di concentrarsi sull'espressione di Brian mentre si scostava, la cosa migliore per sentirsi una merda, ma l'ultima cosa che vide prima di dormire fu Deacon, che girava la testa verso di lui per il loro primo bacio.

Fu svegliato dal suono di colpi frenetici contro la porta d'ingresso e dalla voce agitata di Deacon che lo chiamava.

«Crick... Crick... dannazione, Crick, se sei lì dentro, ho bisogno di vederti per un secondo!» La voce di Deacon era incrinata e sofferente, e Crick si precipitò fuori dal letto, inciampò nel buio sei volte, cosicché il suo patrigno Bob arrivò alla porta prima di lui.

«Ragazzo,» sogghignò Bob, con l'alito così

pesante che Deacon arretrò di un passo. «Non so chi ti ha insegnato le buone maniere, ma sono le cazzo di tre di notte. Nessuno mette piede in casa mia così presto...»

«Sta zitto,» bofonchiò Crick, superando Bob e uscendo nella fredda aria notturna. La porta si richiuse alle sue spalle, ma non gliene poteva fregare di meno perché Deacon lo stava abbracciando stretto, sporgendosi un po' perché Crick era cresciuto parecchio nell'ultimo anno, e lo stringeva come se non volesse più lasciarlo andare.

«Oh, Dio...» ansimò Deacon. «Oh, Dio. Stai bene. Ho visto l'auto... e... Gesù...»

Crick si accigliò e si tirò indietro. Deacon indossava la sua uniforme da paramedico e l'ambulanza era parcheggiata sul bordo del marciapiede. «Che auto?» chiese confuso, mentre Deacon si asciugava la guancia col dorso della mano come un bambino e cercava di riprendere il controllo.

Crick lo vide chiudere gli occhi, afferrargli le braccia e piegare la fronte fino a portarla a contatto con la sua; rimasero così in piedi per un momento, col respiro che si condensava in nuvolette nella fredda notte primaverile.

«Mi dispiace così tanto, Crick,» mormorò. «Mi dispiace. Pensavo che fossi lì dentro. Nell'ultimo mese eri sempre in quella Toyota rossa con Brian quando non eri al Pulpito. E stanotte, noi...» Si raddrizzò e strinse Crick a sé. Crick lo lasciò fare e gli poggiò la testa sul petto perché, oh Dio, oh Dio, sapeva cosa stava per dirgli. Brian, se ne era andato così irritato... Non era mai stato granché alla guida, e c'erano molti punti pericolosi per le auto sull'argine...

«Brian,» bisbigliò.

Deacon sospirò nei suoi capelli. «Sì. Hanno trovato la sua auto circa un'ora dopo l'incidente... era già,» – pausa – «morto. Crick, mi dispiace...»

«Brian. Oh, Dio.» Crick iniziò a tremare. Brian, che se ne era andato incazzato e col cuore spezzato perché Crick non era neanche riuscito a baciarlo dopo che lui gli aveva aperto il suo cuore. Oh, Gesù... l'amico di Crick, un vero amico che gli aveva fatto copiare i compiti di matematica e aveva lavorato con lui ai progetti di inglese e aveva aiutato la signora Thompson a ripulire dopo il club dell'arte e... «Brian... oh, Deacon... è colpa mia. Oh, Dio.» Il petto stava per esplodergli. Si sarebbe disintegrato come fuochi d'artificio nel vialetto d'ingresso. Non poteva respirare, non poteva respirare... oh, Dio...

Deacon lo aiutò a sedersi per terra, col freddo che gli asciugava il sudore, ma non gliene fregava niente. Sedette lì con la testa tra le gambe, respirando così forte che vedeva puntini davanti agli occhi, mentre Deacon lo massaggiava sulla schiena, formando dei cerchi per calmarlo, e gli diceva di non parlare finché non riusciva a farlo senza singhiozzare.

Non importava.

Gli raccontò tutta la schifosa storia, perché lui era Deacon e lo amava incondizionatamente, e Dio, dolce caro Dio, Crick ne aveva davvero bisogno.

Quando finì di singhiozzare e parlare e balbettare tra il moccio e le lacrime, Deacon gli guidò la testa sul suo petto e gli strusciò la guancia sui capelli.

«Sei così buono,» mormorò. «Dio, Crick, non hai fatto niente di male. Hai solo cercato di essere onesto, ecco tutto. A volte le persone si fanno del male l'un l'altra solo per quello che sono. Non è colpa tua.»

«Avrei potuto baciarlo almeno,» mormorò Crick, rivedendo l'espressione felice e speranzosa di Brian, lo splendore della gioia. L'aveva uccisa. Forse non aveva ucciso Brian, ma aveva ucciso quel momento con la sua cotta stupida ed egocentrica.

Deacon sospirò, comprendendolo. «Crick, hai fatto del tuo meglio. A volte è tutto quello che hai. Eri il miglior amico possibile, ma non eri pronto per essere il suo amante. Nessuno può fartene una colpa.»

«Io sì,» brontolò Crick contro il suo petto; era così felice, così infinitamente grato che Deacon fosse lì, che fosse vivo e che lo capisse.

«Per favore non farlo,» gli chiese Deacon seriamente, e Crick rabbrividì. Eccole, le parole definitive dell'eroe che amava.

«Farò del mio meglio,» promise, e mantenne la parola.

Fu difficile, dannatamente difficile. Fu difficile quando la signora Thompson lo prese da parte per chiedergli se stava bene, difficile quando gli chiese se sapeva cos'era successo, e perché Brian fosse solo. Fu difficile quando Bob grugnì: «Che liberazione!» al suo ritorno a casa la mattina seguente, dopo che Deacon l'aveva portato al Pulpito per passare la notte con Parish. Nessuno voleva che rientrasse in casa ad affrontare le stronzate del suo patrigno.

Fu particolarmente difficile al funerale, quando Crick fece coming out davanti a metà della dannata città.

Non era stata sua intenzione. Lui voleva soltanto andare a rendere omaggio al ragazzo che faceva il pagliaccio con lui a pranzo e Deacon era al suo fianco. Raggiunse la bara e vide la pelle morta e pallida, una brutta imitazione di quello che era stato il suo amico, e mormorò: «Avrei dovuto baciarti, Brian,» in modo che lo sentisse solo Deacon, e nessun altro. Poi Deacon lo prese per il gomito, e si girarono, trovandosi faccia a faccia con la madre di Brian.

Sembrava mezza matta.

Era una donna magra come una stecca di liquirizia,

con lunghi capelli biondi e un bel seno, che aveva passato gran parte della vita di Brian a cercargli un padre che rimpiazzasse quello che non si era fatto avanti. Brian pensava fosse bellissima, ma quel giorno di certo non lo era. Le persone che soffrono, che sono in lutto, spesso hanno gli occhi e il naso rossi, e grosse borse sotto gli occhi perché non dormono, e un'aria attorno a loro che li fa sembrare un po' fuori di testa.

Crick lo rispettava. Anche lui aveva più o meno quell'aspetto.

«Mi spiace tanto, signora Carter,» disse a voce bassa, e il volto della donna si contrasse in modo orrendo.

«È vero?» chiese. «Dimmi che non è vero. Dimmi che tu e il mio ragazzo non… eravate dei pervertiti. Dimmi che non ve ne andavate in giro per la città a fare cose sudice a mia insaputa! Lo dice tutta la città… dimmi che non è vero.»

Crick guardò Deacon in cerca di aiuto. Deacon lo guardava a bocca aperta come un pesce. Di tutte le cose…

«Gesù, signora,» disse Deacon. «Di tutte le cose di cui preoccuparsi, è questo che la fa stare male?»

«Non sto parlando con te, Deac!» ribatté con così tanta cattiveria che il giovane sbatté le palpebre. «Sto chiedendo a questo piccolo sporco ragazzino messicano se ha toccato il mio bambino!»

«No,» disse Crick passivamente; voleva darle tutto il conforto che poteva. Se il suo problema era che Crick fosse messicano, beh, poteva tranquillizzarla. «Io e Brian eravamo amici. Frequentavamo le stesse classi e a entrambi piaceva l'arte, quindi secondo questa stupida città dovevamo per forza essere gay, ecco tutto. Non siamo mai stati… sa, insieme.»

Non era preparato all'impatto della mano di lei

contro la sua guancia, né che lei gli urlasse, «Frocio!» in faccia a pieni polmoni e poi gli sputasse addosso.

Quando Deacon si fermò davanti a casa sua, dopo un tragitto in auto teso, triste, e silenzioso, il torpore era scomparso, ed era un po' preparato a trovare tutte le sue cose ammucchiate in un lenzuolo nel prato davanti all'ingresso.

«Resta in macchina,» disse Deacon con calma. «Io inizio a raccogliere tutto. Prendi.» Tirò fuori il cellulare e glielo porse. «Chiama Parish e digli di preparare la tua stanza. Sta aspettando questo momento da quando avevi nove anni.»

Crick chiamò e lasciò un messaggio, guardando con distacco Deacon che radunava i suoi libri. Vide qualcosa di bianco che fluttuava, e Deacon che si muoveva con passo incerto per prenderlo mentre svolazzava per il prato come un uccello da caccia. Crick capì cosa fosse e in ritardo si gettò fuori dal camioncino per prenderlo prima che lo facesse Deacon – e prima che diventasse di dominio pubblico.

Deacon ci arrivò per primo.

Lo guardò con perplessità nella luce dei lampioni e poi sbatté gli occhi. Un debole sorriso accarezzò il volto dalla mascella squadrata, e mise con gentilezza il foglio nelle mani di Crick.

«È davvero bello, Crick,» disse, con voce gentile. «Dannatamente bello in effetti, ma lo sai che questo non sono proprio io.»

Era un disegno di Deacon, seduto sulla Roccia della Promessa, rappresentato dal punto di vista di Crick, seduto sotto di lui. Guardava verso l'acqua, a petto nudo, e il ciondolo che Crick gli aveva regalato a Natale cinque anni prima lo rendeva in qualche modo vulnerabile. Crick aveva disegnato ciò che vedeva, non era colpa sua se Deacon non si rendeva conto di essere circondato da un'aura di gentilezza, forza e bellezza.

«Certo che sei tu,» disse Crick, perplesso e un po' sollevato. Deacon pensava fosse bello. «Ti ricordi quel giorno.»

Deacon sembrava infelice e si volse per raccogliere i vestiti di Crick, arrotolandoli nella trapunta del suo letto. «Crick, prima o poi te ne andrai da qui, e ti accorgerai che sono solo un ragazzo. Non sono così speciale. Non sono l'uomo del disegno. Sono lusingato...» Tacque un istante, come percorso da un brivido. «Sono più che lusingato, sono...» Guardò da un'altra parte, e per un istante sembrò incredibilmente giovane e terribilmente vulnerabile. «Vorrei essere più di ogni altra cosa il ragazzo che hai disegnato. Quel che desidero di più è di non deluderti mai, ma...»

Guardò Crick implorante, e il giovane desiderò che quella conversazione si stesse svolgendo di giorno, perché non riusciva a decifrare il volto di Deacon. Sembrava vi fosse desiderio e qualcosa simile alla negazione, ma più di tutto sembrava ferito.

«Nessuno potrebbe eguagliare quel disegno, Carrick. Indipendentemente da quanto vorrei essere sempre il tuo eroe.»

Crick si volse senza difese verso Deacon, non gli interessava di suonare o sembrare debole, non gli interessava se Deacon volesse lui o un fratello minore o soltanto uno spalatore di letame per la stalla.

«Basta che mi prometti che mi vorrai sempre bene, Deacon,» disse schiettamente. «Promettimi che non getterai mai via le mie cose sul prato né mi dirai che non valgo abbastanza. Vuoi essere il mio eroe, è tutto quel che devi fare.»

Deacon sorrise un po', qualcosa gli adombrava lo sguardo ma Carrick non capì cosa. «Ma certo, Crick, se tu mi prometti di scriverci quando te ne andrai da qui.

Affare fatto?»

Crick deglutì e annuì, lasciandosi andare al tocco della mano forte di Deacon sulla sua spalla. Non pensò che Deacon si aspettava che lui se ne andasse. Di certo non pensò che quello gli avrebbe spezzato il cuore.

Qualcuno ha definito il destino come 'l'unica forza cosmica con un tragico senso dell'umorismo'. Carrick si sarebbe detto d'accordo. Ancora una volta, quella grande cosa ovvia che non aveva colto dall'inizio, rese la sua presenza tangibile nel modo più doloroso possibile, con Crick come testimone.

CAPITOLO
QUATTRO

Fare promesse

TUTTO andava alla grande quando Crick era a metà del suo ultimo anno di liceo. Da quando viveva al Pulpito i suoi voti erano migliorati, aveva mandato il suo portfolio ad alcune scuole d'arte giù al sud, e stava anche cercando delle borse di studio che lo aiutassero. Per il suo diciottesimo compleanno, a gennaio, Parish e Deacon lo avevano sorpreso regalandogli un conto in banca su cui facevano versamenti da quando lui aveva nove anni. (Rimase un mistero come fossero riusciti a farsi dare dalla madre il suo codice di sicurezza sociale.)

«Pensavi di aver lavorato gratis per tutto questo tempo, ragazzo?» gli chiese Parish, con un sorriso laconico sul volto segnato dal tempo. «Forse facciamo le cose in economia, ma siamo in grado di pagare almeno un po' i nostri spalatori di letame!»

Quell'*almeno un po'* era abbastanza per pagarsi due anni di scuola, e a Crick venne da piangere.

Non era preparato a quel che successe circa un mese dopo, quando Patrick portò il camioncino nel parcheggio del liceo durante un momento di pausa tra una lezione e l'altra, e saltò fuori guardando con occhi sbarrati gli studenti che vagavano senza meta. Fu fortunato a scorgere Crick prima che entrasse nell'edificio d'arte, e il giovane gli corse incontro, incurante degli sguardi.

Negli ultimi due anni si era abituato a sguardi e bisbigli, ma nessuno l'aveva più picchiato. L'alone di avere un 'fidanzato che era morto' era riuscito – solo un po' – a stendere un velo sull'omofobia rampante diffusa per tutto il liceo di Levee Oaks. Era stato un periodo solitario, ma da quando tornava a casa al Pulpito tutte le sere, Crick era riuscito a superarlo piuttosto bene. Se qualcuno glielo avesse chiesto, avrebbe risposto che erano stati i due anni più felici di tutta la sua vita.

«Patrick.» La sua faccia tonda e grinzosa era rossa e chiazzata dalle lacrime e non indossava il solito cappellino da baseball, così il vento di febbraio gli scompigliava i capelli radi e irregolari. «Amico, che diavolo c'è che non va?»

Patrick scosse la testa, incapace di parlare, e Crick iniziò a farsi prendere dal panico.

«Oh, Dio. Patrick, si tratta di Deacon? Gli è successo qualcosa?»

Patrick si passò una mano sugli occhi e scosse di nuovo la testa – questo era un no, senza dubbio.

«No, ragazzo – speravo l'avessi visto, ecco perché sono venuto. Io...» Si stava come scusando, ma era ovvio che avesse il cuore spezzato, quindi Crick era pronto a perdonargli qualsiasi cosa. «È un modo schifoso di dirtelo, Crick, ma sono così preoccupato per Deacon, volevo che ti dicesse qualcosa ma ora mi interessa solo sapere che sta bene!»

Crick conosceva quel sentimento – oh, dolce Gesù, lo conosceva. «Oh Dio, Patrick... che è successo?»

Patrick ingoiò e salutò con aria assente

l'insegnante d'arte di Crick, uscita per capire cosa ci facesse un estraneo all'interno del campus.

«Si tratta di Parish, Crick. Stamattina si stava prendendo cura di Evening Comet e poi...» La voce di Patrick cedette del tutto. «È caduto per terra. Ho chiamato un'ambulanza ed è arrivato Deacon e suo padre era lì, e... Crick, era morto. Diavolo, era morto prima ancora che mi chinassi su di lui. Se n'è andato.»

D'improvviso Crick vide tutto di un color grigio peltro sgradevole, e la voce della signora Thompson gli giunse distante, come dalle profondità di un pozzo. «Dov'è Deacon?» chiese, da quelle stesse profondità; la mano segnata dal tempo di Patrick si chiuse sul suo braccio e lo fece sedere nella parte aperta del furgone.

«È per questo che sono qui, Carrick. Quel ragazzo... Vedi, è arrivato il coroner e hanno messo Parish sulla barella e Deacon...» Altre lacrime. A nove anni, Carrick pensava che quell'uomo non potesse piangere, ma di certo sapeva ridere. Adesso non era certo che avrebbe mai riso di nuovo. «Deacon ha detto 'Papà?' con lo stesso tono di voce che aveva quando caricarono sua madre in quello stesso mezzo dannato. E poi... è scomparso. È balzato in sella a quel dannato cavallo di tre anni che stava bighellonando per il prato... e io ero così distrutto. È passata un'ora. Crick, sono davvero preoccupato.»

Parish? Il padre di Deacon, la prima persona che avesse mai lottato per lui? L'uomo che lo salutava tutte le mattine preparandogli il caffè e la colazione – cavolo, anche le Pop tarts – e gli chiedeva cosa avrebbe fatto quel giorno?

Guardare lui e Deacon parlare – di cavalli, di film, di come andava il mondo – era per Crick una specie di libro di testo della speranza, di come dovesse essere una vera famiglia.

«Oh, Gesù,» mormorò Crick, uscendo per la prima volta nella sua vita dalla sua miseria. «Deacon. Patrick, dobbiamo trovarlo!»

Per fortuna Crick sapeva dove andarlo a cercare.

Patrick aveva la chiave per aprire il cancello della proprietà confinante, e mentre il furgone sobbalzava per la strada sconnessa che portava alla Roccia della Promessa, Crick si preparò ad affrontare qualsiasi cosa avesse trovato – anche l'eventualità che Deacon non fosse lì.

Invece c'era.

Videro prima il cavallo, e Patrick gli passò le chiavi del furgoncino mentre camminavano verso il torrente di irrigazione che si trovava nella parte più stretta, dove c'era un ponticello. Visto che Carrick andava lì sempre in estate non ricordava di aver mai usato il ponte. Quando c'erano quaranta gradi all'ombra era più semplice nuotarci sotto, ma ora era contento che ci fosse.

«Ci penso io a riportare Comet indietro,» mormorò Patrick. «Lui ha bisogno di te.»

Crick ne dubitava. Deacon aveva bisogno di una persona adulta. Una madre o un padre o… diavolo, chiunque meno che lui, che era stato in grado di mandare a puttane i suoi sogni bagnati fin da quando aveva iniziato a farli.

Comunque Deacon sembrava contento di vederlo quando si issò sulla cima della roccia, e poi si lasciò cadere sul freddo granito.

«Ehi, Crick,» disse con un debole sorriso. «Sei fuggito di nuovo da scuola?»

«Già.» Crick, deglutì. «Sai, sono svogliato come al solito.»

Deacon annuì, sempre fissando il campo vuoto dall'altro lato dello stagno. Era verde grazie alla pioggia invernale, che per una volta era stata copiosa. Era quasi straripato quell'anno – una preoccupazione sempre viva nell'area di Sacramento – ma le piogge si erano ritirate all'ultimo momento, e tutti avevano tirato un gran sospiro di sollievo collettivo. Non voleva dire che fossero salvi, ma perlomeno lo erano per quell'anno.

«Tra circa un mese,» disse Deacon con tono assente, «tutto questo campo sarà pieno di fiori... quelli gialli che rendono l'aria così profumata. Adoro quel periodo.»

«Anche io,» gli disse Crick. Aveva disegnato il campo di fiori nel suo blocco, ma poiché l'aveva realizzato col carboncino e non a colori, non rendeva l'idea.

«Sai che mia madre si uccise a forza di bere?»

La voce di Deacon era così remota e vuota che Crick impiegò un istante a capire il significato delle parole, e i suoi polmoni quasi si fermarono per il dolore intenso. «No,» disse, guardando Deacon con orrore. «Non lo sapevo.»

Deacon annuì. «Parish stava iniziando ad avviare il maneggio, e lavorava per pagare i conti, poi tornava a casa e si prendeva cura dei cavalli e... e lei si sentiva così sola.»

«Aveva te,» disse Crick. Non capiva come si potesse abbandonare un bambino a quel modo, per quanto ci si sentisse soli.

«Io ero piccolo. Parish diceva che potevo prendermi cura di me. Potevo vestirmi, farmi un panino, non era una gran cosa. E lei era brava a farlo. Aspettava che schiacciassi un pisolino o che andassi a letto e poi... beveva. Incessantemente, andava avanti per circa tre ore e quando Parish tornava a casa lei era svenuta sulla poltrona. E poi si ammalò: il fegato iniziò a cedere e finì a letto. Allora non avevamo l'assicurazione sanitaria e poi, sai, lei continuava a bere.»

«Oh, Dio, Deacon… mi spiace così tanto, non lo sapevo.» Crick si era sempre fatto un'immagine idealizzata della madre di Deacon – la sua foto sulla mensola del camino era una versione sognante e femminile del figlio. Pensava fosse morta di cancro, o polmonite o…

O qualsiasi altra cosa, ma non la stessa che spingeva il suo patrigno Bob a tirargli contro bottiglie di whiskey quando non era abbastanza veloce da schivarle.

Deacon fece spallucce come se non fosse nulla di importante, come se tutti lo sapessero e Crick avesse dovuto scoprirlo nel giorno peggiore delle loro vite. «Già… beh, il fatto è che quando Parish venne a casa e mi trovò nelle stalle, io continuavo a chiedergli quando pensava di andarsene. Pensavo che se lei l'aveva fatto, poteva farlo anche lui, e volevo soltanto…»

Un singhiozzo. Un singhiozzo vero, reale, umano, che lo riportava vicino a quella voce vuota e distante.

«Volevo solo saperlo, capito? Così potevo essere pronto, perché non lo ero la prima volta. Parish mi disse… disse che mi sarebbe rimasto accanto finché gli sarebbe stato possibile. Finché Dio non l'avesse trascinato via urlante e scalciante per tutto il tragitto.»

Gesù Cristo. Crick si spinse sulla roccia e mise una mano incerta sulla coscia di Deacon. Non si aspettava che l'altro gliela stringesse forte, ma si avvicinò finché si trovarono spalla a spalla. Deacon piegò un po' la testa – Crick era finalmente diventato dieci centimetri più alto del suo eroe – e sospirò quando la sua spalla sorresse parte di quel peso.

«Quel bastardo non l'ha trascinato via, Crick… l'ha preso di sorpresa. Sai che altrimenti Parish non ci avrebbe mai lasciato vero?»

Crick annuì e si asciugò la guancia bagnata sui

capelli marroni di Deacon, striati dal sole. «Sì, Deacon. È caduto in un'imboscata. È dannatamente ingiusto.»

«Già.» Alla fine la voce di Deacon si spezzò. «Non è giusto per niente.» Deacon si asciugò la faccia sulla sua spalla, e Crick alzò una mano per asciugargli le lacrime sulla guancia. Deacon prese il palmo di Crick e lo tenne premuto sulla faccia con mano tremante, strofinandoselo contro come un puledro. «Oh Dio, Crick... sei tutta la mia famiglia adesso. Sei la sola persona su questo pianeta che mi tiene legata alla sua crosta... e mi dovrai lasciare anche tu.»

Deacon scoppiò a piangere e Crick lo tenne stretto, piangendo sulla sua testa mentre il giovane crollava del tutto. Oh, Dio... Crick pensava di conoscere il dolore, e di saperne qualcosa sulla morte, ma niente, niente l'aveva preparato per tutto questo.

Deacon aveva bisogno di lui. Aveva bisogno di lui del tutto, in un modo che non aveva niente a che fare con la sua cotta infantile ma con la famiglia, e dannazione, Crick doveva essere forte.

Crick cullò delicatamente suo fratello per parecchio tempo, e quando smise di piangere, Deacon rimase fermo, con la testa nel grembo di Crick, mentre rabbrividiva a causa del freddo di febbraio e del terribile gelo del dolore. Più tardi, Crick lo fece sedere e muovere, e insieme ripresero il furgoncino per tornare al Pulpito, a occuparsi di tutti i detriti schifosi della morte. Crick mise serenamente a dormire la speranza per l'amore di Deacon nel suo petto, come un gigante che ingoia una pozione magica di dolore per dormire.

Accanto al gigante addormentato c'era la speranza assopita di Crick di avere un futuro nella scuola d'arte, perché non se ne sarebbe mai andato a cavalcare l'onda lasciando Deacon a casa, solo e perso.

Due anni dopo, in quello stesso posto, Deacon

guardò Crick con un'improvvisa malizia, un'eccitazione negli occhi, e quel gigante si svegliò, gridando di essere scopato.

Parte

II

Deacon

CINQUE

Promesse Fatte

JON e Amy si sposarono alla Roccia della Promessa in aprile, quando i campi erano pieni di fiori selvatici e i venti che spazzavano la valle non erano troppo violenti e rendevano l'aria dolce e gentile.

Deacon fece da testimone a Jon, ovviamente, mentre per Amy c'era la sua migliore amica dell'università, e il ministro era giovane e acconsentì senza problemi a mettersi in equilibrio sulla sommità di una roccia per officiare una cerimonia semplice e breve.

Avrebbero potuto organizzarne una molto più sfarzosa – le loro famiglie erano entrambe benestanti – ma non era ciò che volevano. Volevano i loro amici, le loro famiglie e le persone a cui volevano bene, e le volevano riunite in un posto per loro speciale. Era lì che Jon aveva baciato Amy la prima volta, durante una vacanza da scuola, e Deacon era stato contento - più che contento - di regalargli un matrimonio in quel posto così importante per tutti loro.

Il giorno prima tutto il gruppo della sposa più Crick avevano passato delle ore a sistemare sedie e festoni, a piazzare vasi di fiori, posare del prato finto, in pratica a rendere il posto più femminile, come aveva detto Crick. Adesso avevano il loro posto preferito con un pizzico di sfarzo e romanticheria grazie al lavoro dei loro amici.

Amy era bellissima – indossava un abito di seta bianco, pulito ed elegante, che drappeggiava il suo piccolo corpo vitale come una regina. Quella mattina aveva sorriso a Deacon e l'aveva baciato sulla guancia, ma ora aveva occhi solo per Jon.

E Jon, che era diventato ancora più bello negli ultimi sei anni col suo viso ovale da star con le fossette, era tenero e infatuato, insomma l'uomo più felice sulla terra. Erano a piedi scalzi (il modo migliore per bilanciarsi su una roccia) l'uno accanto all'altra sotto l'ombra di quella grande quercia, e ripetevano i vecchi riti che uniscono per la vita due persone in questa parte del mondo. Deacon li guardava con un sorriso che sembrava spaccargli il corpo e risplendere fino nel bel mezzo della cerimonia, fino a quando, vagando con lo sguardo, vide Crick.

Crick lo guardava con un desiderio così profondo e potente che risvegliò in Deacon un istinto che non provava più da quando lui e Amy avevano fatto l'amore proprio sotto quell'albero.

Deacon trattenne il respiro e la temperatura, che fino a quel punto gli era sembrata piacevole e primaverile, sembrò alzarsi di colpo e il calore gli invase la faccia, il petto e – oh, buon Dio – il pene. Quella cascata di calore lavò via gli ultimi due anni, passati a vivere come fratelli. Strofinò via due anni passati come coinquilini, a prendersi cura l'uno dell'altro e del Pulpito. Quel singolo sguardo diede una prospettiva del tutto diversa a due anni di cose semplici: la colazione fatta insieme, i cavalli domati, il lavoro per l'istruzione di Crick e i turni come paramedico, insomma un'esistenza fatta di amicizia e di famiglia, e riportò Deacon indietro, ai due anni precedenti la morte di suo padre.

Voleva Crick così tanto da fargli male come una coltellata e se ne vergognava allo stesso tempo.

Ovviamente si era accorto della cotta di Crick, ma Deacon era più grande e sapeva che i sentimenti provati al liceo non sono sempre duraturi. Per questo aveva tenuto Crick a distanza di sicurezza e l'aveva trattato come un fratello minore, non facendogli mai mancare il suo amore né il suo supporto incondizionato e slegato da qualsiasi altro motivo se non che Crick era Crick. E Carrick sembrava contento della situazione, specialmente dopo che la morte di Parish aveva scosso il loro mondo.

E Deacon non era molto pronto a iniziare a portarsi a letto l'unico membro della famiglia che gli era rimasto. Erano stati due anni positivi, a parte lo stop nella professione di Crick.

«Che diavolo è?» Crick era tornato a casa con i moduli di registrazione in mano, un affare concluso, circa un mese dopo che avevano sparso le ceneri di Parish in ogni angolo del Pulpito. A Deacon non era piaciuto. «Hai mollato la scuola per questo?»

Crick fece spallucce, come se lo scopo di tutta la sua vita non fosse stato quello di andarsene da Levee Oaks. «Ho rimandato le mie borse di studio. Ho un paio d'anni. Non era un buon momento per andarsene, Deacon. E non provare a dire il contrario. Sei stato costretto a lasciare il tuo lavoro e a rinunciare alla tua istruzione. Ne valeva la pena. Lo stesso vale per me.»

Deacon picchiò lo Stetson di Parish sulla coscia. Quel cappello aveva rimpiazzato il suo solito berretto da baseball, ed era l'unica cosa che aveva tenuto di suo padre solo per motivi sentimentali. «Non è quello che avrebbe voluto Parish, Crick. Lui era così orgoglioso di te, voleva che tu vivessi il tuo sogno, amico, lo sai.»

Crick lo guardò con un appetito nascosto e Deacon distolse lo sguardo. «*Questa famiglia e questo posto sono il mio sogno. Deacon, non dirmi che puoi farcela da solo perché so che non è vero. Per favore, fammi restare.»*

Deacon sospirò. «Affare fatto allora. Ma poi non dire che non ti ho avvertito che questo è un dannato lavoro senza ringraziamenti e che è l'ultima cosa che avresti voluto fare.»

Crick scrollò le spalle. «Starò qui. Starò bene.»

E lo era stato. Proprio come pensava Deacon, il lavoro di paramedico non era adatto a Crick. Deacon l'aveva amato – l'adrenalina, aiutare le persone, essere i primi ad arrivare sul posto. Non parlava molto, ma aveva la capacità di sorridere e stare calmo nei momenti giusti, e la gente lo apprezzava.

Una volta Crick arrivò sul luogo di un incidente ed esclamò: «Santo Dio, non mi sorprende affatto che questo tizio non ce l'abbia fatta,» un istante prima che la vittima aprisse gli occhi e dicesse: «Sono ancora vivo, testa di cazzo, ora aiutami a tirarmi fuori questo paletto di recinzione dal petto!» Ci si erano fatti un sacco di risate, ma Deacon aveva ripreso a oltranza la sua campagna per convincere Crick a prendere quelle borse di studio e tornare a scuola.

E adesso, in quel giorno, con una brezza dolce e la gioia degli amici, quello sguardo di Crick aveva mandato al diavolo tutta la questione.

Dio, da quanto tempo nessuno gli toccava più la pelle. Riportò l'attenzione sulla cerimonia – era quasi ora di tirar fuori gli anelli – ma quello sguardo di Crick, così profondo e bollente, gli rimase alla base dello stomaco per il resto della giornata.

Lo notò anche Amy, mentre ballavano sulla piccola pista del tappeto erboso artificiale, con la musica diffusa da un sistema stereo portatile collegato al generatore nel retro del furgone. La canzone si intitolava 'Sempre e per sempre' e la sottile ironia del titolo non sfuggì a nessuno dei due.

«Allora,» chiese con fare innocente, «è già successo?»

Deacon spostò lo sguardo da Crick, che parlava a disagio coi genitori di Amy, alla nuova moglie del suo miglior amico, e la guardò con affetto e perplessità.

«È già successo cosa?» Crick si allargava il colletto della camicia, non era un buon segno.

«Tu e Crick... sai, il motivo per cui non sei venuto con me al college.» Non c'era rancore nella sua voce, ma Deacon non voleva ci fossero malintesi.

«Cara, lo sai bene che è il Pulpito la ragione per cui non mi sono allontanato per andare al college.» Sorrise mentre lo diceva, spronandola a sorridergli a sua volta, e lei lo fece.

«So che Crick era al Pulpito, dolcezza, e stai evitando la domanda, quindi immagino che la risposta sia 'no, non è successo'.» Amy sorrise da guancia a guancia e Deacon si sporse in avanti e la baciò teneramente sulla fronte.

«Crick era destinato a grandi cose, Amy. E anche tu, infatti non capisco perché tu sia tornata.» Amy e Jon stavano per aprire il loro studio legale per i diritti civili sulla Levee Oaks Boulevard e Deacon ancora non capiva perché pensassero che fosse una buona idea.

«Deacon, se c'è un posto in tutto il pianeta che ha bisogno di qualcuno che lotti per i diritti civili, questo è proprio Levee Oaks. Tu e Crick dovreste saperlo meglio di chiunque altro.»

Deacon sbatté le palpebre. «Amy, ti voglio bene,

ma non ti seguo.»

Amy scosse la testa. «Già, ma scommetto che se quella cosa che doveva succedere due anni fa fosse successa per davvero, sapresti *esattamente* di cosa sto parlando.»

Il rossore tornò, il calore straziante dell'eccitazione assieme a quelle parole che Deacon non era mai stato in grado di dire in nessuna situazione, che gli premevano contro la lingua.

Il sorriso di Amy divenne estremamente gentile. «L'ha già capito?» gli chiese.

«Capito cosa?» Crick si era liberato dei parenti di Amy e stava bevendo del punch con Patrick; entrambi avevano l'aria di chi avrebbe indossato volentieri qualsiasi cosa, a parte i completi che Deacon aveva insistito per comprargli. Crick faceva una gran bella figura nel suo, comunque.

«Che anche se sembri tutto 'virile e misterioso', in realtà sei solo timido.»

Deacon inciampò. Si riprese, riuscì a recuperare il passo e la guardò male. «No,» disse con terrore puro. «No. Non penso se ne sia mai accorto nessuno.»

La compassione totale che le lesse in volto gli fece desiderare di andarsi a nascondere dietro una roccia finché non fosse rimasto da solo. «Io ci sono arrivata grazie a Jon. Quando io e te uscivamo insieme, e io continuavo a pensare di aver detto qualcosa di sbagliato. Mi disse che eri tu ad aver paura di dire ciò che pensavi. Il più delle volte l'hai superata con me questa cosa. Non sapevo se l'avessi superata anche con Crick.»

Deacon guardò con tristezza Crick, che aveva appena detto a Patrick qualcosa che gli aveva fatto sputare il punch. «Io parlo con lui,» disse, in un tentativo patetico di difesa.

«Certo, ma sa che è uno dei pochi con cui lo fai?»

Deacon pensò a loro due, fianco a fianco, a guardare la televisione mentre Deacon continuava a parlare di baseball finché Crick non gli dava una pacca sulla spalla con una generosità incredibile. *Ho capito, Deacon – Dodgers cattivi, Giants buoni. Possiamo guardare Smallville adesso?*

Deacon scosse la testa. «Crick è Crick,» brontolò. «Andiamo d'accordo.» Poteva sempre dirgli quello che non poteva dire agli altri, nemmeno a suo padre.

Amy tirò indietro la testa, il velo leggero fluttuò nella brezza sottile, e si lamentò abbastanza forte da attirare l'attenzione di Crick. «Gesù, Deacon, mi stai uccidendo. Jon, vieni qui, balla tu con questa testarda testa di cazzo.»

Detto questo, Amy piroettò verso suo padre, che la prese tra le braccia sorpreso, e lasciò Jon e Deacon a fissarsi, scioccati. E poi Jon mise le mani nella posizione femminile e mortificò Deacon completamente.

«Andiamo, omone, mi devi un ultimo ballo prima di spedirmi tra le braccia della donna che ha curato il mio cuore spezzato.»

Deacon rimase a bocca aperta come un pesce e poi, incitato dai fischi e dalle grida attorno a loro, tirò su le braccia e accettò l'offerta del suo migliore amico.

«Gesù, che imbecille,» imprecò Deacon, sorridendo nonostante tutto. «Vuoi farla ingelosire? Amico, l'hai *conquistata la ragazza*!»

L'espressione di Jon si fece seria e Deacon ebbe un altro di quei flash imbarazzanti, reso ancora peggiore dalla loro vicinanza. «Deac, sai fin troppo bene che se avessi potuto farla ingelosire in questo modo, oggi si starebbe celebrando un matrimonio molto diverso.»

Ma che diavolo avevano quei due? Stavano cercando di ucciderlo a forza di mortificarlo?

«Eri dannatamente giovane,» brontolò Deacon.

Jon ci aveva provato con lui – due volte – quando erano alle medie, e proprio in quel posto. Deacon in realtà aveva risposto con entusiasmo, poiché quando era molto piccolo si era reso conto di essere seriamente affascinato sia dal corpo maschile che da quello femminile, ma Jon si era tirato indietro. Ci aveva ripensato appena si erano sfiorati con le labbra. A Deacon andava bene far scivolare via quei due momenti – cose dell'infanzia, quando i ragazzini non sanno ancora un cazzo di loro stessi. Ma sembrava che avessero significato qualcosa per Jon.

«Già,» disse Jon, senza arrossire neanche un po'. La sua mano, che Deacon teneva senza stringere, era asciutta. «La mia anima voleva, ma al mio corpo serviva qualcosa con le tette. Ma ti amo ancora, amico. E inizio a preoccuparmi per te.»

«Se vuoi iniziarti a preoccupare, preoccupati che non mi rompa una caviglia. Non stai seguendo i passi.» Era vero. Jon aveva già messo il piede nella posizione sbagliata per due volte, e 'Sempre e Per Sempre' iniziava a essere dura da sopportare.

«Già, ma scommetto che con Crick non avresti problemi.»

Deacon inciampò e smise di ballare. «Vado a prendermi qualcosa da bere,» bofonchiò; non voleva parlarne più.

«Allora vengo con te.» Uscirono insieme dalla pista da ballo improvvisata, dove altre cinque coppie danzavano beate, e al tavolo del punch furono accolti da un picchiettio di applausi divertiti. Crick non era più lì, pensò Deacon, sentendosi irritato. Gli mancavano i discorsi semplici di Crick, con lui la sua lingua non si annodava, e Crick non si aspettava che dicesse niente di più o niente di più significativo di quel che aveva già detto.

«Dico solo che ti fa felice,» disse Jon piano quando si furono serviti di punch. «Ti rende felice, e ti ama da sempre...»

«E ha interrotto una carriera promettente nel campo dell'arte per aiutarmi,» disse Deacon, serio. «Quindi bene. Lo vuole, bene. Ma deve comunque andare a scuola lontano da qui, perché non gli permetterò di rovinare il suo sogno per un caso di devozione a un eroe che non gli è ancora passato.»

Jon si scolò il punch e sospirò. «Okay, Deacon. Capisco ciò che vuoi dire. Ma se pensi che gli brillino gli occhi per la sua devozione all'eroe, non sei molto attento.»

Detto questo, il suo migliore amico si allontanò per ballare con la moglie e Deacon rimase solo finché Crick non gli arrivò accanto.

«Volevano dirti a tutti i costi la loro opinione, eh?»

Deacon alzò gli occhi al cielo e Crick, che conosceva quell'espressione, rise di cuore. «Allora, che ti hanno detto?»

Deacon non riuscì a dire *Vogliono che ti scopi finché non stai zitto!* quindi si limitò a guardare Crick di sbieco e a fare spallucce. Ma doveva aver messo qualcosa in quello sguardo che non aveva pianificato, un qualche calore, qualche speculazione, una specie di «Ehi amico, sei dannatamente sexy con quella giacca,» perché Crick arrossì.

«Davvero?» chiese piano, e fu la volta di Deacon di arrossire.

«Pensano che mi trasformerò in una gattara solitaria quando alla fine te ne andrai a studiare lontano da qui,» brontolò Deacon, assaggiando il punch. Troppo zucchero. Con un sospiro, afferrò una bottiglia d'acqua dal secchiello del ghiaccio.

«Quando invece noi sappiamo che il Pulpito

diventerà un luogo di perdizione, pieno di ragazze a tutte le ore del giorno, giusto?» C'era della tensione nella voce di Crick, irritazione e gelosia. Crick non gli aveva mai posto una domanda diretta sulle sue preferenze sessuali; si era convinto che andassero in una direzione precisa, poiché Deacon aveva amato Amy.

«O di ragazzi,» disse Deacon in tono lieve, chiedendosi come cavolo gli era venuto in mente di dirlo ad alta voce. «Sono per le pari opportunità. Lo sai.»

Crick sputacchiò e iniziò a strozzarsi col punch al punto che Deacon si volse verso di lui e gli diede dei colpi sulla schiena. «Stupido,» brontolò. «Viene da pensare che mettano lische di pesce nella soda o roba simile.»

«Undici anni,» ringhiò Crick. «Ci conosciamo da undici anni, avresti potuto dirmelo prima quel particolare!»

La tempra di Deacon fece leva sulla sua irritazione e guardò Crick di traverso con uno sguardo quasi braccato. «Lo sapevi,» scattò.

«Magari!» replicò Crick.

«Mmm,» Deacon grugnì, tracannando la sua acqua, improvvisamente accalorato dall'avere il corpo di Crick a pochi centimetri dal suo, e buttando fuori fuoco come una promessa incauta. «Volevo che tu avessi una vita migliore della mia,» disse alla fine, con una punta di disperazione nella voce. Quel desiderio era sbiadito, sempre più debole e lontano, eclissato dalla voglia che cresceva giorno dopo giorno in compagnia di Crick. Deacon aveva visto il suo corpo: lungo, alto, snello e bellissimo. Aveva dei muscoli fibrosi, la vita stretta, e quell'adorabile pelle marrone pallido. Lo aveva anche visto nudo accidentalmente, e sapeva che il suo pene era lungo e flessuoso, a forma di fungo, ed era abbastanza certo che avesse una voglia su un lato, ma non l'aveva visto tanto a lungo da esserne sicuro.

Deacon non era né un santo né un monaco, e la sua unica fantasia sessuale degli ultimi due anni era avere il corpo di Crick in ogni posizione immaginabile, con lui sopra e dentro.

«Cosa vuoi adesso?» chiese Crick, all'improvviso troppo vicino al suo orecchio. Deacon chiuse gli occhi, permettendo al suo corpo di assimilare il profumo di Crick. Quella mattina aveva usato la sua crema da barba e il dopobarba, ma su di lui avevano un odore diverso. Su Crick sapevano di piccante e di esotico, e Deacon provò ad aprire gli occhi e a concentrarsi sul ballo – c'erano i Dire Straits con 'The Ballad of John and Mary', una delle sue preferite.

«La stessa cosa,» disse digrignando i denti, perché era troppo vicino a una falsità quel che stava dicendo.

«Stai mentendo,» sussurrò Crick, leggendogli dentro come faceva sempre. Le lunghe dita della mano di Crick scivolarono all'improvviso sulla curva della schiena di Deacon attraverso i pantaloni, e Deacon provò ad arrischiare uno sguardo dietro di lui per vedere se qualcuno li stesse guardando, ma si girò dalla parte sbagliata e si ritrovò a contatto con Crick invece.

Era ancora il ragazzo più bello che Deacon avesse mai visto, col labbro inferiore pieno e un taglio malizioso ai lati della bocca. Deacon rischiò uno sguardo in alto, sapendo che gli occhi di Crick erano ancora di quel tono di marrone insondabile. Solo che ora erano gli occhi di un uomo, ed erano pieni di ardore maschile, e Deacon desiderò avere un cavallo e uno spazio aperto, perché lì per i suoi gusti c'era troppo sesso e troppa emozione per poterli affrontare con eleganza.

«Non del tutto,» bisbigliò indifeso, a pochi centimetri dalle labbra piene di Crick.

La bocca di Crick si incurvò. «Sei la più cocciuta

testa di cazzo che io abbia mai conosciuto.»

Deacon strinse gli occhi. «Non l'hai ancora conosciuto il mio cazzo,» ribatté, girandosi di nuovo di lato. «E non hai abbastanza esperienza per metterti a fare dei confronti.»

Voleva mandar via Crick, farlo incazzare, ma il giovane fece un passo verso di lui, dietro, e Deacon ne sentì la lunga e sinuosa erezione attraverso i vestiti, e vide quasi le stelle; stava respirando nel modo sbagliato.

«Dannazione, Deacon,» bofonchiò Crick; anche nella sua voce c'era una punta di disperazione, adesso. «Suonava tanto come una promessa!»

Deacon sospirò, una parte dell'eccitazione che lo abbandonava mentre ripensava alle sue parole. «Ecco,» mormorò, muovendo le mani agitato, «è per questo che non parlo. Non c'è molto che non possa mandare a fanculo quando apro la bocca.»

«Dannazione a tutto,» Crick mugolò nel suo orecchio. «Anche questo suonava come una promessa!»

Jon colse lo sguardo di Deacon dall'altra parte del prato e Deacon ricambiò il sorriso debolmente. Cristo, la sua determinazione era a pezzi, a terra attorno ai suoi piedi. Si girò verso Crick tristemente, talmente dilaniato che poteva a malapena guardarlo negli occhi.

«La sola promessa che ti ho mai fatto è di non allontanarti mai,» disse dopo un istante, cercando gli occhi di Crick per capire cosa fare.

Crick sbatté le palpebre, stava riflettendo attentamente. «Quella l'hai mantenuta,» disse dolcemente, la voce così piena di speranza da fare male.

Deacon fece spallucce, arrossì, e mormorò: «La manterrò sempre,» prima di girarsi e andarsene. Jon lo trovò, mezz'ora dopo, dall'altro lato della Roccia della Promessa, quello soleggiato; era il momento di fare le foto, mangiare la torta, tirare la giarrettiera e tutto il resto.

«Cos'è successo?» chiese Jon, evidentemente preoccupato.

«Penso di essermi arreso,» disse, voltando la faccia verso la luce mite del sole primaverile. In effetti non era tanto mite – stava sudando sotto la giacca di lana.

«Non ne sei sicuro?»

Deacon fece spallucce. «Sta a lui. Lo sa che lo amerò comunque. Se vuole che le cose cambino, cambieranno.»

Jon gli diede un calcetto con la sua lucida scarpa di pelle. «È un comportamento da passivo, non ti pare?»

Deacon guardò il suo migliore amico. «Non lo sarà se lui fa una mossa. È col suo futuro che stiamo giocando qui, Jon. Non si tratta di rotolarsi nel fieno: stiamo parlando di avere una relazione, dannazione, e sono cose da cui uno come Crick non si stacca facilmente.»

Deacon si volse e tornò verso la parte ombreggiata della roccia, girandoci attorno. Fece finta di non udire Jon dire: «Per te invece è impossibile farlo.»

CAPITOLO
SEI

Promesse infrante

TOCCÒ a Deacon e Crick pulire. Faceva parte del loro ruolo di ospiti, ma non pesava a nessuno dei due. Il giorno dopo il matrimonio ci vollero due viaggi soltanto per togliere le sedie, gli addobbi e l'attrezzatura dello stereo, e il terzo viaggio fu per il tappeto erboso artificiale.

Fu un'idea di Crick fermarsi a fare il bagno prima di andarsene per la terza volta. Deacon portò il furgone mentre lui dava da mangiare ai cavalli, poi montò Comet per raggiungerlo.

Non disse a Deacon di aver caricato nel retro del camioncino tutto il necessario per un picnic, ma lui se ne accorse comunque quando vide la ghiacciaia, le coperte e lo zaino pieno di vestiti vicino a lui. Scosse la testa, divertito. Il ragazzino pensava di organizzare un appuntamento d'amore segreto su quella dannata roccia? Proprio comodo.

Però....

La sera prima, Deacon si stava facendo la doccia nel bagno adiacente alle loro due camere da letto, poiché nessuno dei due se l'era ancora sentita di trasferirsi nella camera di Parish. E mentre era lì, pulito, bagnato, avvolto in un asciugamano a lavarsi i denti, sentì un rumore alla porta.

«Esco subito,» disse distrattamente. Vivevano insieme da quattro anni. Se Crick aveva mangiato troppa torta e aveva bisogno di far esplodere il bagno, poteva usare quello attaccato alla camera di Parish. Per educazione.

Rimase sorpreso quando la porta si aprì e Crick infilò dentro la testa con curiosità.

Deacon lo guardò accigliato dallo specchio. «Che c'è?»

Crick sorrise sfacciatamente. «Non siamo mai andati a nuotare questa primavera. Ti va di andare domani?»

Deacon fece spallucce. L'acqua sarebbe stata fredda, ma la giornata calda. Se portavano qualche asciugamano in più, perché no? «Non potevi aspettare a chiedermelo?»

Crick lo guardò da capo a piedi e Deacon osservò il proprio riflesso nello specchio per vedere se c'era qualcosa che non andava. Mascella squadrata, naso piccolo, labbra compresse: a posto. Capelli marroni bagnati con la riga in mezzo, più lunghi sopra, corti sui lati e dietro: a posto. Il corpo, beh, era il suo. Aveva il petto ampio e la vita stretta, ma non le ossa lunghe come quelle di suo padre. Se gli si fosse mai gonfiata la pancia a causa della birra, avrebbe sicuramente assunto la forma di un estintore.

Deacon si girò perplesso verso Crick. «Te lo chiedo di nuovo. Che c'è?»

Crick sorrise, gli occhi semichiusi, la bocca che sembrava gelato alla ciliegia. «Controllavo se quel segno era ancora al suo posto,» disse, e Deacon si guardò il morso di cicogna vicino al capezzolo e arrossì.

«Già, il mio corpo non è perfetto. E allora?»

Il sorriso di Crick si allargò e divenne ancora più voluttuoso. «Ci sono delle parti che mi sono promesso, ecco tutto,» disse compiaciuto. «Mi stavo solo accertando che fossero dove le ho lasciate.»

Quindi se ne andò via camminando disinvolto, lasciando Deacon con la pelle d'oca, un'erezione, e con la consapevolezza che la determinazione ti porta avanti solo fino al punto in cui la debolezza umana passa a riscuotere il biglietto.

«Già,» ribatté in ritardo, cercando di dire qualcosa che non suonasse fiacco. «Beh, magari anche loro hanno dei piani!»

La risata di Crick, che risuonava giù per il corridoio, non lo aiutò affatto.

Quel giorno, mentre sobbalzava nel camioncino lungo la strada usata per il bestiame nella proprietà sfitta vicino al torrente di irrigazione, Deacon non poté far altro che scuotere la testa. La loro solita routine serale di sedere fianco a fianco sul divano a leggere o a guardare la tv, era stata troppo carica di tensione per il suo equilibrio interiore. Aveva preso un libro e se ne era andato a letto presto, del tutto conscio della mano di Crick che seguiva il suo sedere mentre se ne andava.

Il camioncino sobbalzò un'ultima volta, facendo cadere le lenzuola; sotto c'era un materasso matrimoniale ad aria e un piccolo compressore, e Deacon si ritrovò a ridere, sconfitto. Okay. Quindi Crick aveva in mente di sedurlo. Se avesse anche solo mostrato un accenno di voler portare a termine la cosa, Deacon l'avrebbe fatto sdraiare e l'avrebbe preparato, rendendolo implorante. Sarebbe stato divertente insegnare al ragazzino che non si può sedurre un predatore, devi solo stenderti e assaggiare i suoi denti e le sue zanne sulla tua carne.

Non ci misero molto col tappeto erboso artificiale e Deacon andò a prendere i suoi costumi da bagno dallo zaino, ma Crick glieli strappò via dalle mani. «No,» disse, gli occhi marroni contenti come Deacon non li aveva mai visti. «Non puoi averli. Niente costumi per te!»

«Non nuoto nudo,» ringhiò Deacon. Un uomo ha i suoi limiti.

Crick si erse in tutta la sua altezza e cercò di usare le spalle per premere Deacon contro il camioncino. Deacon abbassò la testa e lo guardò in cagnesco e Crick indietreggiò di due passi, poi si fermò vedendo il sorriso trionfante dell'altro.

Deacon guardò Crick da capo a piedi: il giovane era a torso nudo e indossava jeans a vita bassa, con i fianchi che guidavano l'occhio in modo affascinante a quel che c'era sotto il bottone.

Alzò lo sguardo e vide che il ragazzo era arrossito e si leccava in modo incerto le labbra leggermente aperte. Deacon guardò giù e vide che i jeans sembravano un po' più stretti rispetto a un minuto prima, tornò a guardare verso l'alto e notò i capezzoli di Crick, duri e tesi per il solo fatto che Deacon guardasse il suo corpo.

Deacon deglutì e cercò di non farsi prendere troppo dal momento. Crick aveva dei piani. C'era il materasso ad aria e un picnic e chissà cos'altro dentro lo zaino che lui non doveva vedere.

«Ti ritroverai della sabbia tra le pieghe,» disse Deacon, con voce bassa e roca. «Mi sembrava, ehm, che ti desse fastidio.»

Crick sorrise. Lui non lo sapeva, perché Deacon non glielo aveva mai detto, ma aveva passato quasi metà della sua vita a impegnarsi per vedere quel sorriso. Il sorriso di Crick era sempre lo stesso, nonostante tutti i suoi fardelli e i suoi guai, le tre sorelline che non aveva mai escluso dalla sua vita, e il patrigno che prima lo picchiava e poi forse gli parlava. Il sorriso di Crick era ancora brillante come la luce del giorno. C'erano speranza e gentilezza in quel sorriso. C'erano anche degli svantaggi. Quel sorriso era senza paura, e l'incoscienza di Crick a volte mandava Deacon a nascondersi in camera, scosso da brividi freddi e con le braccia attorno alle ginocchia. Ma nella maggior parte dei casi, Deacon avrebbe fatto praticamente qualsiasi cosa, azzardato di tutto, per far sì che Crick continuasse ad avere quel sorriso sulle labbra.

«Vada per i costumi da bagno,» disse Crick, con quella luminosità calda e un po' da scemo che mandò in qualche modo a puttane le decisioni di Deacon. Dopo aver rovistato un po', Crick gliene lanciò uno; Deacon era abbastanza certo che non fosse suo ma di Crick, ma lasciò stare. «Adesso cambiati ed entra… io mi occuperò del cibo e di tutta il resto della merda.»

Deacon alzò gli occhi al cielo e sorrise a sua volta. «Se provi a mettere della merda accanto alla mia roba da mangiare mi riprendo il cavallo e ti lascio qui a sbrigartela da solo col tappeto erboso artificiale.»

Crick rise. Deacon sorrise e Crick smise di ridere, ma Deacon riuscì ad allontanarsi e a cambiarsi prima che uno dei due scoprisse il perché.

L'acqua era fredda, rinfrescante, ed entrambi avevano lavorato sodo. Quando Deacon ne uscì, Crick aveva già sistemato il materasso ad aria e le coperte, e aveva tirato fuori qualche panino e della soda. Deacon voleva stare al gioco. Sia perché aveva fame, e poi perché… beh… sembrava essere una fantasia di Crick. Deacon pensò che Crick avrebbe capito molto presto che lui non era né un santo o un eroe o qualsiasi cosa pensava che fosse, ma il minimo che poteva fare era fargli godere il suo momento.

«Buono,» mormorò Deacon con la bocca piena, e Crick si pavoneggiò per il complimento.

«Li ho fatti io.» Anche lui ne aveva preparati. Negli ultimi cinque giorni l'odore di barbecue l'aveva fatta da padrone in casa. Era una delle poche cose che Parish aveva cercato di insegnare a Deacon, ma a lui non era mai piaciuta granché. Era contento che Crick ci fosse portato.

«Mi piacciono.» Deacon finì il panino, si pulì la bocca, e buttò la carta nella piccola busta degli alimentari che prima l'aveva contenuto. Poi si alzò e si sciacquò le mani sul bordo dello stagno, con Crick al suo fianco. Quando si alzò di nuovo, se lo trovò proprio lì, a distanza di bacio, che lo guardava col cuore in mano.

«Hai mai voluto baciarmi, Deacon?» chiese Crick. Deacon era certo che avesse provato quel discorso, cercando di farlo sembrare sexy e seducente, ma invece sembrava piuttosto incerto e carente.

Deacon pensò che quella seconda combinazione fu ciò che lo fece capitolare.

«Sempre,» mormorò. Alzò la mano a tracciare la linea della clavicola di Crick, dalla spalla fino al centro del petto. Continuò a muovere piano il dito, giù tra i pettorali fino allo stomaco tenero e annodato per la tensione. Crick lo contrasse, facendosi scappare un piccolo suono lamentoso dalla gola, e Deacon sorrise guardandolo negli occhi. C'era ancora un po' di salsa barbecue a lato della bocca di Crick, e Deacon gliela tolse col pollice.

In quell'attimo pensò di rifare a Crick il solito discorso, dicendogli che nonostante tutto sarebbe dovuto tornare a scuola, dicendogli di «Non mettere i tuoi sogni da parte a causa mia!» Ma poi la lingua rosa di Crick gli leccò il pollice e stavolta fu Deacon a trattenere il respiro. Crick gli succhiò il pollice e lo stuzzicò con la lingua, e ogni pensiero coerente abbandonò il cervello super-eccitato di Deacon.

Trascinò la bocca di Crick in un bacio, lasciando il pollice dov'era fino all'ultimo momento.

Oh, Dio. Sapeva di barbecue e di acqua di fiume e di... di *Crick*, e Deacon non riusciva a fermarsi. Le loro lingue si incontrarono e si annodarono, e Deacon spinse Crick finché il giovane non iniziò a indietreggiare. Crick calpestò il materasso e capì al volo le intenzioni dell'altro; si abbassò e ci si sedette sopra, mentre Deacon continuava a spingerlo accanitamente.

«Se voglio baciarti?» mormorò Deacon e lo baciò lungo tutta la linea della mascella, mordicchiandogli l'orecchio, strofinando il naso contro la pelle della gola. «Se voglio baciarti?» Altri baci, che arrivarono diretti sui capezzoli di Crick, facendolo gemere in modo incoerente nell'aria attorno a loro.

Deacon si mosse in basso sullo stomaco tenero di Crick, che aveva una promettente traccia di pelo marrone sotto l'ombelico, iniziando a leccargli la pelle proprio in quel punto solo per sentirlo agitarsi sotto di lui. Le mani di Crick lottarono per afferrare i capelli bagnati di Deacon, ma lui scivolò via dalle sue dita come una lontra vorace, e si mosse oltre.

Fece scivolare la lingua sotto l'elastico del costume da bagno hawaiano di Crick, stuzzicandolo per circa un secondo e mezzo, prima di afferrarlo e tirarglielo giù, lasciando il corpo del giovane completamente esposto all'aria.

Deacon si tirò su un gomito e si prese un attimo per ammirarlo. Il corpo di Crick era così lungo e snello, di un delizioso color marrone pallido, senza neanche un'imperfezione o una lentiggine eccetto che sulle spalle, che si scottava tutti gli anni.

I loro occhi si incontrarono; quelli di Crick erano

indifesi, marroni e limpidi, e Deacon avvicinò il dito duro e calloso alla sua erezione, mentre gli occhi dell'altro si spalancavano, pieni di attesa e voglia, talmente famelici che Deacon per un attimo dubitò di poterlo saziare. In fondo anche lui si sentiva così, quindi pensò di potercela farcela.

Il dito di Deacon trovò quella voglia, quasi a forma di fulmine, e lui grugnì soddisfatto mentre Crick si inarcava tendendosi verso quel tocco, implorandolo. Ma Deacon sapeva come muovere le mani, vista l'esperienza che si era fatto sulla propria pelle, e continuò a muovere il dito, carezzando il lato inferiore del pene di Crick, esplorando la tenerezza dei testicoli e i peli lì in mezzo, muovendosi giocosamente lungo il glande scivoloso, e tortuosamente attraverso quel piccolo, delicato, lembo di pelle che una volta era attaccato al prepuzio, procurando piccoli brividi all'altro.

Crick gemette quando lo fece, quindi lo fece ancora.

E ancora.

Crick iniziò a supplicarlo, balbettando, implorandolo. «Per favore, Deacon, per favore, per favore, per favore, *perfavoreperfavoreperfavore,*» e a Deacon, che era abituato a tacere quando Crick chiacchierava a tutto spiano, piacque che ora fosse lui a non trovare le parole per quello che voleva. Ma Deacon lo sapeva anche senza che glielo dicesse, e quando lo stomaco di Crick fu scosso da un mezzo spasmo che precedeva l'eiaculazione, Deacon alzò la testa e circondò quel pene bellissimo e gonfio con la bocca, affondandoselo nella gola fin dove poteva e rimanendo così finché Crick non perse il controllo con un «Ahhhhh» strozzato. Era dolce, amaro e denso, e Deacon ingoiò, ingoiò e ingoiò.

Non tutto, però. Non poteva. Quando guardò Crick, sorridendogli malizioso, era conscio dello sperma del giovane che gli colava sulla guancia.

«Ora che ci siamo presi cura di *questo*,» ansimò, «possiamo rallentare un po'.»

Crick si tirò su sui gomiti e lo fissò stupidamente. «Rallentare?»

Deacon sorrise e sapeva di avere un sorriso sognante e ambiguo.

«Crick, tutte le cose che ho pensato di farti... non voglio correre.»

Crick si lamentò e ricadde all'indietro. «Pensavo di essere io quello che ti seduceva!»

Deacon si infilò il pene di Crick in bocca per pulirlo velocemente e poi iniziò a esplorare l'interno delle cosce del giovane con le labbra, i denti e la lingua.

«No,» mormorò, posizionandosi tra le gambe aperte di Crick. Gli spinse le ginocchia finché il suo corpo non fu aperto davanti a lui. Un po' di sperma era colato giù tra le natiche verso l'ingresso del corpo di Crick e adesso era lì, e aspettava soltanto che qualcuno ci giocasse.

E Deacon lo fece, usando quel suo dito malizioso.

«Ahh... Dio... Deacon... non sapevo che l'avessi già fatto.» La voce di Crick si incrinò mentre quel dito scivolava dentro di lui e faceva dei cerchi, allaragandolo così gentilmente che Crick poteva a malapena sentire una qualche resistenza.

Deacon si tirò su per sbirciare il ragazzo che amava da sempre e assicurarsi di chiarire la situazione. «Non l'ho mai fatto,» disse, annuendo serio. «Non ho una dannata idea di quel che sto facendo.» Abbassò la testa e spinse la lingua dove prima aveva messo il dito, leccando, e gli piacque così tanto il forte gemito che scappò a Crick, che si spinse ancora oltre.

«Mi... avresti... ah, Dio, Deacon mi stai uccidendo... potuto imbrogliare... *cazzo*!»

Deacon aveva ricominciato a usare le dita, e fu allora che trovò lì dentro quella piccola protuberanza a forma di noce. La sfregò di nuovo e il corpo di Crick si inarcò e si agitò convulsamente, e il giovane si mise quasi a singhiozzare.

Deacon sorrise. Bene. Adesso aveva un piano. Leccando con attenzione, usando quanta saliva poteva, si inumidì due dita e le infilò dentro. Crick emise un suono negativo, e Deacon le tirò fuori così velocemente che il compagno venne quasi all'istante.

«Aspetta,» ansimò Crick, e Deacon obbedì, mentre il giovane si sporgeva verso lo zaino vicino al giaciglio. Rovistò disperatamente per un minuto; Deacon si annoiò e prese a disegnare l'alfabeto proprio sull'ano di Crick mentre questi lo insultava in tutti i modi possibili e cercava ancora più velocemente.

Quello che tirò fuori sorprese e divertì Deacon.

«Lucidalabbra alla fragola?» In realtà era vasellina, burro di cacao per le labbra al gusto di fragola; Crick gliene tirò due confezioni mentre Deacon gli sorrideva seduto tra le sue gambe.

«Me la sono fatta sotto al negozio. Volevo comprare il lubrificante!»

Deacon ridacchiò e vuotò il contenuto dei tubetti, sospirando un po'. «Mmm... è caldo,» disse, prima di far scivolare entrambe due dita dentro il corpo di Crick. Il giovane mugolò e Deacon si mosse all'interno, muovendo le falangi come se fossero forbici, e il giovane urlò, ma era un urlo di piacere.

Deacon si sollevò leggermente per togliersi il costume, poi scivolò verso l'alto in modo da trovarsi petto contro petto con il giovane. Crick allungò una mano e sfiorò l'erezione di Deacon – il suo pene era

lungo quanto quello di Crick ma più massiccio, ed era
così duro che anche il soffice tocco del ragazzo gli fece
male.

«Diiiiiiiiiiiooo.» Deacon affondò la testa nello
stomaco di Crick e cercò di riprendere il controllo.
Dannazione, non era mica un ragazzino che veniva con
un solo tocco! Crick gli accarezzò i capelli finché fu
certo che Deacon non avrebbe perso il controllo prima
di essere dentro l'amore della sua dannatissima vita.

Quando il pene di Deacon venne a contatto con
l'apertura di Crick, si bloccarono entrambi per un
momento, ma il giovane era preparato, allargato e
pronto, e Deacon non riusciva più a controllarsi molto.
Crick deglutì, si protese, incorniciò il viso di Deacon con
le mani e lo baciò.

Questa volta, ormai sul punto di fare qualcosa di
irrevocabile, Deacon accettò il bacio. Andò avanti finché
le mani di Crick spinsero contro la sua schiena e le spalle
di Deacon tremarono, scosse dalla voglia e
dall'eccitazione.

«Per favore, Deacon?» ansimò Crick. «Per
favore... dobbiamo...»

Già. Deacon si tirò indietro e si sistemò
delicatamente dove doveva stare. Ci fu un po' di
resistenza – non tanta, era stato molto scrupoloso – e
Crick gettò indietro la testa e lo implorò di continuare.

Oh Dio. Si sentiva in paradiso. Il corpo di Crick
avvolto attorno al suo pene era... Crick ebbe uno spasmo
e per poco Deacon non venne. Dio, era perfetto. Deacon
spinse ancora, entrando delicatamente, e Crick allargò le
gambe e le tirò indietro il più possibile. Chiuse gli occhi
e fece un respiro, si spostò e implorò di averne ancora
con ogni torsione dei fianchi, e Deacon lo guardò in quel
momento, il loro primo momento di possesso, perché
non voleva finisse mai.

E invece doveva finire. Doveva muoversi, spingere, penetrare sempre più a fondo nel corpo disponibile di Carrick Francis, e Crick lo amava, mugolava, lo implorava, gli diceva che era fantastico. I fianchi di Deacon iniziarono a spingere sempre più forte, e Crick tirò le gambe al petto e urlò. Dal suo pene fuoriuscì di nuovo sperma che coprì i loro ventri, rendendo i loro corpi sudati più scivolosi e appiccicosi, e forse fu quello, o il modo in cui la testa di Crick era piegata all'indietro e il suo corpo era così aperto e vulnerabile, o il fatto che non faceva sesso da una vita, dannazione, ma Deacon non ci vide più, gemette e affondò il viso nell'incavo della gola di Crick e, nel paradiso del suo corpo, venne.

E ancora e ancora e ancora.

Anche i momenti in cui il tempo sembra fermarsi finiscono. Deacon scivolò fuori dal corpo di Crick mollemente e rotolò sul fianco, poggiando la testa sulla sua spalla, fissando stupefatto il cielo sopra di loro, screziato dalle foglie delle querce come se fosse una tettoia di vetro macchiata. Per qualche minuto ci fu solo il rumore dei loro respiri affannati, che si andavano calmando fino a perdersi nella leggera brezza del pomeriggio.

«Ti amo, Deacon.»

«Anch'io, Crick.»

«Allora,» Crick rise un po', «vuol dire che posso restare?»

Deacon si accigliò e si chiese se l'essere 'stupido' fosse una condizione permanente o se si fosse fumato il cervello. «Restare dove?»

«Con te, sai, basta con questa stronzata del 'quando Crick andrà via'.»

Deacon si accigliò ancora di più e mosse una mano sotto di sé per mettersi seduto. «Non sono stronzate,

Crick. È tutta la vita che odi questo posto. Non sarai mai felice qui se prima non te ne vai un po' a vedere il mondo. Questo non vuol dire...»

Crick si era alzato e si stava rimettendo il costume usando più forza del necessario, mentre Deacon si chiedeva cosa diavolo fosse successo senza che lui se ne fosse accorto. «Oh, so cosa vuol dire. Vuol dire che io me ne vado alla scuola d'arte e tu stai seduto ad aspettarmi come una specie di maledetto monaco o martire.»

«Non sono un martire se mi piace stare qui!»

Crick raggiunse la roccia dove aveva lasciato i vestiti e iniziò a indossarli con movimenti duri e violenti. Deacon si chiese quasi nel panico quando fossero passati dalla sensazione piacevole di poco prima a Crick che se ne andava in quel modo impulsivo. Si chiese anche se fosse il caso di alzarsi e raggiungere il camioncino dov'erano i suoi vestiti, perché se Crick tagliava per i campi col cavallo, voleva arrivare prima di lui al Pulpito per chiarire la situazione.

«Beh, io sono felice di stare qui con te!» gridò Crick, mettendosi gli stivali senza i calzini, e Deacon gli tese le mani, cercando di mettere fine a quella mostruosa discussione esplosa dal nulla.

«Crick, per favore non...» *pensare che non voglio che tu stia qui con me.*

Era quello che stava per dire. Sapeva che era quello che stava per dire. Era quello che pensava dal profondo del cuore da quando Crick aveva interrotto gli studi per lui. Quella frase sembrava la più semplice delle idee, la cosa più ovvia al mondo.

Crick lo guardò come se avesse tirato fuori una pistola e gli avesse sparato.

«Oh, Gesù,» mormorò. «Sei proprio come Bob: mi stai mandando via!»

Deacon era scioccato e inorridito, e stava lì in piedi, a bocca aperta, cercando di evocare le parole magiche. «Oh, Cristo, no!»

Ci riuscì, ma quando ormai Crick era già montato su quel dannato cavallo e se n'era andato per i campi. Deacon corse a piedi nudi sul piccolo ponte per rivestirsi e fermarlo. Qualsiasi cosa passasse per quella sua testa che agiva senza prima di pensare, poteva solo rendere le cose dannatamente peggiori.

Lasciò tutto lì – le coperte, la ghiacciaia, il maledetto tappeto erboso artificiale, tutto – e si fermò solo il tempo necessario per rimettersi jeans, maglietta e stivali. Probabilmente lasciò il suo buon senso nei rottami della verginità persa di Crick, anche, perché salì sul Chevy e andò a tavoletta senza neanche allacciarsi la cintura di sicurezza.

Il che risultò essere un problema quando, a venticinque miglia all'ora, prese una buca su quella strada schifosa, ruppe l'asse, e fu scaraventato a testa in avanti contro il parabrezza.

CAPITOLO
SETTE

Sogni infranti

DEACON si svegliò in un letto d'ospedale sentendosi un perfetto idiota. Carrick era accanto a lui e lo guardava come se gli fosse cresciuta un'altra testa.

«Non significa che non possiamo stare insieme.» Deacon si sentiva la bocca come gomma e batuffoli di cotone, ma era abbastanza certo di averlo detto bene.

«Deacon, Gesù, stai bene? Mi hai fatto prendere un colpo! Pensavo fossi a casa e invece non c'eri, e quando sono tornato dalla città e ho trovato casa vuota...»

Deacon mise a fuoco lo sguardo appannato e aggrottò le sopracciglia. «Che ci facevi in città?»

«Non indossavi la cintura di sicurezza!» lo accusò Crick.

Deacon pensò di doversene vergognare. «Allora sono fortunato a essere qui,» disse cautamente, ma non si sentiva affatto così. Sembrava che Crick fosse sul punto di mollargli un ferro di cavallo da centotrentacinque chili sulla sua testa dolorante.

«Che hai detto?» chiese Crick, porgendogli dell'acqua in una tazza.

Deacon ne mandò giù un sorso e si sentì un po' meglio. «Che sono fortunato a essere qui?» Crick evitava di guardarlo. Oh, cazzo. Quant'era grave se Crick non lo guardava negli occhi?

«Intendevo prima, quando ti sei svegliato.» I capelli di Crick, lunghi fino alle spalle, erano sfibrati per quante volte ci aveva passato le mani. Deacon cercò di capire senza successo quanto tempo era passato.

«Ho detto che se vai a scuola non significa che non possiamo stare insieme. Visite, messaggi... fine settimana bollenti. Si tratterebbe di San Francisco o Los Angeles, non il confine del mondo, sai?»

Crick sedette in modo pesante, e la sensazione che stesse per sganciare un peso si trasformò nella sensazione che stesse per sganciare una bomba nucleare. «Già,» disse Crick, con gli occhi un po' persi, e Deacon, con la testa dolorante e il braccio debole (perché poi?) resistette all'impulso di piangere.

«Crick?» Quanto era grave? Era al livello tipo di 'Ho venduto il tuo cavallo preferito?' o al livello di «Sono andato a letto con qualcun altro subito dopo averlo fatto con te?' Quanto era grave?

«Sarei dovuto rimanere lì il tempo sufficiente per fartelo dire, eh?» disse Crick, e poi fece un sorriso che ricordava il formaggio ammuffito.

«Crick...» Deacon cercò di sedersi, grugnì per il dolore, e si rese conto di avere il braccio e la spalla ingessati. Doveva esserseli rotti in quel dannato incidente. Merda. Il camioncino. L'avrebbe dovuto far riparare. Più tardi. «Che hai combinato?»

Crick riuscì a guardarlo; gli occhi del giovane erano cerchiati di rosso e iniettati di sangue. «Ne parleremo quando starai meglio...» provò, in modo poco efficace, e Deacon sentì crescere la rabbia.

«Ne parliamo adesso!»

«Tanto non possiamo farci niente,» bofonchiò Crick. «Mi hanno fatto firmare sei tipi di fogli diversi che dicevano che non posso tirarmi indietro.»

La preoccupazione di Deacon iniziò a pesargli più dei dolori e visto che al momento gli sembrava che il cervello gli stesse per uscire dalle orecchie, ciò era tutto dire. «Gesù Cristo! Carrick James Francis, che cazzo hai combinato?»

Crick non gli rispose per le rime. Rimase seduto a guardarsi le mani con uno sguardo talmente perso che mostrava quanto anche lui stentasse a credere a ciò che aveva fatto.

«Iraq,» disse in tono casuale.

Deacon non si era mai sentito così perso. «Tibet?» provò, chiedendosi se per caso non fosse un qualche nuovo test di consapevolezza per i pazienti con trauma cranico.

«Vado in Iraq, Deacon. Mi sono arruolato. Ecco perché ero in città.»

«Che hai fatto?» C'era un oceano rombante nelle orecchie di Deacon e non era proprio certo di aver sentito bene.

Crick fece spallucce, come le faceva quando Deacon gli chiedeva come andavano le cose a scuola, e lui non voleva ammettere che facevano schifo. «Io... io, ehm... sai. Ho pensato che se tu volevi che vedessi il dannatissimo mondo, l'avrei fatto. Io... io non sapevo che pensavi di far parte della cosa.» Lo disse senza emozione. Un dato di fatto. Come un chirurgo alieno che stesse analizzando il cuore sanguinante di Deacon su un vassoio d'acciaio inossidabile dopo averglielo strappato dal petto.

Deacon vide tutto nero e ricadde pesantemente sul letto dell'ospedale. Gli si seccarono le labbra e iniziò a tremare.

«Gesù, Crick.»

«Mi spiace tanto, Deacon.»

«Ma perché... come potevi pensare...»

«Io... tu continuavi a respingermi, e allora... non lo so. Sono arrivato alla conclusione che oggi fosse stato una specie di addio coi controcavoli!»

Deacon era così sconvolto e ferito che cercò di sedersi di nuovo e lottare contro la stanza che girava. «Addio? Brutto ragazzino testa di cazzo! Stavo finalmente per cedere! Perché avresti dovuto pensare che ti stessi buttando fuori dalla mia vita a quel modo?»

Crick impallidì e disse: «Perché sei l'unico che non l'ha ancora fatto, Deacon. Pensavo che fosse arrivato il momento.»

Deacon non seppe cosa rispondere. Se Crick non si fidava di lui dopo... dopo quattro anni vissuti come fratelli, dopo tutto il tempo che Deacon era sempre stato lì per lui ad aiutarlo... Iraq. Le persone muoiono in Iraq. Deacon non sarebbe stato lì a salvarlo, sarebbe stato molto lontano, irraggiungibile, come suo madre o Parish o...

Dopo aver reagito a malapena per un braccio e una clavicola rotti e una commozione cerebrale, la morsa che gli attanagliava il petto lo fece urlare. Piegò la testa all'indietro e buttò fuori la confusione, la rabbia e il dolore, e quando smise di urlare l'eco di quel grido rimase sospeso sulla struttura del letto di acciaio inossidabile, sulle mattonelle beige e sui muri color grigio talpa.

«Carrick... Gesù. Cosa... cosa...» Gli si stava per spezzare la voce, lo sapeva. «Cosa ti ho mai fatto...» Salì di due ottave e poi la riportò sotto controllo. «Cosa ti ho mai fatto per ferirmi a questo modo?»

Non aspettò una risposta, non poteva. Spostò lo sguardo assente sul muro di fianco e lasciò che le lacrime gli scorressero libere dagli occhi, e desiderò di aver preso quella buca mentre andava a novanta all'ora. Aveva fatto abbastanza turni nei paramedici per sapere come sarebbe andata a finire, ed era infinitamente meglio di come si sentiva adesso.

Oh, Dio, non aveva pensato proprio quella mattina che il suo unico sogno, il suo incorruttibile sogno, tutto ciò che voleva al mondo si fosse finalmente realizzato? E adesso eccolo lì, ferito, e quel sogno era distrutto, ridotto in schegge che gli avevano squarciato il cuore.

Forse si addormentò, mentre si disperava, perché sobbalzò sentendo la voce di Crick, e il dolore gli attanagliò il petto, fresco e selvaggio come quando aveva capito cos'era successo.

«Per favore, Deacon,» disse piano. «Per favore?»

Deacon quasi non voleva girarsi, ma gli undici anni passati a dare a Crick quello di cui aveva bisogno ebbero la meglio. Crick era seduto a testa bassa, sembrava distrutto.

Merda.

Aveva passato gli ultimi undici anni a dire a Crick che gli avrebbe sempre voluto bene, qualsiasi cazzata avesse fatto. Che promessa era se non poteva sopportare questo?

«Che c'è?» chiese calmo, e Crick si allungò e col pollice gli asciugò con cautela le guance bagnate, poi gli coprì il viso con la mano callosa, come aveva fatto lui.

«Mi hai promesso che saresti stato sempre la mia casa. Io… ho fatto un casino. Non ti ho creduto oggi. Per favore non… per favore non buttarmi fuori adesso.»

Oh, Dio. «Crick, tu stai…»

Crick annuì e si strofinò la faccia sulla spalla. «Sto per andarmene, lo so. Ma ho ancora due settimane, e…» Finalmente, alla fine, Crick sembrava giovane com'era realmente. «Sono così spaventato. Ti prego… ti prego, dimmi che avrò ancora una casa quando tornerò.»

Fanculo. Fanculo, fanculo, fanculo, fanculo, fanculo, fanculo, fanculo.

Deacon sospirò e asciugò la guancia di Crick come lui aveva asciugato la sua. «Quando posso uscire da qui?» chiese, pensando a tutte quelle cose di cui si sarebbe dovuto preoccupare appena sveglio.

«Ti dimettono domani, ma tra due giorni dovrai tornare per il gesso in fibra di vetro. Ho chiesto.»

Deacon annuì. Gli sembrava giusto. All'improvviso si sentì stanco, gli faceva male dappertutto, non solo la testa. «Domani, mentre andiamo a casa, ci fermeremo a comprare della vernice e della biancheria da letto e altre cose. Possiamo trasferirci nella camera di Parish prima che te ne vai.»

«Ci penso io,» disse Crick esitante. «Cosa vuoi?»

Deacon sorrise un po', debolmente, tristemente, e con tanta stanchezza da affondare una nave. «È anche la tua stanza, Crick. Prendi quello che vuoi.»

Crick annuì ma non si mosse. Piangeva di più ora, e così anche Deacon. «Ma ci dormirai anche tu no?»

«Certo,» disse Deacon, chiudendo gli occhi perché doveva. «Ma tu non ci sarai. Fa' in modo che mi ricordi te.»

Scese un silenzio pesante, uno di quei silenzi che contengono cose che saranno dette in seguito e cose che potrebbero non essere mai dette. Crick alla fine cominciò a far ciondolare il capo. Deacon si avvicinò al bordo del letto e allungò la mano sana per far appoggiare Crick al cuscino. Lui si mise le mani sotto la testa e lo guardò serio.

«Se riesci ancora ad amarmi dopo tutto questo, probabilmente mi amerai sempre,» disse piano, e Deacon grugnì.

«Tutto dipende se tornerai da me, Crick. Penso di

poterti perdonare tutto tranne la morte.»

Le due settimane e mezzo passarono in un lampo e Deacon non poté farci nulla.

C'erano un sacco di cose da fare. Oltre al normale lavoro per mandare avanti il ranch, bisognava sbrigare le formalità per liberare Crick dagli impegni della sua vita a Levee Oaks, e Deacon doveva occuparsi del rottame dell'auto e venire a patti con la sua dannata stupidità. Crick lavorò sodo per trovare un rimpiazzo per il lavoro al ranch, e furono fortunati. Uno dei vecchi spalatori di letame di Parish e Deacon aveva appena finito il liceo ed era in cerca di un lavoro con orario flessibile per mantenersi al college.

Edgar era un bel ragazzo e Deacon pensò che Crick ne potesse essere geloso, ma il giovane era devoto al cento per cento alla sua fidanzata, quindi nessun problema.

Riuscirono a sistemare e ridipingere la camera di Parish – o meglio ci pensò Crick, nei due giorni seguenti il ritorno di Deacon a casa. Deacon lo supervisionò dalla sua posizione di riposo forzato. Una volta finita, Deacon guardò i toni rilassanti di verde salvia, lavanda chiara e avorio e scosse la testa.

«Non ti piace?» chiese Crick, col volto preoccupato, e Deacon si girò verso l'uomo con cui aveva dormito per tre notti di seguito e lo guardò storto. Non avevano più fatto l'amore, poiché il corpo di Deacon era ancora coperto di lividi, ma si erano stesi l'uno accanto all'altro e si erano toccati dolcemente. Era dura farlo quando ogni tocco bruciava come un addio.

«È stupenda, Crick.» Sorrise, ma era un sorriso triste. «È difficile credere che tu abbia abbastanza mascolinità da non farti scoprire nei prossimi due anni.»

Crick guardò di nuovo la stanza con gli occhi spalancati e si coprì la faccia con le mani sporche di vernice asciutta. «Oh, Cristo. Mi faranno a pezzi vero?»

Deacon gli si avvicinò e iniziò ad accarezzargli i capelli lunghi. «Nah... quando ti avranno tagliato i capelli sarai come tutte le altre reclute, giuro.»

Crick lo guardò speranzoso, con gli occhi marroni che sbirciavano tra le dita macchiate. «Davvero?»

Deacon fece spallucce. «Mica andrai lì indossando una maglietta con su scritto 'Mi sono arruolato per tenermi alla larga dal mio amante gay'!»

L'espressione inorridita di Crick era eloquente e miserabile. «Senti, Deacon...»

Deacon arrossì e fece per voltarsi.

«No, dannazione. Deacon, non puoi credere una cosa del genere.»

«Lascia stare,» borbottò Deacon, imbarazzato. Era solo uno scherzo, davvero, ma Crick gli aveva ricordato che sembrava la verità.

Crick gli prese le spalle con le sue mani dalle dita lunghe, e d'improvviso entrambi si resero conto che era più alto di Deacon, e che sì, erano stati amanti non più di quattro giorni prima.

«Deacon – quello che è successo... è a causa mia. Mi senti? Solo mia. Io sono un perdente.»

«Non più di me!» Non era sicuro di poter superare l'imbarazzo per aver distrutto il camioncino.

«Sei stato provocato. Io sono un perdente da tutta una vita!»

«È una *bugia*!» Dio, Deacon se lo sentiva nelle profondità dello stomaco. Appassionato? Sì. Impulsivo? Sì. Ma un perdente? No. Crick aveva del potenziale, un potenziale strepitoso, dalla sua arte al suo senso di responsabilità, al modo in cui sembrava amare Deacon senza riserve.

Crick lo guardò sarcastico e qualcosa nel suo volto gli fece scuotere la testa. «Devo i miei pregi a te e a tuo padre, e al fatto che voi vi siate preoccupati tanto per me. Io... quello che ho fatto, quello che faccio... è un modo del cazzo di ripagarvi, ma tu non c'entri. Non è colpa tua. Ho agito prima di pensare e sono corso via e ho fatto la più grossa stronzata possibile.» Crick deglutì e si girò, e Deacon si ricordò – ancora una volta – di quanto fosse giovane.

«Non ti preoccupare, Carrick,» disse Deacon gentilmente, prendendogli il mento con la mano. Dio... aveva a malapena la barba. Vent'anni. Crick aveva vent'anni. Quale razza di dannato idiota metterebbe la firma su un pezzo di carta che lo obbliga a partire pensando di volerlo per davvero?

«Deacon Parish Winters, pensi che mi preoccuperò di qualcos'altro nei prossimi due anni?» chiese Crick aspramente, con le labbra che si piegavano, usando il nome completo di Deacon.

«Voglio che ti preoccupi solo di tornare,» disse Deacon con la stessa forza e Crick lo guardò tristemente.

«Deacon, ma niente ti fa mai arrabbiare?»

Fu allora che Deacon si accorse della rabbia che premeva dietro i polmoni. Quasi lo soffocò, ma la spinse via e la nascose, la colpì finché non si fece piccola, si fece schifo da sola, ringhiante e rabbiosa.

«Sarò furioso quando te ne sarai andato.»

Quella notte, a Crick non bastò solo stargli vicino e toccarlo. Si avvicinò e lo baciò con la stessa passione e lo stesso trasporto con cui Deacon l'aveva baciato alla Roccia della Promessa. Deacon ne rimase sorpreso e poi smise di pensare del tutto, perché quel ragazzino riusciva a mandargli in tilt le sinapsi con un solo movimento della lingua.

Deacon prima massaggiò il petto di Crick con la mano sana, poi la fece scivolare verso il basso sul retro dei boxer, e Crick gli si avvicinò ancora di più e fece lo stesso.

Crick colpì un livido – quello che correva attraverso l'addome di Deacon – e Deacon trattenne il respiro. Crick s'infilò sotto le coperte e lo baciò, poi baciò quello lungo il fianco, e poi sfilò del tutto i boxer del suo amante.

«Come lo facciamo?» chiese poi, mordicchiando il pene di Deacon, e questi trattenne il respiro quando il giovane aprì la bocca e lo ingoiò, parzialmente eretto.

«Mi pare che così andiamo bene,» ansimò Deacon e Crick rotolò dietro di lui per cercare qualcosa nel comodino. «Che diavolo c'è là dentro?»

«C'è un sexy shop su Auburn Boulevard,» mormorò Crick, tornando sotto le coperte. Deacon rotolò sulla schiena con cautela per cercare di vedere cosa stesse facendo, ma Crick aveva già finito quando riuscì a muovere il gesso attorno alle coperte. Il ragazzo emerse dalle coperte e si appoggiò sulle mani e sulle ginocchia, chinandosi sul corpo di Deacon con una grazia longilinea. Riprese il pene di Deacon in bocca, si mise una mano dietro il sedere, mentre con l'altra – ora decisamente scivolosa – circondò l'asta di Deacon. Si mosse in modo deciso sul corpo solido e maschio dell'amante. «Aaahhhh,» riuscì a gemere Deacon prima di zittirsi. Crick iniziò a far cose con la lingua sul suo glande che lo fecero rabbrividire, e poi iniziò a fare cose con le dita sul suo pene e sulle sue palle che gli fecero afferrare la testa di Crick con la mano buona prima di iniziare a contorcersi.

«Fermati,» lo supplicò Deacon. «Sto per venire.»

Crick si fermò così di botto che il corpo di Deacon si staccò dalla sua bocca con uno schiocco umido. «No, no... non puoi farlo. Ho dei piani,» gli ordinò freneticamente. Portò di nuovo la mano dietro di sé e, mentre si muoveva, Deacon vide il suo volto contorcersi nelle linee sottili del piacere e del dolore. Tutto il corpo di Crick si rilassò per un istante, poi il giovane posò qualcosa sul comodino e si girò rimanendo sul fianco, di modo che il suo sedere fosse posizionato contro l'erezione di Deacon.

Mentre Deacon muoveva le dita per mettere il pene nella posizione giusta, vide che il fondoschiena di Crick era scivoloso, grondava lubrificante, e si accorse che anche la fessura tra le natiche era dilatata.

«Ma che diavolo…»

«Un *plug* anale,» ansimò Crick. «Ora l'ho tolto. E ho bisogno di te dentro. Ti prego, Deacon, ti prego, ti prego, ti prego, ti prego… ahhh… grazie grazie grazie grazie…»

Oh, cavolo… a pensare a Crick che si preparava… che si dava piacere a quel modo, l'erezione di Deacon si gonfiò. Pensò a Crick poggiato sulle mani e sulle ginocchia col sedere per aria, che lo succhiava mentre aveva quella cosa dentro di lui, che lo allargava…

«Stai fermo, Crick,» disse con voce roca. Si era disteso sul braccio sano e sistemò con cautela il gesso sul fianco di Crick per tenerlo fermo. Funzionò perché Crick era ansioso di sentirlo dentro di sé, e Deacon riuscì a muovere i fianchi più velocemente e più forte, mentre il giovane lo aiutava sbattendogli contro a ogni affondo, finché i loro respiri divennero sempre più pesanti nel buio della stanza.

«Prendilo in mano,» ansimò Deacon, perché lui non poteva farlo. «Afferralo… tienilo… carezzalo, Carrick, masturbati per me.»

«Nnnnggggh…»

Oh. Dannazione se era eccitante. Carrick iniziò a tremare, a contorcersi, ad avvicinarsi all'orgasmo, la sua apertura era scossa da spasmi, e poi Deacon venne dentro di lui, affondò la testa nella sua spalla, gemendo, mentre il corpo veniva messo sottosopra dall'orgasmo.

La quiete che seguì era appagante e impregnata dell'odore del sesso.

«Davvero una gita interessante la tua, Crick,» mormorò Deacon, e il giovane iniziò a ridere.

«Non tutte le idee che mi vengono in questa testa a punta sono da buttare,» mormorò Crick, e Deacon gli circondò il petto col braccio – col gesso e tutto – e gli fece quasi le fusa nell'orecchio.

«Guarda che lo sapevo già. Conto proprio su quello, infatti.»

Due giorni prima della partenza invitarono Jon, Amy, Patrick e le sorelline di Crick a cena, per fargli vedere il soggiorno ridipinto (Crick ci aveva preso gusto a dipingere e non aveva più smesso), e per augurare a Crick buona fortuna.

Jon ribolliva talmente di rabbia che avrebbe potuto cuocere una pentola di pasta e Amy non era da meno.

«Cos'è che ha fatto?»

Deacon era fuori a dar da mangiare agli animali, mentre Crick e le sue sorelline finivano di preparare la cena. Deacon non poteva certo invidiargli il tempo che trascorrevano insieme – Benny sembrava quella più ferita dalla partenza di Crick. Era diventata una giovane donna precoce, coi capelli marroni tinti di una spettacolare gradazione di mirtillo rosso acceso, una bocca terribile e l'abitudine di nascondere le sigarette dietro la stalla. Il fatto che Crick avesse bisogno di Deacon per andarle a prendere e portarle al cinema o al parco una volta a settimana non era un bene per la loro adolescenza come non lo era stato per quella di Carrick.

«Mi hai sentito,» brontolò Deacon, aggiungendo dell'avena al mix di Even Star. Lo stallone si era guadagnato un pedigree, quindi ora non doveva fare altro che rimanere in forma, felice, e scopare il più spesso possibile. Purtroppo, di solito avveniva con l'accoppiamento, ma comunque Deacon riteneva che il bastardo eccitato facesse il proprio dovere e si guadagnasse la sua avena.

«Siamo qui a salutarlo perché si è arruolato nell'esercito,» ripeté Amy, come se non lo avesse capito la prima volta. Beh, era giusto. Neanche Deacon l'aveva capito.

«Sì.» Beh, succedeva a tutti. Deacon si volse per condurli fuori dalla scuderia per rientrare e sentì puzza di fumo di sigaretta. Dannazione. Avrebbe dovuto rimanere nei paraggi per accertarsi che Benny non desse fuoco a tutto.

«Deacon,» disse Jon pazientemente, come se l'amico non avesse visto lo sguardo che aveva appena scambiato con la moglie. «Tu sei andato a sbattere con la macchina e Crick si è arruolato. Dev'esserci dell'altro sotto.»

Deacon arrossì. «C'è,» disse piano. «C'è stata una conversazione che ha fatto zig quando avrebbe dovuto fare zag, e tutti i problemi di Crick ci si sono messi in mezzo, così ha pensato che gli stessi dicendo di sloggiare mentre gli stavo dicendo di andare a scuola e di tornare qui nei fine settimana per vedermi, e beh... Crick è Crick...»

«Si è arruolato nell'esercito,» disse Amy, come se tutto avesse finalmente senso, ma Jon guardava Deacon da vicino, in un modo che lo fece sentire a disagio.

«Deacon,» disse Jon in modo caritatevole, «con chi di noi due vuoi finire questa conversazione, e chi di noi due vuoi che vada da Benny per scortarla dentro casa e farle alzare il sedere?»

Il rossore di Deacon si estese a tutto il corpo e Amy lo baciò sulla guancia. «Questo è il segnale per me di andare a recuperare Benny,» disse prima di uscire dal fienile con un cenno di saluto.

Deacon la guardò uscire con un sospiro e poi si volse verso Jon con un piccolo sorriso. «La mia vita sarebbe stata più semplice se vi avessi seguito al college.»

Jon annuì e si sedette su una balla di fieno, e Deacon sedette accanto a lui. «Penso che Crick ti renderà più felice...» Si fermò e scosse la testa. «O pensavo che l'avrebbe fatto. O... beh, prima che succedesse tutto questo.»

Erano a letto insieme quella mattina, Crick teneva la testa sullo stomaco forte di Deacon e fissava i muri.

«Te lo dico io, Deacon. Ci vogliono dei gattini. Gattini soffici. Sarà fantastico.»

Deacon grugnì. «Non preferiresti dei quadri degli Impressionisti o un calendario col fusto del mese? Perché quello sarebbe il modo di rendere questa stanza completamente gay.»

Crick rotolò sullo stomaco e guardò Deacon, beffardo. «Odio dovertelo dire, gran portatore di testosterone, ma noi siamo *gay.»*

Deacon alzò un sopracciglio. «Parla per te. Io sono bisessuale. Tu sei gay.» Crick roteò gli occhi e gli fece una linguaccia, e lui rise. «Okay, okay, okay... visto che non faccio «sesso – bi» con te, te lo concedo. Dentro questo letto, con te, sarò un gay in tutto e per tutto, sei contento?»

Crick sbatté le palpebre. «Proprio qui e ora?» chiese serio, e Deacon annuì. «Non sono mai stato più felice in vita mia. Ma ancora non sappiamo cosa mettere su quel muro.»

Deacon alzò la mano sana e scostò i capelli che erano ricaduti sul volto di Crick, sapendo di non poterlo fare ancora per molto. «Quando torni fai un disegno per me – di Lucy Star, Even Star, Comet Star – quello che vuoi, va bene? Fallo grande... so che ci metterai tutto te stesso. Lo appenderemo là, va bene?»

Crick fece una smorfia e distolse lo sguardo. *«Senti chi parla di essere gay, brutto bastardo. Giuro che mi stai per far* piangere.*»*

Beh, erano in due.

«Mi rende felice,» disse piano Deacon a Jon. «Quando tutto questo sarà passato, penso che lo sarò ancora di più.» Verità e una bugia amara, e Deacon non era in grado di dire dove cominciasse una e finisse l'altra.

Jon lo guardò e Deacon continuò a fissare la stalla di fronte a loro. Era grande tre volte la casa, pulita e ariosa, con lucernari e due file di gabbiotti. Odorava di fieno e cavalli, e molto raramente di merda di cavallo (almeno non in gran quantità), e di carote, poiché ce n'era sempre una borsa piena alla porta, per usarle come premio. Deacon aveva ricordi affettuosi di Crick lì nel fienile quando era un ragazzino allampanato. Si metteva a cantare per i cavalli, non era affatto intonato, ma cantava brani pop e rap mentre puliva il letame dalle stalle, e qualche volta gli raccontava anche delle storie.

In quel momento Deacon fece un respiro tagliente come una lama quando realizzò dove sarebbe finito quel ragazzino goffo entro pochi giorni.

«È il durante che farà schifo,» disse Jon con compassione, e Deacon fece spallucce stoicamente.

«Me la caverò.»

Jon gli mise una mano sulla spalla e lo tirò a sé, e Deacon si ritrovò a poggiare la testa sulla spalla del suo migliore amico nel silenzio del granaio. «Mi prometti che chiederai aiuto?» chiese Jon piano e Deacon grugnì in modo neutro. Jon sospirò. «Già, chiedere aiuto non è uno dei tuoi punti forti. Non pensare che non lo sappia, Deacon.»

«Me la cavo,» brontolò Deacon, e Jon rise senza alcuna allegria.

«Mmhmm... ti ricordi il primo anno di liceo? Quando sei finito in quella dannata classe di pre-calcolo, grande genio? Di notte facevi le ore piccole per studiare, poi ti alzavi la mattina per lavorare coi cavalli, poi andavi agli allenamenti di football, poi tornavi a casa e mangiavi, poi rimanevi alzato fino a tardi e ricominciavi tutto daccapo. Ti ricordi com'è andata a finire? Mh?» Jon prese delle pagliuzze di fieno e le fece a pezzi mentre parlava, e quando tacque aveva riempito di giallo i suoi pantaloni di lana scuri e il gesso di Deacon.

Deacon fece spallucce e provò a fare un sorriso veloce e fiero. «Già, ma da quel che ne so, la mononucleosi si prende solo una volta. Stavo bene prima che la scuola ricominciasse.» Ed era stato ancora meglio quando Crick era arrivato al Pulpito ed era riuscito a fargli vedere ciò che c'era oltre alle sue debolezze e miserie.

Jon si tolse la testa di Deacon dalla spalla per alzarsi e scalciare la balla di fieno. «Non è quello che intendevo e lo sai. Ora sei qui da solo, Deacon. Non pensare che non lo sappia. Svolgi un lavoro pericoloso in una casa vuota e scommetto che se Crick non mi avesse chiamato per aiutarti con l'assicurazione del Chevy, adesso staresti cercando di saldare l'asse con una lega d'acciaio e gomma da masticare.»

Deacon avvampò. «Stavo aspettando che mi richiamasse la compagnia,» mugugnò, e Jon si voltò verso di lui e gli colpì la testa.

«Stavi aspettando di essere fottuto dalla più stupida compagnia d'assicurazione del mondo. Dio, Deacon, quand'è che imparerai che il mondo non ha la tua integrità morale? Non lo sai, ma Crick si è occupato di quel tipo di dettagli qui...»

«Non pensare che non lo sappia!» Lo sapeva, e ogni giorno diceva a Crick che gliene era grato.

«Già, bene il punto è che tu non chiedi mai nulla. Crick lo fa perché ti ama, perché tu odi ammettere che Deacon Winters, il dono di Dio ai quarterback e ai cavalli, non può fare tutto da solo!»

Deacon continuava ancora a guardare oltre l'amico e dentro il granaio. Lo amava davvero. Suo padre era stato in grado di costruirlo prima che sua madre morisse – prima i cavalli stavano in una semplice fila di gabbiotti di compensato. Una volta finito, i loro cavalli, assieme a quelli affidati al Pulpito, avevano avuto una delle più belle e grandi stalle di tutta l'area. Poteva contenere tre tonnellate di fieno, venti cavalli, e ospitare una persona, anche se Patrick rimaneva soltanto quando le cavalle erano incinta. Aveva anche dato rifugio a un ragazzino solo, che cercava disperatamente di mostrare al mondo di essere grande abbastanza per non avere bisogno di nessuno, anche quando era stanco e affamato e perso.

E aveva dato rifugio a Crick. Lo ricordava chiaro come il sole, il giorno in cui stava strigliando dei cavalli in un box, e aveva sentito Crick cantare – di certo «Time Of Your Life» dei Green Day non sarebbe più stata la stessa – ma a Deacon era piaciuta lo stesso. All'improvviso il granaio non era più una roccaforte a guardia della sua solitudine, ma una stanza comune, dove Deacon riceveva le visite delle persone più care.

Non l'aveva chiesto, ma di certo gli aveva salvato la vita.

«Ti ascolto,» disse con lo sguardo assente, senza vedere la dolce serata primaverile o il volto preoccupato di Jon. Era perso con le mente nel ricordo di un altro giorno, caldo e assolato, con la luce del sole densa come il miele che entrava dai lucernari e la voce stonata da adolescente di Crick forte abbastanza da spaventare i cavalli.

Jon sospirò, sapendo di non aver scalfito minimamente l'autosufficienza determinata di Deacon. «Dannazione... senti... promettimi che me lo chiederai, va bene?»

Deacon sospirò, perché entrambi sapevano che probabilmente non l'avrebbe fatto, e poi provò a sorridere, e questo sembrò rendere triste Jon. «Dai,» disse alla fine, alzandosi e stiracchiandosi. «Andiamo dentro prima che Crick bruci tutto e passi il resto della serata a scusarsi.»

La cena fu un successo. Crick si dichiarò felice di come era andata, tutti gli augurarono buona fortuna, e Amy versò anche qualche lacrima. Mentre accompagnavano le ragazze a casa, Benny gli disse di andare affanculo e morire, e poi lo abbracciò stretto e gli disse che doveva assolutamente tornare, e nessuno dei due ebbe cuore di sgridarla per la parolaccia. Crick guardò le sorelle rientrare a casa e poi si volse verso Deacon con orrore improvviso.

«Cristo, Deacon, penso che abbiano bisogno di me.»

Deacon non era riuscito a guardarlo mentre se ne andavano.

Imbecille testa di cazzo. Ma certo che avevano bisogno di lui.

Gli ultimi due giorni furono orribilmente normali. Alla fine dirsi addio significava separarsi come se nulla fosse, come se dovessero rivedersi entro poche ore, come se non avessero passato le ultime due settimane a fare l'amore come due sposini in luna di miele, e gli ultimi undici anni uno nella vita dell'altro come una famiglia. Semplice, davvero.

Si baciarono davanti all'auto dove stavano

caricando l'unica borsa con gli oggetti che Crick era autorizzato a portare. Un bacio lungo, forte, da spezzare il cuore, e quello fu tutto. Quando Deacon lo lasciò davanti ai reclutatori, in una fredda mattina di maggio che si andava scaldando, erano soltanto due fratelli eterosessuali, amici normali.

«Fammi sapere quando inizia la licenza,» gli disse Deacon dal finestrino.

«Non farò in tempo a tornare e...» iniziò Crick piano. Era meglio non mostrarsi troppo sconvolti, non col marciapiede di fronte pieno di militari. Deacon sapeva che sul suo volto era dipinta una maschera passiva di preoccupazione neutrale, ma Crick lo guardava con tutto l'amore dei suoi espressivi occhi marroni. Meglio che se la filasse alla svelta, per il bene di entrambi, prima che scoprissero Crick semplicemente guardandoli negli occhi.

«Verrò io,» disse Deacon convinto. «Comunicami le date appena le sai.» Poi vide il bus arrivare. «Prenditi cura di te, ragazzo. Ti scriverò.»

Crick annuì e si asciugò il lato del naso con un dito tremante. «Sarà meglio.» Formò con le labbra le parole: «Ti amo, Deacon,» e Deacon lo imitò rispondendo: «Anche io.» Poi se ne andò.

Tornò al Pulpito e diede da mangiare ai cavalli, poi rientrò e pulì i resti della colazione. Era martedì, quindi andò nello studio per radunare le bollette e occuparsene, e diede uno sguardo alla loro nuova camera da letto. I cuscini verde avorio e lavanda erano ammucchiati al capo del letto e il piumino ai suoi piedi. Sulle lenzuola si sentiva ancora l'odore della loro ultima notte di sesso.

Rimase lì, lottando contro l'impulso di stendersi sul letto e inalare l'odore di Creek sulle lenzuola, ma quando poi arrivò allo studio per occuparsi delle bollette, senza alcuna idea di quanto tempo avesse passato in piedi in camera, fece molta fatica a vedere qualcosa a causa del velo offuscato davanti ai suoi occhi.

Parte III

Lettere attraverso lo Specchio

CAPITOLO
OTTO

Un brusco cambio di piani

CRICK non ci stava molto con la testa quando aveva firmato per arruolarsi nell'ufficio dei reclutatori. Possedeva delle capacità specifiche che l'esercito era *molto* interessato ad acquisire e non le aveva mai messe a frutto.

Dopo quattro settimane al centro di addestramento delle reclute a Fort Benning, fu chiamato nell'ufficio dell'ufficiale comandante e si chiese onestamente che cavolo avesse combinato.

Non si era messo nei guai. Deacon aveva ragione. Dopo essersi tagliato i capelli e messosi la mimetica, era proprio come tutte le altre reclute – un po' più alto e allampanato, un po' più impacciato nei movimenti, ma non c'erano né t-shirt rosa né grossi cartelloni, e visto che nessuno gli chiese di decorare qualcosa, il fatto che fosse gay o meno non venne mai tirato in ballo.

Ma non sarebbe mai diventato il soldato dell'anno.

Era in buone condizioni fisiche – lavorava tutti i giorni coi cavalli, spalava il fieno, sistemava i macchinari, aiutava a mantenere la proprietà, e poi faceva ginnastica. E poi Deacon lo costringeva ad andare a correre con lui tre volte alla settimana nel gelo del mattino lungo la strada dell'argine. L'allenamento fisico era intenso, ma non l'avrebbe ucciso, e visto che si aspettava una cosa del genere poteva farcela.

Riusciva anche a tenere la bocca chiusa, e questo lo sorprese.

Il problema erano le pistole. Crick e le pistole non erano amici, e non ne capiva il perché. Col fucile di Parish aveva stabilito un rapporto di lavoro fondato sull'odio reciproco per i serpenti a sonagli, e anche se Deacon aveva avuto la brillante idea di comprare un paio di maiali belli grossi per tenere quegli stronzi alla larga, Crick aveva fatto fuori la sua parte ancora prima che Porky e Petunia andassero a vivere al Pulpito. Crick aveva imparato a pulirlo e smontarlo, e capito come funzionava, e avere a che fare con un M-16 non era una cosa che lo impensieriva quando era arrivato alla base, col sergente istruttore che gli strillava in faccia.

Ma la prima volta che aveva smontato e riassemblato la pistola, aveva fissato il tavolo, perplesso.

«Qual è il tuo *problema*, Soldato!»

Crick aveva ignorato le persone cattive per gran parte della sua vita. Stare a sentire il succo di quel che voleva il sergente istruttore e ignorare tutti gli insulti tesi a fare a pezzi il suo amor proprio era un gioco da ragazzi rispetto ai suoi ultimi due anni di liceo.

«C'è un pezzo in più,» disse, perplesso.

«Cosa?» Il sergente istruttore non sapeva davvero cosa dire, era improvvisamente tornato umano. Era un uomo sulla quarantina, un soldato di carriera, orgoglioso che i ragazzi che lui addestrava a Fort Benning fossero in grado di difendersi, per quanto un corso intensivo di sei settimane potesse prepararli. Una pistola con un pezzo mancante era una catastrofe in termini di sopravvivenza.

«Che diavolo è?» borbottò l'uomo tra sé e sé. «Non ho mai visto quel pezzo di metallo in vita mia...»

Crick e il sergente avevano saltato il pranzo, bloccati al poligono per cercare di capire dove andasse quel pezzetto di metallo all'interno dell'M16 rimontata. Non lo scoprirono mai – diedero a Crick un'altra arma per paura di come quella potesse sparare. Questa volta il sergente stette col fiato sul collo di Crick per accertarsi che non rompesse nulla, o che togliesse qualcosa che non dovesse essere tolto, e la M-16 si assemblò senza problemi.

Ma sparò un metro a sinistra.

All'inizio non gli avevano creduto. Era seduto dietro alla balla di fieno e sparava con quella dannata cosa ai bersagli, come tutti gli altri, ma il suo restava immacolato come i sogni di una vergine. (Mentre il sergente istruttore glielo gridava in faccia, Crick pensò che fosse una brutta analogia – i suoi sogni di vergine erano osceni proprio come quelli che faceva adesso, solo un po' più disperati.)

«Sto sparando al bersaglio!» protestò Crick, e il soldato accanto disse: «Col cavolo; il mio bersaglio è a brandelli!»

Il sergente istruttore aveva guardato Crick con gli occhi ridotti a fessure, come se forse fosse tutta colpa sua. «Fammi vedere la tua arma soldato!»

Crick la consegnò e la sessione di tiro si interruppe mentre il sergente istruttore mirava e premeva il grilletto... e faceva a pezzi i resti del bersaglio del soldato Compton.

Il sergente istruttore grugnì, mise la sicura, si fece dare la pistola dal soldato Compton e ordinò a Crick di sparare al bersaglio. Finalmente – *finalmente* – anche il bersaglio di Crick ebbe un buco, e Crick ne fu sollevato. Sapeva come ci si sentiva.

Il sergente istruttore guardò l'arma di Crick e poi il giovane, con una specie di riluttante senso di attaccamento nei suoi occhi grigio peltro. «Figliolo,» disse come se stesse rimuginando su qualcosa, «hai qualche abilità particolare che può essere utile all'esercito?»

«Abilità?» chiese Crick, sentendosi stupido.

«Abilità, figliolo.   Cosa facevi prima di arruolarti?»

Crick sorrise. Questo era facile. «Ero un paramedico sergente, quando non lavoravo nell'allevamento di cavalli.»

Crick riuscì a sorprendere quell'uomo per due volte in sei settimane – qualcuno più tardi gli disse che era un record. «C'è qualcos'altro che sai fare?» chiese debolmente.

«Disegnare, Sergente.»

«Disegnare?»

«Faccio ritratti, quel tipo di cose. Stavo per andare alla scuola d'arte prima che,» – fece una smorfia, «prima che perdessi la mia cazzo di testa e finissi qui.» Non era forse una vecchia storia? Il tizio col cuore spezzato che si arruola nella legione straniera?

«Ritratti.» Il sergente istruttore scosse la testa. «Cristo santo. Ragazzo, vai a rapporto domani mattina dopo colazione dall'ufficiale comandante, sono stato chiaro? Salta l'addestramento con le armi…» L'uomo scosse la testa e guardò la pistola come se potesse prendere vita e morderlo. «Anzi, sei esonerato dall'addestramento con le armi, mi hai sentito?»

Crick fece spallucce. Quell'uomo abbaiava ordini con voce resa forte e aspra da vent'anni di pratica. Certo che aveva sentito.

Il giorno dopo marciò nel modo più vivace possibile (anche se nella testa sentiva la voce del sergente istruttore che gli urlava qualcosa circa l'essere 'sinuosi') per raggiungere l'ufficiale comandante delle nuove reclute e affrontò l'uomo dietro la scrivania militare, ordinata ma ingombra.

«Signore!» salutò seccamente – nello sforzo di sembrare il meno gay possibile, aveva deciso di fare le cose nel modo più 'secco' possibile. Salutare era piuttosto semplice.

Il Capitano Roberts (come diceva la piccola placca sulla scrivania) era un uomo sui trent'anni con capelli biondi, pelle scura e occhi chiari ora fissi su Crick, che mostravano lo stesso tipo di esasperazione dolorosa che avevano quelli del sergente.

«Ragazzo, è vero che ti sei arruolato nell'esercito senza menzionare il tuo addestramento da paramedico o la tua esperienza coi cavalli?»

Crick fece spallucce e annuì. «Sì, signore.»

Il Capitano inspirò profondamente. «Non sapevi che queste cose potrebbero, non so, esserti d'aiuto quando combatti in posti in cui i cammelli sono un mezzo di trasporto?»

Crick arricciò il naso. Una volta Parish e Deacon l'avevano portato al circo (dannazione, se non gli avevano regalato dei bei compleanni) e lui aveva visto un cammello da vicino. «Signore, l'unica cosa che i cammelli e i cavalli hanno in comune è che si possono cavalcare.» Di certo non l'odore, l'attitudine, o il fatto che quei maledetti sputassero peggio di un buzzurro che masticava tabacco.

«E che mi dici della tua esperienza come paramedico?» disse lentamente il capitano, con le labbra che si piegavano in apprezzamento riluttante.

Crick avvampò. «No, signore, non ci ho pensato».

Le sopracciglia del capitano si sollevarono fino all'attaccatura dei suoi capelli beige. «Neanche un po'?»

Crick arrossì ancora di più. «Signore, avevo tre scuole d'arte che volevano coprirmi di soldi per due anni. Diciamo che arruolarmi nell'esercito non è stata la cosa più intelligente che io abbia mai fatto.»

Il Capitano aggrottò le sopracciglia. «Non dirmi che eri ubriaco – se ti hanno arruolato mentre eri ubriaco puoi essere congedato, libero e pulito.»

«No.» Crick scosse la testa e sospirò. Come dirlo, come dirlo... «In realtà mi era stata offerta la cosa che più volevo al mondo con la persona con cui la volevo, ma visto che sono un testa di cazzo ritardato, signore, ho pensato che mi stessero sbattendo per strada.»

Il Capitano lo guardava come se avesse appena confessato di essere un alieno giunto dallo spazio, e d'improvviso gli venne voglia di gridare *Sono gay dannazione, fatemi uscire da qui!* ma non lo fece.

«E così ti sei arruolato nell'esercito?» disse l'uomo, perplesso.

«E così mi sono arruolato nell'esercito, signore,» replicò Crick.

L'ufficiale comandante espirò. «Bene, figliolo, le cose stanno così. Hai esperienza sufficiente sia come medico che come zootecnico per avere una promozione a sottotenente quando finisci l'addestramento. Potremmo fartelo pesare e dire che non ti eri iscritto per questo, così resteresti una recluta finché non la meriti, ma abbiamo troppo bisogno di entrambi i ruoli. Quindi la domanda è, cosa vuoi essere?»

«Un medico o un... un...» Qual era la parola?

«Un fantino per cammelli?»

«Non è un insulto razziale?»

«Non quando ne abbiamo così dannatamente bisogno. Dovresti sapere che alcuni ragazzi provenienti dalla tua città natale si sono iscritti per quel ruolo, se questo può aiutarti a prendere una decisione.»

Crick non sapeva se il lampo di orrore che lo aveva attraversato fosse riflesso sul suo volto. Aveva *dichiarato la sua omosessualità* davanti a tutta la sua città natale. L'ultima cosa che voleva era ritrovarsi di nuovo faccia a faccia con una di quelle teste di cazzo. Un ricordo gli scivolò nella mente come sudore giù per la fenditura del culo. La sua squadra andava a passo accelerato per la caserma, quando ne avevano superata un'altra impegnata nei salti e mentre passavano gli era apparsa una faccia familiare sbigottita. *Eddy? Eddy Fitzpatrick?* Non ci aveva più pensato, ma ora era certo che al suo arrivo in Iraq nella squadra zootecnica avrebbe trovato a salutarlo uno dei ragazzi che lo avevano massacrato al nono anno.

«Medico, signore,» disse, e il tono secco si trasformò in tono brusco a causa di ciò che aveva ricordato.

Il suo capitano annuì, come se capisse. «Bene, soldato, e medico sia. Considerati promosso a ufficiale dopo la fine dell'addestramento.»

«Signorsì, signore!»

«E se non altro, questo ti terrà lontano il più possibile da ogni tipo di arma da fuoco. Siamo un gruppo superstizioso qui, soldato – non voglio far cazzate col nostro karma, qualsiasi sia il motivo per cui tu e l'M-16 sembriate ai ferri corti».

Crick si lasciò scappare un sorrisetto, e il capitano riuscì a nascondere il suo. «Ho capito, signore. Posso andare?»

«Puoi andare.» Il capitano si girò per scrivere delle note nel fascicolo di Crick e il giovane si girò per andarsene. Lo fermò sulla porta.

«Soldato?»

«Signore?»

«Ti aspetterà?»

Crick non riuscì a nascondere la sorpresa. «Signore?»

«La ragazza... quella storia... tutto quello che desideravi quando invece pensavi che ti stessero buttando fuori. Sarà lì ad aspettarti quando tornerai?»

Crick non sapeva che faccia avesse, ma si sentiva nudo ed esposto, e non gliene fregava un cazzo. «Questo è il piano, signore.»

Il capitano annuì. «Ne sono felice, figliolo. Adesso vai a passo spedito o perderai il rancio e tu sei già magro così come sei.»

Quella notte Crick aveva un quarto d'ora libero e utilizzò quel tempo prezioso per scrivere a Deacon.

> Deacon.
>
> ho postato le date di giugno in cui saremo liberi prima di partire. Sono solo tre giorni. È caldo quanto l'inferno e due volte più umido – forse è meglio non fare molto mentre sei qui. A parte questo, le cose vanno bene. Voglio dire, fanno schifo, ma visto che me lo aspettavo non è una sorpresa. Infatti, mi hanno anche promosso...

Crick scrisse tre lettere da Fort Benning e Deacon le sapeva tutte a memoria. Aveva preso l'abitudine di scrivere un piccolo paragrafo per Crick tutte le sere, poi finiva la lettera e la spediva. Gli raccontava cose stupide: come stavano i cavalli, quello che aveva detto Patrick, se Jon aveva chiamato o meno. Provò per due volte a vedere le sorelle di Crick ma non lo avevano neanche fatto entrare. Lo aveva infastidito, ma Bob aveva ragione: Deacon non aveva alcun legame di sangue con le ragazze, solo un dovere verso Crick.

L'ultima volta che era stato lì, pensando di portarle al cinema, Bob lo stava aspettando con due compagni di bevute per sbatterlo fuori. Deacon, dopo aver dato un'occhiata alla fila di tubi e catene sul tavolino del soggiorno di casa Coats – e agli sguardi significativi degli amici di Bob – disse: «Dovresti vergognarti, inutile testa di cazzo. Se non vuoi avermi tra i piedi per cercare di far da genitore alle tue figlie dovrai alzare il culo e cacciarmi tu.»

Non era riuscito a schivare completamente il tubo di acciaio lungo venti centimetri che gli era arrivato in testa, e le ragazze lo avevano sbirciato ansiose dalla finestra della camera da letto sul retro mentre se ne andava cercando di tamponare il sangue alla tempia. Era successo due settimane prima della sua partenza per la Georgia e non sapeva cosa dire a Crick della sua promessa di occuparsi di loro. Non sapeva neanche come dirgli che Patrick gli aveva sfasciato la Gremlin (una dannata macchina inutile, ma Crick l'amava) quando gli era saltato un freno mentre era diretto a Wheatland, per strade secondarie, a concludere un affare per lo sperma da stallone di Even. Dovevano comprare un'altra auto, ma peggio ancora, il voto di Deacon a Crick di mantenere casa 'casa', stava crollando a pezzi una promessa alla volta.

> Crick,
> ci sarò – eccoti il nome dell'hotel e il numero della camera. Vieni pure a bussare. Ho notizie buone e cattive. La cattiva notizia è che dovrai comprarti una nuova Hyundai Hybrid quando tornerai a casa dall'Iraq. La buona

notizia è che l'inutile amico leccapiedi del tuo patrigno Bob ha una mira di merda...

Deacon aprì con cautela la porta della stanza d'albergo. Erano nel bel mezzo della dannata Georgia, ad appena un miglio da Camp Benning – se qualcuno li vedeva, Crick era fritto. Crick corse dentro e chiuse la porta, e rimasero lì in piedi per un istante, a studiarsi con cautela.

«Sembri stanco,» disse Crick. «Sei dimagrito,» disse Deacon nello stesso istante. Poi il sorriso impacciato di Crick illuminò il suo volto stretto dagli zigomi alti, e Deacon lo spinse contro la porta. Si era tolto il gesso e gli mise la mano più magra e pallida sulla guancia, mentre con l'altra lo teneva per il colletto. Rimasero lì in piedi, sorridendo e ansimando, finché Deacon non lisciò con mani tremanti i capelli rasati di Crick e poi lo baciò mettendoci dentro tutta la sua anima.

Più tardi, se ne stavano sdraiati a letto sotto le coperte, avvinghiati, nudi, soddisfatti e ancora senza fiato, col braccio di Deacon attorno al petto di Crick, e la testa di Crick sulla spalla di Deacon.

«Questo tuo nuovo taglio di capelli...» mormorò Deacon contro i capelli corti di Crick, sudati fradici.

«Sì?»

«Lo detesto.»

«Anche io. Li farò ricrescere subito appena torno.»

Deacon rise un po' e Crick rabbrividì al suo tocco gentile. «Spero avrai qualcosa da fare mentre aspetti che ricrescano.»

Anche Crick rise e Deacon represse un lamento, perché quel suono gli era mancato.

«Allora, come hai ottenuto la promozione?»

chiese Deacon per tenere a bada la tristezza.

Crick gli raccontò la storia, non l'aveva fatto per lettera, e quando smisero di ridere il giovane si girò sullo stomaco e divenne serio. «Allora, questo è ciò che chiami 'cattiva mira'?» Toccò il taglio sopra l'occhio sinistro di Deacon, ancora in via di guarigione.

Deacon sussultò leggermente e fece spallucce. «Stava cercando di mettermi al tappeto. Non c'è riuscito. Puoi scommetterci che la chiamo cattiva mira!»

La faccia di Crick divenne tristissima. «Ecco, vedi Deacon, è di questo che ho paura.»

Deacon si chiese se apparisse confuso come si sentiva. «Ti preoccupi che gli amici stronzi del tuo patrigno vengano a prendermi a botte in testa con tubi d'acciaio? Va tutto bene, Crick, penso sia stato il divertimento di una sera soltanto.»

Crick posò la fronte sul petto di Deacon per un istante e soffocò una risata strozzata. «No, idiota. Ho paura che ti succedano delle cose orribili mentre io non ci sono e che tu me le scriverai tipo 'Sì... non è successo niente di che, a tutti capita di avere il pene mozzato in un orribile incidente con l'attrezzatura della fattoria! E di solito diventa grosso sei volte tanto e tutto verde quando lo riattaccano. Ti preoccupi troppo, Crick! Ti farò sapere quando mi faccio male davvero!'»

Deacon stava morendo dalle risate e Crick continuava a prenderlo a pugni sul braccio.

«Non è divertente, Deacon! Dannazione! Prendila seriamente!»

Deacon lo guardò e alzò gli occhi al cielo. «Fidati di me, amico. Prendo la faccenda del mio pene mozzato *molto* seriamente! Specialmente ora che mi ricordo di nuovo come si usa!»

Crick lo colpì un'ultima volta sul braccio e poi si lasciò andare contro i cuscini, accigliato. «Non è di quello che parlo, stronzo, e lo sai!»

Deacon gli strofinò di nuovo i capelli scuri e corti; gli piaceva il modo in cui gli pizzicavano il palmo, ma non abbastanza per non rivolerli lunghi.

«E allora di cosa stai parlando, baby?»

Rimasero entrambi immobili per un istante. Era un termine affettuoso che non avevano mai usato e Deacon si bloccò per vedere come la prendeva Crick. Immaginò che il giovane si fosse bloccato a sua volta per assaporare il gusto della parola nel suo orecchio.

Crick prese la mano che gli accarezzava i capelli e ne baciò il palmo gentilmente, usando anche un po' la lingua, e Deacon si sentì di nuovo eccitato. «Per favore, chiamami ancora così qualche volta,» disse piano, «ma adesso sta a sentire ciò che ho da dire. Ti sto per lasciare solo, Deacon. So che sono l'unica persona al mondo con cui parli a parte Jon, ma Jon non ci sarà tutti i giorni come c'ero io prima. Mi uccide pensare che le cose possano andare male – male davvero – e che tu sia lì, solo, incapace di confidarti con qualcuno. Se non puoi neanche scriverlo – neanche a me – che cosa farai, Deacon? Io voglio solo sapere che tu starai bene mentre non ci sarò. Se non sei onesto con me, non sono sicuro che starai bene quando tornerò.»

Deacon sospirò alla fine di questo piccolo discorso e si gettò contro i cuscini, con le braccia conserte sul petto, a mo' di protezione.

«Sai cosa uccide me invece?»

Crick si girò per guardarlo, ma Deacon tenne lo sguardo fisso e fermo sul soffitto intonacato di giallo di quell'hotel, che non poteva certo dirsi opulento.

«Dimmelo per favore, baby.»

«Mi preoccupo che non tornerai a casa. Mi preoccupo che tu faccia un qualche errore fatale perché starai pensando a qualche lamentela del cazzo che ti ho scritto su quello che mi succede giorno per giorno, e poi non potrai più tornare a casa e rendere le cose migliori. Allora, dimmi...» Deacon si strinse forte la radice del naso per fermare la confusione che aveva in testa e allontanare la tristezza finché Crick non se ne fosse andato: non voleva dargli quel fardello. «Dimmi quello che vuoi, Crick. Io metterei da parte tutta la merda che mi succede fino alla fine del tuo fermo, così te la puoi prendere tutta quando torni, piuttosto che non riaverti a casa per niente, o che... che...» Cazzo. Cazzo. Cazzo. *Dillo, Deacon, fa che sia reale anche per lui, brutto bastardo senza spina dorsale!* «Che accada il peggio a uno dei due e che tu pensi sia tutta colpa tua e che mi hai deluso. Eccola la mia paura peggiore, Carrick. Quindi farò di un elefante una mosca tutte le volte che voglio, perché quando sarai a casa, quando ti riavrò con me, ci sono buone probabilità che tutto si sia risolto, va bene?»

Crick annuì, tirò su col naso e poi di nuovo più forte, e Deacon finalmente lo guardò e si maledisse perché l'aveva fatto piangere. Aprì le braccia e Crick vi si rifugiò volentieri, singhiozzando sul suo petto mentre lui lo cullava. Anche a lui scappò qualche lacrima, ma non molte. Carrick aveva bisogno di lui e Deacon poteva fare qualsiasi cosa, avrebbe fatto qualsiasi cosa se Carrick aveva bisogno che fosse forte.

I tre giorni passarono in fretta. Consumarono i pasti in camera, fecero un sacco di docce e usarono tutta una bottiglia di lubrificante. Crick era sorpreso che Deacon avesse portato con sé dei preservativi (dal momento che Deacon non era stato più con nessuno dopo Amy, e Crick era vergine prima di farlo con lui), finché non lo beccò a infilarglieli nella sua borsa da viaggio.

«Deacon!» piagnucolò Crick, e Deacon capì che doveva sentirsi come un bambino piccolo.

«Crick!» replicò allo stesso modo.

Era la loro ultima notte e stavano preparando i bagagli così che Crick la mattina successiva avrebbe potuto alzarsi, farsi la doccia, vestirsi e andar via. Deacon se ne sarebbe andato qualche ora più tardi, dopo che Crick avesse preso il bus per tornare alla base.

Deacon aveva un asciugamano avvolto attorno alla vita e Crick indossava i boxer quando lo raggiunse da dietro e iniziò a giocherellare col nodo sui suoi fianchi. «Pensi davvero che dopo tutto questo mi vada a ficcare nel letto di qualcun altro?»

Le labbra di Deacon si piegarono all'insù, suo malgrado, ma non si girò subito nell'abbraccio di Crick. No. Crick non sarebbe andato a ficcarsi dentro il letto di qualcuno. «Ti sei mantenuto vergine per me, Crick. Hai una qualche idea di come sia raro? Se fossi stata una ragazza, avremmo potuto venderti per mucche extra o altro.» Fissò pensosamente – e un po' troppo duramente – la tasca chiusa con la zip in cui aveva messo i preservativi. Avrebbe dato qualsiasi cosa per farla rimanere sempre chiusa.

«Allora, perché...»

Deacon non poteva più guardarla. Si volse verso Crick, e rarità della rarità, gli poggiò la testa sul petto, poiché Crick era più alto di lui e aveva senso. Crick non si era ancora fatto la doccia dopo l'ultima volta che avevano fatto l'amore (quindici minuti prima) e aveva un odore intenso, di sesso e sudore. Deacon tirò fuori la lingua e assaggiò il sapore sul suo petto, così liscio da sembrare depilato.

«Sarai lontano da casa per molto tempo, ragazzo di campagna,» mormorò Deacon, come se non lo sapessero già. «E non potrai condividere una gran parte di te con *nessuno*. Se... se ti capita di trovare qualcuno che ti stringa... che ti conforti... cavolo, giusto per conoscere quella parte di te...» Guardò verso l'alto, orgoglioso di avere gli occhi asciutti, finché non vide il volto afflitto di Crick. «Prendilo e basta, Crick. Pensalo come una specie di regalo. Non avrà nulla a che fare con me, lo so.» Circondò con le braccia la vita di Crick e lo strinse più forte. «Sarà soltanto solitudine. Non posso pensarti solo, Carrick. È...» Gli spezzò il cuore, peggio che pensare a Crick con qualcun altro.

Crick annuì, respirando forte nei suoi capelli. «Non li userò, lo sai.»

«Per favore, non farti del male per mantenere quella promessa.»

Il giorno seguente si destarono al suono della sveglia, e dopo averla spenta passarono un minuto – solo uno, Deacon lo controllò – distesi nella calma del mattino. Deacon col braccio di Crick attorno al petto, il suo respiro caldo contro la guancia.

«Stai a letto,» mormorò Crick. «Voglio ricordarti così, tutto dolce. Mi sorridi in modo diverso quando sei a letto.»

Deacon guardò sopra la sua spalla e... beh, sorrise. «Come sarebbe?»

«Di solito il tuo sorriso è tutto tirato e impegnato...» Crick lo sottolineò con un bacio profondo. «Quando sei a letto con me il tuo sorriso è più dolce... è in questi momenti che somigli di più a tuo padre.»

Deacon sapeva di essere rimasto a bocca spalancata e Crick ne approfittò per baciarlo a fondo e completamente, un bacio talmente bello che mandò il cervello di Deacon in cortocircuito e portò via il dolore. Doveva averlo fatto di proposito, pensò Deacon un po' confuso, perché quando fu di nuovo lucido, Crick era già saltato fuori dal letto e mezzo vestito.

«Non ti fai la doccia?» chiese Deacon, stordito.

Crick gli aveva chiesto di stare sopra quella notte. *Voglio conoscere tutto di te*. E adesso a Deacon dolevano parti del corpo a cui non era abituato, e gli faceva male il cuore, e non era certo di potersi muovere con una velocità sufficiente per stare dietro al nuovo Crick, migliorato, veloce ed efficiente, mentre si occupava della sua routine mattutina.

Crick gli rivolse un sorriso incerto. «Voglio sentirti sulla mia pelle il più a lungo possibile.»

Deacon arrossì e il sorriso triste di Crick migliorò un po'. Si era infilato la maglietta e i pantaloni della mimetica, e si chinò, completamente vestito, a baciare un punto sul petto pallido del suo compagno. Deacon era abbronzato come tutti i contadini, guardò giù e si rese conto di avere la pelle chiazzata dall'imbarazzo.

«Arrossisci in tutto il corpo,» disse Crick sorpreso. Il suo sorriso morbido conteneva tutto un altro tipo di magia. «Sapevo che ti succedeva durante il sesso, ma... wow. Ti ho fatto arrossire tutto!»

Deacon trattenne il fiato e arrossì ancora di più, mentre Crick rideva deliziato. «Oh, Dio.» Non ricordava di essersi mai sentito così messo a nudo in tutto la sua vita; si mise seduto, piegò le ginocchia sotto le lenzuola e affondò la testa tra le mani.

Crick nonostante tutto riuscì a baciarlo sui capelli, vicino alla tempia. «È perfetto,» disse piano. «È come un dono. Lo porterò con me, sono la sola persona al mondo che lo sa.»

Deacon lo sbirciò tra le dita. *Oh, Carrick, sei la sola persona al mondo che mi abbia mai conosciuto. Come potevi dubitarne?*

Crick sorrise, si infilò gli stivali e poi guardò l'orologio in preda al panico. Doveva prendere un bus per tornare a Benning ed era quasi ora. Si buttò la borsa da viaggio in spalla e si avvicinò al letto per un ultimo bacio.

«Per favore, Deacon, mi fai un sorriso? Così posso portarlo con me.»

Deacon pensò spesso, anche nei momenti terribili dei due anni successivi, che quel sorriso fosse una delle cose più coraggiose che avesse mai fatto. «Ti amo.»

«Ti amo anch'io.» E poi, dopo un altro bacio tenero e amaro, se ne andò via. Deacon sentì i suoi passi che si allontanavano lungo il corridoio, e poi udì sbattere la porta che conduceva alle scale.

Poi rotolò nel punto dove il calore e l'odore di Crick stavano lasciando le lenzuola, ci affondò la testa e si mise a piangere come un neonato fin quasi a soffocare.

CAPITOLO
NOVE

Un elefante
attraverso l'oceano

CRICK l'aveva sentito dire, ed era la verità. Far parte dell'esercito significava sbrigarsi e aspettare. Era lì da tre mesi e si era occupato di un incidente con un elicottero, parecchi attacchi di calore, e un sacco (beh, qualcosa di più) di dissenteria, e neanche una ferita di arma da fuoco. Presumeva che le cose sarebbero cambiate, ma non che volesse affrettarle, anzi.

Dire che in Iraq facesse caldo era come dire che il sole fosse caldo. Era un eufemismo così grosso che bisognava dirlo ancora e ancora e ancora con maggior forza per poter credere che quello schifo non fosse soltanto uno scherzo dell'immaginazione.

Era di stanza a Farah, non aveva la minima fottuta idea di dove si trovasse rispetto a qualsiasi altro posto nel resto del mondo, e lo disse a Deacon nella prima lettera che spedì a casa.

Deacon aveva risposto scandalizzato.

Gesù Cristo, ragazzo – se non

sai dove sei, non sai cosa aspettarti!

Quella lettera in particolare era arrivata con un pacco dono pieno di snack e libri (Crick era diventato piuttosto popolare nella sua unità perché Deacon gliene mandava due al mese), alcune mappe del Golfo Persico, e gli ultimi servizi della CNN sulle zone coinvolte negli ultimi scontri.

E, che Deacon l'avesse voluto o meno, arrivò anche con un dannato carico di preoccupazione, a causa di tutte le cose che non scriveva nelle lettere.

Quelle che scriveva gli facevano attorcigliare lo stomaco peggio dei due giorni di diarrea causata dal chili.

> Perdona la scrittura. Mi sono rotto di nuovo la mia cazzo dia mano quando Shooting Star mi ha disarcionato. Mi toccherà andare a cavallo sul tuo per un po' se non riesco a tenermi sulla dannata sella.

La cavalla di Deacon, Shooting Star, aveva un carattere permaloso, e lui era il solo che riuscisse a cavalcarla. Deacon non era mai stato disarcionato da un cavallo, per quanto Crick potesse ricordare – e probabilmente mai anche prima – e quella cavalla con lui era arrendevole e sottomessa, mentre di solito mordeva, scalciava... per farla breve detestava tutto il resto della razza umana. Che diavolo stava succedendo se Deacon non riusciva a tenersi in sella? Certo, Crick era felice che Comet, il suo dolcissimo cavallo preferito, ricevesse delle attenzioni, però... era preoccupante. Ma non tanto quanto la lettera del mese successivo.

Ho provato a far visita alle
ragazze prima che i tuoi rientrassero
– Missy e Crystal mi hanno detto che
è da un po' che non vedono Benny.
Penso che stia uscendo coi ragazzi
che stanno davanti al negozio di
alcolici. Vedo se riesco a trovarla la
prossima volta che vado là.

Okay. Due cose preoccupavano *parecchio* Crick.
La prima era la sparizione di Benny.

La seconda era la parte relativa al negozio di
alcolici.

«E allora?» disse il soldato Jimmy Davidovic,
l'autista del mezzo di Crick. Jimmy guidava mentre
Crick si occupava dei feriti nel retro, e insieme li
portavano nelle strutture mediche fuori Farah. Se la
ferita – o la dissenteria o il colpo di calore – era molto
grave o peggio, a Crick era concesso prendere il Black
Hawk. Da una parte era una figata pazzesca, ma
dall'altra lo spaventava a morte, soprattutto perché in
uno dei suoi primi interventi si era occupato di un
elicottero precipitato, e gli era sembrato come un anno
di 'Oceano Rosso' in un nodo stritolato di metallo, parti
di corpo e sangue.

«Allora, Deacon non beve,» disse Crick mentre
stavano avanzando faticosamente attraverso il campo,
diretti al refettorio. Avevano saltato il pranzo a causa di
un trasporto. Speravano di trovare qualcosa da mangiare
senza poi aver bisogno di cure mediche anche loro. Le
lettere di Deacon erano molto… generiche. Da una parte
non gli importava perché poteva far leggere a tutti le
lettere dal 'suo amico a casa' senza preoccuparsi di quel
che il resto dell'unità potesse pensare.

Dall'altra, aveva disperatamente bisogno di

qualcosa – qualsiasi cosa – che gli facesse capire che Deacon stava davvero bene, che pensava a lui. Questa stronzata delle 'notizie da casa' stava iniziando a irritare Crick come della biancheria bagnata.

«Cosa – allora una sera si era fatto più di una birra e aveva bisogno di rifornirsi?» stava dicendo Jimmy, e Crick gli rivolse uno sguardo severo pieno di irritazione.

«Lui non beve, punto,» scattò, più preoccupato che mai. Lui non beveva. Non si era neanche mai ubriacato, per quanto ne sapeva Crick. Prima che lo lasciasse solo.

Fanculo.

Jimmy lo guardò e fece spallucce. «Gesù Cristo, quanto può andar male? Insomma, continua a scriverti e a mandarti dolci! Questo lo rende migliore della metà delle mogli qui – se fa ancora qualcosa in più, i ragazzi inizieranno a sospettare che ci sia qualcosa tra voi due!»

Crick fulminò Jimmy con uno sguardo di disgusto vero e proprio. Stava iniziando a pensare che l'esercito non si accorgesse della sua omosessualità più per il fatto che le persone in generale fossero più stupide della merda di cammello che per altro. Se si vestiva come un soldato e parlava come un soldato e indossava la mimetica, allora non voleva andare a letto con un altro uomo. Cazzate. Crick nel primo mese aveva individuato altri tre ragazzi come lui. Probabilmente non avevano creato un proprio gruppo perché non avevano nulla in comune, a parte quella cosa di cui non potevano parlare, ma questo non significava che Crick non avesse voglia di far fuoco e fiamme ogni volta che Jimmy o qualcun altro se ne veniva fuori con un'allusione a sfondo sessuale neanche tanto sottile.

«Te lo ripeto, Jimmy, lui non beve.»

Lasciarono cadere la cosa per il momento, ma Crick continuò a essere perseguitato dal ricordo dell'ultima volta che erano stati insieme. Crick era stato dentro Deacon, e la sensazione gli era piaciuta, ma era più interessato nel capire se piacesse a lui. Aveva osservato il volto di Deacon con curiosità, amando lo scuro mutevole dei suoi occhi verdi e la concentrazione imbronciata del suo labbro inferiore. Ma quel giorno, guardando il suo volto, non vi aveva visto solo passione. Ci aveva visto... meraviglia. Sorpresa. Una timida sorta di estasi. Giocosità. Quello stesso tipo di riguardo felice e sognante che brillava anche nei suoi occhi quando guardava Deacon.

Gli erano occorsi tre mesi per chiedersi perché continuasse a tirar fuori quel ricordo e a guardarlo ancora e ancora, come la foto di una scena del crimine. Non era stata la loro notte migliore di sesso. Crick era a disagio a stare sopra. Gli piaceva avere Deacon sotto per un principio generale. Ma adesso, guardando le ultime lettere di Deacon, quelle che suonavano come le più vecchie e le più stanche, la ragione lo colpì.

Deacon gli era sembrato così giovane allora. Gli era sembrato così perché effettivamente *era* giovane. Era giovane e vulnerabile e impreparato al loro amore appena sbocciato, proprio come lui. E Deacon sulle spalle aveva il peso del Pulpito e, se lo sentiva, anche della sua felicità. Crick aveva passato così tanto tempo ad ammirarlo che si era dimenticato che Deacon non aveva mai avuto una sua giovinezza.

Finché non si era lasciato andare nelle braccia di Crick.

Oh, Dio. Che diavolo stava succedendo a casa?

> Deacon,
>   non succede niente qui – dopo
> quell'incidente dell'elicottero durante
> il primo mese ho avuto a che fare

solo con vomito, merda e caldo. Sai, pensavo che il pane a fette fosse una bomba – adesso ho un'erezione per gli impacchi di ghiaccio che entrano nell'elmetto. È un bel pensare, per quel che riguarda l'esercito.

Amico, devo dirtelo, sto iniziando a preoccuparmi un po'. Finora sei caduto da cavallo, ti sei rotto la mano, ti sei ammalato più volte in tre mesi che negli ultimi dodici anni e ti sei slogato la spalla senza volermi spiegare come. Lo so che mi hai detto che mi avresti risparmiato tutta la merda fino al mio ritorno a casa, ma sto iniziando a pensare che uscirò da tutto questo con niente altro che una bella abbronzatura e temo di non trovarti più quando tornerò.

Per favore, Deacon, scrivimi qualcosa di vero. Mi preoccupo di più qui col silenzio radio che se sapessi la verità, anche se si rivelasse davvero schifosa.

Crick

CAPITOLO
DIECI

Qualcosa di vero

LA VERITÀ – la verità nuda e cruda era che la notte in cui Deacon tornò da Fort Benning, Jon portò al Pulpito una bottiglia di vodka Ketel One, e Deacon si ubriacò per la prima volta nella sua vita. E rimase ubriaco per i tre mesi successivi.

Imparò a essere furbo. Quando si era scolato due bicchierini di tequila e un sandwich per pranzo la sua cavalla l'aveva disarcionato, quindi decise di imparare da sua madre come essere un alcolizzato funzionante. Si svegliava, beveva, mandava giù una manciata di antidolorifici con un litro d'acqua per combattere i postumi della sbronza, mangiava cracker per pranzo, delle proteine per cena, e qualsiasi cosa avesse in casa che potesse passare per dolce. Non gli stava neanche venendo la pancia a forza di bere, e se fosse stato in sé o sobrio, ne sarebbe potuto essere orgoglioso in qualche modo. Infatti stava perdendo peso e questo rendeva più semplici le sue corse mattutine.

Patrick lo aveva degnato a malapena di uno sguardo quando di tanto in tanto vomitava i biscotti dietro al fienile, e Jon continuava a lasciare in segreteria messaggi sempre più agitati a cui Deacon non voleva proprio rispondere. Si era rotto la mano quando era stato disarcionato, e slogato la spalla quando aveva cavalcato un cavallo sbattendo al lato del fienile, come risultato dei postumi di una sbronza, e le sue dita tremavano di brutto se alle sette era sobrio. E nonostante tutto, iniziava a sentirsene attratto. Esisteva un qualche prezzo troppo alto da pagare per quella lunga e deliziosa scivolata nell'oblio, quando la casa risuonava nel silenzio come una cattedrale con le campane?

Scrivimi qualcosa di vero.

Okay, bene, merda, pensò Deacon mentre andava al negozio di alcolici, quello poteva essere un prezzo troppo alto da pagare.

Il negozio di alcolici era a una distanza appena legale dalla scuola lungo la Levee Oaks, la principale via di commercio della città, e la prima volta che ci era andato per comprarsi una quantità sufficiente di alcol per rimanere ubriaco una settimana, si era sentito un po' colpevole e parecchio deviato. Ma oggi no.

Oggi era rimasto in piedi davanti al negozio per almeno quindici minuti, col corpo che gli tremava soltanto per la vicinanza di tutto quell'alcool adorabile. Deacon non discriminava, se per cena mangiava qualcosa di piccante preferiva non bere tequila perché le conseguenze non erano molto piacevoli, altrimenti gli piaceva cambiare. Il whiskey Jack Daniels era buono, la vodka Stoli meglio, il gin Tanqueray ancora di più. Non sapeva come mischiarli con le bevande analcoliche, ma visto che non gli interessava il sapore, non pensava che avrebbe iniziato adesso.

Scrivimi qualcosa di vero.

Le mani gli tremarono più forte e la fronte si imperlò di sudore freddo. Il pensiero di dire a Crick che passava i suoi giorni sognando quel veleno era sufficiente a tenerlo lì, appoggiato al cofano dell'auto, per tutta la notte. Crick gli aveva chiesto la realtà. Se questa era la sola realtà che potesse dargli, allora doveva rimediare, perché era la più merdosa possibile da scaricare addosso a Crick, e si rifiutava di farlo.

«Che succede, Deacon? Il delirium tremens è così forte che non ce la fai ad arrivare al negozio?»

Deacon sbatté le palpebre e cercò di mettere a fuoco la proprietaria della voce. «Non sto andando lì,» disse debolmente. «Pensavo di farlo, ma non posso.» Gli si schiarì la vista e guardò la ragazza.

«Benny?» chiese, sorpreso. Sembrava uno straccio. Il suo volto era magro e sporco e sembrava non si lavasse i denti da un po'. Aveva ancora i capelli tinti di rosso acceso, ma erano sfibrati e pieni di nodi.

«Sono sorpresa che tu mi abbia riconosciuto,» sogghignò. «È una settimana che mi passi davanti.»

Una settimana! «Ti stavo cercando,» le disse, con la voce che gli sembrava distante. Oh, Dio. Tutto quel tempo a preoccuparsi per lei, ad agitarsi per la sorellina di Crick, e lei era proprio *lì*, seduta in prima fila a guardarlo mentre buttava la sua vita nel cesso? Cristo.

«Quando?» chiese, e anche se gli ballava tutto, percepì una speranza disperata nascosta dietro quella parola rabbiosa.

«Per due mesi,» disse, serio. «Ho passato due mesi a sgattaiolare in casa tua per portare la cena a Crystal e Missy. Ho chiesto di te per due mesi. Mi hanno detto che saresti passata, ma non sapevano quando.»

«Perché hai smesso?» chiese sospettosa, e Deacon distolse lo sguardo.

«Tua madre mi ha scoperto lì e ha minacciato di chiamare la polizia. Ha detto che ero un pervertito.» Dio, quello l'aveva ferito. Maelanie Coats era a malapena in grado di vestire le sue figlie – si erano preparate la cena da sole da quando Crick se ne era andato – e le era bastato uno sguardo a Deacon che gli stava dando da mangiare panini con burro di noccioline e marmellata, per diventare la dannata madre dell'anno. Deacon scoprì che riusciva a dirlo guardando Benny negli occhi. «Non avevo scelta, Benny. Non faccio parte della vostra famiglia.»

Benny sembrò afflitta, e dopo quello sguardo incurvò le spalle, strinse le mani in tasca, la maglia col cappuccio le si tese sulla pancia, e Deacon vide cosa poteva averla spinta a scappar via. *Oh, Cristo, Benny. Quanti anni hai, quattordici?*

«Mio fratello ti ama,» disse con la gola stretta, le lacrime che lasciavano sulle guance solchi puliti nella sporcizia. «Come puoi essere nulla?»

Oh, Dio. *Mio fratello ti ama.* Deacon deglutì, lottò con la nausea, e deglutì di nuovo. «È stata dura,» disse piano. *Scrivimi qualcosa di vero.* Ecco la cosa più onesta che avesse detto da quando Crick l'aveva lasciato in Georgia.

Benny si allungò e gli prese la mano sudata tra le sue. «Già,» disse piano.

«Benny, l'hai già detto ai tuoi genitori o hai deciso di scappare prima che ti buttassero fuori?» Lo chiese gentilmente e senza giudicarla, e lei sembrò apprezzare l'onestà.

«Beh, Deacon, non sei il solo che è andato nel posto sbagliato in cerca di conforto dopo la partenza di mio fratello.» Lanciò un'occhiata alla sua pancia gonfia con occhi preoccupati. «Non mangio abbastanza,» disse a mo' di scusa. «Vorrei, ma i miei amici possono ospitarmi una notte per volta.»

Deacon annuì. «Sei la benvenuta al Pulpito, Benny. Sempre.»

Benny lo guardò con una specie di aria tradita, con

amarezza. «Non voglio vivere con un altro alcolizzato, Deacon Winters. È stato già abbastanza schifoso con Bob.»

Oh, Dio. Doveva essere stata così disperata nel vederlo, mentre le passava davanti inconsapevole, determinato ad alleviare la sua sofferenza. «Non bevo più ufficialmente,» disse, cercando di dirlo come se non stesse per vomitare da lì a due minuti i biscotti, per poi correre strillando oltre la porta del negozio di alcolici, implorando di avere qualcosa, qualsiasi cosa, per alleviare il dolore dell'astinenza.

«Ci crederò quando lo vedrò coi miei occhi,» ribatté, e lui si rese conto che il suo aspetto doveva rispecchiare in tutto e per tutto la sua disperazione. Ma non avrebbe deluso la sorella di Crick. Diavolo, quel che aveva fatto negli ultimi tre mesi era già brutto abbastanza. Non poteva abbandonarla. Dannazione, quella ragazza aveva bisogno di lui.

«Ti porterò delle prove,» disse quieto.

«Prove, e come?» Okay, bene. Aveva il diritto di essere sospettosa.

«Troverò qualcosa. Per prima cosa devi andare dai tuoi genitori. Mangiare. Farti un bagno. Rimetterti in sesto. Vedi se riesci a convincerli a farti iscrivere come privatista o qualcosa del genere – sarebbe più semplice se lo facessero loro e un gran casino se ci provassi io. Che giorno è oggi, dom... domenica?» Dannazione, quel brivido era stato forte. Cazzo. Non gli rimaneva molto tempo prima di dover correre a casa, da solo, e trovarsi un posto mentre quella merda gli usciva dal sistema, senza testimoni.

«Già, domenica.» Lo guardava come se sapesse quel che stava passando, e lui digrignò i denti e si raddrizzò un po' di più.

«Vai e fallo. Ti accompagnerò da loro e resterò

fuori per accertarmi che non facciano niente di troppo drastico. Sopporta le loro urla e la loro merda per quattro giorni. Tornerò venerdì per te e i tuoi casini. Ti porterò delle prove. Giuro su Dio.»

«Giurare è facile,» disse; era così ovvio che cercasse un qualcosa per cui credergli, che avrebbe voluto che la portasse con sé subito. Ma sapeva – se lo sentiva nelle ossa - *sapeva* cosa lo aspettava, e si rifiutava di averla come testimone. Fosse stato per lui, non avrebbe voluto nessuno.

«Va bene, allora. Te lo giuro su Crick.» Le porse la mano e lei la prese, trasalendo un po' per quanto era sudaticcia.

«Ce la fai a guidare fino a casa mia?» chiese, incerta. «Sembri abbastanza fuori di te, Deacon.»

«Ce la farò,» promise, e poi provò a dire la verità – era stato bravo una volta. «Ma per poco. Monta sul camioncino Benny, e ricorda di non dire ai tuoi del bambino finché non vengo a prenderti venerdì. Per allora sarò pronto.»

La portò a casa e attese per il suo segnale di 'tutto bene' dalla finestra. La sua faccia era tesa e arrabbiata, e lui giurò a se stesso che non l'avrebbe mai più delusa.

Si sentì male due volte sulla strada di casa e riuscì a malapena a scendere dall'auto e ad arrivare in bagno prima di crollare di nuovo, con la sola compagnia dell'acidità di stomaco.

La mattina dopo era rannicchiato nella vasca da bagno, nudo sotto una coperta, con la testa appoggiata alla tavoletta del water. I vestiti sporchi erano ammucchiati in un angolo. Sentì Patrick chiamarlo dalla porta d'ingresso, come faceva ogni mattina da una vita, e lo chiamò con voce roca.

«Patrick, amico, mi faresti un favore?»

Patrick era stato il loro aiutante, il miglior amico

di Parish, e membro della sua famiglia allargata per gran parte della sua vita. Deacon immaginò che affrontarlo da sotto il lenzuolo fosse la cosa più coraggiosa che avesse mai fatto.

«Gesù Cristo, Deacon. Stai bene?»

Deacon si avvolse la coperta più stretta, calcolò che per i prossimi trenta secondi non avrebbe più vomitato, e si appoggiò all'indietro nella vasca. «Patrick, mi faresti un favore?» ripeté. «Potresti chiamare Jon e dirgli che ho bisogno di un po' di dannato Valium?» Si rese conto di avere le labbra spaccate. Erano talmente disidratate da sanguinare. «E un bicchiere d'acqua sarebbe fantastico.»

Affrontare Patrick fu dura. Affrontare Jon anche peggio.

«Deacon?» Jon arrivò circa un'ora dopo e si avvicinò con cautela al bordo della vasca, per quanto potesse essere cauto: Deacon aveva vomitato gran parte del bicchiere d'acqua circa due minuti prima del suo arrivo.

«Quel che resta di lui,» gracchiò Deacon. *Per favore Jon, per favore, metti quel dannato Valium sul lavandino e lasciami affrontare questa cosa da solo.*

«Gesù,» Jon sembrava scosso, a ragione. «Deacon, cos'hai che non va? Sembra che tu abbia la madre di tutte le malattie. Che potrà farti del Valium?»

La vista di Deacon dal nero si stabilizzò al grigio. «Il Valium è una benzo[1]» Deacon accorciò il nome perché non era certo di poterlo dire intero, ma la sua voce stabile lo rese orgoglioso. «Viene usato per combattere i sintomi di astinenza da alcool, riduce la mortalità, e spero che non mi faccia più pensare di avere la pelle che

---

[1] Benzodiazepina. Psicofarmaco con proprietà tranquillizzanti.

mi si stacca dalle ossa... allora, lo hai portato?»

Jon gli passò una pastiglia da quel che sembrava una boccetta marrone e riempì una tazza di acqua dal lavandino. Deacon mandò giù entrambi e appoggiò la testa alla tavoletta del water per un attimo, mentre il suo corpo decideva se accettare l'offerta di Valium o rovinargli la giornata rigettando anche quello.

«È di Amy,» disse Jon neutro. «Stava davvero dando i numeri durante l'esame di iscrizione all'albo degli avvocati. Ma non lo prende più. Hai detto astinenza da alcool?»

«Dio, sei sveglio.» Oh... lo stomaco di Deacon era più vuoto dell'anima di Bob. C'era voluta soltanto un po' di grazia chimica per compiere il miracolo. Si rilassò con un sospiro, affondò il sedere nella vasca e appoggiò la testa sul lato della stessa invece che sulla tazza.

«Ma, Deacon, ti sei ubriacato solo una volta nella tua vita... tre mesi fa.»

«Già,» ammise Deacon, sperando di poter morire velocemente per la vergogna e non in modo lento di delirium tremens. «Benvenuto nei postumi.»

Jon sbiancò, si sedette sul pavimento e poi fece una smorfia. Deacon non aveva esattamente centrato il bersaglio con tutti i bicchierini che si era scolato. «È stata colpa mia?»

Oh, cazzo. «Non fare l'imbecille. Ho fatto tutto da *solo*. Ce l'ho nel sangue – mia madre è morta per questo, avrei dovuto imparare la lezione.» E vai! L'aveva detto. Vai Valium!

«Oh, Dio...» Sembrava che Jon stesse peggio dopo quello che aveva detto. «Deacon, non me l'avevi detto...»

Stava iniziando a sudare un po'... e il suo sudore puzzava, come se vivere in mezzo al suo vomito e alla diarrea non fosse stato abbastanza. «Non l'ho detto a nessuno,» mormorò. «Parish quasi non lo disse a *me*. Non è colpa tua, amico – l'unica persona che lo sa è...» Deacon non poteva dire il suo nome. Non in quello stato. Oh, Gesù... come avrebbe fatto a guardare di nuovo Crick negli occhi?

«Crick.» Jon lo disse per lui e poi si riscosse seriamente. «Diavolo, Deacon, dobbiamo farti entrare in qualche programma o clinica o qualcosa. Ventotto giorni^2 e tutta quella merda. Ti prenoto un posto. Pago io.»

«Scordatelo,» brontolò Deacon. «Che giorno è?»

«Lunedì, perché?»

«Perché questo mucchio di rifiuti deve essere ripulito per venerdì, ecco perché. La sorellina di Crick viene a vivere qui e devo far sparire tutte le bottiglie e mettere qualcosa di rosa nella vecchia stanza di Crick e...» Oh cavolo, la nausea non se ne era andata... *combattila... combattila... ci siamo*. «E devo essere presentabile per quel giorno.»

«La sorellina di Crick?» Jon era assolutamente sbalordito. «Ma che diavolo?»

«È incinta, Jon.» Deacon si chiese se la sua psiche potesse sopportare un'altra recita dei suoi errori, e poi pensò, e perché no? Non c'era qualcosa circa un alcolizzato che si disintossicava? «Le sono passato davanti senza vederla per una settimana, mentre andavo al negozio di alcolici. Io... io le ho promesso che le avrei dato un posto dove vivere, visto che l'ho delusa così tanto.»

Fu scosso da un altro brivido, e si agitò un po' sotto la coperta prima di stabilizzarsi. Sembrava che il

---

[2] Durata minima di un ciclo di disintossicazione, e noto film del 2000 con Sandra Bullock, che interpreta una reporter alcolizzata che si sottopone a questo tipo di trattamento.

peggio fosse passato, almeno finché non fosse stato in grado di fare a meno del Valium.

«Quattro giorni?» Jon lo stava guardando come se fosse pazzo. Beh, era un alcolizzato funzionale. Non ti regalavano la pazzia assieme alla t-shirt? «Da dove iniziamo?»

Deacon sospirò e cercò di tirarsi su dalla vasca. Traballò, con le mani sul lato del sanitario e il sedere per aria, poi si spinse indietro contro il muro e si mise in piedi. Beh, tanto era abituato a vedere tutto nero.

«Che ne dici di una doccia?» chiese, cercando di sembrare sicuro.

Jon annuì, si alzò e fece una smorfia vedendo su cosa si era seduto. «Ne faccio una anch'io dopo di te. Hai dei vestiti puliti?»

«Un sacco,» gli disse Deacon. Era la verità: aveva indossato gli stessi vestiti per più giorni. Chi aveva bisogno di usare quelli puliti nel cassetto? Senza pensarci, poiché Jon aveva già visto la sua merda e non ci aveva badato, lasciò cadere la coperta, e la gettò debolmente verso l'angolo dov'erano i suoi vestiti sporchi. «E se bruciassi tutto, lo prenderei come un favore per…»

«Porca puttana!» sussurrò Jon, fissandolo. A Deacon sembrava che la testa gli pesasse qualche migliaio di chili. Non credeva di poterla piegare in basso per guardarsi, quindi chiuse la tendina della doccia e aprì l'acqua alla cieca. Era ghiacciata e per poco non strillò. La sua pelle era ipersensibile, ma riuscì a non piegarsi in due per rimettersi accovacciato sul pavimento della vasca da bagno, mentre rabbrividiva sotto il getto. Jon era ancora lì fuori e Deacon lo sentì sedersi pesantemente sulla tazza per potersi togliere le scarpe. Quando riprese a parlare aveva una voce strana, anche sopra al rumore della doccia.

«Deacon, sei... sei pelle e ossa, dannazione. Da quant'è che non fai un pasto decente?»

«Jon...»

«No, amico, sono serio. Non potevi chiamarmi? Ti sei rotto la mano o cosa?»

Deacon sentì una risata premergli contro il petto. «Già, mi sono rotto la mano, e slogato la spalla, e penso che potrei essermi rotto il naso sullo stipite della porta una notte, ma devo averlo sistemato prima di addormentarmi...»

«*Piantala*!» strillò Jon, e aprì la tendina, proprio quando l'acqua iniziava a scaldarsi. Deacon era lì, nel mezzo del peggior incubo che avesse mai avuto. Tremava, nudo, e aveva fatto un casino. La sua vita era andata fuori controllo, e non c'era nessuno da cui andare a piangere per chiedere rifugio perché era riuscito a perdere tutte le persone a cui teneva semplicemente perché era vivo.

Tirò debolmente la tendina, cercando di avere della privacy, così da poter desiderare di essere morto, ma Jon la teneva aperta, e lo guardava.

«Non potevi chiedere aiuto? Dannazione, Deacon.» La voce di Jon si spezzò per davvero, e se prima Deacon pensava di essersi sentito come se la morte l'avesse schifato e servito come colazione al cane... beh, adesso sapeva come si era sentito quando il cane l'aveva rigettato indietro e sepolto, colpevole. «Perché non mi hai chiamato prima?»

Deacon non rispose. Si allungò per prendere lo shampoo, e invece lo fece cadere, e Jon gli mise una mano sulla spalla per fermarlo e non farlo abbassare.

«Lo prendo io,» scattò. «Se ti chini, cadi.»

Era vero, probabilmente, e Deacon lo lasciò fare.

«Non hai ancora risposto alla mia domanda.» Jon tenne la tendina aperta, incurante dell'acqua sul pavimento – aveva comunque bisogno di essere lavato – e insaponò i capelli di Deacon mentre lui stava lì in piedi come un bambino. Si chiese vagamente perché la loro situazione non avesse nulla a che fare col sesso, ma non gliene importava, Crick gli mancava troppo.

«Quale domanda?» Oh… dannazione. Dannazione. Ecco un'altra persona che lo toccava. E all'improvviso non contava che il sesso c'entrasse o meno – era un contatto umano. Deacon tenne gli occhi chiusi, sperando che Jon non potesse vedere quello che gli scivolava debolmente sul viso, cosa fosse acqua e cosa no. Contatto umano. Tocco umano. Era bello quanto il liquore – e chi lo sapeva?

«Perché non mi hai chiamato prima?»

E adesso Deacon era *davvero* contento di avere gli occhi chiusi. «Perché non volevo che mi vedessi così,» sussurrò. Improvvisamente il braccio di Jon gli circondò la spalla, bagnando la camicia.

«È un vero peccato, Deacon,» mormorò Jon, e Deacon gli si aggrappò, vergognandosi di sé e incapace di fermarsi. «Sei una delle benedizioni della mia vita. Diavolo, sei la benedizione del mio matrimonio, lo sai? Io devo vederti comunque tu sia, in qualsiasi forma. Sarai sempre una benedizione, okay?» Jon era entrato completamente nella doccia, tutto vestito, e circondava Deacon come una coperta calda e amichevole. Jon piangeva di più, e Deacon non si sentì una femminuccia quando si arrese alla sua debolezza e si appoggiò al suo amico.

«Tutto considerato,» mormorò contro il petto fradicio dell'amico, «scommetto che stai desiderando di aver ricevuto quella bella cornice d'argento come dono, invece.»

«Nah,» sussurrò Jon contro la sua spalla. «Ne abbiamo ricevute due dai genitori di Amy. Di te ce n'è uno solo.»

Deacon ebbe una specie di fantasia di uscire dalla doccia, mangiare qualcosa e iniziare a sistemare la casa. Jon riuscì a malapena ad asciugarlo, vestirlo e metterlo a letto, dove poteva riprendersi dalla violenza dell'astinenza. Si svegliò verso sera e ciabattò fuori dalla camera da letto, guardando la casa come se non fosse la sua.

«Ma che è successo?» mormorò. «È venuta la fatina della casa a farmi visita? Chi si è sbarazzato di tutte le bottiglie?» Girò l'angolo del corridoio verso il soggiorno e quasi fece marcia indietro per tornarsene a letto. «Ohh, Gesù.»

«Buongiorno a te, Deac,» disse Amy, asciutta, guardandolo da sopra la spalla. Era in piedi, in cucina, intenta a preparare qualcosa ai fornelli. «Cos'è, pensavi che Jon non me lo dicesse?»

Il soggiorno era immacolato: non c'erano né bottiglie vuote né piatti vecchi con avanzi di cibo in vista, e qualcuno aveva spolverato. Anche la cucina aveva un bell'aspetto, ma sulla soglia della veranda c'erano quattro grosse scatole di Hefty, in attesa che le bottiglie fossero portate al riciclatore.

«Speravo che te ne stessi alla larga dal disgusto,» mormorò sincero, sentendo nuove lacrime affacciarsi agli occhi.

Lei mise giù il cucchiaio e si girò verso di lui. Deacon la vide spalancare gli occhi e pensò ardentemente di tornare a letto. «No,» disse, con voce un po' triste. Si sfregò la guancia brutalmente e si volse di nuovo verso il forno. «Posso sempre picchiarti in un secondo momento, ma non ti libererai di noi così facilmente.»

Deacon sospirò ed entrò del tutto in soggiorno, sedendosi a uno degli sgabelli che lo dividevano dalla cucina. Senza che glielo chiedesse, lei gli riempì un bicchiere d'acqua e lo poggiò davanti a lui. Deacon bevve avidamente. «Dov'è Jon?» chiese, mentre lei glielo riempiva di nuovo.

«Sta dando da mangiare ai cavalli,» rispose la donna brevemente, e lui saltò giù dallo sgabello con un piccolo tonfo colpevole.

«Merda, devo andare ad aiutarlo.»

«Siediti, Deacon.» Le parole furono simili allo sciocco di una frusta, e lui la guardò male.

«È tutta la vita che do da mangiare a quei dannati cavalli»

«Non mi interessa.» Si volse verso di lui, rinunciando a nascondere i segni delle lacrime.

«Oh, dannazione, Amy.» Si mosse per darle un colpetto sulla schiena. «Non piangere. Cavolo, non ne valgo la pena...»

«Vuoi stare zitto, Deacon Winters?» disse, tirando su col naso, gettandosi tra le sue braccia. Lo abbracciò stretto, ma con cautela, e lui ricambiò, mentre lei soffocava un singhiozzo sentendo le sue spalle affilate come lame contro la t-shirt rovinata. Poi si staccò e si volse di nuovo verso i fornelli. «Stai zitto, siediti e, per l'amor di Dio, mangia qualcosa. Sembri un rottame.»

«Sto bene,» mentì, mentre portava lo sgabello dall'altra parte del bancone, e se prima pensava che fosse furiosa, non l'aveva mai vista davvero arrabbiata.

«Bene?» le si incrinò la voce. «Bene? Deacon, ti ricordi quella volta che mi sono ubriacata dopo la partita, e tu mi hai retto la testa mentre mi vomitavo sulle scarpe?»

Deacon soppresse una risatina. «Ti sei ubriacata un po', durante l'ultimo anno,» ammise.

«Tu non mi hai giudicato. Neanche una volta. Ti sei preoccupato, ti sei agitato, mi hai supplicato di non farmi vedere da Crick, ma non mi hai giudicato.» Ci fu un tonfo, e Amy gli mise bruscamente davanti sul tagliere una grossa ciotola di zuppa di pollo messicana. Ci gettò dentro il cucchiaio e poi un grosso pezzo di pane di mais col burro. Lo guardò storto; Deacon capì l'antifona e iniziò a mangiare con cautela, e poi con più entusiasmo quando lo stomaco gli promise di comportarsi bene.

«Eri solo un po' scapestrata,» borbottò mentre mangiava. «El Pollo del Soleil.» Era davvero buono.

«E tu eri solo molto triste,» scattò. «Pensavi che te lo avremmo rinfacciato, che fossi triste?»

Non sapeva cosa rispondere. Triste non rendeva affatto l'enormità di essersi ubriacato per tre mesi, di aver mentito a Crick, Jon e Amy, e di aver deluso Benny.

«E pensavi di poter fare tutto da solo,» mormorò, cercando di farlo rispondere. Non si era ancora voltato verso di lei, quindi pensò che Amy avrebbe messo a punto un'altra tattica. «Ti ricordi la mia amica, quella che ho portato a casa dal college?»

«Karen?» chiese. Amy gli aveva presentato un paio di ragazze, ma Karen era la più memorabile.

«Quella che hai portato all'ospedale a causa di un aborto fatto male?» scattò Amy. «Sì, Deacon, lei. Te l'ho detto che si è iscritta alla scuola di medicina?»

Deacon scosse la testa. «No.»

«Te l'ho detto che da quel giorno dice alle persone che sei tu che l'hai ispirata? Dice che chi è così gentile da aiutare qualcuno così stupido ti fa desiderare di voler fare qualcosa di meglio con la tua vita.»

«Oh, Gesù.» Come poteva farlo stare meglio quando era in grado a malapena di tenere in mano un cucchiaio senza tremare, e il suo corpo lo stava già implorando di avere un dannato bicchiere di qualsiasi cosa potesse trovare?

«Beh, mi ha mandato una ricetta per il Valium perché gliel'ho chiesto e il mio non era forte abbastanza. Quello che ha mandato dovrebbe essere sufficiente finché non ti sarai disintossicato, ma pensava scherzassi quando le ho detto quanto pensavamo che pesassi. Sta rischiando la sua abilitazione medica per farlo, senza che io glielo chiedessi. Si è offerta lei, perché dice che le hai salvato la vita. Cavolo, che donna. È una persona che hai toccato nel profondo e la conoscevi a malapena. Tu e Parish – avete avuto oltre sedici spalatori di letame, e forse Crick è l'unico che avete tenuto, ma gli altri vi devono un sacco. Hai passato una vita a occuparti di tutto il resto del mondo e ora…» Non si era fermata un attimo mentre parlava. Aveva riempito altre due scodelle, aveva preso il latte dalla spesa che aveva fatto con Jon e poi lo aveva versato per loro tre, e aveva gettato alcune cose nel lavandino con troppa forza. Ma poi si bloccò e lo guardò con occhi cerchiati di rosso, tormentati.

«Ora la butti via da solo in una vasca?» singhiozzò, e Deacon mise giù il cucchiaio e andò di nuovo a confortarla. Il suo piccolo corpo minuto tremava contro il suo e provò con un incerto: «Mi dispiace.»

«Saresti potuto morire, Deacon,» disse contro il suo petto. «Dice che con tutto il peso che hai perso, e tutto quello che hai bevuto… se Patrick non ci avesse chiamato in preda al panico, saresti potuto *morire*!»

«Grazie,» mormorò. «Grazie per essere venuti… sai, per avermi tirato fuori dai guai.»

«Non ringraziarci!» gli ordinò, anche se il suono risultò attutito contro il suo petto, e lei lo teneva tanto stretto da farlo vacillare. «Non ringraziarci… solo… non farlo più. E non intendo non bere; ci possono essere delle ricadute. Le persone fanno delle cazzate. Solo… non farti tirar via dal pavimento per farti aiutare, Deacon! Per l'amore di Dio…»

165

«Shhh,» la zittì, proprio quando arrivò Jon. Deacon lo guardò e gli fece un gesto col mento per farlo avvicinare e fargli prendere il suo posto, ma il testa di cazzo invece circondò la schiena di Deacon e le esili spalle di Amy.

«Come ha detto lei,» mormorò Jon, e Deacon si trovò circondato dai suoi amici in un modo che non credeva possibile, e mormorò promesse sconnesse.

«Chiederò aiuto... lo giuro. Non dovrete più fare una cosa del genere.»

Alla fine sciolsero l'abbraccio di gruppo e Deacon riprese posto sullo sgabello, mentre Jon e Amy mangiarono in piedi in cucina. La seconda volta che posò il cucchiaio udì qualcuno schiarirsi significativamente la gola.

«Mi pare che tu stia rallentando nel tuo proposito,» disse Jon, un po' arrabbiato e un po' prendendolo in giro.

«No,» bofonchiò Deacon, ma cercava di non digrignare i denti. «Non voglio essere troppo dipend... troppo dipend... troppo dipendente dal fottuto Valium.»

Jon armeggiò con la boccetta che aveva in tasca e sbatté una pillola sul tagliere di fronte a Deacon, vicino al latte, poi si volse e uscì dalla cucina.

Deacon sospirò e mandò giù la pillola, poi si volse verso Amy, contrariato. «Dovremo lavorarci un po' su,» disse pensoso.

Amy alzò le sopracciglia e mandò giù un po' di minestra. «Allora... una ragazzina adolescente. Sei sicuro di sapere cosa fare con lei in giro per casa? Incinta per giunta? Adesso?»

Deacon fece spallucce. «Non ne so molto di ragazzine adolescenti,» riconobbe. «Ma so molto di te. E di Crick. Può essere simile a te fisicamente, ma sai... è fatta proprio come Crick.»

Amy rise un po' e ammise che aveva ragione.

«Penso tu abbia ragione... ma credo che passerò comunque a darti una mano.»

«Lo apprezzerei molto.» Deacon mandò giù un altro boccone di pollo e orzo e si rese conto di essere pieno, nonostante il Valium avesse fatto effetto eliminando la nausea. Lo spinse via e sospirò. «Mi aiuterà anche con la storia della buona fede. Le ho detto che le avrei dimostrato di esserci per lei. Penso che il fatto di avervi qui mi aiuterà a provarglielo.»

Amy prese la scodella di Deacon e la mise nel lavandino, pensosa. «Hai pensato di seguire un programma, Deacon? Sai, i dodici passi[3]... quel tipo di cose?»

Deacon ci pensò su e rabbrividì. «Amy, chiedere a te e Jon di venire qui ad aiutarmi mi crea già problemi. Pensi davvero che potrei essere tutto eccitato alla prospettiva di parlare con testimoni e perfetti sconosciuti?»

Amy annuì. «Non ci sono mezze misure con te, credo. Insomma... un bicchiere e ti metti a bere – non c'è misura.»

«Non nella mia famiglia,» concordò Deacon. «L'aver comprato una bottiglia è un chiaro segnale che sono nei guai.»

Jon rientrò con un fascio di fogli in mano e la bilancia del bagno sotto il braccio. Evidentemente era stato al computer di Deacon, nello studio.

«Monta su,» abbaiò, e Deacon sospirò. Sul serio, quanto sarebbe potuto essere più umiliante un incontro degli alcolisti anonimi? Si alzò e sembrò sorpreso e poi mortificato. Gesù... sapeva che la felpa gli cascava sotto il sedere e anche la biancheria gli andava larga, ma...

---

[3] Programma messo a punto dagli alcolisti anonimi, una sorta di percorso spirituale articolato in dodici punti.

«Sei alto un metro e ottanta e...» Jon tese la mascella, e la sua bellezza da star del cinema fu spazzata via dalla rabbia e dalla preoccupazione. «Sei alto un metro e ottanta e pesi sessantatré chili. Cazzo.»

Deacon non aveva nulla da dire, davvero, quindi attese che l'amico riprendesse a parlare.

«Ecco,» brontolò Jon. «Ho controllato. Questo è il tuo peso. Gesù Cristo, Deacon, non potevi fissarti per la carne essiccata al sole assieme al Jack Daniels? Questa è la tua altezza e questa,» tirò una linea e fece un cerchio attorno al numero, «è la dose minima e massima di Valium che puoi prendere ogni giorno. Dalle informazioni che ho, puoi prenderlo per una settimana. Quindi hai una settimana per arrivare in un qualche punto tra questi due numeri, e ora hai preso ufficialmente la dose minima. Stai bene adesso? Il tuo machismo è soddisfatto? Puoi prenderti una dannata pausa e rimetterti in sesto?»

«Sì, Parish,» disse Deacon umilmente e quando Jon lo guardò storto e vide il barlume di spirito nei suoi occhi, lo colpì subito sulla testa.

Aveva a disposizione un anno, otto mesi e quattordici giorni.

> Crick,
>
> mi spiace, hai ragione. Non ci sono stato per te e invece avrei dovuto. Ho passato un brutto periodo. Ti dirò soltanto che una qualsiasi quantità di alcool è sempre troppa per me, e lasciamo stare. Questo pacco è in ritardo – c'è un motivo, ma non è importante adesso – ci sono troppe altre cose di cui parlare e voglio farlo adesso.

Tieniti forte, ho delle buone notizie e delle notizie difficili da darti, ma per la maggior parte sono buone. Speriamo che le prenderai come tali.

Abbiamo trovato Benny (più che altro è lei che ha trovato me), e non sarà più obbligata a sopportare il tuo patrigno Bob, perché ora dovrà sopportare me. Si è trasferita nella tua vecchia stanza. (Abbiamo fatto sparire i tuoi, ehm, calendari nascosti sotto il letto. Tra parentesi – dannatamente sottile, Crick. E così divertente da spiegare.) Comunque, lei sta nella tua vecchia stanza, e a febbraio la sua bambina starà nella mia. Spero davvero che non pensassi di tornare nella tua vecchia stanza, tra parentesi, perché hai fatto la tua scelta di colori – rosa, viola, orchidea, fucsia, malva, violetto e lavanda – con un po' di bianco sporco messo lì per divertimento. La casa sta per dare di matto per la gran quantità di estrogeni. Un'altra donna e alle finestre spunteranno le tette.

Tua sorella per lo più si sta adattando bene. Ci è servito del tempo per fidarci l'uno dell'altra, ma Amy e Jon sono passati ad aiutarci. Non voleva scriverti – si sente in imbarazzo, anche se io le ho detto che tu sarai solo contento che lei sta bene (io lo sono). Le ho dato una macchinetta fotografica per quando nasce la bambina, e invece lei ci ha già fatto un sacco di foto. Mi ha detto di dirti che quelle sono la sua lettera e che sa che capirai quello che ti vuole dire. Ci ha pensato a lungo se tenere o meno il bambino ed è stata una decisione difficile, Crick. Non so cosa dirai, ma alla fine, lei ha detto che siamo noi la ragione per cui lo tiene. Le ho detto che lei e la bambina avranno sempre una casa. Spero tu sia d'accordo – altrimenti puoi sempre venire qui a casa e litigare con me, va bene?

Il prossimo pacco – e la prossima lettera – arriveranno molto prima, te lo prometto. Non posso prometterti che non ti deluderò di nuovo, ma farò del mio meglio per evitarlo. Prenditi cura di te, Carrick James.

Deacon

Non diceva abbastanza. Non diceva che il corpo di Deacon si sentiva morto e privo di senso senza Crick lì accanto. Non diceva che sognava il sapore della pelle di Crick e si svegliava senza fiato perché il respiro di Crick non era lì, in quella casa. Non diceva che, dopo aver ricevuto la lettera successiva di Crick, una notte si era svegliato nel buio, impaurito nel suo letto, con lo stomaco bagnato dal suo sperma e lacrime che non sapeva di star versando.

Perché quello era un po' troppo vero, anche per Crick.

CAPITOLO
UNDICI

Lezioni da una passeggiata

CRICK non si accorse subito che il pacco era in ritardo perché era impegnato a perdersi nel bel mezzo del maledetto deserto dell'Iraq.

Giurò che non fosse colpa sua.

Un convoglio si era guastato a dieci miglia dal campo e aveva subito un'imboscata. Crick era volato sul posto per aiutare col triage e Jimmy l'aveva raggiunto per trasportare i feriti meno gravi, nel caso il velivolo non potesse portarli tutti.

Al caos nell'elicottero si era sostituito quello a terra. Quando Crick toccò terra, gli parve che il mondo si fosse trasformato in un branco di diciottenni che lo chiamavano sotto-dannato-tenente.

Crick gestì la situazione. Si era già occupato di traumi su larga scala a casa, quando un bus Greyhound, con a bordo vecchi giocatori d'azzardo era stato centrato da un semirimorchio su Blood Alley. Di sicuro in quel momento c'erano meno urla e panico, anche se i rumori di sottofondo erano prodotti da proiettili che potevano ucciderti.

Ma Crick si sentiva al sicuro – era circondato da un mucchio di quei diciottenni che avevano scudi antiproiettile, e si occupò del triage e di curare, e insieme caricarono i feriti più gravi sul Black Hawk per rimandarli alla base, dove un medico con più stellette di lui avrebbe cercato di rimetterli in sesto.

Crick rimase solo con un ragazzo che aveva un proiettile nella gamba, accucciati nell'ombra di un tank, sperando che gli M-16 si azzittissero. Stava iniziando a pensare seriamente di potersi beccare una pallottola.

Crick fu felice di vedere Jimmy, forse per la prima volta da quando erano stati messi insieme. Certo, appena persero di vista il convoglio, il furgone blindato – che sembrava aver preso un proiettile nella coppa dell'olio – si guastò irrimediabilmente e tutto andò in malora.

Jimmy aveva fatto un sacco di storie – voleva stare fermo dov'era il furgone e sperare di essere salvato. Crick non era molto sicuro che Jimmy avesse afferrato l'urgenza diffusa del campo di battaglia. Quei ragazzi si erano sistemati per stare lì a lungo, aspettandosi di dover combattere per il resto del pomeriggio, nella speranza che i Black Hawks tornassero indietro in tempo per togliergli dai guai. A Crick non piacevano le probabilità che avevano di uscirne vivi senza prendersi una pallottola se restavano lì, a cuocere sotto il sole.

Alla fine si risolse coi gradi. Crick, come medico, ne aveva, e Jimmy, che era un autista, no. Crick ricavò una barella di emergenza da un lenzuolo, diede al soldato sanguinante uno zaino pieno di borse del ghiaccio e scorte di medicine, prese il suo, pieno di acqua e qualche confezione di cibo liofilizzato, e disse a Jimmy – che piagnucolava come una femminuccia – di prendere altra acqua e delle pistole.

«Perché non porti tu le pistole?»

«Perché devo portare il fottuto paziente, testa di cazzo!» Crick evitò di dirgli che la sua fortuna con gli M-16 non era migliorata negli ultimi cinque mesi. Con l'M-4 se la cavava bene, ma l'M-16 non gli aveva ancora dato nessuna soddisfazione. Era l'unico della sua unità a cui si fosse inceppato durante le esercitazioni. Due volte.

Erano appena riusciti a trasportare il soldato Perdita di Sangue sull'altura più vicina quando Crick li vide: un gruppo di nemici che marciavano in mezzo alla strada come se a) si dirigessero a spazzar via l'unità che Crick e Jimmy avevano appena abbandonato, o b) fossero i padroni del paese (e Crick stava ancora cercando di capire se fosse vero o meno). A ogni modo, lui e Jimmy riuscirono a togliersi dalla strada prima che li vedessero. Fu un piccolo miracolo.

Che li fece perdere.

Non erano proprio persi, comunque. Perché Crick in effetti, grazie alle dannate mappe e ai servizi della CNN che gli aveva mandato Deacon, conosceva a grandi linee la zona in cui si trovavano. Ma dovevano ancora muoversi su una superficie difficile, a piedi, portandosi dietro un uomo ferito.

Durante la loro prima notte all'aperto, il soldato Perdita di Sangue (anche conosciuto come Andrew Carpenter, un giovanotto educato della Georgia che aveva la pelle dello stesso colore del cielo d'Egitto di notte) fu quasi morso da una di quelle orribili piccole vipere colorate che escono di notte per cacciare. Crick l'aveva vista strisciare verso la barella di Carpenter e gli aveva tirato dietro una borsa del ghiaccio usata. Il serpente si girò per colpire e Crick gliene tirò un'altra, e quel dannato affare strisciante lungo sessanta centimetri se ne sarebbe potuto andare per i fatti suoi, ma Jimmy perse la sua piccola testa del cazzo.

Afferrò il suo fucile *per la canna* e colpì il

serpente in fuga col calcio una, due, tre volte…

«Dannazione, Jimmy, brutta testa di cazzo, *non hai neanche messo la sicura!*»

«Cosa?» Jimmy lo guardò, del tutto preso nella sua follia di uccidere il serpente. Crick, che si era seduto davanti al soldato Carpenter coprendogli la testa con le mani per puro istinto, si alzò lentamente, come se fosse Jimmy il serpente, e alzò le mani.

«Soldato Davidovic, saresti così gentile da *mettere la dannata sicura* prima di usare quella fottuta arma letale come una mazza, tenendola per la canna?»

Jimmy guardò l'arma e sorrise come un novellino. «Merda, tenente. Meno male che non l'ha fatto lei, si sarebbe potuto far saltare la testa!»

Crick guardò Jimmy e poi Andrew, che osservava Jimmy, poi scosse la testa e tornò a sedersi, controllando con attenzione che non ci fosse qualche altro dannato serpente. *Caro Deacon*, pensò nella sua testa, iniziando a progettare la lettera, *finalmente comincio a crederti quando mi dici che non sono un perdente. Ne ho conosciuto un e, se fossi stato lui, sarei morto.*

Il giorno seguente videro un solifugo e Crick dovette fare un bel discorsetto a Jimmy per impedirgli di sparare mentre l'animale si affrettava sotto la vegetazione. Gridare «dannazione, non sono velenosi!» non servì a nulla, e alla fine Crick ricorse a «Soldato, ti ordino di ritirarti!»

Wow. Fu come spegnere un interruttore. Mentre Jimmy era lì in piedi, col fucile abbassato e in attesa di qualcosa, Crick disse con una pazienza esagerata: «Jimmy, dove siamo?»

Jimmy sbatté gli occhi. «Non ne ho idea, signore.»

Crick annuì. «Io un po' ce l'ho invece. Abbastanza da riportarci al campo. Non abbastanza però da tenerci vivi se tu fai fuoco su qualcosa che fa schifo ma non è letale, facendoci piovere addosso ogni ribelle nascosto in queste dannate colline. Ora, voglio che tu metta la sicura a quella cosa e che la consegni al soldato Carpenter fino a nuovo ordine.» Alzò la voce per il soldato che stava sulla barella, che aveva smesso di sanguinare e iniziato a tremare per la febbre, ma che teneva ancora duro. «Soldato Perdita di Sangue, come te la cavi?»

«Sono cosciente, signore.»

«Pensi di poter far meglio di Jimmy con questa maledetta arma?»

«Dannazione... sì, signore.»

«Eccellente.» E proseguirono.

Razionarono l'acqua e usarono le borse del ghiaccio per foderare i giubbotti antiproiettile e gli elmetti finché non si scaldavano, ma dopo tre giorni esaurirono qualsiasi cosa bagnata o fredda, e la pazienza in generale. Ma non fu quella la cosa peggiore.

La cosa peggiore fu che il loro cibo pronto da mangiare, quelle piccole confezioni magiche di gustoso stufato, che dovevano sostenerli e resistere intatte fino a 50 gradi centigradi, si erano surriscaldate troppo durante il lungo cammino. Il terzo giorno fu caratterizzato da corse frenetiche per andare a cagare dietro i pochi massi (dopo aver controllato che non ci fossero serpenti), e la loro disidratazione stava peggiorando. Il povero Andrew non era stato in grado di raggiungere il masso più vicino, a causa della ferita, e fu costretto a farsi trascinare nel deserto per almeno dodici ore tutto sporco.

Ma alla fine arrivarono al campo, visibile nello spazio tra due massi, prima che Jimmy potesse dire ancora. «Buon Dio, fa caldo!» oppure, «Dove diavolo è il campo» o la preferita di Crick, «Ho sete, tenente,» e Crick decidesse di spolargli personalmente. Riuscivano a vedere la piattaforma di decollo degli elicotteri, le grandi tende del centro medico, e i loro alloggi. I punti di riferimento preferiti di Crick erano le docce e la mensa, ma non faceva lo schizzinoso. Dopo gli ultimi tre giorni, tutto il posto gli sembrava il culmine della civiltà.

A parte quel dannato cobra lungo quattro metri e mezzo che li fissava dallo spazio tra le due rocce.

«Ma cos'è che non va in questo posto coi serpenti?» si chiese Crick ad alta voce. «Voglio dire, sul serio… ho avuto a che fare tutta la vita coi serpenti a sonagli, e non sono di certo belli, ma… ma questi… sembra che pensino di possedere questo dannato posto.»

Il povero soldato Carpenter rabbrividì sospirando alle sue spalle. «Già… meglio un mocassino d'acqua.»

Il soldato Jimmy posò a terra la sua estremità dell'imbragatura di Carpenter e tirò fuori l'M16, e quando Crick vide dove stava andando, barcollando a causa dello spostamento del peso, mise avanti un piede e lo fece inciampare.

Jimmy cadde a terra a circa tre metri di distanza dal serpente, che si stava alzando lentamente, in quel modo inquietante e fantascientifico tipico dei cobra, con la testa a forma di cappuccio a circa due metri dal suolo, e il resto del corpo acciambellato attorno.

«Ma che cazzo!»

«Arretra lentamente, testa di cazzo. Molto. Molto. Lentamente. Cazzo.»

Per una volta Jimmy gli ubbidì, e quando tornò nel punto dov'era Crick guardò di traverso il suo ufficiale in comando – che, pensò Crick irritato, aveva passato gli ultimi tre giorni a tirargli fuori il culo dalla merda a destra e a manca – e ringhiò: «Perché diavolo lo hai fatto?»

«Jimmy, dov'è il serpente?»

Jimmy guardò verso la schifosa torre di morte da quattro metri e mezzo che stava emettendo strani versi.

«Proprio là, signore.»

«E cosa c'è oltre, caro?»

Jimmy sbatté le palpebre e disse: «Il campo, signore,» senza capire.

«Quanto è distante il campo, soldato?»

Jimmy fece spallucce, del tutto stupito. «Non lo so tenente. Circa mezzo miglio?»

«E qual è la gittata di un fucile M-16?»

Ci volle un po'. Fu doloroso. Alla fine il soldato Carpenter disse, con voce stridula: «È di oltre novecento metri, testa di cazzo. Se non rischiassi di ammazzare qualcuno, chiederei al tenente di lasciarti sparare a quel fottuto serpente e poi verrei a godermi la corte marziale mangiando popcorn!»

Crick rise di gusto, serpente o non serpente. Era un pensiero davvero invitante. «Soldato, tieni duro fino al campo e giuro su Dio, andremo da qualche parte dove servono popcorn.»

«Mi sta bene qualsiasi film con Beyoncé, signore.»

«Facciamo Austin Powers, soldato.»

«È molto dolce tutto ciò,» scattò Jimmy, imbronciato, «ma prima dobbiamo passare oltre quel dannato serpente.»

«Carpenter, abbiamo ancora quelle borse del ghiaccio di plastica dura?»

Il piano era di tirare le borse del ghiaccio contro il serpente e distrarlo – e usare Jimmy come esca. Attirata l'attenzione del serpente su Jimmy, che indietreggiava lentamente, Crick girò in cerchio e afferrò un masso di medie dimensioni – pesava all'incirca quattordici chili – e lo lasciò cadere saldamente sulla parte del serpente compresa tra il corpo acciambellato e quella testa, astuta e sinuosa, che stava seriamente pensando di andare appresso a Jimmy.

Poi saltò via veloce, prima che la testa furiosa, che si agitava freneticamente, gli iniettasse il veleno più letale del mondo.

Jimmy corse a prendere un'altra roccia, e poi (con cautela, grazie a Dio) la lasciò cadere sulla testa del serpente. Quando furono certi che fosse bloccato, tirarono fuori il coltello seghettato di Crick e tagliarono il corpo dell'animale, che si contorceva tra le due rocce, e poi abbandonarono quella dannata cosa nella sabbia, per tornare barcollanti verso casa.

Un'ora dopo, il soldato Carpenter era sotto i ferri per rimuovere le schegge del proiettile, ricevere una trasfusione di sangue e una dose di antibiotici. Crick si era fatto un bagno ed era steso su un letto dell'unità accanto a Jimmy, poiché entrambi avevano ricevuto più o meno le stesse cure di Carpenter, a parte l'operazione e la trasfusione.

Il loro ufficiale comandante passò per congratularsi con loro di essere sopravvissuti, e Jimmy disse: «Ehi, io volevo stare col trasporto. Non dia a me la colpa per quell'incubo del cazzo!»

L'ufficiale comandante lo guardò con antipatia sincera. «Quell'incubo del cazzo ti ha salvato il culo, soldato. Abbiamo trovato il vostro trasporto, o meglio quello che ne è rimasto dopo che è stato colpito da un missile di terra. Ora se non ti dispiace, chiudo la tenda per dare a Crick una promozione sul campo.»

«Oh, Cristo,» imprecò Crick. «L'ultima cosa che voglio è essere promosso.»

Il suo ufficiale comandante sorrise un po'. «Questa ti farà solo guadagnare un po' di più Crick. Non sei ancora pronto per un'altra mostrina.»

«Grazie a Dio.»

Il Capitano annuì e posò il fardello che aveva portato nella 'camera' coperta di tende di Crick.

«Qualcosa del genere. Ecco, ti ho portato il forziere con le tue cose, e ti è arrivato un altro pacco regalo mentre non c'eri. Temo che ti abbiano sgraffignato tutti i biscotti, ma le lettere e i libri sono intatti.»

«Oh, gioia!» esclamò Jimmy dall'altra parte della tenda. «Già lo sento diventare tutto gay parlando di 'Pastor' o come diavolo si chiama!»

Crick si sarebbe fatto prendere dal panico un paio di mesi prima, ma ora era abbastanza certo che era solo Jimmy a essere uno stronzo di prima categoria. «Meglio gay che stupido, testa di cazzo!» replicò, e il Capitano Somers si mise a ridere.

«Amen, soldato. Ehi, quando scrivi alla tua famiglia non dimenticare di dirgli che sotto le feste monteremo il grande schermo e il satellite. Non sarà una cosa privata, ma se la tua famiglia ha un computer avrai l'occasione di vederli. Sceglieremo gli orari in base al grado, quindi tu ne avrai uno buono.»

Crick fissava la grande busta manila che conteneva la lettera di Deacon, e quelle che sembravano essere delle foto, e gli si chiuse la gola. «Glielo chiederò,» disse con voce stridula, ingoiando il suo desiderio assoluto di rivedere Deacon. «Gli chiederò quando è meglio chiamare.»

Il capitano annuì e fece per andarsene, ma si ricordò qualcos'altro. «Figliolo, la tua licenza arriverà dopo Natale. Hai un mese in tutto. Ora, so che il tuo primo istinto sarebbe quello di andare a casa, ma,» Crick lo guardò, col cuore in gola, «io non lo farei.»

«No?» la voce di Crick sembrò venire da molto, molto lontano.

«No.» Il volto del capitano Somers si fece stranamente gentile. «Ho già visto ragazzi come te – che vogliono così tanto andare a casa da sentirne l'odore. Molto spesso, quando sono lì, non riescono a tornare indietro – e se lo fai ti freghi da solo, figliolo. Non puoi mai tornare indietro se sei assente senza permesso negli Stati Uniti. Ti suggerirei di prenderti una settimana, magari vai in Germania, e conservati il resto per avere prima il congedo. Pensaci, okay?»

«Sì, signore,» bofonchiò Crick, ingoiando il boccone amaro della delusione.

Ma aveva ancora la lettera…

> Crick ,
> Mi spiace – hai ragione. Non
> ci sono stato per te, e invece avrei
> dovuto.

Crick lesse per un po', perso nella lettera, e poi tornò indietro e la lesse di nuovo cercando di vedere le cose che Deacon non gli stava dicendo, poi aprì il pacco di foto di Benny e si sforzò di non piangere.

Nella maggior parte delle foto c'era Deacon.

Un primo piano di Deacon, che strofinava il naso con Comet, il cavallo di Crick. Gli occhi di Deacon era mezzi chiusi, con le ciglia che gli sfioravano le guance e oh, Dio, il sorriso con cui guardava il cavallo. Era lo stesso sorriso che aveva quando erano a letto insieme, quel sorriso dolce che lo faceva sembrare giovane e un po' vulnerabile. Crick voltò la foto, e Benny aveva scritto: *Gli ho chiesto di pensare a te.*

Crick chiuse gli occhi e assaporò il dolore. Il dolore di sapere che Deacon pensava di averlo deluso, il dolore della sua sorellina che si stava preparando a una vita ancora più dura, il dolore di sapere che Deacon era intervenuto ad aiutarla quando lui non poteva. Ma soprattutto, il dolore di vedere Deacon proprio lì, in una foto, e di non averlo tanto vicino da poterlo toccare.

Quando il dolore si attenuò, penetrandogli nelle

ossa e posandosi dolcemente sulla sua lingua, guardò le altre, sempre lentamente.

Deacon che si occupava di Lucy Star nel recinto, col suo sorriso fiero, tirato per la concentrazione, la sua maglia della UC che gli sventolava intorno al corpo come una vela. La didascalia diceva: *È l'unico momento in cui sembra felice.*

Deacon in piedi accanto a Benny – lei lo teneva stretto e lo guardava in modo sfrontato, come se l'avesse costretto a fare la foto, e lui le sorrideva roteando gli occhi esasperato. Il suo stomaco era gonfio – Crick pensò che dovesse essere al quarto mese, circa – e Deacon sembrava piccolo rispetto alla sua sorellina e alla sua piccola ospite non invitata. *Sai, lui è proprio il mio eroe.*

Deacon in piedi in mezzo a Jon e Amy. Crick non sapeva di cosa stessero parlando, ma Deacon era accigliato. Amy lo stava sfidando e Jon sembrava ostinato. C'era un'altra foto nella sequenza, dov'erano tutti rilassati e sorridenti, ma c'era qualcosa negli occhi diffidenti di Deacon che Crick non riusciva a decifrare. E poi, sul retro, *L'hanno minacciato di mostrarti quanto peso ha perso. Non gli è piaciuto. Non vuole che tu lo sappia.*

Oh. Oh, cazzo. Crick era proprio un idiota e così dannatamente cieco. Ricercò tra le foto quella in cui Deacon indossava la maglia UC, aprì il forziere e tirò fuori il suo blocco di Deacon.

Era stato rischioso portarlo, lo sapeva. Erano tutti disegni di Deacon e non erano neutrali dal punto di vista della preferenza sessuale. Ma se doveva restare per due anni lontano da casa col cavolo che sarebbe rimasto senza i suoi blocchi, tra cui quello riempito con la persona che amava di più.

E ora gli tornò utile; trovò quel che cercava solo

girando qualche pagina (aveva memorizzato i disegni), eccolo lì davanti a lui. Un disegno di Deacon con la sua maglia UC in groppa a Shooting Star. Stava lottando per rimanere in sella mentre la cavalla faceva le bizze.

Era uno schizzo e gli ormoni di Crick si erano scatenati, ma la maglia di Deacon era leggermente tesa sul suo petto.

Di certo *non* gli sventolava attorno come una vela.

Oh Gesù… quanto peso aveva perso? Crick prese le altre foto e continuò a guardare. Deacon addormentato davanti al televisore, con l'osso del polso sporgente mentre stava appoggiato con la testa sulla mano. *Guarda i tuoi programmi preferiti, anche se non credo gli piacciano.*

Deacon che conduceva Lucy Star verso l'abbeveratoio, cavalcata da un ragazzino a cui dava lezioni. *È bravo coi ragazzini quanto lo era con me quando ero piccola.*

E poi, scoperta fruttuosa: Deacon seduto sulla Roccia della Promessa, con i gomiti appoggiati sulle ginocchia, che guardava pensieroso le ombre verdi screziate dalla luce del sole sopra la sua testa. Era quasi la stessa posa in cui lo aveva disegnato quando Deacon era un adolescente, con più tristezza e meno sole. *Non sa che l'ho scattata. È ingrassato di quattro chili e mezzo da quando mi sono trasferita, ma dovresti sapere quanto andavano male le cose prima che io arrivassi.*

Crick trattenne il respiro. Oh, Dio. Deacon.

Ti dirò soltanto che una qualsiasi quantità di alcool è troppa per me.

Non era solo snello o slanciato. Non era 'più magro'. Era emaciato. Prima era alto un metro e ottanta per circa 91 chili, con una muscolatura solida e asciutta, mentre ora aveva le clavicole in risalto, gli si potevano contare le costole e lo stomaco era scavato.

Ed era ingrassato?

Oh, Deacon, cosa ti sei fatto?

Crick non sapeva da quanto era lì fermo, seduto a fissare la foto e a pizzicarsi le guance. La voce di Jimmy mise fine alle sue fantasticherie, e per un attimo pensò davvero di strozzare quel ragazzino.

«Tenente, sta bene? Stavo solo scherzando prima su quella cosa del diventare gay. Non c'è niente che vada storto a casa, vero?»

«Nulla che possa sistemare da qui,» gli rispose, odiando che la voce gli si incrinasse. Per un secondo pensò di aprirgli il suo cuore, di andare di là e mostrargli le foto, solo per avere qualcuno che le guardasse e sapesse cosa stava provando.

Ma Jimmy non ci sarebbe riuscito. Jimmy poteva farlo sbattere fuori con disonore, ma non sarebbe riuscito a guardare le foto di Deacon e a capire, solo guardandole, che questo è ciò che rimane quando spezzi il cuore di una persona.

Sarò furibondo quando te ne sarai andato, gli aveva detto Deacon. Crick ci sperò. Crick sperò che Deacon prendesse a calci i mobili e maledicesse il suo nome, perché era molto peggio quel che c'era nelle foto, qualsiasi cosa fosse.

> Deacon,
>
> penso che dovresti sapere che questa settimana mi hai salvato la vita – due volte, per essere precisi. Stavo letteralmente vagando per il fottuto deserto, affrontando serpenti velenosi e un soldato che aveva bisogno di sparare più di qualsiasi altra persona abbia mai conosciuto, e per tutto il tempo tu eri nella mia testa, a salvarmi

il culo.

Sapevo dove fossi solo grazie a te e alle tue dannate mappe. La tua ricerca su internet ci ha evitato i morsi dei serpenti e di attirare il fuoco nemico, e il tuo maledetto senso comune ci ha trattenuto dal bere tutta l'acqua a disposizione durante il primo giorno, e al non fare attenzione a un migliaio di altre cose che non so neanche nominare. Era la tua voce nella mia testa che mi diceva di stare attento ai serpenti e di sparare solo se necessario, e che le cose pericolose escono di notte. Era la tua voce che parlava a un uomo ferito dicendogli di smetterla di preoccuparsi della morte, e di iniziare a preoccuparsi di come vivere ed eri tu – te lo giuro su Dio, Deacon, eri tu – che mi hai impedito di sparare a quel testa di cazzo accanto a me perché si comportava da testa di cazzo.

E quando sono tornato, ho scoperto che non solo salvi la mia vita, ma anche quella di Benny – non l'ho vista così felice da quando aveva tre anni. Ha fatto un errore e ha rovinato tutto e scommetto che tu non le hai detto neanche una volta che è una perdente, perché tu non lo fai. Tu non giudichi le persone per i loro errori. Tu hai fede in noi per le cose che facciamo bene.

Piantala di essere arrabbiato con

te stesso per quello che pensi di aver rovinato. La faccenda del bere mi ferisce, non perché l'hai fatto, ma perché non ero lì per aiutarti a uscirne. So che ora ti starai paragonando a tua madre – perché non ne parli mai, ma è una cosa che hai dentro di te, e mi ci è voluto un po' a capire come quella merda viva e respiri dentro di te quando tutti pensano che se ne sia andata. Invece no. Non posso immaginare cosa hai passato, quando era malata e anche dopo, da solo con lei in casa dopo che era morta, ma credimi, Deacon, non è quello che hai fatto a noi. Tu tieni ancora duro per noi.

Dici a te stesso che mi hai deluso. Sono stato io a deludermi, e ti ho spezzato il cuore e dovrò sopportarlo, ma non è colpa tua. Dici a te stesso che quello che è successo a Benny dipende da te quando lei probabilmente è la prima ad ammettere che è tutta colpa sua. Tu le hai insegnato le cose della vita come le hai insegnate a me, quando era una ragazzina sul dorso di un cavallo. Non pensare che non me lo ricordi – sei rimasto rosso per giorni.

Mi hai detto che l'unica cosa che non potresti perdonarmi è il non tornare a casa. L'unica cosa che io non posso perdonarti è se non sarai lì quando tornerò. Per favore, Deacon, prenditi cura di te stesso mentre ti prendi cura di Benny. E per l'amor di Dio, mangia qualcosa. Mi stai spaventando a morte.

Ti amo.

Crick

CAPITOLO
DODICI

Il nome della cosa

DEACON cominciava a essere molto, molto felice di aver scelto di passare il resto della sua vita con un uomo, perché era certo che vivere con una donna l'avrebbe ucciso.

«Buon Dio, Benny. Che diavolo è questa merda? Sembra che sia morto qualcuno qui dopo che gli hanno sparato!»

«Oh cavolo... mi spiace, Deacon!»

Benny sporse la testa nel bagno, e Deacon si sbrigò a chiudersi i pantaloni. Accanto alla camera di Parish c'era un bagno completo di vasca e doccia e Deacon pensò di dover prendere l'abitudine di andare lì a fare un goccio d'acqua. Benny non aveva rispetto per gli spazi personali, e se Crick aveva 'omosessualizzato' la loro stanza, Benny aveva 'femminilizzato' quella metà della casa.

Deacon si spostò al lavandino per lavarsi le mani. «Sul serio. Cos'è questa merda? È anche sui muri.»

Benny sorrise da sotto l'asciugamano chiuso a forma di turbante che aveva in testa, e poi lo sciolse. «È 'bordeaux granato sangue'. Mi sto tingendo i capelli!»

Deacon sbatté le palpebre e guardò le strisce rosse sui muri. «È tintura per capelli? Benny, quante possibilità ci sono che quella merda venga via dal muro quando si asciuga?»

Benny sbatté gli occhi. Erano grandi e blu sotto capelli scuri (okay, 'bordeaux granato sangue'), e le davano un'aria attraente e birichina. Era sempre sconcertante vedere il gonfiore della sua pancia, che significava che era andata oltre l'essere bambina e dritta nell'età adulta.

«Oh merda... vado subito a prendere degli asciugamani e il detersivo Deacon, mi dispiace. Non mi ero resa conto di aver sporcato tutto. La farò sparire, ti giuro, oppure ridipingerò i muri o...»

«Non preoccuparti, piccoletta!» disse Deacon prima che le collassasse un polmone. Parlava veloce come Crick alla sua età, ed era impaziente di accontentarlo.

Il pomeriggio che era andato a prenderla dai suoi genitori l'aveva trovata seduta fuori della porta di casa con una federa piena di vestiti, una vecchia bambola di pezza che le aveva regalato il fratello con dei soldi che aveva preso in prestito da Parish, e un occhio nero.

Deacon l'aveva fatta sedere nell'auto accanto ad Amy e aveva detto a Jon di aspettarlo nel camioncino, poi era andato a bussare alla porta.

Bob Coats gli aveva aperto con un ghigno di scherno dipinto sul volto. Deacon lo aveva colpito e aveva chiuso la porta. Poi era tornato verso il furgoncino senza guardare nessuno, era montato su e aveva detto a Jon di guidare. Quando le macchine furono partite e Benny non poteva vedere dalla sua nel camioncino, Deacon si era lamentato per il dolore e si era massaggiato la spalla. Non pesava abbastanza per colpire a quel modo, e a causa del regime di Valium che lo aveva aiutato a superare la fase peggiore del delirium tremens, era ancora debole, assonnato e tremante. Aveva chiesto a Jon e Amy di andare con due macchine perché non era in grado di guidare e pensava che Benny avesse più cose.

Quello che aveva detto a Benny era più vicino alla verità. *'Non ci sarò solo io per te'*, *Piccoletta, ho dei rinforzi nel caso ti deluda*. Lei aveva iniziato a piangere e gli aveva gettato le braccia al collo, dicendo *'Sei venuto davvero, Deacon, tu sei già il mio eroe'*.

Il che era divertente, perché il suo eroe aveva barcollato dal dolore per dieci minuti buoni davanti al camioncino, ma aveva deciso di rimanere un eroe per lei. Quella decisione – assieme al sostegno di Jon e Amy – aveva fatto filare senza problemi la loro prima settimana.

Ma Jon e Amy avevano le loro vite – e anche Deacon – e dopo un'altra settimana a fare da babysitter li lasciarono e presero l'abitudine di tornare a cena da loro una volta a settimana.

Così Deacon e Benny se la dovettero cavare per conto loro, e non se la cavarono niente male.

Benny si era iscritta come privatista. Deacon la accompagnava una volta a settimana a riconsegnare i compiti svolti e a prenderne di nuovi, e non aveva alcuna preoccupazione in quel campo. Questo perché, come le disse, pensava che fosse intelligente e perché studiando da privatista non doveva più avere a che fare con degli stronzi come invece le succedeva a scuola. Nel frattempo puliva la casa, rispondeva alle telefonate di lavoro, prendeva gli appuntamenti col veterinario e tutto quello che era necessario.

Era estremamente competente, come Deacon sottolineò più di una volta.

Deacon usciva, dava da mangiare ai cavalli, impartiva lezioni di equitazione, preparava i cavalli migliori per le esibizioni, li faceva pascolare, faceva esercitare l'organo sessuale di Even Star dal super sperma, e tutto quello che era necessario fare, mentre Benny rimaneva in casa e mandava avanti gli affari come un orologio.

Erano le stesse cose che aveva fatto Crick quando non era di turno, ma lei aveva tempo per gestirle come un vero lavoro. Si preparò un programma, la mattina si occupava delle cose inerenti all'allevamento di cavalli, di pomeriggio studiava, e quando Deacon rientrava la sera gli aveva già preparato qualcosa da mangiare.

Deacon pensava che la situazione fosse un po' paurosa, e glielo disse.

«*Una ragazza della tua età non dovrebbe essere così organizzata. È dannatamente strano. Vai a un pigiama party o qualcosa del genere.*»

Benny l'aveva guardato con occhi indagatori, temendo di aver fatto qualcosa di sbagliato. «*Mi... mi dispiace... dovrei, ehm... fare qualcosa di diverso? Avevi bisogno di altro?*»

Deacon le sorrise, col cuore che gli si spezzava un po' ricordando Crick alla sua età. «*Vai alla grande, Benny. Solo...*» *E oh, l'ironia! Mentre lo diceva poteva sentire la voce di Jon nella sua testa:* '*Non scordarti di chiedere se ti serve qualcosa...*' «*Questa è anche casa tua. I vestiti iniziano a starti stretti. Ricordarmelo, e ti porterò a comprarti qualcosa. Possiamo prendere qualcosa anche per la bambina. Sei...*» *Dovette interrompersi perché lei aveva iniziato a piangere. Dannati ormoni femminili. Tutta colpa loro.*

Si lanciò tra le sue braccia, ancora piangendo, e lui bisbigliò: «*Sei la famiglia di Crick, Benny. Come ti aspettavi di essere trattata?*» *Ma lei non era stata in grado di rispondergli.*

Quindi, rifletté, trovare il bagno coperto di tinta per capelli non era una brutta cosa. Significava che era a suo agio, voleva dire che forse avrebbero litigato per cosa vedere in tv e lei avrebbe chiesto delle cose per la bambina a Natale, e che forse gli sarebbe toccato preparare qualcosa al microonde perché lei si era persa tra le pagine di un libro o cose così. (La portava in biblioteca una volta a settimana e rimaneva sempre sorpreso nel vedere quanto lei leggesse.)

Benny rientrò e lo trovò che apriva gli armadietti in cerca di una di quelle piccole stupide cose che possono essere molto importanti nel corso di una giornata.

«Cosa stai cercando?» gli chiese. «Lascia fare a me, così posso anche mettermi a pulire!»

«Il burro di cacao,» rispose, un po' imbarazzato. Stava ingrassando progressivamente, ma era ancora troppo magro e si disidratava facilmente. Si tolse di mezzo e lei raggiunse uno dei piccoli cassetti scomodi accanto al lavandino e tirò fuori…

Un piccolo tubetto marrone chiaro di vasellina alla ciliegia.

Deacon lo prese passivamente. «Dove l'abbiamo preso?»

Lei fece spallucce. «Ne avevamo un po' e poi è finito. L'ho comprato al Wal-Mart l'ultima volta che mi hai accompagnato a far spesa.»

Deacon annuì e strinse forte il tubetto nel palmo, col buonumore e l'allegra irritazione completamente spariti. Si volse senza dire un'altra parola e si avviò fuori.

«Dove stai andando?» gli chiese, quando sentì aprirsi la porta. «È quasi ora di cena!»

«Ho dimenticato di dar da mangiare a Comet» mormorò. Fu la risposta migliore che gli venne in mente, perché per la prima volta in quasi tre mesi tutto ciò che voleva era almeno un quinto di qualcosa che gli desse un colpo in testa e gli facesse perdere conoscenza.

Comet Star era il cavallo più brutto che Parish Winters avesse mai allevato. Una volta, al posto di un pagamento, gli avevano dato la cavalla di una nidiata, alta sedici spanne, allampanata, muso piatto, la spina dorsale curva, i fianchi ossuti, e un manto di un giallo dalla tonalità di cacca fresca di neonato.

Ma dannazione se era dolce. Si chiamava – giustamente – Zucchero, e la usavano ancora per dare lezioni ai principianti. Era a 'prova di bomba' come diceva Parish. Ci sarebbe voluto il lancio di una granata per spaventare quella cavalla, e se la cavalcavano solo i principianti, non le sarebbero mai rimasti in groppa a sufficienza per accorgersi di quanto fosse scomodo cavalcarla.

Comet era il figlio di Even Star, che era come prendere la disposizione di Zucchero e aggiungere una grossa cucchiaiata di miele e cioccolato. I geni di suo padre gli avevano dato una buona conformazione: non aveva la spina dorsale storta, e le sue zampe posteriori erano rotonde e belle come quelle di Even, ma il muso era sempre piatto, e il marrone chiaro del manto non si era affatto scurito da quando era nato. (Fu classificato ufficialmente come 'daino' – Parish diceva sempre che se un cervo con un po' di amor proprio si fosse svegliato di quel colore sarebbe andato a donare la sua pelle all'industria di moda femminile per vendicarsi contro Dio.) Sfortunatamente, non si allevavano cavalli per la loro natura gentile, quindi Comet era stato castrato, ma poiché prometteva di crescere fino a diciassette spanne lo avevano tenuto.

Parish già sapeva a quel tempo che Crick avrebbe avuto bisogno di un cavallo grande abbastanza da cavalcare.

Deacon ebbe la presenza di spirito di prendere

delle carote dalla sacca di tela appesa alla porta. Una buona idea poiché a Comet piaceva strofinarci il muso contro. Rimase lì in piedi per un paio di minuti, naso a naso col grosso stupidotto, respirando l'odore del cavallo. Come mai la merda di cavallo e il sudore e il fieno sapevano tanto di casa?

Comet mangiò le carote dalle sue mani e strofinò il muso sulla maglietta di Deacon. Deacon gli accarezzò il naso sensibile e, per un po' di tempo, gli sembrò tutto il conforto di cui aveva bisogno.

«Chi ha bisogno del Jack Daniels?» chiese retoricamente perché, sicuro come la morte, lui ne aveva. «Io ho te, grosso gattone. Ci arrangeremo finché lui non torna.»

«Ti ho portato la cena,» disse Benny dietro di lui, e Deacon si girò e vide che aveva sistemato una ciotola di stufato su una balla di fieno assieme a un bicchiere di latte.

«Tesoro, non dovevi farlo.»

«Sì, invece,» replicò, mettendosi comoda su un'altra balla di fieno. «Sei venuto qui per rimanerci un po' ma non puoi permetterti di saltare un pasto, Deacon. Non adesso.»

«Guarda guarda chi si esercita a fare la mamma,» disse, con un sorriso, e lei arricciò il naso.

«Devo fare pratica. Non è che abbia avuto un grande esempio, sai.»

Deacon sospirò e strofinò un'ultima volta il naso di Comet, prima di mettersi a mangiare il suo stufato e cercare di essere la persona di cui Benny aveva bisogno. «Avevi Crick, poteva andar bene.»

«Avevo anche te e Parish,» disse. «Dimmi, Parish ti hai mai sgridato?»

A Deacon venne in mente il giorno in cui aveva detto a suo padre che voleva rinunciare al college per stare a casa e assicurarsi che Crick avesse la sua occasione. «Una volta,» mormorò, mangiando un po' di stufato.

«Ecco, vedi!» Benny era giustamente turbata, e Deacon si chiese cosa avesse fatto, stavolta. «Sei di nuovo triste per colpa mia!» Tirò su col naso e Deacon le si avvicinò per metterle un braccio attorno alle spalle. Una delle cose che a lui e Benny piaceva di più della loro convivenza era che si consideravano entrambi 'off-limits' – lei era troppo giovane e incinta, e lui troppo vecchio e innamorato di suo fratello per far nascere una qualche tensione sessuale tra di loro. Si consideravano, per la maggior parte, due persone asessuate, così Benny poteva sedersi nel suo grembo e lui poteva stringersela al fianco e potevano aggrapparsi l'uno all'altra come ragazzini. Non c'erano fraintendimenti, non c'erano momenti sbagliati,; c'era solo umanità e conforto umano. Era quello uno dei motivi per cui quella sera era uscito a parlare con Comet invece di montare in macchina e guidare fino al negozio di alcolici.

Benny non si sarebbe sentita così se l'avesse delusa.

«Piccoletta, non puoi sentirti responsabile per ogni cosa che mi rende triste. Sono un alcolizzato in via di guarigione, ricordalo, quindi un po' di merda ce l'ho già dentro di me.» Lei gli si appoggiò contro e tirò su col naso un po' più forte, mormorando qualcosa circa gli 'ormoni del cazzo', ma lui non la rimproverò per il linguaggio più di quanto lei non lo prendesse in giro.

«È stata la vasellina alla ciliegia, vero?» chiese, e poi riprese a parlare senza attendere la risposta. «Cos'è, per caso voi due lo usavate come lubrificante o cose simili?»

Deacon quasi si strozzò con la lingua. Dopo aver detto qualcosa di intelligente come «Ulngursrsnlgggg,» aggiunse: «Le cose che sai sul sesso... per l'amor del cielo, Benny, potresti provare a fingere che io sia vergine o qualcosa del genere in modo da non uccidermi?»

Ma Benny ora non piangeva più, anzi rideva, e Deacon pensò che valesse la pena di essere un po' imbarazzato, se quello era il risultato. «È così!» esultò. «Oh, mio Dio! È taaaaaaanto dolce!»

Deacon rise a sua volta. Non sapeva da quanto le coppie gay fossero diventate una cosa romantica per la popolazione delle adolescenti, ma Benny di certo pensava che lui e Crick fossero affascinanti. Beh, meglio per lei. Avrebbero già dovuto affrontare abbastanza sfide al ritorno di Crick senza starsi a preoccupare di cosa lei pensasse di loro.

«Già,» disse piano, rivivendo quel momento senza provare il gusto amaro della mancanza di Crick dopo. «Proprio così.»

Rimasero in silenzio per un istante – c'era silenzio a parte il respiro degli animali e rumori di movimento, a indicare che le grosse bestie si stavano per sistemare per la notte. Il sole era tramontato – era fine ottobre, dopo tutto – e iniziava a fare un po' freddo. Deacon riuscì a sfilarsi la giacca e la gettò sulle spalle di Benny, che lo lasciò fare.

«Cos'è successo, Deacon?» la sua voce era così bassa, e così... bisognosa di parlare di Crick, che non riuscì a usare giochi di parole divertenti, come aveva fatto con Jon.

«Beh, eravamo alla Roccia della Promessa e,» le fece un breve sorriso tirato, «avevamo appena finito il burro di cacao alla ciliegia, e Crick mi ha chiesto se sarebbe durato per sempre. E io ho provato a dirgli che era così.»

«Non capisco,» disse piano.

«Benny, vivi con me da due mesi, e ti aspetti

sempre che io ti sgridi o mi ubriachi o che dia di matto.»

«Sì, e allora?»

Deacon poggiò la testa contro il box del cavallo, e rivide il volto di Crick chiudersi prima che lui potesse finire la frase. «Beh, tuo fratello si è sempre aspettato di tornare a casa e di trovare tutta la sua roba fuori sul prato. Io stavo cercando di dirgli che lo volevo per sempre e lui ha pensato che lo stessi buttando fuori. E quando siamo riusciti a chiarire tutto, si era già arruolato. Una specie di attacco preventivo, diciamo.»

«Ti ha tagliato fuori prima che potessi farlo tu,» disse Benny, come se avesse capito.

«Già. Il resto lo conosci.» Il resto era lui che cadeva a pezzi. Nonostante la lettera di Crick (che aveva riletto più volte), tutte le buone azioni del mondo non bastavano a cancellare la vergogna totale di quei primi mesi.

Benny sospirò e appoggiò la testa su di lui, entrambi contenti del silenzio. «Non capisco come tu possa averlo perdonato,» disse piano, e lui la guardò sorpreso.

«Non l'ho ancora fatto. Perché pensi che mi fossi messo a bere a quel modo?» Il suo shock era palpabile, quindi le confidò qualcosa di più dolce – e in definitiva più importante – «Ma ci riuscirò, piccoletta. Non ho scelta. È Crick. Come si fa a non amare tuo fratello?» Non aspettò che gli rispondesse, e scosse la testa. «È dannatamente impossibile. Lo perdonerò. Non potrei vivere in altro modo.»

«Deacon, qual è il tuo secondo nome?» gli chiese di punto in bianco, dopo aver riflettuto sulle sue ultime parole.

Rise un po'. Era la barzelletta di famiglia.

«Parish.[4]»

«Come il tuo papà?»

«Già – e il suo secondo nome era 'Preacher[5]', che era il nome di mio nonno, il cui secondo nome era 'Pastor[6]', come suo padre. È una cosa che va avanti fin dai tempi della corsa all'oro.» Cominciava ad avere sonno, e Benny iniziava a pesargli addosso.

«E sono tutti... religiosi?»

«Sì. È per questo che Parish ha chiamato questo posto 'Il Pulpito'. Il che è divertente, perché non so se qualcuno di noi è mai entrato in una Chiesa fin dai tempi della guerra civile. Perché vuoi saperlo?» I suoi capelli avevano un odore aspro, come la tinta, ma il resto di lei odorava di ragazzina, a dispetto di ciò che le cresceva nella pancia. Voleva proteggerla. Diavolo, voleva crescerla. All'improvviso gli venne un sospetto su come Parish avesse scelto i loro spalatori di letame. Al mondo c'erano troppi ragazzini che avevano bisogno di un padre. Parish aveva dato quel che poteva, e insegnato a Deacon a fare lo stesso.

«Volevo chiamare il bambino 'Parish',» disse inaspettatamente. «Penso possa essere anche un nome da ragazza – speravo che il tuo secondo nome fosse qualcosa di unisex o comunque adatto, ma così è meglio. In questo modo posso darle anche il tuo nome.»

A Deacon si chiuse la gola. «È fantastico, Benny. Parish ne sarebbe stato così orgoglioso.» Non voleva dire che lui non era degno di un tale onore. Qui si parlava di suo padre.

«Già,» sospirò Benny, « ma se chiamo una bambina 'Parish Deacon' probabilmente mi

---

[4] Parrocchia.
[5] Predicatore.
[6] Pastore.

denunceranno per abuso su minore.»

Deacon ridacchiò. «Molto probabile. Qual è il tuo secondo nome, piccoletta?»

«Angela... ma non voglio darle il mio nome. È come una maledizione.»

Le prese il mento con le dita in modo che lo guardasse negli occhi da sotto la massa di capelli 'granato sangue'. Il suo volto piccolo da bambina era serio, e grazie al cielo iniziava a riempirsi dopo due mesi di cibo regolare e conforto. «Allora chiamala 'Angel', per una nuova speranza. 'Parry Angel'. È un nome carino per una ragazza, non credi?»

Oh, dei, il suo sorriso era goffo e affascinante come quello di Crick. Gli occhi le brillarono di lacrime e gli strusciò il viso sulla maglietta. «Se mai avrò un maschietto lo chiamerò Deacon Carrick,» minacciò, e lui rise.

«Parliamo di abuso su minore; chiamerei io stesso le autorità!»

Finalmente, una settimana dopo, Crick scrisse quando sarebbe avvenuta la sua 'visita delle vacanze'. Ne aveva chiesta una presto, perché c'erano buone probabilità che sarebbe riuscito a usare di nuovo l'attrezzatura nella rotazione, ed erano inseriti poco dopo il Ringraziamento. Scrisse anche le novità riguardanti la sua licenza, che non sorpresero affatto Deacon. *Resta*, gli rispose. *Diavolo – prenditi due settimane, prenditi un Euro-pass, vai a Parigi e a Monaco di Baviera. Visita i musei, fai delle gite, fai tutte quelle cose di cui parlavi quando pianificavi di andare alla scuola d'arte. Trova delle cose che mi piacerebbe vedere, mi ci porterai poi. (Fai qualsiasi cosa, ma non tornare a casa soltanto per poi lasciarmi di nuovo, perché sono debole, Carrick*, e mi ucciderebbe.) Non gli scrisse quest'ultima parte, ma in un certo senso era orgoglioso di essere stato abbastanza onesto da pensarlo.

Arrivò il giorno del Ringraziamento. Jon, Amy, Patrick, Benny e Deacon. Prepararono un posto anche per Crick, tanto per. Fu una bella giornata: risate, generosità, gentilezza. Crick riuscì a chiamare verso sera con qualcun altro nella stanza, ovviamente.

Quando Deacon sentì la voce di Carrick al telefono gli tremarono le gambe e dovette sedersi. Dopo non ricordò neanche di cosa avevano parlato. Davvero, sembrava quasi superfluo parlare. Le loro lettere li avevano tenuti informati sulle varie notizie e quelle cose sembravano davvero insignificanti per la loro prima conversazione dopo sei mesi. Ma se la cavarono alla meno peggio e Deacon passò il telefono agli altri. Guardò Jon in modo tagliente quando lo sentì dire: «Non ti perdonerò mai,» ma l'amico gli fece segno di lasciarlo stare e finì la frase in privato. Il telefono alla fine tornò a lui e a Crick restavano solo pochi minuti.

«Crick, ti stai prendendo cura di te, vero?»

«Sì, Deacon, ti ho promesso che sarei tornato. Non scherzavo quando ti scrivevo della tua voce nella mia testa che si assicurava lo facessi. Non ti lascerò due volte. Promesso.»

«Bene,» mormorò Deacon, chiedendosi come avesse fatto a leggere la parte della lettera che non aveva spedito. «È tutto ciò che voglio.»

«Dovresti chiedere di più dalla vita,» brontolò Crick aspramente, e prima che Deacon potesse protestare disse velocemente, con voce rotta aggiunse: «Senti, mi rimangono solo pochi secondi e tu sai... sai a cosa sto pensando. Per favore dillo. Ho bisogno di sentirlo.»

Parole rischiose da parte di Crick, con qualcuno in ascolto dalla sua parte. Ma in effetti erano mesi che Crick chiudeva le sue lettere con *ti amo*, mentre Deacon

– conscio che le lettere potessero essere lette – aveva sempre scritto prenditi cura di te.

«Ti amo, Carrick, ti amerò per sempre. Prenditi cura di te stesso e torna a casa, e non spezzarmi più il cuore.» La stanza attorno a lui si era fatta silenziosa, ma non gliene fregava un cazzo. Crick aveva bisogno di sentirlo e questo batteva tutto l'imbarazzo del mondo.

«Vale lo stesso per me, Deacon. Ti giuro, una volta è stata abbastanza.» Esitò, e poi concluse con un: «Ci vediamo la settimana prossima al computer.»

«Ci saremo.»

E poi entrambi dissero «Ciao». Deacon guardò la stanza silenziosa e avvertì un senso ritardato di mortificazione. «Io... io vado fuori a controllare i cavalli,» bofonchiò, il che era una bugia colossale visto che tutti sapevano che l'aveva già fatto da un'ora, prima del dessert.

«Non andare, Deacon,» disse Benny piano, avvicinandosi e prendendolo per un braccio. «Rimani qui e piangi se devi, ma non andare fuori solo. Non stanotte.»

Deacon sospirò e si guardò intorno, e vide che i suoi amici ricambiavano lo sguardo, preoccupati. Voleva soltanto star da solo un minuto, ma poi pensò che entro un paio d'ore se ne sarebbero andati, e lui avrebbe avuto solitudine a sufficienza da farsi ingoiare. Per il bene di Benny riuscì a sorridere – un sorriso stanco, debole, sbiadito. «Gli uomini non piangono, piccoletta, noi ci facciamo venire il magone. E se devo stare ancora peggio, voglio dell'altra dannata torta.»

Una settimana dopo, lui e Benny erano vestiti come se dovessero andare in Chiesa e aspettavano nel piccolo studio accanto alla camera da letto padronale. Stavano per vedere Crick.

Crick,

so che c'è la possibilità che le lettere vengano lette, quindi bruciala se devi. Non vedo l'ora di vederti, anche se solo al computer, ma ho anche paura. Più che altro ho paura che tutta la merda nel mio cuore si allei contro la mia lingua e io me starò lì a fissarti, talmente contento che tu sia vivo che tutto il momento sarà rovinato.

Devi sapere che voglio toccarti. Devi sapere che voglio dirti un migliaio di cose senza senso, ma per te suoneranno perfette. Devi sapere che sogno i tuoi occhi e il tuo sorriso a metà, e che un migliaio di volte al giorno inizio una conversazione con te su qualcosa di stupido, e mi si spezza il cuore quando tu non sei lì a dire la tua. Devi sapere che ti amo. Sono ancora arrabbiato, ma ti ho promesso che non lo sarei stato più al tuo ritorno, e inizio a pensare di poter mantenere quella promessa, quindi non preoccuparti. Ti amo. È questa la cosa importante. Morirei per te e mi uccide il pensiero che ti trovi in un posto dove rischi la vita per il tuo paese e io non posso salvarti. Sono contento che senti la mia voce nella tua testa che ti tiene al sicuro. Io sento la tua voce nella mia testa per non dare di matto.

Devi sapere tutte queste cose e poi te le devi tenere a mente per dopo. Non siamo neanche a metà strada, piccolo. Nessuno di noi due ce la farà se andiamo avanti a spezzarci il cuore come abbiamo fatto. Ho bisogno di vivere nel presente per Benny. E tu nei hai bisogno per me.

Quando tornerai a casa gli argini si apriranno e la corrente porterà via tutto il dolore e ci saremo solo noi due, nuovi e splendenti, con le mani sulla pelle l'uno dell'altro, e i nostri corpi si stringeranno così tanto che sentiremo i nostri pensieri. Quando sarai a casa potremo essere amanti.

Nel frattempo ci vedremo al computer e fingeremo di essere come fratelli. Ora che il tuo ufficiale comandante ha dato l'autorizzazione, potremo mandarci messaggi e twittare (grazie, Benny) e parleremo in codice come abbiamo fatto, e tu devi sapere che sei ancora amato. E devi conservare questa cosa vicino al tuo cuore. C'è un motivo se non hai cercato di tirarti indietro quando hai firmato per l'esercito e se io non ho cercato di convincerti a farlo. Dobbiamo tenerlo a mente – rappresenta chi siamo ed è uno dei motivi per cui, secondo me, possiamo amarci qualsiasi cosa accada. Lo so che hai nostalgia di casa, Crick, e casa non sembra più la stessa senza di te. Resistiamo, così potrai tornare a casa in pace.

(Aggiungo, per quanto possa sembrare fuori tema, che se mi somigli un po' ti sentirai più in calore di un porcospino. Te lo dico così tanto per, nel caso ti preoccupassi per quel tipo di cose – non farlo.)

Ricordi quella canzone al matrimonio di Jon e Amy?

Ho bisogno di te quanto ti voglio. Sempre e per sempre. Ti voglio quanto ti amo. Sempre e per sempre.

Considerala una promessa.

Deacon

CAPITOLO
TREDICI

Un errore nella notte

CRICK imparò a memoria quella lettera. Poi andò a rubacchiare dall'armadietto delle scorte e plastificò le pagine con strati di nastro trasparente, li piegò e li mise nel portafoglio, assieme alle foto di Deacon. Se qualcuno voleva rubare le sue cose e smascherarlo davanti al dannato esercito degli Stati Uniti, si accomodasse. Spiegassero poi perché rubargli il portafoglio fosse più onorevole di quello che Deacon gli aveva scritto. Crick era tutto orecchie.

Aveva il portafoglio in tasca come un talismano, in piedi davanti al computer, chiedendosi cosa Deacon avrebbe visto.

«Gesù, Crick, il tuo petto è largo un metro!» La sorpresa di Deacon era palese. Crick sperò che la sua delizia potesse vederla solo lui.

«Già, fratellone,» si intromise Benny – di che colore aveva i capelli? Dannatamente luminosi, ecco come! «Sembri proprio un bel bocconcino.»

Crick sorrise all'espressione di disgusto di

Deacon. «Che schifo, piccoletta. Proprio... bleah.»

«Mio Dio, Benny, i tuoi capelli si vedranno dallo spazio,» disse Crick, ridendo. Erano carini insieme, come fratello maggiore e sorella minore. Crick si sentiva felice, mentre prima aveva pensato che la stretta che sentiva al petto l'avrebbe soffocato durante tutta la conversazione.

«E se non si vedono i capelli, si vedrà il mio stomaco probabilmente,» gli disse Benny, col viso tondo visibilmente imbarazzato. Si girò di lato nella maglietta a ferri adattabile a righe rosa e nere e mostrò la vita che stava crescendo in lei.

Crick annuì. «A che mese sei, al quinto, sesto?»

«Sesto mese. Nascerà a febbraio, poco dopo il tuo compleanno, ma la chiamerò Parish come Deacon e suo padre, quindi non farti strane idee.» La mano di Deacon si strinse sulla sua spalla, e Crick vide – anche sul piccolo schermo del computer – che lei gli dava un colpetto sopra.

«Parish Deacon?» chiese Crick confuso. «Io dico che è abuso su minore!»

I due risero in un modo tanto spontaneo che Crick capì che quella era una battuta che avevano già fatto anche tra di loro. «Parish Angel,» gli disse Deacon piano, probabilmente vedendolo ferito. «Parry Angel. Abbiamo pensato che sia abbastanza femminile per essere all'altezza della sua cameretta.» Alzò gli occhi al cielo e finse un riflesso faringeo così secco che Crick rise di nuovo, ma non durò.

«Hai ricevuto il mio biglietto di auguri per il tuo compleanno, Deacon? Ho cercato di spedirlo per tempo.» Deacon aveva compiuto ventisei anni a fine novembre. Un altro promemoria per Crick che il suo amante – l'eroe che aveva venerato – era schifosamente, dannatamente giovane per tutto questo.

«Deacon!» Benny sottolineò l'esclamazione con un pugno sul braccio. «Non me l'hai neanche detto che era il tuo compleanno!»

Deacon arrossì così tanto che Crick lo vide da oltre seimila miglia di distanza. «Non mi sembrava importante,» bofonchiò, e Crick riuscì a vederlo per bene di profilo, tanto da rendersi conto di quanto fosse ancora magro.

«È molto importante,» disse Crick serio. «Era il 29, Benny. Portalo fuori a mangiare il gelato o qualcos'altro. Non è ancora ingrassato abbastanza.»

«È già abbastanza brutto che tua sorella cucini col formaggio!» protestò Deacon senza entusiasmo, e nei venti minuti successivi, mentre si prendevano in giro tutti e tre, Crick riuscì a dimenticare la preoccupazione e il dolore che provava per loro. Deacon sembrava stare bene, nonostante la magrezza. Le ossa dei polsi erano più affilate, e sembrava più stanco rispetto a come lo ricordava ma il suo volto dalla mascella squadrata era burbero quando rimproverava e dolce quando sorrideva – anche quando c'era quel sorriso fiero e tirato che faceva sempre, eccetto quando erano a letto insieme. E i suoi occhi... sempre di quel verde fantastico, ancora pensosi e ora...

Erano sempre stati così tristi? Crick pensò di sì. Era stato solo troppo immaturo per notarlo.

Il tempo finì velocemente. Crick quasi sperò che l'avessero trascorso a balbettare, fissando lo schermo in modo sentimentale, incapaci di pensare a qualcosa da dire. Sarebbe sembrato più lungo in quel modo.

Prima di chiudere Deacon si accertò che Crick avesse ricevuto il suo regalo di Natale anticipato – un BlackBerry nuovo scintillante, con cui potevano messaggiarsi su Twitter.

«Benny mi ha spiegato tutto. Se vogliamo fare una

cosa privata dobbiamo bloccare *tutti*, e non usare dei termini che possano attirare l'attenzione, il che non dovrebbe essere troppo difficile per te – credo. Io sono 'DP'...» si fermò quando Crick scoppiò a ridere.

«Benny – piccola furfante – dimmi che non l'hai fatto!»

Benny arrossì. «Ti giuro, Crick. Non ci ho proprio pensato finché non mi ha detto che riceveva messaggi da ID porno.»

Deacon sbatté gli occhi, quegli occhi verdi grandi e ampi e candidi, e Crick ne fu profondamente colpito. *Non è solo giovane – è innocente.* «Che diavolo significa, ragazzi?» ruggì Deacon, e Crick dovette parlare superando il nodo in gola.

«Significa 'doppia penetrazione', Deacon. È un termine porno.»

Deacon sbatté gli occhi di nuovo, poi aprì la bocca, poi divenne di un viola accesso che sfidava il computer. «Gesù, dovrò combattere con quelle persone per i prossimi diciotto mesi. Spero che ne siate felici.»

Crick lo guardò dolcemente: Deacon, il suo dolce verginello, o quasi. «Sì, Deacon. In realtà nulla mi ha reso più felice negli ultimi sei mesi.» Il soldato incaricato delle operazione di comunicazione gli stava facendo segno di chiudere e Crick resistette all'impulso di mandarlo affanculo, perché non aveva affatto finito. Invece disse: «Ragazzi, devo...»

Deacon inghiottì e sembrò severo. «Se non riusciamo a parlarci in tempo, Buon Natale, Crick. Sarò su Twitter ogni sera alle nove, così per te saranno le sette di mattina, giusto?»

Crick annuì, improvvisamente felice per quel grosso dono della tecnologia racchiuso in quel cosino rosa che Benny aveva preso per lui. «È perfetto. Non potrò raccontarti nulla di preciso,» avvertì, e Deacon annuì.

«Va bene, ci interessano solo tre parole. Se hai tempo solo per quelle, a noi va benone.»

Io sto bene. «Va bene,» disse Crick a sua volta. «Deacon, tengo la tua lettera nel portafoglio.»

Deacon sembrò sorpreso e poi rassegnato. «Tutto quello che ho scritto è vero.» Codice. È quel che potevano fare e gli permise di salutarsi.

Crick stava uscendo dalla tenda quando uno dei soldati lo chiamò. «Ehi, Crick, lei dov'era?»

Crick si girò, interdetto. «Lei?»

«Già – si dice che sei innamorato di una ragazza – ecco perché tu non... sai...» Guardi i porno di contrabbando, dai la caccia a ogni donna che viene assegnata alla base, ti masturbi nel bagno vedendo le foto sexy che la moglie disinibita del soldato Compton continua a spedirgli, in barba ai regolamenti.

«Già,» bofonchiò Crick, arrossendo. Lo sapeva. «Ci stiamo prendendo una specie di pausa finché non torno. C'era la mia famiglia. Sono tutto ciò di cui ho bisogno.»

Gli ci volle un po' per prendere confidenza col sito internet di Twitter, e per un po' i loro messaggi furono innaturali e stupidi. Ma poi Crick divenne veloce come Benny a digitare coi pollici sulla piccola tastiera, e Deacon gli stava dietro. Non sostituì mai le lettere e Crick ne era sinceramente grato. Di tanto in tanto diceva la verità, ovvero che il suo cuore gli stava scoppiando a forza di nascondersi e di essere cauto – per far credere a tutti di essere etero si era anche fatto prestare dei porno ed era andato a dare un'occhiata in bagno, e pensava che quella fosse stata una delle cose più stupide che avesse mai fatto. Allora minacciava di cedere, e Deacon gli scriveva una di quelle sue lettere d'amore vere, tenere e dolorose, e Crick la plastificava per tenerla al sicuro nel suo portafoglio che continuava a crescere.

Ma neanche quelle furono in grado di attenuare il suo dolore a febbraio, quando il telefono gli vibrò in tasca

DP @Crick – la bambina più bella del mondo. Guarda il link.

E Dio, era vero. Benny sembrava stanca, più vecchia e così impaurita mentre teneva tra le braccia quella piccola nocciolina rugosa, che aveva dei grandi occhi blu, della stessa forma di quelli di Benny e Crick. C'era una foto, fatta da Benny, delle mani grandi di Deacon attorno a quel frugoletto. Deacon sembrava… felice. Mentre guardava la bambina sprizzava gioia, e Crick seppe, senza alcun dubbio, di essersi perso qualcosa di importante, di grande, e che sua sorella aveva dato a Deacon qualcosa che lui non sarebbe mai stato in grado di dargli, anche se solo fin quando non avrebbe raccolto tutte le sue cose e se ne fosse andata via.

Crick @DP – te ne sei già innamorato, vedo.

DP @Crick – ha i tuoi occhi.

Crick si sforzò di trattenere le lacrime. Ah, Gesù… *Deacon, non affezionarti. Quella piccola nocciolina ti spezzerà il cuore. Deve essere una cosa di famiglia.*

Crick @DP – Non farti spezzare il cuore da lei.

DP @Crick – è più forte di prima. Sarà forte abbastanza per tutti.

Crick @DP – devo andare. Di' a Benny e Parry Angel che le amo.

E tu, Deacon. Prenditi la maggior parte del mio amore.

Quindi Crick era di cattivo umore quando arrivarono le sue due settimane di licenza. Anche perché mentre lui era sul volo per la Germania, ricorreva il primo anniversario di matrimonio di Jon e Amy.

Appena arrivò alla base, fece il checkout, ebbe la sfortuna di incontrare il soldato Jimmy, che stava in piedi là di fronte. Stava aspettando il bus che lo avrebbe portato a Berlino, al treno, e alla fine a Parigi. Deacon gli aveva detto di andare – seguire quel consiglio era il minimo che potesse fare, perché una volta tornato al Pulpito non aveva intenzione di andare da nessun'altra parte senza Deacon al suo fianco.

«Ehi, Tenente, dove te ne vai?» Sembrava abbastanza innocuo, ma Crick doveva davvero essere alla disperata ricerca di un cazzo di contatto umano, perché alla fine quel saluto lo fece finire in uno strip club di Berlino. «Andiamo, Crick, dammi un saluto! Andrò a casa a fare un lavoro sottopagato e senza speranza di promozioni, probabilmente, e questa potrebbe essere la mia ultima occasione per vedere il mondo.»

Mentre Fraulein Wundertits[7] muoveva la sua cosa a ritmo di musica tecno-industriale in un magazzino riconvertito, Crick si chiese se quello era ciò che Jimmy avesse in mente. Di certo non poteva chiederglielo, la musica era dannatamente troppo alta. Sentì vibrare la tasca, e tirò fuori il telefono. Era Benny.

@*Crick—Sei già nudo con qualche bellezza mozzafiato?*

@*Benny—Non stasera, piccoletta. Mi fa male il cuore.*

@*Crick—Anche a Deacon. Ha strigliato Comet fino a farlo splendere.*

@*Benny—Sono in licenza e non sono a casa.*

@*Crick—Pensi che non lo sappiamo, imbecille?*

@*Benny—Lasciami stare, c'è una pupa che sta scuotendo le tette e io faccio finta che mi interessi.*

@*Crick—Fa' qualcosa che io non farei. Farai*

---

[7] Tette da urlo

felice Deacon.

> *@Benny—HA!*
> *@Crick—Pensa solo a te. Gli fa male.*
> *@ Benny—Non posso parlarne ora. Domani.*
> *@Crick—Domani.*

«Chi era Crick?» Jimmy si era dovuto sporgere per strillare nel suo orecchio, e Crick fece spallucce. Era stanco, malato d'amore, e incredibilmente solo, ma neanche quello poteva far diventare abbastanza interessante Jimmy, dalla testa quadrata, i capelli color sabbia e la finestrella tra i denti.

«Mia sorella.»

«Beh, dille che sei impegnato. Guarda!»

Crick lo fece. Fraulein Wundertits lo guardava suggestivamente dall'uscio dei camerini dietro il palco. Era carina, aveva un bel sorriso, e indossava una vestaglietta di seta rossa. Crick sospirò. Forse poteva essere una buona copertura – fingere di essere eterosessuale per smettere di fingere di essere interessato a far passare una buona serata al povero Jimmy.

«Dovrei andare a parlarle,» gridò sopra alla musica martellante, tecno-industriale-metallica del club, e Jimmy sorrise.

«Non fare niente che io non farei!» gli gridò, e Crick replicò con un sincero: «Non contarci, soldato. Buona fortuna negli Stati Uniti». Afferrò il suo zaino e si fece largo tra la schiera di persone attorno al palco. In un minuto era tutto intimo e coccolato nel corridoio con una bella ragazza.

«Ciao, soldato statunitense,» disse lei, con un accento forte e affascinante. «Ho una... proposta per te, ti va?»

La guardò e sorrise. Era molto carina. Aveva un viso piccolo e tondo, con grandi occhi blu – truccati in modo pesante con ciglia finte – e i capelli acconciati in una seducente coda di cavallo a due tonalità di colore. Se fosse stato etero se la sarebbe fatta lì e subito, ma lui non lo era.

«Mi spiace,» disse. Non doveva strillare, il backstage era molto più tranquillo. «Sei molto carina,» sorrise incredibilmente imbarazzato, «ma non sei proprio il mio tipo.»

Notò una porta alla fine del corridoio buio, si mise lo zaino in spalla e si girò per raggiungerla, quando lei gli mise una mano sulla manica. «Americano?» Si volse e le sorrise di nuovo, educatamente, e fu colto del tutto alla sprovvista quando lei disse: «Sei più il tipo per mio fratello?»

Crick sapeva di avere un'aria sbalordita, e improvvisamente la temperatura nei suoi pantaloni si alzò di venti gradi. «Ehm…»

Il sorriso di lei era gentile e ironico. «Voi americani la fate sempre così difficile. Vieni, il mio turno è finito, fammi cambiare.»

Pensava che l'avrebbe fatto aspettare nel corridoio, ma evidentemente, ora che sapeva che non era interessato, non era più importante mantenere le apparenze. Lo trascinò in un camerino appena più largo del bagno di un aereo, lasciò cadere la sua vestaglia di seta e iniziò a vestirsi mentre Crick si schiacciava contro la porta come se lei fosse un cane bagnato.

«Che ti succede, americano? Hai paura che ti prenda la malattia per le donne?»

Crick si chiese se sarebbe mai stato in grado di spiegare una situazione del genere a Deacon, ma poi pensò che forse lui se la sarebbe fatta sotto dal ridere. Almeno Deacon avrebbe saputo cosa fare con una pupa tedesca nuda che gli veniva addosso.

«È che non so se sono in vena di fare sesso casuale,» disse scusandosi. «Magari tuo fratello mi odia appena mi vede!»

La ragazza fece spallucce. «Gli piacerà il tuo denaro, se odia te. Se gli piaci non dovrai pagare.»

«Ma io non sono interessato,» cercò di protestare, ma lei gli si sporse di lato e aprì la porta. Cadde all'indietro nel corridoio, e lei gli afferrò la mano e se lo trascinò dietro.

«Ma certo che lo sei. Hai gli occhi più tristi e soli che io abbia mai visto.»

Oh cavolo, sembrava talmente disperato da essere scelto in mezzo alla folla da una stripper qualsiasi per andare a far sesso col fratello? Fantastico!

Aveva piovuto il giorno prima, e i tacchi delle scarpe a zeppa della ragazza sbattevano leggeri sul pavimento bagnato. Crick poteva vedere insegne al neon riflesse nelle pozzanghere buie, e si sentiva piuttosto a disagio. Che cazzo ci faceva lì Carrick James Francis, in quella città straniera, assieme a quella spogliarellista così determinata?

«Ehm... come ti chiami?» chiese, e lei rise.

«Anke, ma che importanza ha? Non stai per scoparmi!»

«Mi sembrava educato chiederlo,» disse a voce bassa, e decise che, dopo aver spiegato al fratello che era tutto un grosso equivoco, avrebbe chiesto indicazioni per la ferrovia monorotaia. Da quanto ne sapeva era aperta tutta la notte.

Anke non abitava lontano. Aveva una buona idea di dove fosse la strada principale rispetto allo strip club, e pensava di potersi orientare fino a lì, e poi da lì al treno. Lei lo condusse per sei piani di scale fino a un appartamento piccolo e squallido alla fine di un corridoio di cemento. Non bussò, e trascinò Crick in una piccola cucina con soggiorno, poi percorse un corridoio più largo di lei di un metro e mezzo, e bussò alla porta alla sua sinistra.

«Stefan!» chiamò. «Stefan, svegliati. Ho portato a casa qualcosa.»

«*Ist es 'was zum essen?*» disse una voce, e lei girò la maniglia e infilò la testa dentro.

«Dipende da te. Ma è americano, quindi parla inglese, *bitte*.» Anke indietreggiò nel corridoio e guardò Crick con un gran sorriso. «Tocca a te adesso, americano. Non usare tutta l'acqua domattina, se fai la doccia,» disse, entrando nella stanza dall'altro lato del corridoio con un cenno di saluto allegro.

«Dannazione, Anke, è la mia notte...» Una testa comparve nel vano aperto della porta, e poi due occhi blu si girarono verso Crick. «Ciao. *Danke, kleine Schwester!*»

«*Bitteschön, Stefan—sei süß. Er ist einsam.*»

«Solo,» disse il ragazzo con un accento ancora più marcato di quello della sorella. «*Ja, das kann ich sehen.*»

Crick iniziava a chiedersi se per caso qualcuno non gli avesse tatuato sulla fronte la parola 'solo' mentre dormiva – prima il soldato Jimmy e ora un fratello e una sorella in un vicolo, a Berlino.

«Senti... ti chiami Stefan, giusto? Già... mi dispiace... non volevo si arrivasse fino a questo punto. Se potessi dirmi come tornare alla stazione.» Crick iniziò a indietreggiare lentamente verso la porta, sentendosi imbarazzato e surreale. Poi Stefan venne fuori, indossando un paio di boxer e poco altro, e Crick smise di indietreggiare.

Oh, era carino. Non quanto Deacon, ma, beh... Dio. Era passato così tanto tempo da quando aveva potuto *guardare* un uomo in quel modo. I muscoli di Stefan erano piccoli ma ben definiti. Era alto – non quanto Crick, ma un po' più di Deacon – e oltre ai capelli biondi e agli occhi azzurri aveva un faccino ovale e dolce, e labbra piene e imbronciate. Carino. Carino e con indosso solo un paio di boxer.

All'improvviso si ricordò che i preservativi che Deacon gli aveva dato erano ancora nel suo zaino e rimproverò severamente il suo membro prima di alzare lo sguardo e dire di nuovo 'no' a Stefan.

Stefan si era mosso e adesso quei begli occhi blu erano proprio di fronte a Crick.

«Ti senti solo, americano, ed è la mia notte libera. Vieni, ci mettiamo seduti sul mio letto a parlare. Non ti mordo.» Sorrise – un piccolo sorriso veloce, fiero e tirato che fece male al petto di Crick – e poi aggiunse: «A meno che tu non lo voglia.»

Crick scosse la testa. «È… è tanto tempo che non parlo di lui,» disse «Lui… lui mi sta aspettando.»

Stefan annuì come se avesse già sentito una storia simile. «L'esercito americano rende tutto più difficile, lo so. Vieni. Hai una foto?»

Crick cercò nel portafoglio prima ancora di entrare nella camera di Stefan. La stanza era un disastro – vestiti, scatole per il cibo, ritagli di giornale con numeri di telefono – ma Stefan ripulì un punto sul letto senza imbarazzo e invitò Crick a sedersi. Crick tirò fuori le foto di Deacon che Benny gli stava spedendo. In quella più recente era addormentato sul divano assieme alla bambina e sembrava meno una vittima della carestia. Quella in cui era naso a naso con Comet restava una delle sue preferite, ma ce ne n'era una nuova in cui era seduto a cavallo e sorrideva timidamente all'obiettivo mostrando il suo meglio. Ma non si fermò lì. Le tirò fuori tutte, e anche le lettere.

Il sorriso di Stefan era leggermente ironico. «Meno male che è la mia notte libera. In quel portafoglio non c'è spazio per il denaro!»

Crick arrossì. «Tengo i soldi da un'altra parte,»

disse, e Stefan rise. Aveva una bella risata: alcuni respiri forti, un suono rotondo e persistente, e poi mosse oltre la sua attenzione.

«È molto carino,» disse Stefan guardando le foto. «I suoi occhi sono tristi come i tuoi.»

«Lo conosco da quando avevo nove anni,» cercò di spiegare Crick. «È dura stare divisi.»

Stefan si allungò e mise la mano su quella di Crick, poggiata sul letto. «Pensi che lui voglia che tu sia così solo? Tu vuoi che lui si senta così solo?»

Crick chiuse gli occhi. «Io... io voglio così tanto parlare di lui,» disse.

Stefan chiuse la mano su quella di Crick, e Crick si accorse di star facendo altrettanto. «Come ti chiami, americano?»

«Crick.»

«Crick?»

«È il diminutivo di Carrick.»

Il cuore di Crick iniziò a battergli nel petto, quando lui fece un altro di quei sorrisi fieri e tirati. «E lui come si chiama?»

Crick chiuse gli occhi in modo da poter assaporare il suono sulla bocca mentre lo diceva. «Deacon. Deacon Parish Winters.»

«È un brav'uomo, questo Deacon?» gli chiese Stefan gentilmente, e Crick annuì tenendo gli occhi chiusi, anche se poteva sentire lo sbuffo del respiro di Stefan sul suo viso mentre gli parlava «Allora ti perdonerà, Crick. Come potrebbe non farlo, se mia sorella è riuscita a vedere la tua solitudine mentre ballava?»

Il respiro di Stefan era molto vicino – non era proprio aspro, ma non si era neanche lavato i denti da quando era andato a letto. Ma non fumava (come la maggior parte dei tedeschi a quanto sembrava) e non c'erano tracce di alcool nel suo respiro, ed era... caldo. Caldo e maschile. Crick allungò la mano e allargò le dita su quel petto ampio e liscio.

«Volevo solo dire il suo nome,» protestò, sentendo la solitudine bruciargli dietro le palpebre e offuscargli i margini delle ciglia.

«Allora tieni gli occhi chiusi,» mormorò Stefan, toccandogli le labbra con le sue. «Tieni gli occhi chiusi e di' il suo nome.»

«Deacon,» sospirò Crick, un attimo prima che la bocca di Stefan catturasse la sua.

Crick si alzò senza far rumore la mattina seguente e s'infilò i boxer, attento a non svegliare Stefan. Pulì gli involucri dei preservativi e li gettò nel cestino, poi entrò nel bagno minuscolo e si fece una doccia da soldato americano usando una pezzuola per lavarsi e un po' del sapone profumato di Anke. Finito, si rimise i suoi pantaloni del giorno prima, visto che non erano la cosa peggiore da indossare, si infilò gli stivali e poi si chinò per baciare Stefan sulla guancia.

«Grazie,» mormorò piano. «Sei... sei stato molto gentile.»

Stefan aprì gli occhi pigri. «Ti senti colpevole, americano?»

Crick fece spallucce come se niente fosse. «Metterò anche questa nella mia collezione.»

Stefan grugnì e lo allontanò con un sorriso sognante. «Almeno adesso non sei più così solo. Goditi Parigi, americano. Io mi sono goduto te.» Chiuse gli occhi blu assonnati e si riaddormentò, e Crick strisciò fuori dal piccolo appartamento come il criminale che si sentiva di essere.

Alla luce del sole aveva visto la stazione dalla finestra della camera di Stefan, quindi iniziò a marciare in quella direzione nella mattina gelida. Durante il tragitto fece per prendere il suo BlackBerry sei volte, perché era l'ora in cui chattava con Deacon e ci era abituato, ma poi ricordò che non era sicuro di cosa dire.

Sei onesto come un cavallo, Crick.

Merda. Alla fine fu quel suo vecchio pregio a farlo decidere.

Crick @DP – Stamattina a Berlino mi sono svegliato accanto a un errore. Cosa non farei per poter chiamare il tuo nome a voce alta.

Ci fu una pausa. Una pausa più lunga del solito, e Crick si domandò se per favore, per favore, potesse morire, così il suo cuore poteva esaurirsi e cessare di battere, perché sapeva che Deacon non gli avrebbe parlato mai più.

DP @Crick – Non è un errore se ti ha salvato la vita.

Crick si fermò di botto sul marciapiede, che si andava riempiendo ogni minuto di più. In quel momento, capì. Se non ci aveva creduto prima, adesso non aveva più dubbi. Non avrebbe *mai* trovato le sue cose buttate sul prato tornando a casa al Pulpito.

Crick @DP – Salvarmi la vita? L'ha fatto davvero.

DP @Crick – Dimmi che hai usato un impermeabile, almeno – un buon soldato tiene l'arma pulita!

Crick serrò gli occhi, li aprì, e riprese a camminare e scrivere.

Crick @DP – Tirata a lucido. Non voglio che la mia pistola non funzioni quando ne ho bisogno per sparare più che colpi a salve.

DP @Crick – Quello farebbe incazzare anche me. Ti amo ancora – non preoccuparti.

Crick @DP – Mi preoccuperò finché non sarò a casa.

DP @Crick – Già. Anche io.

Deacon,

Parigi è proprio come la descrivono – specialmente in primavera. Ti ho mandato alcuni dei disegni che ho fatto – roba comune, l'Arco, la Torre, piccoli caffè, la Senna. È quasi una legge non scritta - un giovane studente d'arte viene a Parigi e disegna da schifo.

Per quanto riguarda l'errore di Berlino – mi avevi dato il 'permesso' prima che ci separassimo e io pensavo che fossi pazzo. Ho sottovalutato il tuo intuito con le persone. Non stavo mentendo quando ho detto che farei di tutto solo per poter dire il tuo nome, e l'errore lo sapeva. Mi sorprende sempre trovare della gentilezza nel mondo all'infuori di te. Sono stato fortunato a trovarla quella notte.

Ma la buona notizia è che sono tornato alla base e ho potuto scegliere il mio nuovo autista. Forse l'esercito si sentiva in debito con me dopo Jimmy. C'era una ragazza in piedi nei ranghi – mi ricordava tanto Amy – e sorrideva. (Non avrebbe dovuto – dovevano stare sull'attenti) Ho pensato che una ragazza che avesse le palle di sorridere… beh… penso che andremo d'accordo. Non sarebbe bello trovare della gentilezza (okay – tutto un altro tipo di gentilezza) da qualche altra parte fuori da qui?

Mi piace Twitter – nessun tipo di tecnologia che mi garantisce perdono istantaneo può essere tanto male. Certo, è un po' come la cosa dell'M-16 – tutto dipende da chi sta dietro il bottone.

Ti amo. Voglio gridarlo qualche volta. So che ti preoccupi che le nostre lettere e i nostri messaggi possano essere letti – penso siano ombre della seconda guerra mondiale che ancora ci perseguitano – e sono ben conscio che niente è sicuro su Internet. Anch'io mi preoccupo. Devi sapere che quando lo dico, quando ti chiedo di dirmelo, è perché mi sembra di avere i polmoni pieni di acqua scura, e vederlo o scriverlo mi fa respirare.

Ti amerò per sempre.

Crick

CAPITOLO
QUATTORDICI

Continuare a marciare

IL PRIMO anno fu incredibilmente duro, ma riuscirono a trovare un ritmo per vivere l'uno senza l'altro. Faceva male quanto perdere un arto o la vista o la capacità di respirare, ma era sopportabile. Almeno così si disse Deacon quando ricevette il messaggio da Berlino.

Era rimasto in piedi fino a tardi quella notte per il suo turno con la bambina. Benny non si aspettava che lui si alzasse con lei, ma a Deacon piaceva quella parte. Era tardi, la casa era silenziosa, c'era solo lui con quella piccola frugoletta che non aveva ancora deluso. Eccoli lì, Parry Angel e Deacon, con lui che le cantava The Eels, quando il cellulare gli vibrò in tasca.

«Alla fine ho smesso di fingere di non averti spezzato il cuore,» Deacon finì di canticchiare e la neonata gorgogliò. Tirò fuori il telefono mentre bilanciava il peso della bimba, lesse il messaggio, e subito lasciò cadere il cellulare.

Il cuore gli batteva forte, il che era una cosa fantastica – era un anno che aspettava quel momento.

Qualsiasi cosa, qualsiasi, ma fa che Crick non sia solo – non era ciò che si era detto? Recuperò il telefono e ignorò il sudore freddo che gli ricopriva i palmi. Era tempo di essere responsabili.

DP @Crick – Non è un errore se ti salva la vita.

Lo pensava davvero, ma quando finirono di messaggiarsi, si sistemò sulla poltrona con la piccola addormentata tra le braccia, e tirò su col naso nella sua copertina di flanella.

Benny uscì dalla camera da letto, sbadigliando. «Perché non mi hai svegliata Deacon? Toccava a me!»

«Mi piace farlo,» mormorò, ma lei era una ragazza sveglia. Si sedette accanto a lui e gli si appoggiò sul lato dove non teneva la bambina, rannicchiandosi come la ragazzina che era.

«Che succede, Deacon?»

Pensò di mentirle ma non lo fece. Era a questo che si riferiva Jon quando gli aveva detto 'chiedi aiuto' – sarebbe stato carino imparare qualcosa prima che Crick tornasse.

«Tuo fratello mi ha mandato un messaggio. Si sente – si *sentiva* – solo.»

Lei rimase zitta per un istante, meditando. «Ora non più?»

Le labbra di Deacon si storsero un po'. «Non la notte scorsa.»

E lei capì cosa voleva dire. «Oh.»

Lui fece spallucce. «Sopravvivrò. Ce la faremo. Sono contento che non si senta così solo.» Gli tornò alla mente il messaggio – *farei di tutto per poter chiamare il tuo nome.* «Almeno noi possiamo parlare di lui. Lui non può farlo.»

Benny annuì. «Senti, fammi un favore. Digli che ho detto qualcosa tipo 'ben fatto'. Ma non dirgli che vorrei farlo nero di botte per quello che ti ha fatto, okay?»

«Perché non glielo scrivi tu?»

Benny tirò su col naso sulla sua camicia e si asciugò il viso sulla copertina di Perry Angel, come avevo fatto lui. «Perché gli ho detto io di farlo, ma sono abbastanza sicura che sapesse che scherzavo, e ora che l'ha fatto... non sono buona come te Deacon, sono talmente arrabbiata per quello che ti ha fatto...»

«Shhh.» La calmò e poi mise entrambe a letto. Poi tirò fuori il telefono.

DP @Crick – Benny dice 'vai così'.

Crick @DP – Le priorità di quella ragazza sono andate a male.

DP @Crick – Saresti sorpreso di quanto è giudiziosa. Buona notte, Crick – ti amo.

Crick @DP – È tardissimo. 'Notte Deacon. Anch'io ti amo.

«ALLORA,» stava dicendo Lisa, «ci sono altre stagioni in questo posto a parte 'l'inferno prima del freezer'?»

Crick distolse lo sguardo dal suo blocco e strizzò gli occhi per guardarla controsole. Era parcheggiato appena fuori la sua caserma, a godersi l'ombra del primo mattino e la luce buona, prima che il deserto si ricordasse di odiare spassionatamente la razza umana e di volerla friggere come polli.

«Piove per circa due settimane a dicembre e tutto si ammuffisce a parte te. Ma ho cercato di evitarlo in qualche modo.»

L'autista di Crick arricciò il naso e lasciò cadere il suo piccolo sederino sbarazzino sulla sabbia, accanto alla sedia di Crick. «Mi annoio da morire.»

Crick rise per il modo in cui lo disse. Lisa era stata carina e tosta nell'ultimo mese e aveva la testa sulle spalle, cosa che Crick apprezzava parecchio dopo aver avuto a che fare con Jimmy. La riconobbe come un'offerta aperta di amicizia, e dannazione se poteva permettersi di rifiutarne una.

«Ho delle scatole di libri in edizione economica nei miei alloggi. Vuoi che li porti qui?»

Lei gli rivolse un sorriso accattivante e sbatté le ciglia. Crick rise, si alzò e si stiracchiò. Posò il blocco sulla sedia prima di entrare negli alloggi degli uomini per prendere una delle scatole di libri che Deacon gli spediva con regolarità.

Quando tornò non si aspettava affatto di vederla sfogliare il suo blocco.

«Sono molto belli,» mormorò, guardando il primo della fila – quello 'pubblico', che rimpiazzava con regolarità dopo averlo riempito.

«Grazie,» disse lui, mettendo giù la scatola, cercando di non farsi prendere dal panico. L'album con gli schizzi di Deacon era proprio sotto a quello pubblico e pensò che forse, se avesse teso la mano, lei glieli avrebbe dati senza... senza...

«Aspetta, no, posso vedere?» Non lo guardò per avere una risposta. In un certo senso era lusinghiero – pensava che fosse così bravo da voler mostrare i suoi lavori ma poi lei esclamò, con suo orrore: «Ooooh... chi è?»

Era il primo disegno, di quando Deacon era più giovane e il tratto di Crick più rozzo. Le sue dita, che si erano mosse veloci tra disegni accennati di cammelli, tanks e delle montagne all'orizzonte al mattino, si fermarono di colpo, si mossero con cautela, lentamente, come se capisse quello che Crick aveva provato nel disegnarlo.

Arrivò a uno degli ultimi disegni e si fermò. Era quello che Crick aveva fatto nell'hotel in Georgia. Deacon era addormentato al suo fianco, col piumino arrotolato attorno alla vita e un braccio disteso sulla testa. L'altro braccio era nascosto tra il mento e il materasso, e i capelli – lunghi sopra, corti ai lati, quello non era cambiato – erano arruffati, e gli ricadevano sugli occhi chiusi. Per essere Deacon aveva un'espressione pacifica. Crick trattenne il fiato solo a vedere il disegno – Deacon sembrava così giovane e vulnerabile, e Crick spesso si domandava se al suo ritorno avrebbe ritrovato lo stesso uomo che aveva ritratto.

Lisa lo guardò in modo eloquente e compassionevole. Alla fine Crick si riscosse, con le mani che tornarono a muoversi a una velocità normale invece di andare a rallentatore, e prese gli album dalle sue mani.

«Io... um... di solito quello non lo faccio vedere in giro,» brontolò con un sorriso ingenuo.

«Come si chiama?» chiese, sorprendendolo, e lui pensò che se era fregato alla grande, tanto valeva goderselo.

«Deacon. Deacon Parish Winters.»

Lei sbatté le palpebre. «Lo chiami mai 'Deac'?»

Crick scosse la testa categoricamente. «Mai.»

«Perché no?»

Chiuse gli occhi sentendosi stupido, ma rispose comunque. «Mi piace dire il suo nome.»

Lisa si sporse e con un tocco gentile prese il blocco. Lui all'inizio fece resistenza, ma lei disse: «Sai, Crick, è meglio che me lo lasci tenere nel mio scrigno. Non è molto al sicuro così.»

Infatti non lo era. Negli ultimi tre mesi avevano incriminato due uomini per furto. Crick era stato fortunato, e lo sapeva. Guardò il libro come se stesse affidando suo figlio appena nato a un'adolescente per fargli da babysitter. «Io... vorrei...»

«Che ne dici se ci incontriamo qui tutti i giorni dopo l'adunata. Tu porti i tascabili, e io porterò,» sorrise gentilmente, «Deacon, e possiamo essere... sai...» All'improvviso il suo volto era un po' incerto e disperato, proprio come si era sentito Crick quando era partito per la Germania. «Possiamo essere amici?»

Crick annuì e le regalò il suo sorriso migliore. «Mi sta bene, Popcorn.»

«Popcorn?» chiese, con quel suo piccolo sorriso smorfioso e lentigginoso.

«Sei dannatamente spensierata.»

Quel loro piccolo rito di incontrarsi lì per parlare di libri, casa, o soltanto per raccontarsi delle storie, andò avanti fino all'ultimo giorno che Crick passò in Iraq. Il giovane immaginò che quei momenti, oltre alle lettere di Deacon, gli avevano salvato la vita.

Crick @DP – Col rischio di sembrare una ragazzina... ho un'amica.

DP @Crick – Possiamo mandarti dei trucchi e delle mutandine rosa se possono farti sentire più a tuo agio con la cosa.

Crick @DP – Ti piace essere un coglione?

DP @Crick – Non lo sono quando posso usare il mio.

Crick @DP – ROFL adesso fanculo.

DP @Crick – No, raccontami della tua nuova amica.

Crick @DP – È la mia autista. Ha visto i miei disegni e pensa che sei uno schianto. E vuole un essere umano con cui parlare. È una situazione vantaggiosa per tutti.

DP @Crick – Ed è una lei. Vinco anch'io.

Crick @DP – Ci ho pensato, ma non farò più errori comunque.

DP @Crick – Posso sopportare i tuoi errori, non preoccuparti.

Crick @DP – Non ho bisogno di commettere

errori se ho qualcuno con cui parlare, e vale lo stesso anche per te.

DP @Crick – Che bello avere questo tipo di conversazione a 140 caratteri per volta.

Crick @DP – Pensala come se fosse poesia d'amore minimalista. Ti amo idiota.

DP @Crick – Ti amo anch'io, Gidget.

Crick @DP – Chi?

DP @Crick – Lascia stare, cazzo

Benny @Crick @DP – Vi amo anch'io, ma siete due coglioni.

DP @Benny – Sparisci, piccoletta!

Crick @Benny – Gesù, Benny, fuori dalla nostra conversazione, ti spiace?

Benny @Crick@DP – *ROFLMAOSTC[8] ECFASPUP*

Crick @Benny@DP – Ho paura a chiedere cosa significhi.

DP @Benny @Crick –'E Chiacchierate Fino A Sputare Un Polmone'

Crick @DP – Gesù.

DP @Crick – Benvenuto nel mio mondo.

Benny @Crick @DP – ciao ragazzi. Vi amo entrambi.

DP @Benny – Ti amiamo anche noi, adesso fuori!

Crick @DP – Io ti amo in modo diverso.

DP @Crick – anche io.

Deacon non conosceva il giovane di colore alla porta, ma il ragazzo sorrise alla bambina cicciottella di nove mesi che Deacon aveva in braccio e gli andò subito a genio.

---

[8] Rolling on the floor laughing my ass off scaring the cat : mi rotolo per terra dalle risate al punto da spaventare il mio gatto.

«Salve, io sono, ehm, Andrew Carpenter... non so se... Crick ti ha parlato di me?»

Deacon sbatté le palpebre. Dannazione... era stato in una delle prime lettere, ma aveva avuto a che fare con così tante cose da allora, e...

«Il Tenente Francis, ehm.» Andrew sorrise splendidamente e la finestrella tra i denti non lo fece affatto sembrare meno affidabile. «Forse mi ha chiamato soldato Perdita di Sangue?» Mentre lo diceva, scoprì una caviglia coperta dai jeans che era chiaramente artificiale, e si accese la lampadina.

«Il soldato Perdita di Sangue!» Deacon ne era deliziato. «Entra prego! È bello conoscere un amico di Crick!» Girò la testa sulla spalla e chiamò «Benny! Abbiamo compagnia per cena. Aggiungi un po' di formaggio, tesoro, so che muori dalla voglia di farlo!»

«Gli va bene una bistecca?» rispose allegra, e Deacon si volse sorridendo verso Andrew. «Va bene una bistecca?»

«Benissimo,» disse il ragazzo entusiasta, e Deacon rise e lo fece entrare, salvandolo dalla pioggia dei primi di Novembre.

Un paio d'ore più tardi, dopo che si erano fatti raccontare tutta la storia della camminata di Crick dal punto di vista del ragazzo che era stato trascinato per il deserto, Deacon non ricordava di aver mai riso così tanto o di essere mai stato così fiero di Carrick.

«Gesù, soldato...»

«Andrew, signore.»

Deacon alzò gli occhi al cielo. «Chiamami Deacon, Andrew. Comunque, Crick non ce l'ha raccontata così.»

«No,» aggiunse Benny, «ma ci ha raccontato di quanto volesse strangolare, prendere a randellate, o sparare al soldato Jimmy. E adesso sappiamo perché!»

Versò ad Andrew un bicchiere di latte – era quello che stavano bevendo – e poi fecero un respiro collettivo. Parry Angel fece un gridolino dal suo seggiolone. Stava mangiando pasta e verdure, solo purea, e ne aveva un alone attorno alle guancette paffute e anche nei suoi capelli marroni increspati. Benny la guardò e sospirò.

«Sai, volevo farla mangiare io, ma no, lo zio Deacon doveva farla giocare col suo cibo!»

Deacon arrossì. Era dannatamente indulgente e si sentiva in colpa. «Dai qui, la pulisco prima di andare a dar da mangiare ai cavalli per la notte…»

Benny gli schiaffeggiò la mano e rise. «Fermo lì. Mi piace il momento del bagno! E poi, sono tre notti che stai sveglio. Si dimenticherà di avere una mamma così.»

Parry Angel fece un altro gridolino e iniziò a battere i pugnetti sul seggiolone, eccitata da tutta l'azione, e Benny con la mano indicò di nuovo a Deacon di sgommare. «Vai! Se Comet non mangia la sua dose extra di carote poi diventa irritabile!»

Deacon alzò le mani in segno di finta resa e si mosse verso l'ingresso per prendere la giacca.

«Signore… Deacon,» disse Andrew, alzandosi, «posso venire a vedere i cavalli?»

Fece molto più che vederli: lo aiutò a nutrirli e gli chiese come prendersene cura e, alla fine, si appoggiò alla mezza-porta e diede le carote a Comet. Deacon lo lasciò fare. Il loro ultimo aiutante se ne era andato per frequentare il college e Deacon doveva ancora trovare un altro ragazzo solo che potesse aiutarlo con le piccole cose. Pulire la merda era come fare il bucato: non si finiva mai e diventava molto peggio se si accumulava. Si mosse per un po' nella stalla di Shooting Star, sbarazzandosi della merda del cavallo nella carriola che svuotavano nella pila di composto sul retro. Lo vendevano a una ditta locale che produceva fertilizzanti

– un altro dei tanti piccoli modi con cui guadagnava soldi per il ranch. Ai cavalli servivano un sacco di cibo e di attenzioni. Tutto aiutava a mantenere il Pulpito in attivo, a partire dal tenere lì gli animali di altre persone, domarli e addestrarli, la vincita di premi, le lezioni di equitazione fino alle donazioni regolari del fantastico sperma di Even Star. Il guadagno maggiore proveniva dagli animali che allevavano e poi domavano per conto loro, ma era tutto parte integrante di un'attività di successo e Deacon non avrebbe cambiato quella vita per niente al mondo.

Deacon spinse la carriola fuori dalla porta e se la chiuse alle spalle, poi si girò e si trovò davanti Andrew che gli porgeva un paio di carote. Le accettò grato, visto che stava proprio per andarle a prendere, e diede a Shooting Star il suo regalo. Lei lo prese e cercò di prendere anche un paio di dita di Deacon. Lui le spostò la testa con autorità.

«Vecchia bagascia golosa, questi giochetti non funzionano con me, non hanno mai funzionato.»

Deacon poi si mosse verso la carriola, ma fu Andrew ad afferrarne l'impugnatura. «Dove ne hai bisogno, Deacon?»

Deacon era un po' sorpreso – aiutarlo a dar da mangiare era una cosa, ma trasportare la merda del cavallo era tutto un altro paio di maniche. Deacon rimase in silenzio per un attimo mentre andavano verso il cumulo di composto oltre il retro del fienile, e gli si accese il 'senso di Crick'.

«Soldato Carpenter, vuoi parlare di qualcosa?»

Andrew lasciò andare la carriola, dopo aver dimostrato – a quanto sembrava – che il suo arto artificiale non gli impediva di svolgere alcun compito.

«Signore…»

«Sono solo un uomo, Andrew. È Crick

l'ufficiale.»

«Lei è un ufficiale comandante, signore – chiunque se ne renderebbe conto. Per favore, mi lasci... sono stato due volte nell'esercito, appena uscito dalle superiori. Tre anni e mezzo, signore, e mi hanno appena lasciato libero. Sono...» Andrew mise la carriola al suo posto, appoggiandola contro il muro della stalla.

«Non so cosa fare, signore,» disse Andrew alla fine, guardando Deacon nel buio. «Non... non c'era niente per me a casa, e adesso anche meno.» Si indicò la gamba. «Crick è venuto a farmi visita quando ero pronto per essere trasferito, e... mi ha raccontato di questo posto e sembrava perfetto. E ha ragione. È perfetto. E io non so dove andare.»

Deacon sbatté le palpebre. «Andrew... mi stai chiedendo un lavoro?»

Andrew fece spallucce. «So che non può pagarmi molto – ho visto dei letti e delle stanze nelle stalle e un piccolo box doccia sul retro. Se nessuno li usa...» Fece spallucce e distolse lo sguardo, e quel gesto mostrò a Deacon quanto quel giovane avesse bisogno di un posto, un rifugio, e lui voleva darglielo. Ma prima doveva essere onesto.

«Senti, soldato...»

«Andrew.»

«Andrew, ci manca un aiutante, e io non ho nessun problema a darti vitto e alloggio e una paga ridicola, ma prima...» Oh, Dio. Deacon aveva sempre saputo che Crick non aveva paura di nulla, ma era la prima volta che dichiarava di essere omosessuale a uno sconosciuto. Fece alcuni passi verso il pascolo aperto più vicino e guardò verso la luna piena di novembre che si stava facendo strada attraverso le nubi grigie e dense, che si erano ammassate sopra di loro per tutto il giorno.

«Andrew, Benny sta nella vecchia camera di Crick

e Parry Angel nella mia. Questa è una casa con tre camere da letto. Dove pensi che dormirà Crick quando tornerà?» Beh, anche quello era un modo per dirlo. Deacon continuò a guardare la luna per un po', desiderando che Levee Oaks non fosse così vicina a Sacramento, così avrebbe potuto vedere più stelle.

Sentì Andrew grugnire quando capì la situazione. «Penso che dormirà nella sua camera, con lei, signore.»

Deacon si volse e guardò sopra la sua spalla. «La nostra camera. L'ha ridipinta per noi prima di andarsene. Lo vuoi ancora quel lavoro, Andrew?»

Andrew lo guardò e annuì, senza alcun dubbio. «Assolutamente, signore.»

«Ragazzo, devi piantarla di chiamarmi signore.»

DP @Crick – Oggi ho conosciuto un tuo amico. Mi ha raccontato tutt'altra cosa del vostro bighellonare nel deserto.

Crick @DP – Bugie, tutte bugie. Come sta il soldato Perdita di Sangue?

DP @Crick – Sta aiutando tua sorella coi piatti e sta per trasferirsi nelle nostre stalle.

Crick @DP – È dannatamente carino da parte tua, Deacon.

DP @Crick – È un bravo ragazzo. E sembra molto liberale.

Crick @DP – Liberale?

DP @Crick – Sa dove dormi.

Crick @DP – Sei stato molto coraggioso.

DP @Crick – Mi hai insegnato tutto quello che so.

Crick @DP – Cazzate. Sono io che rappresento tutto quello che mi hai insegnato.

DP @Crick – Vattene. Devo trovare uno scaldino e un sacco a pelo.

Crick @DP – Prima devi dire quella cosa.

DP @Crick – Ti amo, Carrick James. Mi rendi

fiero ogni giorno. Mi manchi tanto che mi metti sottosopra il cervello – com'era?

Crick @DP – Incredibilmente umiliante. Ti amo anche io. Crick out.

«Dannazione Deacon, stai di nuovo perdendo peso!» Crick era sconvolto. Era il tempo della loro visita di Natale via computer, e stavolta era proprio nel giorno del compleanno di Deacon, e lui sembrava uno straccio.

Deacon fece un sorriso stanco. «Scusa, Carrick. Io... è stato un mese duro.»

«Dove sono Benny e la bambina?» Crick non si era reso conto fino a quel momento di quanto avesse voglia di vedere la bimba sorridere, attiva, in qualsiasi cosa oltre le miriadi di foto che Deacon gli mandava via twitter su base giornaliera.

«Sono all'ospedale, per delle flebo. Mi spiace, Crick. Ti ho detto che ci stavamo ammalando... stamattina la situazione è peggiorata.» Deacon si strofinò il viso con la mano che gli tremava così tanto che Crick se ne accorse anche dal computer. Fuori schermo, una voce disse: «Deacon, dannazione...»

«Ha mezz'ora, Drew,» disse Deacon con cupa pazienza. «Non voglio sprecarla.»

Crick si sentì impotente all'altra estremità del mondo. Questo lo colpì al petto come una trivella che perfora una galletta, e avvertì una terribile scarica di paura e adrenalina. *Anche loro devono provare la stessa cosa quando si preoccupano per me tutto il tempo.*

«Ma cosa avete?» chiese, e notò che Deacon non negava di essere malato come le ragazze.

Deacon fece spallucce. «Una febbre del cazzo. È diventata un po' meno virulenta da quando te ne sei andato, ma...» Un brivido gli scosse il corpo. Crick pensò che fosse dovuto sia alla febbre che alla paura. «La piccola – a lei è presa peggio. È...» La voce di Deacon si strozzò e lui si raddrizzò. «Se non ti scoccia far pace con qualche potere superiore, Crick, questo sarebbe il momento adatto.»

«E tu?»

«Io sto bene.»

«Tu fai parte dell'associazione medica americana, imbecille!» abbaiò Andrew fuori camera. «Non mentirgli dannazione, dovrebbe saperlo.»

Deacon gli rivolse un'occhiataccia indebolita dalla malattia e dalla preoccupazione. «Mi avrebbero dimesso domani in ogni caso,» scattò. «Meglio che stia qui adesso.» Si girò verso la videocamera. «Non starlo a sentire, Crick. È preoccupato, ecco tutto. Si è un po' affezionato a noi in quest'ultimo mese. È dolce che non voglia lasciarci.»

«Dovrei essere lì,» disse Crick senza inflessioni, mentre il peso degli ultimi diciotto mesi gli rovinava sulla testa.

«Hai dannatamente ragione!» disse Deacon duramente, all'improvviso, e la testa di Crick scattò in su; era scioccato. Deacon si strofinò di nuovo la faccia. «Mi dispiace. Dannazione, mi dispiace, non volevo urlare... Io... sai, non importa se sei a casa o là, in mezzo a quel deserto del cazzo, Crick. Se non sei qui a risolvere le cose, dobbiamo farle girare noi come si deve. Quindi va tutto bene. Hai capito?»

Il volto di Crick era freddo e il suo stomaco annodato. Aveva avuto un brutto presentimento quando i messaggi di Deacon e Benny erano diventati succinti. Dicevano che girava una malattia, ma non avevano menzionato quella dannata piaga del cazzo dentro la loro casa.

«Avresti dovuto dirmi quanto era grave,» disse alla fine.

«Non lo sapevamo fino a stamattina,» gli disse Deacon e Crick non aveva dubbi che fosse la verità. «Comunque, Carrick, non c'è molto che tu possa fare. Sono contento che tu non sia qui a prendertela, se vuoi sapere la verità.»

Parlarono un altro po' e Crick promise che avrebbe provato a ottenere un altro slot di tempo per poter vedere la bambina. Alla fine non poté fare nulla: solo guardare Deacon, col volto smunto e gli occhi annebbiati, e formare con le labbra le parole «ti amo» sperando che nessuno lo vedesse. Deacon lo imitò e poi comparve la mano nera di Andrew per portarlo via fisicamente. Crick barcollò fuori della tenda sentendosi una merda doppia e andò a sbattere contro Lisa mentre camminava.

«Ehi, Crick, come sta la tua famiglia?»

La sua voce allegra si spense quando vide il suo volto sotto shock, e lo sentì dire con voce stridula 'malissimo'. Lo prese per un braccio e lo portò allo spaccio della caserma per parlare e bere una birra.

Dire che 'aspettarono' notizie nei due giorni successivi era come dire che un tizio sul tetto della sua casa 'aspettava' di essere salvato durante un'inondazione. Quando Crick non ricevette alcun messaggio la mattina successiva, Lisa lo trovò raggomitolato nell'ambulanza nel parcheggio dei mezzi dove si soffocava dal caldo, con le braccia attorno alle ginocchia, mentre si dondolava avanti e indietro.

«Che fai tenente?» gli chiese, cauta.

«Sto pregando,» borbottò, «ma faccio schifo.»

«Lo fai male,» disse lei piatta. «Non vado molto in chiesa, ma sono abbastanza sicura che dovresti farlo con un'amica.» Si sedette di fronte a lui e per una mezz'ora rimasero nel caldo bollente mentre Crick mormorava: «Per favore Dio, fai che stiano bene,» e non molto altro nell'eco del bus.

Il pomeriggio seguente il cellulare di Crick vibrò per la prima volta in quasi tre giorni.

Benny @Crick – Io e la bambina siamo tornate a casa e stiamo bene.

Crick @Benny – Grazie a Dio. Deacon?

Benny @Crick – Non lo vogliono dimettere dall'ospedale. Comunque ora è cosciente.

Crick @Benny – COSCIENTE?

Benny @Crick – Quello stupido bastardo non avrebbe dovuto filarsela. Cristo, se è testardo, Crick. Dà retta solo a te.

DP @Crick @Benny – Fanculo, sorellina, sto bene.

Benny @DP – Non parlo con te finché non torni a casa, testa di cazzo. Dannazione, Deacon, dovresti dormire.

DP @Benny @Crick – Non volevo che Crick si preoccupasse.

Benny @DP – Carino. Siamo tutti preoccupati. Drew è preoccupato, Patrick è preoccupato, Jon e Amy sono preoccupati.

DP @Benny – LASCIA FUORI AMY – è incinta!

Crick @Benny @DP – Pensavate di dirmelo?

DP @Crick – è stata una settimana impegnativa

Crick @DP –Disconnettiti, dannazione. Dormi. Guarisci.

DP @Crick – voglio vederti di nuovo.

Crick @DP – Te lo prometto. Deacon, te lo prometto, okay? Vai a dormire.

DP @Crick – 'notte.

Crick @DP – 'notte Deacon. Ti amo.

Riuscirono a parlare di nuovo a Natale e Deacon fece del suo meglio per non far sembrare che avesse fatto amicizia con la morte. Cristo, la febbre li aveva messi tutti a dura prova. Quel mese aveva mandato Patrick dalla sorella perché l'uomo non si era ammalato e Deacon non era sicuro che sarebbe sopravvissuto in caso contrario.

Deacon e Benny erano troppo sfiniti per riuscire a fare altro oltre che decorare (con un grosso aiuto da parte di Andrew), quindi ringraziarono Dio per internet. Deacon diede a Benny una carta di credito con cui giocare e lei l'aveva invitato a dividere il divertimento. Tra tutti e due – con un po' di aiuto da parte di Crick, che aveva soldi suoi con cui giocare – comprarono mezzo catalogo di Toys-R-Us, e nelle ultime due settimane passarono un mucchio di tempo a incartare i pacchi che gli venivano consegnati. Deacon inoltre passò del tempo a viziare Benny con le magliette del suo film preferito, un cofanetto di libri di Jack Skellington, e un buono valido in uno di quei posti molto femminili dove si sarebbe fatta tingere i capelli invece di tingere tutto il bagno.

Tra Benny, Crick, Jon, Amy, Patrick e Andrew, aveva risposto alla domanda: «Cosa vorresti per Natale?» minimo seimila volte al giorno. Alla fine chiese un iPhone e della musica, in modo da dar loro qualcosa su cui spendere soldi, e non poteva dire cosa voleva veramente, anche perché tutti lo sapevano.

Oltre all'iPhone ricevette un portatile, che era piuttosto fico di per sé, perché poteva usarlo in salotto per fare vedere la bambina a Crick. Stava seduta dritta in modo determinato, con la sua boccuccia larga, sorridente, aperta e sbavante, e giocava devotamente con qualcosa di plastica rosa e rumoroso.

Crick ne era giustamente affascinato. «Sembra che stia bene,» disse sopra al rumore dell'impianto stereo. «Lei è... Dio, Deacon, è così grande.»

«Ha messo su peso dopo l'ospedale,» disse Benny

seria. «Eravamo preoccupati. Nessuno di noi ha mangiato per giorni.»

«Tranne me,» si intromise Amy, asciutta, dal retro della stanza. Deacon la guardò e sorrise. Era abbastanza paffuta per essere al secondo mese, ma Jon non smetteva di stravedere per lei. Era dannatamente carino.

«E tu, Deacon?» chiese Crick ansioso, e dietro di lui – a malapena visibile nell'inquadratura – si udì una voce femminile.

«Oooohh… fagli togliere la camicia e vedi!»

Deacon arrossì fino alla punta dei piedi, e Crick disse: «Ehm, no. Quella… quella è una cosa solo per me.»

«Tu devi essere Lisa,» disse Deacon asciutto, poggiando il portatile su una parte libera del tavolo della cucina. «Piacere di conoscerti.» Amy e Benny avevano cucinato per giorni e i residenti del Pulpito avevano fatto del loro meglio per mangiare, nonostante si stessero ancora riprendendo dai postumi della febbre. Un volto carino, rotondo e pieno di lentiggini, con delle ciocche di capelli biondi che scappavano da una briosa coda di cavallo, si affacciò di lato alla spalla di Crick.

«E tu sei Deacon,» rispose. «Crick era molto preoccupato.»

Deacon arrossì ancora di più. «Beh, Benny e la bambina se la sono vista brutta,» schivò, «sono contento che Crick abbia qualcuno a cui appoggiarsi.»

Lisa batté il dito sul polso, Crick annuì e disse: «Deacon, portami nell'altra stanza, va bene?»

Aveva passato un sacco di tempo a guardare la bambina che giocava e a parlare con la famiglia – lo sapevano entrambi – quindi nessuno obiettò, e il chiacchiericcio andò avanti mentre Deacon portava il computer in camera da letto e lo posizionava sul cassettone, poggiato al muro ancora vuoto.

«Hai ricevuto…»

«Sì, Deacon, ho ricevuto il pacco e i regali. Non ti preoccupare, okay? Ho solo bisogno di vedere che stai bene.»

Deacon fece spallucce. «Sono stanco, ma potrebbe dipendere dal far tardi la sera e dall'incartare i regali,» provò con un sorriso, e Crick scosse la testa.

«Senti, Lisa ha fatto uscire i ragazzi che si occupano delle comunicazioni portando dell'eggnog. Togliti la camicia e il maglione!»

«Crick…» Oh, Dio. Stava arrossendo di nuovo.

«Per favore, Deacon, ho bisogno di vedere che non stai come… lo sai. Come quando Benny è venuta a stare lì.»

Deacon sospirò. Non stava come allora, ma non di molto. Si tolse camicia e maglione e Crick trattenne il fiato. Deacon sospirò, nella stanza divenuta fredda, incapace di guardare Crick negli occhi. «Non sono proprio una pin-up,» disse cercando di fare dell'umorismo.

Crick mormorò. «Deacon, guardami per favore.»

Deacon lo fece e, tra la distanza, la qualità dell'immagine così così e i diciannove mesi di separazione, vide gli occhi di Crick – quegli occhi marroni, aperti, e dolci – sul suo corpo. «Quello è mio,» disse Crick burbero. «Mio. Me l'hai promesso, devi prenderti cura di te. Mi hai sentito? Mangia bene e guida con prudenza e stai attento quando sei su quella tua cavalla stronza, e accertati di essere lì ad aspettarmi, capito?»

Deacon sorrise – quel sorriso dolce che Crick diceva usasse solo a letto – e lui ricambiò. Si udì della confusione alle spalle di Crick, e lui disse velocemente: «Ti amo.»

«Anch'io.»

«Buon Natale.»
«Buon Natale,»
E poi andò via.

DP @Crick – Dannazione, adesso sono tutto eccitato.

Crick @DP – Tutta la mia roba è nel cassetto.

DP @Crick – Non posso usarla. È tua.

Crick @DP – Quell'affare ha una vita propria?

DP @Crick – Forse dovrei sbarazzarmene senza testarlo.

Crick @DP – Solo se hai intenzione di rimpiazzarlo!

DP @Crick – Aspetterò finché non tornerai a casa.

Crick @DP – Resisti, baby. Sto venendo.

DP @Crick – Peccato, io no.

Crick @DP – Non ancora, comunque.

DP @Crick—Heh heh heh heh heh...

Crick @DP – Deacon?

DP @Crick – mmmm?

Crick @DP – Sei ancora un po' incazzato con me, vero?

DP @Crick – Ogni giorno sempre meno.

L'ambulanza si era ribaltata in una depressione nel deserto, i due pazienti non erano sopravvissuti all'urto e Crick e Lisa erano schiena a schiena, con gli M-16 in pugno e le orecchie tese per captare fuoco nemico.

«Mi spiace per l'incidente, tenente,» disse Lisa con voce tesa. Erano riusciti a uscire dall'ambulanza, avevano controllato di non essere feriti, chiamato aiuto via radio e tirato fuori le pistole. Era passata un'ora e lo stomaco di Crick tremava come se pensasse che la sua vita potesse davvero dipendere da come avrebbe sparato con un M-16.

Dannazione, ce l'avrebbe fatta a festeggiare il primo compleanno della bambina e il suo ventiduesimo. L'aveva promesso a Deacon. Non voleva proprio rompere quella promessa, ecco tutto.

«Non è colpa tua, dolcezza,» mormorò. Era vero. Era esplosa una granata proprio di fronte a loro. Lei aveva sterzato ed era riuscita a salvare le loro vite. Peccato per i Marines nel retro, però. Crick non aveva perso molti pazienti, e gli bruciava di aver perso quei due per una combinazione di traumi.

«Lo dici a tutte le belle ragazze con cui hai degli incidenti?» Come tentativo di fare dello spirito era schifoso, ma le diede dei punti per averci provato.

«Solo a quelle che mantengono il mio segreto,» le disse onestamente guardando all'indietro. «Cazzo!» Chiunque fosse alle sue spalle, non era un amico. Crick mirò, sparò e colpì. Il suo primo e unico colpo in guerra, che non sognò mai e ricordò a malapena. Udirono il rumore prima che Lisa avesse la possibilità di controllare alle sue spalle, o vedere a chi o cosa lui avesse sparato, e i colpi d'arma da fuoco sporadici sopra le loro teste cessarono.

«Non ti sembra il rumore di un Black Hawk?» chiese, col suo piccolo sorriso da combattimento, tirato, fiero e speranzoso.

«Ehi, pensi che abbiamo fatto abbastanza esercizio con le preghiere da far sì che sia vero?» chiese senza fiato, guardando in alto. Insieme, come due bambini, e scherzando fino a un certo punto, iniziarono a cantilenare: «Per favore Dio, fa che siano amici. Per favore Dio, fa che siano amici.» E dopo alcune scariche di fuoco caratteristico terra-aria, eccolo: un Black Hawk stava atterrando sul crinale sopra di loro. *Diciamoinsiememehallelujahcazzo*, amen.

Crick controllò la tasca per contattare Deacon soltanto dopo che lui e Lisa tornarono sani e salvi alla base, tenendosi le mani tremanti sopra un paio di birre fuori servizio, graffi, abrasioni e tutto. Cazzarola, il suo Blackberry era sparito. Merda. Merda, merda, merda, merda. Ce l'aveva ancora dopo l'incidente. Doveva essere scivolato fuori mentre lui si allacciava la cintura sullo Huey. Poteva riaverlo indietro, forse, ma quando?

«Gesù, Lisa!» Era nel panico. «Devo contattarlo. Guarderà la CNN, vedrà tutti i combattimenti e se non sarò raggiungibile penserà che sono morto!»

La sera successiva, quando sia lui che Lisa tentarono senza successo di ottenere l'uso del telefono satellitare, a causa delle condizioni del tempo, il suo ufficiale comandante lo chiamò per fargli vedere la CNN che mostrava le immagini dell'inondazione nel nord della California. Fu allora che Crick si rese conto che forse Deacon aveva altro in testa a cui pensare.

CAPITOLO
QUINDICI

Argini rotti, cavalli morti, e guida in stato di omosessualità.

A DEACON doleva tutto il corpo e non riusciva a ricordare quando aveva dormito l'ultima volta. Aveva iniziato a piovere incessantemente a novembre e aveva continuato per tutto dicembre e gennaio, ma in quell'ultimo mese... beh, il terreno era già saturo, e a febbraio li aveva presi a pugni come se Dio si fosse ubriacato e stesse pisciando sul Nord della California per sport.

Deacon non dormiva da tre giorni, impegnato o a caricare il retro del camioncino di sacchi di sabbia da portare al Pulpito e rafforzare il lato dell'argine del ranch e costruire un anello più stretto di sacchi attorno alla casa, oppure stava con gli uomini della Guardia Nazionale a rinforzare l'argine stesso. Adesso era tardi – l'ora in cui chiamava Crick in realtà – e lui non si faceva sentire da tre giorni. Deacon cominciava a pensare che la tempesta fosse una benedizione perché non gli dava il tempo di pensarci, di guardare la CNN per vedere cosa stesse succedendo all'altro capo della terra, di pensare a Crick morto, mutilato o sofferente. Pensava soltanto a caricare sacchi di sabbia per cercare di salvare la sua dannata casa.

E proprio a quello stava pensando quando il camioncino si guastò, mentre tornava dal luogo in cui caricava i sacchi. Si ruppe dal benzinaio, proprio di fronte al bar di Sandy.

Un bar, Dio? Davvero? Sono tre giorni che non ho una dannata notizia di Crick e tu mi fai parcheggiare davanti a un bar? Comincio proprio a pensare che Crick abbia ragione su di te, brutto stronzo.

Deacon guardò il cielo mentre lo diceva, e visto che la pioggia continuava a cadere, fili argentei contro il buio, pensò che a Dio non fregasse un cazzo di quello che Deacon Winters pensava del suo gran fottuto piano.

Provò a chiamare Jon per chiedergli di aiutarlo a far ripartire il mezzo con i cavi – era colpa dell'alternatore, lo sapeva; era tutta la settimana che quella dannata cosa minacciava di rompersi – ma la tempesta stava creando scompiglio con la ricezione satellitare e quindi i cellulari non funzionavano. Pensò di entrare per chiamarlo col telefono a gettoni. Avrebbe chiamato Benny, ma lei non c'era. Era andata a trovare la nonna a Natomas, più che altro per convincere la vecchia bagascia a non chiamare i servizi sociali perché Benny viveva con un uomo di undici anni più grande di lei. Patrick era ancora dalla sorella a El Dorado Hills e Deacon stava pensando di mandarci anche Benny, Parry Angel e pure Amy, Jon e Andrew, se la tempesta non si fosse un po' calmata entro il giorno successivo. Se l'argine cedeva, i sacchi di sabbia non sarebbero riusciti a salvare molto del Pulpito.

Cazzo. Sospirò e poggiò la testa sul volante della grande e vecchia Chevy. *Okay, Deacon, non hai voglia di bere da prima che nascesse la bambina. Vai dentro, prendi una soda, chiami Jon per i cavi e poi te ne vai via da qui.*

E sarebbe anche andata in quel modo.

Entrò e rimase abbastanza sorpreso dal numero di persone che avevano coraggiosamente affrontato la tempesta per andare lì a bere e a guardare la CNN. Si fece strada nel bar, guardando in modo assente le file di etichette che una volta gli erano tanto familiari, e poi guardò Sandy – un motociclista barbuto di centotrentasei chili che dava da mangiare a un migliaio di gatti nella sua roulotte dietro al bar – e chiese una soda.

«Una soda?»

Deacon sorrise debolmente e annuì. «Una Seven-up sarebbe fantastica. Devo fare una chiamata…»

«Deacon? Deacon Winters, sei tu?»

Deacon si girò e sbatté gli occhi. «Becca? Becca Anderson?»

Era la vecchia ragazza di Jon e sembrava messa peggio rispetto a dieci anni prima: i suoi capelli erano tinti e non più del loro colore naturale, ed era una di quelle donne che invecchiando diventano magre e rinsecchite invece che formose e paffute. Però era ancora abbastanza carina, nonostante tutto.

«Deacon!» squittì, abbracciandolo, un abbraccio di tipo personale che il giovane non gradì affatto. Lui sorrise educatamente cercando di divincolarsi. Non era stato cieco ai tentativi di Becca di insinuarsi tra lui e Amy, ma non avrebbe mai voluto ferire Jon dicendogli che Bec era una puttanella, ecco tutto. Quando Jon, alla fine dell'ultimo anno, gli aveva detto di essere da tempo innamorato di Amy, ne era stato sollevato. I gusti del suo amico erano migliorati e le probabilità che il suo cuore venisse ridotto a brandelli notevolmente diminuite.

«È bello vederti, Bec,» mentì, e poi guardò in alto e annuì quando gli arrivò la bibita. Ne prese un sorso e sospirò un po' – lo zucchero aveva un buon sapore – e poi la mise giù di nuovo.

«Devo andare a fare una telefonata,» mormorò, e Bec scosse la testa.

«Rimani un po', dolcezza. Che ci fai qui, comunque? Conoscevi quel ragazzo?»

Il cuore di Deacon si fermò, letteralmente. «Ragazzo?»

«Sì, tesoro.» Becca fece un cenno verso la tv, con la CNN che mostrava scene di crescente violenza intorno al Kuwait. «Sai, quel ragazzo... prendeva lezioni di equitazione da te, no? Aveva un paio d'anni meno di noi...»

«Crick,» disse Deacon debolmente. Vide tutto nero. Non vedeva più un cazzo di niente e non riusciva a respirare.

«No, non lui. Eddy qualcosa...»

Deacon fece un respiro, che sapeva di latte acido. «Eddy Fitzpatrick,» disse, ma non vedeva ancora nulla e le sue mani continuavano a tremare, e non era certo di reggersi in piedi.

«Già! Proprio lui. Te lo ricordi?»

Deacon ricordava che una volta aveva pestato Crick e pensò di essere una persona cattiva, perché non riusciva a provare alcun cazzo di dispiacere per la sua morte. «Un po',» bofonchiò, incerto di riuscire a parlare come si deve. «Che peccato. Vuoi scusarmi, Becca?»

Arrivò in bagno giusto in tempo per dare di stomaco. Oh, Dio. Aveva pensato... ma certo che lo aveva pensato. Quello stronzo non lo chiamava da tre giorni. Gesù! Si pulì con mani tremanti, e quando ci vide abbastanza da raggiungere il piccolo vestibolo di fronte al bagno degli uomini, si fermò al telefono a gettoni e lasciò un messaggio a casa di Jon, chiedendosi dove fossero a quell'ora di notte.

Cavolo, era bloccato in quel bar. Oh, diavolo no, pensò brutalmente. Era a tre miglia da casa. Poteva camminare e liberare i cavalli dalle stalle se l'acqua minacciava di alzarsi ancora. Tornò di nuovo al bar e sorrise coraggiosamente a Becca.

Lei ricambiò il sorriso e lui si accorse dello sguardo predatore sul suo volto mentre si portava il bicchiere alle labbra.

Sentì il gin un attimo prima che gli arrivasse in gola. Cercò di dirlo agli altri, quando gli dissero che il resto della notte non era stata colpa sua. Cercò di dirlo a Jon, così avrebbe saputo che quello era un casino suo e di nessun'altro. Cercò di dirlo a Benny, così si sarebbe potuta arrabbiare perché non aveva mantenuto la sua promessa. Cercò di dirlo a Crick, così poteva assicurargli che erano pari per Berlino, non che Deacon stesse tenendo i conti comunque.

Provò a dirlo a tutti, ma non gli credettero. Non aveva né mangiato né dormito per tre giorni, si era appena spaventato da morire e aveva rigettato tutto quello che aveva nello stomaco, che lo aiutava ad andare avanti. L'alcool sulla lingua gli sembrò come un elisir di vita, e mentre mandava giù il gin e tonic che Becca aveva sostituito alla sua soda, gli si sparò per il sistema nervoso come un treno merci.

Ricordò a malapena di aver messo giù il bicchiere e la voce di Becca che gli si spandeva molle nella testa come una caramella morbida, mentre gli diceva di non preoccuparsi, che l'avrebbe portato a casa senza problemi.

Si svegliò prima dell'alba, mettendosi seduto di

botto come se gli avessero sparato, e poi gemette mentre si lasciava cadere indietro. *Cristo, per favore, se ti prometto di andare in chiesa, magari una volta con Parry Angel e Benny tutti vestiti come si deve, potresti per favore farmi cadere la testa? Per favore?*

La risatina bassa di Becca vicino al suo orecchio gli disse che forse quella era troppa grazia per lui, e poi il telefono iniziò a vibrare, e mentre si arrampicava sul bordo del letto per prendere i pantaloni (era *nudo*? Oh, *merda*. Era *nudo*! E c'era un… oh, *che schifo*… almeno era un preservativo, ed era ancora sul suo pene, ma era *usato*), riusciva solo a pensare che se si era sbronzato la prima volta che aveva bevuto, poteva non essere durato per tre mesi interi.

«Benny?» mormorò. «Pensavo fossi ancora da tua nonna!»

«Già, beh la visita è iniziata con 'quanto la bambina starebbe meglio con lei' e finita con 'i gay dovrebbero finire tutti all'inferno', quindi le ho chiesto di portarci a casa. Deacon, dove diavolo sei, sono le quattro del mattino e qui è un casino!»

«Il camioncino s'è sfasciato davanti a Sandy…»

«Il bar! Oh, Dio, Deacon, non hai…»

«Sì, Benny. Sì, sì l'ho fatto. Ma non devi preoccuparti, tesoro. Se mi farai spiegare, ti giuro che questo è stato *l'ultimo* dannatissimo bicchiere che berrò nella mia miserabile vita del cazzo.» Si alzò e gettò il preservativo nel cestino vicino al letto di Becca – che si trovava praticamente nel salotto del suo appartamento microscopico – e poi raggiunse i jeans e la biancheria (che stavano ancora insieme) e se li infilò mentre teneva il telefono all'orecchio.

Benny rimase in silenzio per un po' e Deacon pregò sinceramente che non se andasse nella grande fottuta casa della nonna a Natomas portandosi via la bambina e non parlasse mai più a lui e Crick.

«Non ho intenzione di gettare via tutto quello che hai fatto per noi per una ricaduta, Deacon. Giuro, amico, che razza di stronza ingrata pensi io sia?»

Deacon chiuse gli occhi e ringraziò sinceramente Dio. «Benny, sei la miglior sorella di tutto il pianeta, hai capito? Ti amo come se fossi mia figlia e non ti deluderò mai più.»

«Non mi hai delusa adesso, Deacon,» mormorò, con la voce leggermente rotta. «Come facciamo a portarti a casa così puoi raccontarci tutto?»

Vide la sua camicia ai piedi del letto e si guardò il corpo magro, notando che Becca gli aveva lasciato dei succhiotti sullo stomaco mentre si avvicinava verso il basso al suo... Dio... Chiuse gli occhi per lottare contro la nausea e sperò che il risveglio di Crick in Germania fosse stato migliore del suo.

«Richiama Jon. Doveva portare Amy a casa dai suoi genitori, ma se è ancora lì digli di venire da Sandy con dei cavi e un po' di fede. Se non ce la fa, manda Andrew se può. È a casa, giusto?» Era una notte del cavolo per dormire nelle stalle.

«Sì, è qui. Anche Jon e Amy sono qui. La loro casa è sotto mezzo metro d'acqua al momento. Il Pulpito se la cava ancora.»

A proposito di cose che andavano bene: aveva lasciato i calzini dentro gli stivali. Poteva vederli all'ingresso del piccolo appartamento schifoso, illuminato da una luce soffusa. Buono a sapersi, le sue buone maniere su come entrare in una casa non lo abbandonavano neanche quando era talmente ubriaco da andare a letto con Becca Daniels.

«Bene, voglio che tu e Amy prepariate la bambina per partire. Chiama la sorella di Patrick a El Dorado Hills e io dirò ad Andrew di portarvi là.»

«Non ce ne andiamo…»

«Col cavolo! Avete entrambe dei bambini, anche se Amy deve ancora partorire. Hai cose più importanti a cui pensare di un allevamento di cavalli, quindi comportati in modo responsabile e preparati a raggiungere un posto sicuro, va bene?»

«Bene,» scattò, e lui sospirò di sollievo.

«Okay, piccoletta, fai venire qualcuno al camioncino con dei cavi, e io tornerò e ti racconterò tutto prima di andare. È una bella cazzata, credimi.»

«Come farai a raggiungere il bar?» chiese sospettosa, e lui guardò Becca, che ricambiava lo sguardo confusa dal suo lato del letto.

«Correrò come un dannato,» le disse, e lo pensava davvero, e poi appese.

«Oh, andiamo, Deacon,» disse Becca, con quella sua risata sensuale che l'aveva resa tanto popolare al liceo. «Sei stato bene. Insomma, abbiamo fatto sesso piuttosto velocemente – dovevi essere dannatamente eccitato – ma ti è piaciuto!»

Deacon sbatté gli occhi guardandola mentre s'infilava il giubbetto di jeans. Era ancora zuppo dopo quattro giorni che caricava sabbia, ma era meglio di niente, e di sicuro non l'avrebbe lasciato lì.

«Come diavolo fai a saperlo?» Oh Dio, dov'era… okay. Il suo Stetson penzolava dal bordo della sedia. Lo afferrò mentre aspettava una risposta.

«Beh, zucchero, hai detto che mi amavi!»

Deacon sbatté le palpebre. «Non penso proprio,» disse, come se il suo occhio interiore, al solo pensiero, stesse cercando della candeggina per il cervello.

Becca era talmente oltraggiata che lasciò cadere le lenzuola, e Deacon per istinto si coprì il volto con la mano. «Certo che l'hai fatto!» gridò. «Avevo il tuo cazzo in bocca e tu hai detto 'ti amo, Bec', chiaro come il sole.»

Il mondo era così fermo che sembrò che anche la tempesta si fosse interrotta. «Crick,» disse, sentendo la gola come carta vetrata. «Ho detto 'ti amo, Crick'.»

«No, non l'hai detto!» Lei si coprì, il che fu un vero sollievo, e Deacon annuì, perché forse quella era l'unica cosa che si ricordava della notte precedente.

«Sì invece. Becca, quanto eri ubriaca per pensare che avessi detto Bec invece di Crick?»

«Crick? Non è un nome da uomo?»

Deacon annuì e cercò di non ridere in modo isterico. «Oh, sì.»

«Crick? Seriamente... Non sarà mica quel ragazzino messicano gay che puliva la merda dei cavalli?»

Deacon conosceva la verità nelle viscere dello stomaco e non aveva alcuna intenzione di edulcorare la pillola a Becca Daniels. «Quel 'ragazzino gay messicano' sta servendo il nostro paese adesso, brutta stronza puttana, ed è un essere umano migliore di quanto tu sia mai stata.»

«Oh, mio Dio!» Le sue urla lo seguirono mentre si voltava e usciva dalla porta. «Sei *gay*? Vuol dire che ho l'aids adesso?»

«Solo se me l'hai trasmesso tu!» le gridò in risposta mentre sbatteva la porta.

Viveva a circa due miglia dal bar e Jon lo stava aspettando lì, con la Mercedes blu che fumava, mentre il motore faceva le fusa. Deacon arrivò a passo svelto nell'alba bagnata e piovosa.

«Vuoi dirmi che è successo?» chiese Jon. Deacon grugnì, alzò il cofano del camioncino ammaccato e collegò i cavi che Jon gli porse prima di rispondere.

«Non ne ho molta voglia, ma se prendi una sedia e dei popcorn ti potrai godere lo spettacolo mentre lo confesso a Benny.» Guardò il camioncino con un sospiro e voltò la schiena, appoggiandosi al parafango per un minuto aspettando che si caricasse

«Che ne dici di darmi la versione integrale,» suggerì Jon, inesorabile, e Deacon piegò la testa all'indietro e lasciò che l'acqua gli ripulisse il viso, come se non fosse già tutto bagnato.

Quando finì di raccontare, Jon ebbe il fegato di ridere. «Ti amo, Crick,» ridacchiò. «Dannazione, Deacon, è davvero forte.»

«Stai zitto,» ruggì Deacon, e Jon continuò a ridacchiare.

«Ma quanto era ubriaca per pensare che avessi detto 'Bec' invece di 'Crick'?»

«Ti ho già detto di stare zitto?»

«Sì, ma ti sto ignorando. Amico, è bello sapere che riesci ancora a fare dei gran casini come tutti noi.»

«Oh, i tre mesi di sbronze non contavano?» Deacon si sporse dentro e girò la chiave, rilassandosi un po' quando si mise in moto. Nel retro, sotto il telo, aveva due tonnellate di sacchi di sabbia che non gli sarebbero serviti a nulla se il camioncino non lo riportava a casa.

«Già, ma negli ultimi diciotto mesi ti sei comportato come se dovessi espiare un omicidio.» Jon smise di parlare mentre Deacon lo guardava storto.

«Possiamo cambiare argomento?» ruggì, e Jon fece spallucce e sospirò, guardando il cielo nella luce grigia.

«Va bene, amico, te la faccio passare, per adesso.» Un tuono risuonò sulle loro teste, ed entrambi rabbrividirono. Si udiva il ringhio del fiume sopra al suono della pioggia e del motore del camioncino, mentre danzava il suo disastroso can can con le rive dell'argine.

Deacon scollegò i cavi e trattenne il respiro. Sembrava che l'alternatore reggesse, e restituì il tutto a Jon con un cenno di gratitudine.

«Ci vediamo a casa. Tu e Amy siete pronti per andare a El Dorado Hills?»

«Stavamo pensando a un hotel a Rocklin, è più vicino. Amy porterà a termine la gravidanza, quindi non preoccuparti di quello. Lei porterà Benny e io resterò al Pulpito.» Jon chiuse anche il suo cofano e alzò gli occhi al cielo vedendo il cipiglio di Deacon.

«Che rimani a fare a casa?» chiese, esitando vicino al suo sportello aperto. «Dovresti stare con Amy.»

«Invece di restare a difendere la tua casa? Lascia stare, Deacon. Avrai bisogno di aiuto e sono stanco di aspettare che sia tu a chiederlo. Ti seguirò per accertarmi che tu stia bene.» Jon chiuse la sua portiera con fin troppa forza e aspettò che Deacon montasse sulla strada principale e si dirigesse verso la via dell'argine che l'avrebbe condotto a casa.

E fu un bene, come anche Deacon ammise più tardi, perché Jon fu testimone di quando il giovane venne fermato.

Deacon vide le luci e sospirò, tirando giù il finestrino mentre l'ufficiale si avvicinava. Oh. Oh, merda. «Buongiorno, Jason,» bofonchiò, lottando contro la tentazione di sbattergli la testa sul volante. «Non hai niente di meglio da fare adesso, col fiume che minaccia di rompere gli argini?»

Jason Gresham: il bullo della scuola, sceriffo locale, e l'uomo che Becca prendeva e mollava da quando Jon l'aveva scaricata.

«Buongiorno, frocio,» gli disse Jason con un ghigno e Deacon incrociò gli occhi.

«Allora… Becca mi fa ubriacare, mi porta a casa, mi scopa, e poi chiama te perché le è andata male?» Ripensandoci a mente fredda, non era certo la cosa più diplomatica che avesse mai detto. Anzi, dovette ammettere che era degna di Crick. E tali furono le conseguenze. La mano di Jason spinse la testa di Deacon contro il volante senza alcuna pietà e allo stesso modo iniziò a sfasciare le luci anteriori del camioncino con lo sfollagente.

«Ehi, Jason!» lo chiamò Jon, quando il piccolo manganello estensibile stava per passare al parabrezza di Deacon. «Fammi un bel sorriso prima che mandi questa foto a mia moglie!»

Deacon guardò verso l'alto con lo sguardo offuscato e si tolse il sangue dagli occhi. «Perché diavolo ci hai messo così tanto?» scattò, e aprì lo sportello in modo che a Jason non venisse in mente di correre dietro Jon.

«Volevo essere sicuro che ci fosse il segnale,» si scusò Jon. Poi mise a fuoco il suo iPhone su Jason. Dal punto di vista di Deacon, immortalò Jason che metteva via il manganello e si dirigeva verso il miglior avvocato difensore di tutta Levee Oaks, prima che Deacon lo facesse inciampare con un calcio e lo mandasse lungo disteso per terra.

«Voi due stronzi siete in arresto!» ruggì Jason mentre si alzava furioso dal fango, ma Deacon e Jon erano già rimontati sui loro mezzi.

«Se vuoi arrestarmi, testa di cazzo, sai dove trovarmi!» scattò Deacon, e lui e Jon se ne andarono, accelerando a più non posso nella pioggia, verso la salvezza.

Benny si occupò del taglio alla testa quando arrivò a casa, e raccontò di nuovo tutta la storia – la versione ridotta stavolta, omettendo il preservativo schifoso e il fatto patetico di aver chiamato il nome di Crick quando era venuto.

Benny era ancora così giovane da pensare che il mondo fosse giusto – quello dei grandi almeno – e non la prese affatto bene.

«Ha scambiato la tua bibita?» disse, mettendo via il kit di primo soccorso con troppa forza. «Quella puttana ha cambiato la tua bibita e tu ne stai parlando come se fosse stata colpa tua?»

«Me ne sono accorto appena l'ho assaggiato, Benny, non mi stava puntando una pistola alla tempia per costringermi a mandarlo giù.»

«*E che cazzo significa*?» scattò Benny, asciugandosi gli occhi col dorso delle mani. «Scusami, Deacon, mi sembra proprio come la notte in cui ho concepito Parry. Solo perché tu non sei una ragazzina...»

Deacon ignorò il dolore alla testa e le afferrò la mano, chiedendosi quando la sua vita si fosse trasformata in un'opera di Escher. «Ti ha fatto ubriacare?» le chiese, sentendosi un po' male. Forse avrebbe dovuto mangiare qualcosa... e poi gli venne la nausea e pensò che non fosse una *grande idea*.

«Non è di questo che stiamo parlando adesso,» mormorò Benny, girandosi, e Deacon guardò nella cucina in cerca di aiuto.

Amy fece spallucce e mormorò: «Ha ragione. Non abbiamo molto tempo prima che arrivi la prossima tempesta e che le cose si facciano davvero brutte, e voi dovete scaricare i sacchi di sabbia. Inoltre, Crystal è riuscita a chiamare di nascosto. Bob non ha fatto nulla per l'alluvione, e le ragazze sono in piedi sui loro dannati letti. Se dobbiamo andare a prenderle...»

Deacon grugnì. Un guaio del cazzo dopo l'altro. «Okay, ecco il piano, la nuova versione rivista e corretta. Jon, tu e Andrew scaricate i sacchi di sabbia e puntellate quella sezione più vicina all'argine. Amy, tu stai qui a prenderti cura di Parry. Benny, tu vieni con me, andiamo a prendere le tue sorelle, ma se tua madre ha continuato a dipingermi come una specie di pervertito potrebbero avere paura di me. Jon, prendo la tua auto. Se qualcun altro conosce altre storielle divertenti sull'ubriacarsi e risvegliarsi vicino a estranei, vi consiglio di chiudere la cazzo di bocca e conservarle fino a giugno, sono stato chiaro?»

«Quindi la storia del soldato Jimmy e del cammello dovrà aspettare, signore?» chiese Andrew asciutto, mentre Jon gli tirava le chiavi, e visto che la sua voce era la cosa più asciutta che si fosse vista in giro da settimane, ridere venne spontaneo.

Deacon dovette colpire a sorpresa il figlio di puttana per entrare e Bob cadde con uno schizzo sul pavimento dell'uscio. Invece Crystal e Missy uscirono spontaneamente senza problemi quando Benny le chiamò, il che era un bene. Non sembravano neanche aver paura di lui, sempre meglio. Deacon e Benny le avevano tenute d'occhio – le andavano a trovare quando i genitori non erano in casa – ma era una bella ricompensa vederle abbracciare la sorella.

«Si riprenderà?» chiese Missy, punzecchiando un po' col piede il padre a terra, che si lamentava.

«Non c'era bisogno di colpirlo così forte!» lo accusò Melanie Coats, chinandosi per prendersi cura del marito in quasi quindici centimetri di acqua sporca. Deacon era talmente abituato a ignorarli, a considerarli come ostacoli, come spine nel fianco di Crick piuttosto che esseri umani, che non ebbe bisogno di molto incoraggiamento per lavarsene le mani.

«Probabilmente no,» ruggì, scrollando la mano con un sorriso tetro, «ma mi ha dato molta soddisfazione. Andiamo ragazze, l'acqua si sta alzando.»

«Mi lasci qui e basta?» si lamentò Melanie, e Deacon fece una scoperta piuttosto affascinante su se stesso. La sua compassione per i vagabondi arrivava solo fino a un certo punto.

«Ti sei schierata dalla parte di tuo marito per tutta la vita di Crick,» disse Deacon senza un minimo di pietà. «Non c'è motivo di cambiare le cose ora.» Detto questo, caricarono la macchina e se ne andarono.

Dopo essersi raccolti e riuniti a casa, fu dura vederli partire per Rocklin. Era proprio una brutta situazione. Rimanere al Pulpito con la speranza che i sacchi di sabbia reggessero, o guidare nella tempesta verso un luogo sicuro, e sperare che l'auto non si fermasse o non rimanesse impantanata. Cazzo. Di certo non era la decisione più semplice da prendere per Deacon. Ma la corrente elettrica era già saltata – anche se il vecchio telefono in cucina funzionava ancora – e le strade erano già otto centimetri sott'acqua. Se dovevano andarsene, dovevano farlo subito. Deacon si scoprì molto uomo delle caverne nel volere le donne del gruppo in salvo mentre lui rimaneva lì a combattere i mastodonti.

Ecco perché rimase scioccato e parecchio costernato quando Benny saltò giù dall'auto che aveva già iniziato a muoversi, dopo che ci avevano caricato le cose di Parry Angel e una valigia di Benny con vestiti in più per le ragazze.

Amy suonò il clacson due volte e Benny la salutò. Deacon e Jon la raggiunsero con le bocche aperte per rimproverarla, ma lei si volse con una faccia arrabbiata, e rigata di lacrime.

«Amy terrà la bambina al sicuro, teste di cazzo. Questa qui è la mia casa.» Detto questo, si diresse verso l'edificio ed esclamò: «Va' a finire il lavoro coi sacchi di sabbia, Deacon. Io tolgo tutte le cose importanti dal pavimento.»

«Bene,» disse Deacon, mentre iniziavano a correre perché il fiume faceva sempre più rumore. «Io non ho nulla.»

Jon lo colpì sulla testa continuando a muoversi. «Tu hai noi.»

Nelle due ore successive gli sembrò di nuotare nelle sabbie mobili. Andrew tirava un sacco a Jon, che lo passava a Deacon, che puntellava il pascolo basso che si estendeva per duecento iarde, fronteggiando la strada dell'argine. Il camioncino era ufficialmente morto quando lo aveva parcheggiato, quindi le sezioni di recinti di sacchi di sabbia lontane dovevano essere raggiunte a piedi e Deacon si trovava nella parte più lontana del pascolo quando li vide.

«Oh, *cazzo!*» si girò e tornò di corsa verso la casa, scattando in diagonale rispetto al furgone perché era la via più breve.

«Deacon! Deacon che succede?» lo chiamò Jon, e Deacon si fermò e si voltò, guardando dove metteva i piedi.

«Dei dannati serpenti a sonagli!» rispose. «Il pascolo laggiù deve essere allagato!» Era rimasto inutilizzato per anni e, al contrario della proprietà di Deacon, non ci avevano pascolato due maiali grassottelli che si occupavano di uccidere gli animali nocivi, in una sorta di ciclo della vita ecologico. La mezza dozzina di serpenti a sonagli giovani che Deacon aveva appena visto non sembrava interessata ad ascoltare le ragioni per cui non avrebbero dovuto mangiare i cavalli: erano spaventati a morte come tutte le altre creature del bosco.

«Ce n'è un'intera famiglia del cazzo. Tutti i cavalli sono fuori al pascolo, Jon, anche i piccoli! Ho bisogno del fucile e di una pala: gli stronzi si stanno dirigendo verso il fienile!»

Perché il fienile era in alto, e tutto attorno c'erano i pascoli.

Cazzo.

«Deacon, sembra che l'argine stia per cedere!»

«Amico, buttaci dei sacchi di sabbia tutt'attorno se puoi, finisci di scaricare e poi torna a casa! Tornerò tra cinque minuti con Comet per occuparmene!»

«Grande,» sentì brontolare Jon, anche mentre correva. «Poliziotti cattivi, inondazioni, serpenti a sonagli... quand'è che Dio ci manderà un po' di dannate locuste, tanto per?!»

«Le tiene per il mio compleanno!» strillò Deacon, e poi conservò il fiato per correre.

Raggiunse il garage bagnato e prese il fucile tirandolo fuori dalla custodia, una pala dal fienile e un'imbottitura senza sella per Comet. Incontrò Andrew e Jon a metà strada dal pascolo.

«Li ho intrappolati quasi tutti,» strillò Jon nella pioggia mentre Deacon lo superava a cavallo. «Ma uno o due sono scappati. Fai attenzione, Deac!»

«Lo farò!» Comet procedeva al piccolo galoppo, cauto, mentre Deacon teneva gli occhi bassi al suolo, scandagliandolo. L'erba era lunga e verde grazie alla pioggia. Una volta individuato un movimento irregolare tra i fili schiacciati dall'acqua, non era difficile trovare i serpenti scuri e neri. Smontò da Comet e acciuffò il primo che vide con la pala e lo colpì finché il badile non divenne rosso e il serpente cessò di divincolarsi. Risistemò l'erba con la pala e tagliò la testa dell'animale con la punta dell'attrezzo e poi lo seppellì, mentre Comet lo aspettava, paziente come sempre.

In un minuto Deacon rimontò a cavallo, guardando infelice sia il cielo minaccioso che l'argine, che stava iniziando a collassare e perdere acqua. L'imbottitura senza sella si spostò scomodamente, e Deacon aggiustò la seduta e fece una smorfia. Non si era mai sentito sicuro con quelle cose; molto meglio una buona e solida sella di cuoio, ma aveva molta fretta e non voleva perdere tempo. Contava molto sul fatto che

Comet mantenesse la sua fama di cavallo più pacifico del mondo.

Continuarono a cavalcare, mentre il cielo minacciava sempre di incrinarsi. I tuoni e i lampi peggiorarono. Deacon lo prese come un buon segno, perché significava che il tempo stava cambiando, in qualche modo, ma le nuvole sopra la sua testa erano turbolente e nere, e sotto di esse si sentiva come l'ultimo uomo rimasto sul pianeta. C'erano abbastanza querce sparse tutt'intorno la proprietà per non sentirsi *troppo* esposto, ma per il modo in cui stava andando la sua giornata, essere colpito dal fulmine sarebbe stata la ciliegina sulla torta di merda.

Trovò il piccolo cerchio di sacchi di sabbia messo su da Jon. Lui e Andrew avevano fatto un buon lavoro, e avevano anche schiacciato uno degli stronzi tra i sacchi. Deacon smontò da Comet e iniziò a fare a pezzi gli altri con la pala, pensando che forse dopo aver finito lì poteva portarsi oltre la seconda fila di sacchi di sabbia che costeggiavano la casa, e forse scaldarsi e asciugarsi. Non sentiva più le mani, ma era certo che gli si stessero formando delle vesciche, perché era da parecchio che le aveva bagnate dentro i guanti di pelle, e poi si era messo a colpire i serpenti come un pazzo, e stava iniziando ad aver paura di afferrare le redini per guidare il cavallo.

Finì quel lavoro raccapricciante e posò una mano sui fianchi di Comet per tenerlo calmo. I lampi e i fulmini si stavano avvicinando ed erano più forti, e gli sembrava che il fiume fosse sotto i suoi piedi e non lontano duecento iarde, a causa del suo rombo. Tanto per controllare, alzò lo sguardo dal circolo di sacchi di sabbia con i serpenti a sonagli morti, e osservò l'argine puntellato dall'altra parte della strada. L'acqua era alta, dannazione, pericolosamente alta, e vide alcuni sacchi scivolare lungo i lati. *Per favore, Dio… per favore, potresti sdebitarti per la bravata del camioncino morto di fronte al bar non facendo allagare la casa proprio ora? Per...*

Dio lo ricompensò col suono sottile di un serpente praticamente sotto le zampe di Comet, e con un tuono tremendo proprio sopra la sua testa. Comet fece quello che fanno tutti i cavalli, ma che lui non aveva mai fatto, neanche da cucciolo, neanche da puledro. Si impennò sulle zampe posteriori in preda al panico più volte, mentre Deacon cercava con ansia di raggiungere le redini. *Dannazione... non far mordere dai serpenti questo cavallo imbecille, per favore, per favore.* Ci fu un altro tuono e il cavallo buttò Deacon a terra mentre scalciava. Deacon si trovò faccia a faccia con un serpente a sonagli incazzato e, grazie a Dio, con la pala in mano.

Il serpente si gettò all'attacco ma andò a cozzare contro la pala e Deacon si rialzò per colpire lo stronzo sulla testa prima che Comet potesse calpestare il povero stupido umano nella sua traiettoria. Centrò il serpente una, due volte col dorso della lama, e Comet squittiva e indietreggiava, e poi andò giù pesantemente sulle zampe posteriori e poi... Oh, Dio. Oh, Dio. Che cazzo era quel suono? Un brutto colpo secco, un tonfo nel fango, seguito da un urlo che squarciò i timpani di Deacon. Aveva passato tutta la vita coi cavalli, e non aveva *mai* sentito un suono come quello. Oh, Cristo. Oh, santo Cristo...

Comet s'impennò di nuovo, e si sentì il tonfo pesante delle sue zampe posteriori mentre raspava in cerca di un appiglio, mentre si sforzava di fare qualsiasi cosa per mettere il peso sulla gamba che... Deacon non riusciva quasi a guardare. Aveva visto la morte e ossa spezzate negli uomini, ma mai in un cavallo. Oh, Gesù, quella era la sua zampa anteriore, ed era *spezzata in due*!

L'osso del metacarpo era venuto in fuori come una daga, e il resto della zampa ormai inutile si agitava al suolo, tenuto insieme soltanto da una striscia di pelle. E quel dannato cavallo stava cercando di non appoggiarsi ma non poteva farlo, non poteva camminare su due zampe come un essere umano. Cadde sul moncherino della zampa e l'osso del radio superiore si spezzò con un rumore ancora più forte del tuono sopra di loro. La spalla gli ruotò sul terreno, e s'immobilizzò tremante, squittendo e dimenandosi sul fianco.

Deacon non poteva fare altro che guardare come uno stupido il cavallo di Crick in preda al panico, in agonia, condannato.

Il cavallo di Crick. Comet, calmo e rilassato, che aveva tenuto Deacon sano di mente mentre Crick non c'era... e Deacon adesso avrebbe dovuto... Oh, Dio.

Comet gridò, un suono terribile che sembrò schiantare le costole di Deacon, e il giovane chiuse gli occhi e deglutì. Doveva occuparsene. Doveva farlo subito. Comet era stato un amico, e adesso il suo amico era in preda al panico e stava soffrendo, e non c'era modo di curare una gamba rotta a quel modo, in due parti, in quel punto spesso della coscia.

Deacon deglutì di nuovo e si fece forza. Fortunatamente per entrambi, Comet si era girato sul fianco giusto, e il fucile era nella sua mano sinistra. Per un attimo fu tentato di correre a prendere la carabina a otturatore girevole-scorrevole. La ferita sarebbe stata più pulita, e il cadavere in condizioni migliori ma accantonò l'idea quando vide il panico patetico di Comet.

Un cadavere in condizioni migliori sarebbe stato a beneficio di Deacon, non di Comet. A ogni modo la morte sarebbe stata istantanea, e se Deacon teneva il fucile da caccia proprio lì, sotto la mascella di Comet...

«Calma, ragazzo,» mormorò Deacon. Non voleva

farlo andar via pensando che il mondo fosse tutto un caos, voleva dargli un po' di pace prima del viaggio oscuro. «Va tutto bene. Sai, Parish sarà lì... so che ti manca. Parish, la mia mamma... mi hanno detto che le piacevano i cavalli.» Lo pensò, sul serio, ma non poteva promettere a Comet che ci sarebbe stato anche Crick, perché lui ne aveva troppo bisogno da questa parte, quindi continuò ad accarezzarlo finché non smise di emettere suoni striduli. Alla fine Comet giaceva lì, ruotando gli occhi, col cuore che pulsava e il respiro affannato, aspettando che Deacon sistemasse le cose.

Deacon posizionò il fucile, accarezzò il naso di Comet un'ultima volta, poi si fece indietro e tirò il grilletto.

Rimise la sicura con attenzione, poggiò il fucile e afferrò la pala che aveva lasciato cadere quando Comet si era accasciato al suolo. E poi iniziò a scavare.

Il senso comune gli diceva che era una follia: il terreno era saturo, e per quanto fango potesse spalare, rimaneva sempre un mucchio gigante di melma. Anche se la faceva profonda due metri, e due metri e mezzo per tre in altezza e lunghezza, sarebbe sempre stata una pozzanghera, e avrebbe dovuto spalarci sopra della calce viva. Non era mai una buona idea fare quelle cose così vicino all'argine, ma dannazione... non avrebbe mai mandato il suo amico in qualche impianto per animali, per farlo trasformare da sconosciuti in cibo per cani.

Stava imprecando senza neanche accorgersene. Lanciava maledizioni e gridava mentre scavava, urlava e sputava, e sembrava non essere in grado di fermarsi, come non poteva fermare il movimento ritmico e incessante della pala nella melma.

«Tu maledetto bastardo... dannatissimo imbecille... come diavolo faccio a tenerti al sicuro se te ne scappi via e fai qualcosa di così stupido? Avresti dovuto avere fiducia in me, stronzo, avresti dovuto fidarti, non ti ho mai deluso, non lo farò mai. Maledetto, testa di cazzo, dannato figlio di una stupida puttana, puttaniere, succhiacazzi stronzo... io ti odio... io ti odio, cazzo. Come hai potuto lasciarmi a quel modo? Io non ho nulla... te ne vai in quel modo e a me non rimane niente. Mi lasci qui ed è come essere mollato in mezzo al deserto quando tu non ci sei, mi senti? Brutto bastardo, mi senti? Io non ho niente... io non ho niente! Beh, vaffanculo. Vaffanculo...VAFFANCULO E BASTA, CRICK, VAI A FARTI FOTTERE, MI HAI LASCIATO QUI COSI'!

A un certo punto aveva smesso di spalare la melma e iniziato a colpire il cavallo con la pala, e gli faceva male il piede come se avesse calciato qualcosa. Probabilmente era il povero corpo abusato di Comet, ma non poteva fermarsi, non poteva fermarsi, non poteva fermarsi...

E poi fu un gemito a fermarlo... un boato di qualcosa che si sgretola nella direzione dell'argine.

Si volse verso il suono, strizzò gli occhi contro la pioggia, e vide. I sacchi di sabbia venivano giù a capitombolando come se non pesassero nulla, e si aprì una falla nella parte est dell'argine, e poi un'altra, e poi il bordo di quella cosa dannata venne spazzato via dall'acqua. Una sezione alta un metro e larga un metro e mezzo fu disintegrata da un rollio veloce e poderoso, e tutta l'acqua si buttò verso il riparo inadeguato di sacchi di sabbia che Deacon aveva costruito in quattro giorni, tra il posto che amava e la furia di Dio.

«Oh. Sul serio?» Deacon urlò a Dio. «Vuoi giocare? Vuoi giocare? Sono quattro giorni che non ho notizie di Crick e non pensi che basti questo? Ti ho già detto di andare affanculo?» L'acqua si gonfiò, corse nel fossato vicino all'argine, straripò e acquistò potenza nel suo percorso dall'altra parte della strada.

«Vuoi fare a pezzi i miei muri, giusto? Pensi che me ne freghi qualcosa? Mettimi alla prova, pezzo di merda! Mettimi alla prova!» Era in piedi davanti alla tomba improvvisata di Comet e saltava su e giù, scuotendo la pala contro l'acqua che si alzava... si alzava così velocemente... arrivò fin sopra i sacchi di sabbia e si diresse verso i pascoli bassi.

«È così? È così, brutto stronzo? So nuotare, pezzo di merda!» L'acqua si alzò fino alle caviglie di Deacon, ma era come se a lui non importasse, non sembrava voler scappare. Se ne stava lì in piedi a sfidare Dio di incasinargli la vita un'altra dannatissima volta.

E Dio ci provò. L'acqua si alzò e gli arrivò alle ginocchia, poi alle cosce, ai fianchi... e poi raggiunse il picco al suo petto. Deacon stava congelando e non poteva respirare. Per un attimo i suoi piedi vennero sollevati dal terreno, e fu spinto all'indietro mentre l'acqua gli si abbatteva contro, minacciava la sua casa, gli toglieva il respiro, la speranza, la rabbia, e tutta quell'asprezza che aveva compresso come bile acida negli ultimi ventuno mesi, pregando che se ne andasse, per impedire che guastasse per sempre il suo amore per Carrick.

L'inondazione rimase lì, mentre lui lottava per toccare terra, per respirare, e sfidava Dio di prenderlo, e il mondo a fotterlo per l'ultima volta...

E poi l'acqua si abbassò, cadendo giù per il pendio che conduceva alla casa, e correndo lungo l'asfalto della strada dell'argine su entrambi i lati, lasciando i pascoli più bassi inondati, ma non la casa, grazie a Deacon. E lasciò Deacon ansimante, con la gola secca, le mani che gli sanguinavano sotto i guanti, tutto il corpo che gli tremava per il freddo, l'acqua, il dolore, la reazione. Lo lasciò proprio di fronte al corpo di un cavallo morto e a un grosso buco nel terreno.

Comet scivolò dentro per primo. Il terreno sotto il suo corpo possente si era indebolito a causa dell'acqua che portava via il fango, lasciando una protezione fragile. Deacon aveva lavorato sodo e veloce mentre scavava la tomba, e Comet affondò di un metro prima che gli stivali di Deacon cedessero per lo stesso motivo. Il giovane cadde di sedere proprio sopra il corpo del cavallo morto di Crick, nel fango liquefatto.

Per un orribile, *orribile* istante si trovò in difficoltà, col corpo che si arrendeva, ricordandogli che non aveva dormito, non aveva mangiato, non si era curato della sua carne e delle sue ossa, e per un attimo pensò che stava per morire lì, in quella fossa di fango, sepolto vivo con un cavallo morto e quel che restava della sua sanità mentale. Almeno avrebbe rivisto Crick. Poi i suoi piedi colpirono Comet, e si spinse su. I piedi gli scivolarono sulla groppa del cavallo, ma alla fine le ginocchia colpirono qualcosa di solido, e si lanciò verso il terreno solido e saturo. Girò la testa di lato e boccheggiò come un pesce.

Va bene Dio, ho finito di prenderle. Ci vediamo alla prossima inondazione, brutto stronzo.

Sarebbe potuto rimanere lì a morire d'ipotermia o d'imbarazzo, ma due paia di mani forti lo afferrarono, una per parte, e lo aiutarono a uscire dalla fossa di fango che era adesso ufficialmente la tomba di Comet.

«Ciao, Jon,» sputacchiò Deacon, e Jon scosse la testa, non sapendo proprio cosa dire.

«Gesù, Deacon,» disse Andrew dall'altro lato. «Sai che l'argine si è rotto? Perché non ti sei messo su un terreno più alto?»

«Perché io e Dio stavamo facendo due chiacchiere,» mormorò Deacon con tutta la dignità che riuscì a trovare. «Io l'ho chiamato brutto stronzo, e lui mi ha detto che non gliene fregava un cazzo. Era un pari.»

Jon prese il braccio di Deacon e se lo passò attorno alla spalla. «Deacon, dov'è il tuo cavallo?»

«Il cavallo di Crick.» Oh, Cristo. Quello non era cambiato. «Il cavallo di Crick è morto, Jon. Si è rotto una gamba e l'ho dovuto sopprimere. E poi gli ho scavato una fossa, e Dio ha pensato che mi avrebbe fatto un favore, e ha sepolto il povero bastardo. Il cavallo di Crick, Crick... se ne vanno. Mi lasciano. Ecco cosa fanno.»

Jon e Andrew guardarono dietro Deacon, verso la fossa da cui l'avevano tirato fuori, e Jon lasciò il fianco del giovane per un minuto e afferrò la pala, rimasta sul lato della buca di fango. Sondò con cautela il fango liquido, e fece una smorfia quando colpì qualcosa abbastanza solido per essere un corpo.

«Gesù,» borbottò Jon. «Non mi sorprende che sei fuori di testa. Dio oggi te l'ha fatta passare proprio brutta, Deacon.»

D'improvviso Deacon si sentì lucido. Gelato e debole, ma lucido. «Sono quattro giorni che non sento Crick, Jon.»

Jon annuì, e toccò la fronte di Deacon con la sua. «Lo so, Deac. Stiamo pregando per lui, giusto?»

«Penso che Dio sia troppo impegnato a pestarmi per ascoltare.»

«Già... beh, sei ancora in piedi, campione,» gli disse Jon asciutto.

«Soltanto perché sei qui ad aiutarmi,» gli rispose Deacon con tanta reverenza e gratitudine che anche Jon non riuscì a trovare un commento arguto.

Tutto quello che riuscì a dire fu: «Ce ne hai messo di tempo per appoggiarti a me,» e non ci fu risposta. Insieme ad Andrew prese Deacon per la vita e iniziarono a spingerlo verso casa, in quella che il giovane ricordò come la camminata più lunga della sua vita.

Lo trascinarono nella vasca piastrellata passando dalla cucina, e iniziarono a spogliarlo. Jon inventò nuove imprecazioni quando vide le vesciche, e i polpastrelli di Deacon rimasero per giorni neri e bruciati. Proprio mentre Andrew portò al giovane un asciugamano – asciutto e pulito, perché la doppia fila di sacchi di sabbia aveva funzionato, dannazione, per davvero, e l'unica acqua in casa era quella che avevano portato dentro loro – il telefono squillò.

«Oh, mio Dio,» disse Deacon sorpreso. «Continuo a scordare che quel dannato telefono funziona.» Gli faceva male la testa. In effetti gli pulsava, e non sapeva se la causa fosse il taglio contuso e fangoso che aveva sulla fronte, o la mancanza di cibo e sonno, o i postumi della sbronza… forse era un po' tutto insieme, ma per un attimo sembrò che il cervello minacciasse di colargli fuori dalle orecchie.

Poi Benny fece irruzione nella stanza, col vecchio telefono a filo della cucina tirato fin dove poteva arrivare.

«Gesù, Benny, concedigli un po' di priv…»

«È Crick,» disse senza fiato. «È Crick. Ha lasciato il Blackberry su un elicottero, e gli hanno concesso di usare il telefono satellitare per dirci che sta bene.»

Deacon le prese il telefono dalle mani prima che finisse di parlare e lasciò che il filo lo tirasse contro il muro della stanza. Sentì i piedi scivolare, e cadde bruscamente sul sedere, sbuffando nel telefono.

«Stai bene?» chiese sognante. «Ti prego dimmi che stai bene.»

«Dio, Deacon, sto bene. Sembri un rottame. Benny era preoccupata da morire. Che è successo?»

Non riuscì a trattenere una risata, che sgorgò da un

qualche punto del suo stomaco, e sembrava non potersi fermare. «Che è successo?» sghignazzò. «Dannazione, Crick... questa è una domanda da cinquanta trilioni di dollari. Perché non mi chiedi cosa non è successo? Oppure restringiamo un po' il campo... forse il meglio e il peggio... che ne dici?»

«Deacon.» La voce di Crick si fece molto calma. «Mi stai spaventando.»

«Lo stesso vale per te, baby,» disse Deacon, improvvisamente sobrio. Ci fu un attimo di silenzio, nel quale cercò di tirar fuori dalla sua testa dolente qualcosa di sensato. «Diciamo che sono quasi affogato in una pozza di melma col tuo cavallo morto, e visto che pensavo che anche tu lo fossi, quella è stata più o meno la parte migliore della giornata.»

«Oh, Dio... Deacon, sono così... così...»

«Non dirlo,» ribatté Deacon, sorprendendosi del suo tono leggero, di quanto si sentisse leggero. «Per favore. E non perché mi farà incazzare, ma perché non lo sono più.» E anche quella era una sorpresa, perché era vero. «Mi sono sbarazzato di tutta l'incazzatura okay? Se n'è andata e io sono pulito e splendente dentro, va bene? Non dovrai più scusarti di nuovo... quella parte è chiusa, mi hai capito?»

E oh, Dio, era vero. Stare in piedi sotto la pioggia rompipalle, a gridare contro Dio, a sfidare il mondo di fotterlo ancora una volta, l'aveva pulito del tutto, e nel suo cuore non c'era più spazio per l'asprezza o la rabbia. Crick era là, all'altro capo del telefono, ed era vivo. Deacon era gelato e nudo e solo sul pavimento, ma ciò che contava era che Crick fosse vivo.

«Okay, Deacon,» disse Crick, suonando perso e un po' confuso. «Cosa vuoi che ti dica?»

«Mmm» Il corpo di Deacon si rilassò solo sentendo la sua voce, e il giovane si stravaccò un po' di più sul pavimento fino a poggiare la testa su un braccio, tenendo il telefono sull'altro orecchio. «Parlami e basta, piccolo. Raccontami cos'è successo, dimmi di nuovo che stai bene. Raccontami la tua giornata.»

E ora quella voce, quella cara voce lontana, era gentile e dolce, quasi ritmica. «Il fatto è che siamo capitati nel mezzo di un combattimento, e l'ambulanza s'è cappottata. Stiamo bene, giusto qualche bernoccolo e dei graffi, ma eravamo lì, culo contro culo, aspettando di essere salvati, e abbiamo sentito il Black Hawk, giusto?»

«Mmm-hmmm,» mormorò Deacon, contento di lasciare che la voce di Crick gli scivolasse addosso. La storia non era proprio rassicurante, ma fu un momento di puro conforto che lo calmò, lo mise a proprio agio e permise alla sua mente di smetterla di arrabbiarsi contro il mondo, e al corpo di prepararsi a riposare.

Non sentì neanche le mani di Benny quando lei gli prese il telefono e disse a Crick che si era addormentato, né seppe di stare posando per la foto che lei mandò al fratello fino a quando non si riprese quel dannato affare, una settimana dopo. La foto mostrava Deacon profondamente addormentato sul pavimento del bagno, che sorrideva leggermente, mentre sognava la voce di Crick nel suo orecchio.

CAPITOLO
SEDICI

Affari superflui

LA LETTERA di sei pagine che spiegava ciò che era successo il giorno dell'inondazione impiegò due settimane per arrivare, e ce ne volle un'altra per la successiva, mentre a Crick occorsero tre giorni per leggere tutto, perché alcune cose erano talmente schifose che sentiva il bisogno di allontanarsene.

Crick –
Per poco non dovevo scriverti dalla prigione della contea. È bello avere come amico il migliore avvocato difensore della città.
Crick imprecò, leggendolo di nuovo 'prigione della contea'. *Deacon*!
Comunque è venuto fuori che la guida in stato di omosessualità NON è illegale, proprio come diceva Jon, e quindi il ragazzo di Becca è stato licenziato e arrestato, ed è stato un bello spettacolo cui assistere. Jon è stato quasi accusato di oltraggio alla Corte quando il giudice gli ha chiesto se ero gay o no – pensava che la domanda fosse indiscreta. Il giudice ha spiegato che se lo ero e Jason lo sapeva, lo avrebbero

arrestato con tutta una serie di accuse; se invece non lo ero, allora si trattava soltanto di sciocchezze e di una ripicca per aver fatto sesso con Becca. La parte divertente è stata quando il tizio mi ha chiesto perché fossi andato a letto con Becca, se ero gay per davvero. Lasciami dire che spiegare la faccenda del drink scambiato e del mio pene che è per le pari opportunità è stato dannatamente imbarazzante. Ma alla fine, non è niente di che. Tu hai fatto outing a un funerale, io in un'aula di tribunale, e insieme siamo la leggenda della città. Viva noi.

Crick pensò a Deacon e alla sua timidezza incredibile. «Niente di che.» Certo, Deacon. Crick lo conosceva. Probabilmente era tornato a casa e si era messo a dormire coi cavalli per lavar via la mortificazione. Non si era mai vergognato della sua sessualità – non era quello – ma lo feriva, e molto, doversi aprire davanti a tutti.

Mi dispiace per la faccenda di Becca. Non ho proprio scuse. Avrei dovuto sputare il gin e probabilmente anche tirarglielo in faccia. Sai, continuo a pensare a quel disegno che mi hai fatto una volta: quello in cui sembro un dio. Bel dio che sono. Mi dispiace di essere un tale disastro, darei qualsiasi cosa per essere l'uomo che pensavi io fossi. Spero solo di essere ancora l'uomo da cui vuoi tornare.

Crick lesse quel passaggio, e poi lo rilesse. Una settimana dopo aver chiamato casa, quando aveva scoperto che Deacon era mezzo morto e la casa aveva retto a malapena, il pilota del Black Hawk che aveva portato lui e Lisa fuori dai guai gli aveva riportato il BlackBerry. Crick gli aveva regalato una scatola di libri tascabili per ringraziarlo del disturbo e aveva passato tre giorni a twittare con Benny per assicurarsi che Deacon stesse bene.

Tirò fuori quel dannato aggeggio tecnologico per guardare la foto che Benny gli aveva mandato appena era tutto finito.

Deacon era addormentato sul pavimento del bagno, nudo fino alla vita. Si era tolto parte del fango dalla faccia, ma ce n'era una striscia vicino ai capelli, che erano rigidi mentre si asciugavano. Aveva la testa appoggiata al braccio, e la posa era molto simile a quella del disegno che Crick gli aveva fatto nella camera dell'hotel in Georgia, espressione compresa. Il suo corpo era magro e ammaccato, e Crick poteva vedere le vesciche sui palmi delle mani, causate dai sacchi di sabbia e dalla pala, e anche il taglio sulla fronte, causato da quel poliziotto bastardo, ma il viso era pacifico mentre dormiva. C'era un debole sorriso disegnato sulla sua bocca sempre bella e Benny gli aveva detto che si era addormentato con la sua voce nell'orecchio.

No, Deacon non era un dio, era solo un uomo, testardo e imperfetto, timido con tutti tranne che con le persone che lo amavano, duro, compassionevole e pratico, e coraggioso. Così coraggioso da caricarsi sulle spalle il peso del Pulpito e di tutte le persone che cercavano il suo aiuto.

Non era un dio, ma era ancora l'uomo che Crick aveva lasciato in quell'hotel della Georgia, forse un po' messo peggio nell'aspetto. Era meglio di un dio. Era Deacon.

Tua madre è venuta a prendere le ragazze dopo il processo, un vero peccato. Le avevamo sistemate nella stanza di Benny, e lei si era messa a dormire con la bambina, e penso che si stessero ambientando bene. So che Crystal vuole seguire le orme di Benny se le cose vanno avanti così – sfortunatamente la guida in stato di omosessualità, pur non essendo un vero crimine, non ti rende neanche molto popolare con i servizi sociali. È stata dura convincerli che per Benny e la bambina era meglio stare con me piuttosto che con una famiglia affidataria. Ci siamo presi un bello spavento.

Oh, Cristo. Deacon amava la bambina, amava sua sorella; erano la sua famiglia. Crick voleva urlare. Avrebbe dovuto essere là. Così Benny stava vivendo solo col fratello e col suo fidanzato. Dannazione, doveva essere là!

Ma rimarranno qui. Benny ha continuato a minacciare che sarebbe scappata e penso che abbia un po' spaventato l'assistente sociale. Ha spaventato anche me, dannata ragazzina. È furba e abile, ma Gesù, Crick, ti somiglia un sacco.

Tutto l'insieme di cose ha un po' danneggiato i nostri affari. Un mucchio di persone hanno cercato di riprendersi gli animali dalle stalle senza pagare. Jon ha di nuovo salvato la situazione – sembra proprio che un contratto sia un contratto, no? In ogni caso, i soldi finiranno in un paio di mesi, dobbiamo trovare un modo per rimpiazzarli. Benny ha creato un sito web (ti metto qui il link, in caso volessi dargli un'occhiata) e stiamo spedendo lo sperma delle meraviglie di Even Star in tutto il paese invece di darlo solo alle fattorie vicine, il che è un bene visto che qualche testa di cazzo ha sparso la voce che il cavallo ha l'aids. Crick, giuro su Dio, a volte capisco perché volevi andartene da qui. Abbiamo puledri di un anno che possiamo vendere, e un buon numero di nuovi cuccioli che sembrano promettenti (anche per questo ci ho messo un po' a scriverti. Sai come funziona in questo periodo: sei pieno di lavoro fino al collo con le cavalle e tutto quello che ne segue), ma ho bisogno di tenerne un po' da addestrare per rimanere solvente il prossimo anno. Comunque, non ci pensare. Non ti preoccupare. Tra quattro settimane sarai a casa, e andrà tutto alla grande.

Crick rabbrividì. Il tempo era strano: i primi mesi erano strisciati via. I successivi erano volati. Quelle ultime due settimane si stavano allungando in modo strano, come i corridoi nei film dell'orrore, e Crick non era sicuro di arrivare fino alla fine.

Mi spiace per il cavallo, Crick. Non è stata colpa sua. Tra i tuoni e i serpenti si è solo comportato come tutti i cavalli e gli è andata male. Non è stata colpa sua. Quando il terreno si è asciugato abbiamo usato l'escavatore e l'abbiamo seppellito come si deve, con della calce viva e una targa. Ho dovuto uccidere altri due serpenti quel giorno. Ti giuro, se avessi i soldi comprerei la proprietà a fianco solo per farci pascolare i maiali e sbarazzarmi di loro.

Il messaggio di Benny a riguardo era stato più succinto. *Ogni notte va verso la porta per dar da mangiare una carota a quel dannato cavallo. Ti giuro, Crick, è come se ti stesse perdendo di nuovo.*

Crick aveva amato Comet, la sua indole calma, la sua dolcezza. Aveva sempre giurato che, se Deacon fosse stato un cavallo, sarebbe stato proprio come Comet, ma più bello. Sapeva – diavolo, glielo aveva detto Deacon – che quel cavallo lo aveva aiutato a superare i momenti peggiori mentre lui non c'era. Quello stupido animale dannato, come poteva averli mollati proprio adesso che ce ne era più bisogno? Crick se lo chiese e poi si fece piccolo per l'ironia.

È strano, Carrick, ho abbandonato la scuola per il Pulpito, ma dopo che l'ho quasi perso a causa dell'inondazione e ho ritrovato te, penso di essere giunto a un accordo con Dio. Se devo scegliere tra te e il Pulpito, la mia scelta sei tu, vivo e vegeto, sempre.

Gesù, Deacon, pensò Crick, *impara a chiedere di più dalla vita, va bene?*

Manca solo un pacco da spedirti prima che torni

a casa. Ho quasi paura a dirlo. Mi sembra che possa portar male in qualche modo. Ma ti dirò che ti amo, Carrick, per assicurarmi che tu ti tenga alla larga dai guai, va bene?

Ti amo,

Deacon

Lisa lesse la lettera tre giorni dopo che lui l'aveva ricevuta, quando lo trovò a fissarla con mani tremanti e occhi cerchiati di rosso, nel loro posto.

«Sembra che la stia prendendo abbastanza bene, Crick,» disse piano. «Insomma, sembra il signore dell'eufemismo, ma pare che se la stiano cavando bene.»

Crick ritirò fuori il suo BlackBerry e le mostrò la foto.

«Oh, mio Dio.»

«Benny dice che l'hanno lavato, e poi ha dormito per dodici ore.»

«Beh, si stava riprendendo…»

«Quando si è svegliato l'hanno arrestato. Jon ci ha messo due giorni a tirarlo fuori.»

Lisa fece un verso stizzito e poi riguardò la foto. «Nella lettera non lo dice.»

«Me l'ha scritto Benny. Te lo dico io, Lisa: non sta bene. Proprio no. E se sta bene lui, *non sto bene io.*» Crick si passò le mani nei capelli leggermente più lunghi della misura regolamentare. «Ha dovuto superare tutto questo da solo…»

«Beh, c'era la famiglia assieme a lui,» gli disse gentilmente, e Crick la guardò col volto tormentato.

«Non c'ero *io!*» gemette. Lisa gli massaggiò la schiena e lui ricacciò indietro le lacrime, pregando che non venisse nessuno a sorprenderlo in quello stato. Non aveva neanche più paura che l'esercito scoprisse la sua omosessualità. Cazzo, era al termine del suo periodo, aveva servito per il tempo pattuito, aveva onorato la parola data. È che durante quei due anni aveva apprezzato la forza calma di Deacon, la sua abilità di darsi la carica e andare avanti con quello che aveva. Se fosse stato scoperto perché stava piagnucolando come una ragazzina, avrebbe fatto vergognare Deacon fino alle ossa.

«Senti, Crick, hai chiesto al Capitano se puoi chiamarlo? Tipo, emergenza familiare o una cosa del genere?»

Crick annuì e singhiozzò. «Ho già usato la mia chiamata per 'emergenza familiare'. Non sono sul punto di perdere la casa – ancora – nessuna è incinta e, a meno che mia moglie non sia sul punto di firmare le carte del divorzio... non regge.»

«Davvero?» chiese Lisa maliziosamente, e Crick la guardò. Non le aveva mai visto quello sguardo in faccia. Se avesse dovuto dargli un nome, l'avrebbe definito 'perfido' .

Crick @DP – Lisa ti chiamerà tra un quarto d'ora fingendo che tu sia il suo fidanzato, sul punto di rompere con lei.

DP @Crick – COSA COSA COSA?

Crick @DP – HO BISOGNO DI SENTIRE LA TUA VOCE. È il meglio che posso fare.

DP @Crick – Facciamo i drammatici adesso? Sto bene.

Crick @DP – Non ti credo.

DP @Crick – Ecco, guarda la foto.

Il bastardo gli mandò una foto in cui era appoggiato al bracciolo della poltrona e teneva la fotocamera, bilanciando il peso della bambina sul petto. Sorrideva mostrando tutti i denti, ma Crick non la bevve.

Crick @DP – Sei dimagrito di nuovo.

DP @Crick – Dannazione, è stata Benny a tradirmi?

Crick @DP – Non c'è n'è stato bisogno. Adesso fammi un favore e parla a Lisa, okay?

DP @Crick – 'Ciao, Lisa, mi manca Crick, sono eccitato da morire, vuoi qualche dettaglio?'

Crick @DP – Fanculo. Sii serio. Ha una lista di domande da porti, e una scala da 1 a 5...

DP @Crick – Non avete proprio niente da fare lì, eh?

Crick @DP – 1=represso a livello emotivo e in agonia, 2=represso a livello emotivo e sofferente, 3=non prende sul serio la domanda,

DP @Crick – Ti faccio risparmiare un sacco di tempo. Saranno tutte 3.

Crick @DP – 4=ci sta venendo a patti ma ci sta ancora male, 5=starà bene. Se su dieci domande realizzi meno di 20 punti...

DP @Crick – Sei impazzito?

Crick @DP – dichiarerò di essere gay davanti a tutto il campo, beccandomi un congedo con disonore e un passaggio istantaneo verso casa.

DP @Crick – Non è divertente, Crick.

Crick @DP – E io non sto ridendo, testa di cazzo. Neanche un pochino. Fai il responsabile e sii onesto.

DP @Crick – L'onesta è roba tua. Io sono quello misterioso.

Crick @DP – Il 'Misterioso' ti darà un punto. Non sto stronzeggiando, Deacon. Ho ancora due mesi e devi essere lì quando torno.

DP @Crick – Te l'ho promesso, no? Non sei l'unico che dipende da me, starò bene.

Crick @DP – Il fatto che tu sia stoico e represso a livello emotivo ti fa sempre guadagnare un punto.

DP @Crick – Non ho ancora risposto a nessuna domanda!

Crick @DP – ma adesso mi stai prendendo sul

serio, no?

DP @Crick – In tutta onestà, Carrick James Francis, ti ho mai preso meno che sul serio di una minaccia al mio cuore e alla mia sanità mentale?

*Crick @DP – *broncio* Lo dici come se pronunciare il mio nome per intero mi faccia cedere le gambe o cosa. Non mi fai tutto quest'effetto.*

DP @Crick – LOL allora se è così, forse puoi risparmiarmi la valutazione psichiatrica?

Crick @DP – Sta entrando adesso nella tenda per chiamarti. Non avere paura. Ho davvero bisogno di sapere che stai bene.

Il telefono squillò e Deacon sospirò. Benny lo guardò dal suo posto sul divano e tese le braccia per prendere la piccola addormentata.

«È solo preoccupato.»

«Dovrebbe aver superato la cosa, dopo due anni.»

«Già, ma tu hai passato due anni più duri dei suoi.»

Il telefono squillò di nuovo, con insistenza, e Deacon andò a rispondere. All'altro capo, Lisa recitò la parte della 'ragazza ferita' alla grande, e Deacon rise. Era proprio un'amica di prima categoria.

«Ti prego, Deacon, per favore... dimmi che non sposerai quell'orribile Becca Anderson!» Sembrava che fosse riuscita anche a piangere e per poco Deacon non si strozzò con la lingua.

«Oh Gesù, dolcezza, dì a Crick che quella è proprio *l'ultima* cosa che farei!»

Lei tirò su col naso e fece un singhiozzo molto convincente. «Ne sei sicuro, baby? Anche lei è il tuo tipo!»

Deacon emise un lungo sospiro sofferente. «Digli che anche se vado con le donne non significa che sto per fare un patto col diavolo, okay?»

«Ma tesoro... ci *sei* finito a letto con lei, no?»

Oh, Cristo. Se quella era la domanda numero tre, doveva essere proprio attaccato alla questione. «Dì a Crick che in un momento molto delicato ho detto 'ti amo, Crick' e lei ha pensato che dicessi 'Bec' e stava quasi per scegliere le tende. Non ero in me, ovviamente. Ho già fatto venti punti?»

Mascherò un grugnito con un singhiozzo, e fu Deacon a darle dei punti. Lei si stava divertendo molto più di lui. «Sono solo preoccupata, ecco tutto. Insomma, hai appena perso qualcuno che contava molto per te.»

Ouch. «Già,» disse piano, «la perdita di Comet fa male.»

«Ma non sei onesto adesso con me, dolcezza. Devi dirmi quanto!»

«Non possiamo saltare questa domanda?» Sbirciò furtivamente Benny, che lo guardava senza alcun tipo di discrezione. Gli sembrava che si fossero alleati contro di lui e vide un barlume di quello che poteva essere il futuro. L'avrebbe fatto stendere, e poi l'avrebbe sfilettato quotidianamente come una trota: benvenuti nelle gioie del matrimonio.

«Se saltiamo una domanda, Deacon, Crick farà quello che sai,» gli disse piano Lisa, totalmente e completamente seria. «Ho letto le tue lettere e ho visto le tue foto, e non ho detto niente a Crick, ma se tu fossi stato mio, sarei già assente senza permesso in questo momento. Lui si comporta da adulto qui, e io posso essere l'unica che lo conosce davvero, ma la sola cosa che lo fa andare avanti è il pensiero che tu tieni duro. Ho bisogno di sapere se è la verità. Quindi dimmi, come la stai prendendo per Comet?»

Deacon si stava irritando, sempre meglio che sentirsi prostrato dal dolore. «Ho preso a calci il suo cadavere che si stava freddando per quanto ero incazzato che mi stesse lasciando. Che te ne pare, Lisa? Vuoi davvero riferirglielo? Lo classifico come uno dei peggiori momenti della mia vita, accanto all'essere rimasto vicino al cadavere di mia madre quando ero un ragazzino. Sul serio vogliamo vedere cosa combina questo giochetto al suo stato mentale?»

«Mmm,» mormorò lei, come se stesse guardando qualcosa. «Non sono sicura che questa scala sia buona come pensavamo. Può essere sia un uno che un quattro, non riesco a decidere.»

«Dammi un quattro così mi devi fare solo un'altra domanda?» chiese speranzoso.

«Ti darò un uno, così dovrai ancora rispondere a tutte,» rispose lei dolcemente, e lui rise, nonostante tutto.

«Non ci sono più testimoni lì accanto, eh?»

Finse di nuovo di essere in lacrime. «È che ero... così... sai...»

«Femminile?» completò la frase, e lei rise di nuovo. Gli piaceva la sua risata, gli ricordava quella di Amy.

«Esatto. Conosci l'esercito, amico mio. Okay, prossima domanda. Com'è stato il processo, davvero?»

Deacon trattenne il fiato e sbatté la testa delicatamente contro lo stipite della porta. «Assolutamente e dannatamente schifosamente mortificante.»

Le scappò una risata vera e la coprì con un gran singhiozzo. «Dannazione,» ridacchiò nella cornetta. «Ti do un due solo per avermi fatto scoppiare a ridere!»

«Merito un cinque. Sopravvivrò.»

«No. Uno per esserti rifugiato nell'umorismo invece di darmi una risposta onesta a livello emotivo. Eccone una semplice. Quanto pesi?»

Deacon sospirò. «Non ne ho idea.»

«Stai cercando di saltare la domanda, Deacon. Ho ancora tre minuti e se non finiamo perché tu perdi tempo,

Crick farà quel che sai.»

«Settantatré chili.» In realtà ne pesava sessantasei. Jon l'aveva fatto pesare quella mattina, facendolo salire sulla bilancia come se fosse stato il fottuto capo guardiano di una prigione.

«E questo è un uno per la bugia. Se tu pesi settantatrè chili, io ne peso duecento. Hai un'altra possibilità per rispondere, amico, o lo coprirò mentre se la svigna.»

«Questa è una corte marziale, Lisa,» disse con la gola secca.

«Ti fa capire quanto ci teniamo. Un minuto e tre domande.»

«Sessantasei chili.»

«Mangia qualcosa, dannazione. Che farai se Benny e il bambino dovessero andarsene?»

Deacon fece un suono come se gli avessero sparato in pancia. «Manderei a Crick il nostro indirizzo del Canada,» rispose, così stupito dalla brutalità della domanda da rispondere con quello che pensava di fare fin dall'inizio.

«Wow, Deacon, il tuo primo cinque. Prossima domanda: quanto stai messo male a soldi?»

Deacon gemette. Per davvero. «Nel dannato cesso, sei contenta?»

«Ancora un'altra. Crick vuole sapere se ne è valsa la pena. Tutto il dolore che ti ha causato, tutte le cose che hai dovuto affrontare da solo. Ne valeva la pena, Deacon? Lo rifaresti di nuovo?»

Deacon chiuse gli occhi e rivide il volto di Crick nel giorno in cui si erano uniti e mossi insieme, tutto il mondo brillava di una luce filtrata di verde, e c'era stata la sorpresa di toccare la pelle l'uno dell'altro. Vide Crick in Georgia, *è una parte di te che solo io posso vedere.*

«Subito,» disse con voce roca «Lo rifarei due

volte, solo per quella manciata di giorni. Diglielo, okay?»

«Deacon, sono tornati,» bisbigliò lei, e poi disse con la voce da attrice «Va tutto bene, baby. Avevo solo bisogno di sapere che mi ami... No, no, non ti devi preoccupare, non farò nulla di cui pentirmi. Resisti... non sembrerà così lunga, te lo prometto.»

«Digli che lo amo,» disse Deacon triste

«Ti amo anch'io, baby. Non cambierei nulla.»

Crick @DP – Allora, come stai?

DP @Crick – Vattene affanculo. Non voglio parlarti.

Crick @DP – È stata così dura?

Benny @Crick – Ti ha detto di andartene. È nelle stalle adesso. Qualsiasi cosa gli hai fatto, è stata dannatamente rude.

Crick @Benny – Stava cadendo a pezzi. Dovevo capire fino a che punto.

Benny @Crick – Potevi mandare direttamente Jack lo Squartatore – sarebbe stato più semplice per lui.

Crick @Benny – Ti aspetti che lasci che mi menta? Che mi prenda per il culo dicendo che starà bene?

Benny @Crick – AVEVA dell'orgoglio nel tenere tutto insieme, testa di cazzo. Carino da parte tua strappargli via anche quello come una fasciatura adesiva.

DP @Benny – Disconnettiti, cara. I ragazzi devono parlare.

Benny @Crick – Feriscilo di nuovo e darò a Melanie la tua e-mail e lo dirò che hai dei soldi. Sono così incazzata con te che ti strapperei le palle.

Crick @Benny – AHIA.

DP @Crick – È molto protettiva.

Crick @DP – Anche io.

DP @Crick – Non ho cinque anni, Carrick. Come potrai guardarmi come tuo pari se mi tratti come un ragazzino?

Crick @DP – Non ti stavo trattando come un ragazzino...

DP @Crick – Non potevi lasciarmi l'illusione di farcela? Non potevi farmi fingere?

DP @Crick – È tutta la vita che fingo, Carrick, a parte quelle due settimane insieme a te. Mi fa andare avanti. Dovevi proprio togliermelo?

Crick @DP – Io non voglio che tu 'finga di stare bene', Deacon. Io voglio che tu STIA bene. Io voglio che tu STIA alla GRANDE. Io voglio che tu abbia il mondo, dannazione!

DP @Crick – Il mondo è sopravvalutato, Carrick. Tutto ciò che voglio – che ho sempre voluto – siete tu e il Pulpito. Mi accontenterei di te.

Crick @DP – Non ti meriti di doverti 'accontentare' di nulla.

DP @Crick – Non meritavo di trovarmi il cuore fatto a pezzi in un'imboscata.

Crick @DP – E io non mi merito di dover andar a guardare tra ciò che rifiuti a livello emotivo per vedere come stai davvero.

DP @Crick – Beh, NON sto bene adesso. Contento?

Crick @DP – No.

DP @Crick – Mi spiace, Carrick. So che hai buone intenzioni. E se fossi stato qui a farmi tu quelle domande, avrei potuto gestire la cosa Ma usare un tramite...

Crick @DP – Avevo solo lei.

DP @Crick – E io avevo solo il mio orgoglio.

Crick @DP – Vorrei che riuscissi a vederti come

ti vedo io. Ti accorgeresti che non hai mai fatto nulla di cui vergognarti nella tua vita.

DP @Crick – Devo andare. Ti amo ancora. Ci sentiamo domani.

Crick @DP – Scappi, Deacon?

DP @Crick – Esatto.

Crick si disconnesse e rimise il telefono in tasca, sospirando. Lisa lo guardò dall'altro lato del tavolo dello spaccio della caserma e alzò le sopracciglia.

«Non l'ha presa bene?»

«Ho ferito il suo orgoglio. Non avrei mai detto che avesse quel difetto, se me l'avessi chiesto.»

Lisa gli batté sul dorso della mano. «Anche tu ne hai un po', Crick. Dopo averci parlato, penso che lui ne abbia la parte maggiore.»

Crick sbadigliò e si stiracchiò, desiderando di essere a casa. «Pensi che a casa litigheremo, per questo?»

La sua compagna rise e bevve delicatamente un sorso di bibita. «Penso che siete una bella coppia, ma anche le coppie migliori litigano.» Gli sorrise. «Non ti preoccupare, Crick. Riesco a credere nell'amore soltanto leggendo le vostre lettere e i vostri messaggi. Il vero amore è ciò che unisce …»

Crick rise e poi le sorrise. «Popcorn, sei come la ricompensa per qualcosa di buono che non sapevo di aver fatto.»

«Punky, sei come la sorella maggiore che non ho mai avuto.»

Risero entrambi, e Crick iniziò a pianificare quello che avrebbe fatto al corpo scheletrico e mezzo morto di fame di Deacon, nell'attesa che a lui ricrescessero i capelli e che Deacon mettesse su peso. Mmmm… il miglior pensiero di tutta la giornata.

CAPITOLO
DICIASSETTE

Verità importanti

Crick @DP – *Che stai facendo?*
DP @Crick – *I conti, che altro?*
Crick @DP – *Ancora problemi di soldi?*
DP @Crick – *Ti accontenti di un «sopravvivremo» senza far storie per avere dei dettagli?*
Crick @DP – *Non hai imparato nulla?*
DP @Crick–*Per favore, Carrick. Fallo per me. La testa mi sta uccidendo e sto cercando di essere creativo coi numeri.*
Crick @DP – *Visto che me l'hai chiesto in modo così carino, okay. Vuoi sapere cosa faccio oggi?*
DP @Crick – *Ma certo, basta che non mi disgusti o mi faccia incazzare, o comprare un biglietto per la prossima zona.*
Crick @DP – *Sto addestrando il mio rimpiazzo.*
DP @Crick – *ooooowooooohhh BABY! Insultami un altro po'!*

RIUSCIRONO a vendere due dei sei puledri di un anno, e

286

il pene delle meraviglie di Even si esercitava sempre un sacco, ma erano ancora a corto di soldi.

Deacon stava diventando bravo a capire quali bollette dovevano essere pagate subito e quali invece in un secondo momento. Le piccole cose divennero una seccatura, dovettero usare carote comprate in negozio per riempire la sacca, perché all'improvviso il mercato contadino non voleva più vendergliene, a dispetto del fatto che Parish era stato tra i fondatori dell'impresa della comunità. Dovettero portare il fertilizzante a una fattoria di Woodland perché quella di Levee Oaks era improvvisamente piena.

Ma Deacon credeva davvero che fossero tutte cazzate, minuscole, pizzichi di moscerino, e che tutto fosse a posto. Benny piantò un campo di carote mentre Parry faceva torte di fango accanto a lei, e i nuovi contatti di Deacon a Woodland gli fruttarono due cavalli da ospitare, che rimpiazzarono i cinque che erano stati ritirati dopo l'inizio del processo. Andava bene, doveva andare tutto bene.

Crick stava tornando a casa.

Certo era una rogna doversi occupare per conto suo delle erbacce invece di assumere un servizio. Si stava dirigendo nella stalla per prendere la terza bobina di filo di nylon quando Andrew arrivò sgommando nel vialetto, mancando di poco i maiali.

Era andato a casa di Amy e Jon a prendere Benny. Amy, che era sempre stata così minuta e vitale, non stava prendendo bene la gravidanza. Aveva iniziato ad avere perdite di sangue subito dopo il processo a Deacon, ed era rimasta a letto fin da allora. Benny andava da loro tre volte a settimana per tenerle compagnia, pulire la casa (anche se aveva detto che due persone non facevano casino quanto le tre persone single e la bambina che stavano al Pulpito), e preparare la cena. Jon provò a dire a Deacon senza entusiasmo che tutte quelle attenzioni non erano necessarie, ma l'amico aveva sorriso perfidamente.

Quanto ti costa accettare un po' di aiuto, amico? Consideralo come il mio pagamento per i tuoi servizi legali. Ovviamente nessuno dei due aveva mai chiesto a Deacon neanche un cent. Jon si zittì e accettò grato l'aiuto di Benny, e Deacon, Andrew e Patrick si stavano impegnando assieme per tagliare le spese inutili dal punto di vista degli affari. Jon e Deacon preparavano la cena una volta a settimana, e mangiavano tutti da Jon e Amy invece che al Pulpito. Amy cercava di non essere troppo piagnucolosa quando erano tutti lì perché a volte la famiglia è davvero una benedizione.

Ma non quel giorno.

Oggi, Benny stava facendo il culo a Andrew mentre scendevano dall'auto, e continuò mentre tirava fuori Parry Angel e afferrava le buste della spesa e gli strumenti per lavorare a mano che si era portata dietro per tenere allegra Amy. (Si erano entrambe appassionate al lavoro a maglia e da quanto aveva visto Deacon, avevano prodotto sciarpe a sufficienza da poterle misurare in acri anziché in metri.)

Deacon, che non l'aveva mai sentita parlare a quel modo col compagno d'armi di Crick, mollò la macchinetta per tagliare l'erba e si avvicinò per aiutarla con la spesa, solo per vedere cos'era successo.

«Giuro su Dio, Andrew Carpenter, se fai di nuovo una cazzata simile non ti parlerò mai più, neanche al tuo processo.»

«Non ci sarà un processo, Benny,» replicò secco Andrew. «Se ci fosse, quello stronzo dovrebbe confessare quello che ti ha fatto...»

«E se ci fosse invece?» Benny si voltò verso Andrew in lacrime. «Che succede se decide di confessare e gli dà una ragione in più per portarci via Parry? Ci hai mai pensato? No! Volevi così tanto fare il cavaliere dall'armatura scintillante da scordarti che forse c'era un dannato motivo se non ho mai parlato di questa cosa!»

«Ehi!» Deacon mollò la spesa per prendere Parry dalle braccia di Benny. «Benny, Andrew, perché non portate questa por... queste cose in casa,» – Perry Angel era diventata piuttosto brava a ripetere le cose che sentiva, a quindici mesi – «e io porto la bambina a fare un pisolino. Quando vi sarete calmati ne parleremo. A meno che,» – Deacon guardò Andrew, serio – «non pensi che arrivi prima la polizia.»

Andrew scosse la testa, poi la voltò sopra la spalla e sputò: «È un codardo, signore. Non vuole che né suo padre né nessun altro sappia quello che ha fatto.»

Deacon annuì. «Bene, allora abbiamo tempo. Andiamo, Angel, sei pronta per una canzone e una bottiglia?»

La bambina annuì e gli batté le manine paffute sulla guancia, e poi rise. «Deek deek!»

Deacon rise, le soffiò una bolla sul collo e poi guardò significativamente Benny e Andrew, che obbedirono al suo ordine e iniziarono a lavorare insieme in un silenzio cupo.

Quanto tornò, dopo aver dato il latte alla bambina, averle letto qualcosa e cantato una canzone, scoprì che Benny aveva preparato dei panini. Lei e Andrew erano in piedi in cucina. Erano silenziosi, ma era già un miglioramento, quindi Deacon prese un panino e ringraziò Benny.

Dopo due morsi, disse: «Da quanto ho capito si tratta del padre di Parry?»

Benny annuì e guardò da un'altra parte.

«Okay. Benny, io e te parleremo tra un minuto,

okay? Vuoi andare… a mettere via il tuo filato o altro… e poi tornare?»

Lei lo guardò grata e annuì, con un piccolo sorriso triste sul volto, e poi corse via. Indossava un paio di jeans e una delle magliette di Deacon, e dimostrava la sua età, sedici anni appena. A volte era così competente che Deacon scordava che non era tanto grande quanto cercava di essere. Sospirò e guardò Andrew.

«Okay, soldato, tocca a te parlare.»

Era piuttosto semplice. Andrew e Benny stavano uscendo dal supermercato, spingendo il carrello e giocando con la bambina, quando Benny era ammutolita e si era fermata proprio in mezzo al marciapiede, poi aveva girato il carrello e iniziato un giro lungo per arrivare fino all'auto, che era a pochi metri di distanza dall'ingresso del negozio.

Alle loro spalle, un ragazzino in età da college con gli occhi blu, i capelli biondi e un ghigno fisso sulle labbra aveva gridato: «Ehi Benny, vuoi un po' di tequila? Muoio dalla voglia di un pompino, dolcezza!»

Benny aveva guardato Andrew con un'espressione mortificata e afflitta, e il giovane soldato aveva perso le staffe.

«Non parli a una ragazza a quel modo,» brontolò Andrew. «Non mi interessa cosa ci hai fatto. È inaccettabile.»

Deacon inspirò a fondo. Era d'accordo. «A quel punto l'hai colpito?»

Andrew annuì e guardò Deacon a disagio. «Benny mi ha detto che era il padre di Parry mentre cercava di tirarmi via da lui.» Andrew si mosse goffamente. «Deacon, quel ragazzo ha più o meno la mia età. Io ho ventidue anni. Se lui è il padre di Parry, e l'ha fatta ubriacare, non è solo un disgraziato qualunque, è anche un…»

«Un criminale... sì, lo so. Grazie, Drew, penso che dopo chiamerò Jon, ma prima devo parlare con Benny.» Deacon diede un altro morso al sandwich, e Drew si volse per andare via. Deacon si schiarì la gola un secondo. «Ehm, Andrew?»

«Signore?»

«Due cose. La prima: se la polizia viene a prenderti, ti tireremo fuori il prima possibile. Lo sai, vero?»

Andrew gli rivolse un dolce sorriso di gratitudine, bianco sul volto nero.

«E la seconda cosa... in un certo senso anche la terza. Benny forse non l'ha apprezzato, ma io sì. Benny e Crick... non hanno avuto molte persone che li difendessero mentre crescevano. Sono contento che tu l'abbia fatto per lei oggi.»

Le guance scure di Andrew si tinsero un po' di rosso e spostò di lato gli occhi espressivi. «Benny merita qualcuno che la difenda, signore. Lei è davvero speciale.»

Stavolta fu Deacon ad arrossire, perché quello che stava per dire glielo aveva detto suo padre, e ora era il suo turno. «Lo è, e anche tu. Se vuoi aspettarla» – diventò più rosso – «va bene. Soltanto» – e stavolta a parlare era la sua esperienza, non suo padre – «accertati che lei sappia che tu sarai lì. Crick non lo sapeva... continuavo a cercare di fargli vedere il mondo prima di fermarsi con me. Siamo finiti così anche per quello, sai? Quindi... in caso lei dimostrasse di ricambiare l'interesse, dille che stai aspettando. L'onore che hai ti farà mantenere la parola»

Andrew alzò lo sguardo e sorrise. «Grazie, signore. Ci penserò.»

Deacon annuì e parlò con la bocca piena. «Bene... adesso puoi andare, soldato Perdita di Sangue, ma se vedi Benny dille che sono un bravo ragazzo e che sto mangiando dei biscotti insieme al mio panino, va bene?»

Benny l'aveva già intuito, perché quei biscotti soffici di pasta frolla con un pizzico di crema al centro erano, oltre alla carne rossa, uno dei punti deboli di Deacon. Il forno li preparava ogni martedì e Benny si era prefissa di comprarli per lui. Deacon gliene era grato e li mangiava. Benny tornò dalla sua stanza mentre lui affondava un biscotto nel latte, dopo essersi seduto e aver aperto la confezione del forno.

«Prendi uno sgabello, piccoletta. Mangia un biscotto con me.»

«Diventerò grassa,» tirò su col naso, e lui si volse e le sorrise. Diventare madre non l'aveva fatta ingrassare, era ancora magra e slanciata com'era Crick, e molto più piccola.

«Tesoro, se non puoi crescere in altezza, il minimo che dovresti fare è crescere in larghezza. Adesso vieni a sederti, mangia un biscotto, e per un minuto faremo finta che sei solo una ragazzina, va bene?»

«Sono quasi un'adulta,» disse, sorridendo un po'. Salì sullo sgabello accanto al suo e prese un biscotto. Lui le offrì il bicchiere e lei ci affondò il biscotto e grugnì con approvazione al primo boccone.

«Sei ancora una bambina, piccoletta. La vita ha cercato di far crescere in fretta te e Crick, ma eravate entrambi troppo giovani quando vi ha colpito col suo peggio, sai?»

«Non giovani quando te, Deacon,» disse Benny piano, e Deacon le sorrise triste. Già, aveva sentito tutto quello che aveva detto a Lisa, e anche se non gli aveva fatto pressioni, sapeva che era curiosa.

Sospirò. Se c'era una cosa che aveva imparato da quell'episodio doloroso con Crick e la chiamata con delega, era che la verità doveva essere corrisposta.

«Senti cosa facciamo, piccoletta. Io ti racconto qualcosa d'imbarazzante e di doloroso riguardo alla mia infanzia, e tu ricambi il favore.» Morse di nuovo il biscotto e pensò che quando il suo stomaco era tutto annodato non sembrava essere così buono, ma Benny lo stava guardando con quella fiducia speranzosa che aveva sviluppato fin da quando erano diventati coinquilini.

«Affare fatto, Deacon,» gli disse piano, e lui fece un respiro profondo.

«Mia madre è morta a forza di bere quando avevo cinque anni,» iniziò, e poi, visto che doveva essere onesto, aggiunse tutti i dettagli importanti. Le parlò di quel giorno, di come girava per la casa, timoroso di uscire perché in passato lei aveva avuto bisogno di lui, e di quanto si fosse spaventato quando si era accorto che non si muoveva né respirava. Le parlò di come l'avevano trovato dopo che si era fatto buio, quando Parish era finalmente tornato a casa. Si era nascosto nelle stalle, sotto la coperta di un cavallo, ad ascoltare il suono di qualcosa che respirava. *Non ero così solo qui, papà. Mi spiace di essermene andato quando la mamma aveva bisogno di me.*

Fece spallucce quando finì, sperando di essere riuscito a mantenere sul viso un'espressione impassibile, per non sconvolgere Benny più di quanto già non lo fosse. «Quindi vedi, Benny, non sono bravo a stare da solo. Io… probabilmente è una debolezza. Forse è un bene che Crick se ne sia andato, così può rendersi conto di quanto io faccia schifo se rimango l'unico in casa…»

Benny gli si buttò addosso piangendo e Deacon si alzò per mettersi sul divano, il posto migliore per avere quella conversazione, poi finirono di bere il latte, ma a nessuno dei due andavano più i biscotti.

Dopo aver smesso di piangere lo guardò e si asciugò la faccia sulla sua maglietta. «Te la cavi bene

Deacon,» disse. «Non c'è nulla di male a non voler stare da soli. Gli imbecilli sono quelli che come me e Crick pensano di allontanare tutto il mondo prima che possa fregarci di nuovo.»

Deacon sorrise debolmente. «Beh, sono contento che lo pensi, piccoletta. Ho sempre pensato che voi due siete particolarmente coraggiosi. Ora, c'è qualcosa che vuoi dirmi?»

Benny guardò in basso. Tenne la testa sul suo petto e si asciugò di nuovo la guancia.

«Crick era appena partito per l'Iraq, e io ero così spaventata,» mormorò. «Una cosa era saperlo in Georgia, ma l'Iraq... ecco...»

«Lo rese reale.» Sì. Lo sapeva.

«Già. E allora quel ragazzo... c'era una festa a Discovery Park, e lui mi diede qualcosa da bere...» Lo guardò seria. «Sapevo cos'era, Deacon. Volevo ubriacarmi.»

«Avevi quattordici anni, Benny.»

«Non era la prima volta che mi ubriacavo!» Si stava confessando, lo capiva dalla sua voce. Voleva che sapesse tutte le cose peggiori di lei, ma non poteva lasciarglielo fare.

«I ragazzini si ubriacano!» le disse in tono brusco «Non ti vorrò meno bene per questo, piccoletta, quindi vai avanti!»

«Io... io mi ricordo appena, Deacon. Ricordo di avere detto di 'no' e che lui rideva e mi diceva che non lo pensavo davvero. Mi ricordo di essermi svegliata. Mi ero addormentata per terra. Non avevo nulla addosso, e c'era del sangue sulla mia...» Arrossì, e Deacon bestemmiò. Stava facendo del suo meglio per non spaventarla e diventare tipo l'uomo delle caverne, ma quella storia gli faceva desiderare il sangue. L'ultima volta che aveva desiderato così tanto colpire qualcuno era stato quando Crick era stato pestato alle superiori.

Fece un respiro profondo, e poi un altro.

«Perché non ce l'hai detto, piccoletta?» le chiese alla fine, piano.

«Avrebbe avuto importanza?» chiese, e lui riuscì a captare, nel profondo, la sua insicurezza. Oh, Dio, eccoli là, lei e Crick, nell'attesa eterna di tornare a casa e trovarsi tutta la roba fuori sul prato.

«Nel prendere la decisione di farti venire a vivere qui? No. Potevi essere la reginetta del ballo, dolcezza. Diavolo, anche se ti fossi portata a letto volontariamente metà classe del primo anno ti amerei ancora come la personcina che sei.» La sua risata era gratificante, anche se era soffocata e tesa. Ma doveva andare avanti. «Ma quello... quel che è successo è sbagliato, Benny. Ti ricordi il nome del ragazzo? Quanti anni aveva?»

«Keith Alston,» rispose alla fine, singhiozzando. «Ed era appena tornato dal college.»

Pezzo di merda! pensò Deacon, ma non lo disse a voce alta. «Vedi, Benny, i ragazzi come lui... ci sono buone probabilità che tu non sia la prima ragazzina che fa ubriacare, sai? Quindi ora dobbiamo prendere una decisione, e non sarà facile. Diavolo, non mi piace affatto, comunque vada.»

«Devo farlo entrare a far parte della vita della bambina?» chiese, e lui capì che sarebbe stata una delle cose più difficili che avesse mai fatto.

«No, cara, quello non ne fa assolutamente parte delle scelte di cui parlavo.»

Benny annuì, al sicuro tra le braccia di Deacon, mentre lui pensava di chiamare Jon appena lei si fosse alzata. Era tempo di mettere la sua famiglia al sicuro, di nuovo.

«Deacon?» disse Benny piano, mentre lui rimuginava sulla sua bozza di piano.

«Sì, piccoletta?»

«Perché Andrew l'ha fatto? Perché l'ha colpito a quel modo? Non l'ho mai visto perdere le staffe, neanche quando Shooting Star l'ha disarcionato e gli ha fatto saltare la gamba finta.» Dio, quella cavalla era una stronza di prima categoria.

«Ti ama, piccoletta. Proprio come me.»

Benny rimase in silenzio per un attimo, e quando riprese a parlare era a disagio. «Pensi che forse mi ami nello stesso modo in cui tu amavi Crick?»

Oh, santa pace, risparmiategli i giovani innamorati.

«Forse. Ti darebbe fastidio?»

Grugnì. «Non so se mi ha vista al meglio.»

Deacon rise, pensando a Crick in cima alla torre dell'acqua, intontito e febbricitante, o a Crick che piagnucolava dietro l'ufficio del preside, pieno di rimorso, mentre stava ancora smaltendo il suo primo (e unico) spinello. Un intero montaggio di Crick gli passò davanti agli occhi, sanguinante e malmesso ma non battuto, imbarazzato ma ancora risoluto, felice e impaziente, che sorrideva in quel suo modo goffo e a metà, che significava che stava per uscirsene con qualcosa di davvero oltraggioso che nessuno aveva ancora considerato.

«Non ami le persone al loro meglio, dolcezza. Le ami e basta, perché non puoi farci niente. Sei troppo giovane per preoccuparti di questo adesso e Andrew è troppo un bravo ragazzo per lasciartelo fare.» Un'altra immagine di Crick gli passò dietro agli occhi, nel giorno della morte di Parish. Crick era sembrato così grande e saggio mentre Deacon gli affondava la testa in grembo e riponeva la sua fiducia in qualcuno con tutto il cuore.

«Se li ami e hai fede in loro, li vedrai sempre al loro meglio.»

DP @Crick – Come va l'addestramento del rimpiazzo?

Crick @DP – Di merda. Pensavo di essere un perdente, poi mi sono arruolato.

DP @Crick – Ce la farai, Crick. Ho fede.

Crick @DP – Non so perché. Hai avuto un posto in prima fila alla mia cazzata più grossa di tutti i tempi.

DP @Crick –T i ho anche visto nei tuoi momenti migliori. Non c'è gara: i momenti migliori vincono.

Crick @DP – Se stai cercando di farmi strozzare come un coglione, ci sei appena riuscito.

DP @Crick – Non dare la colpa a me. Sei tu quello fantastico.

Crick @DP – Gesù, Deacon, ma chi hai visto crescere?

LISA stava di nuovo leggendo le lettere di Deacon. Anche lei riceveva lettere dai suoi genitori, erano dolci e piene di notizie, e le leggeva a Crick fedelmente, ma come diceva spesso, non erano Deacon. Crick era d'accordo. Per quanto Deacon fosse timido con gli sconosciuti, le sue lettere mostravano il suo vero io, umorismo asciutto, saggezza raffinata, mente acuta e tutto.

Andrew voleva minargli la macchina e farla esplodere, ma lo abbiamo dissuaso. (Per dirla tutta, non ci piaceva l'idea di saperlo nella prigione della contea. Levee Oaks non è famosa per la sua tolleranza, sai?). Ma ho chiamato Jon, e abbiamo messo a punto un piano. Abbiamo offerto allo stronzo una scelta ragionevole: se non rinunciava a tutti i diritti su Parry Angel l'avremmo denunciato per stupro e corruzione di minore. Adesso so cosa stai pensando: pensi che un pezzo di merda come lui non dà appuntamento a una sola ragazza per poi stuprarla, ma continua a farlo. Ma va tutto bene, gli abbiamo detto che doveva ammettere la propria colpa davanti a un giudice. Sono certo che te lo vedi già a beccarsi una condanna, ma l'imbecille deve ancora capirlo. Ha troppa paura di perdere i soldi del padre per confessarlo al suo avvocato, e penso che il processo sarà una delle cose più divertenti da un po' di tempo a questa parte.

Ovviamente, è fissato per il giorno in cui finirai il servizio e partirai per tornare a casa. Spero che ci verranno in mente cose migliori da fare una volta che sarai qui.

Lisa finì di leggere la lettera a voce alta e si accigliò.

«Che c'è? Hai capito cosa sta per succedere, giusto?»

Lisa annuì. «Oh, sì. Abbiamo le stesse leggi anche a Seattle. Non è la vittima che accusa, è lo stato. Molto furbo da parte di Deacon, comunque: taglia fuori il bastardo dalla vita della piccola e allo stesso tempo lo marchia a vita come stupratore.»

«Allora perché quella faccia lunga?» Crick era impegnato a rifornire l'ambulanza. Voleva mostrarlo di nuovo al secondo tenente bastone-su-per-il-culo, ma lui era impegnato a scrivere un rapporto su quanto Crick fosse indolente sui regolamenti dell'addestramento militare. Crick ne aveva parlato al Capitano, e lui l'aveva guardato e aveva scosso la testa.

Tenente, non so come fosse la tua vita da civile, ma sono dannatamente orgoglioso di aver servito con te.

Era stato uno dei complimenti più belli che Crick avesse mai ricevuto che non venisse da Deacon o Parish, e se lo tenne caro.

«Non so... questa cosa tra Andrew e Benny...»

Crick la guardò da sopra la spalla mentre contava la scorta delle medicine.

«Quale cosa?»

Lisa ricambiò lo sguardo. «La cosa... quella che ha spinto Andrew a picchiare il ragazzo che aveva insultato Benny. Andiamo, Carrick, dovresti riconoscerla!»

Crick ci pensò con attenzione. Deacon, che lo tirava via dalle grinfie della madre impazzita di Brian, che lo aiutava a raccogliere le sue cose dal prato, che gli creava dei diversivi quando andava a prendere le sorelle. «Sì, okay, la riconosco,» disse piano. «La Cosa.» Ma certo.

«Quindi non ti preoccupa?»

Crick si guardò le mani bruciate dal sole e il piccolo contenitore di scorte nel parcheggio dell'ambulanza. Aveva odiato essere un paramedico. Non ci aveva pensato fino alla settimana precedente, ma poteva tornare a esserlo una volta di ritorno al Pulpito, tanto per aiutare un po' Deacon coi soldi. Sarebbe potuto essere uno studente d'arte in tutto quel tempo, se solo si fosse reso conto, anche un po', che «La Cosa» era reale, e non soltanto una speranza fragile e terribile.

«L'unica cosa che mi preoccupa è che Benny commetta il mio stesso errore,» le disse.

«E quale sarebbe?»

«Pisciarci sopra invece di credere che sia vero.»

Crick @DP – Deacon?

DP @Crick – ?? Crick??

Crick @DP – Saremo a posto quando tornerò a casa? Sapremo come parlarci?

DP @Crick – Penso di no, almeno all'inizio.

Crick @DP – Sono nervoso, dannazione. Non ti mettere a fare il timido e il misterioso proprio adesso.

DP @Crick – Sono una persona diversa per te. Ti ho deluso. Ho fatto un casino. Probabilmente all'inizio ne sarai deluso.

Crick @DP – CHIUDI QUELLA CAZZO DI BOCCA.

DP @Crick – Sono serio.

Crick @DP – Anche io.

DP @Crick – Ho paura del momento in cui mi guarderai e deciderai se sono un dio o un uomo. In ogni caso, rimarrai deluso.

Crick @DP – Ho una notizia per te: c'è già stato quel momento. Sei bellissimo in entrambi i casi.

Crick @DP – Deacon? Sei ancora lì?

DP @Crick – Staremo bene, Crick. Non ti preoccupare.

Crick @DP – Cosa c'è che non va?

DP @Crick – Mi tremano le mani. Mi hai messo al tappeto. Ecco che c'è.

KEITH ALSTON poteva anche essere un bel ragazzo, se Deacon non l'avesse guardato con la macchia di quello che aveva fatto a Benny, sporcando quel bel faccino con le fossette.

«Sì, vostro onore. Sono qui per confessare quello che ho fatto. Qualsiasi cosa per evitare di occuparmi del mantenimento del bambino, giusto?»

Il giudice, lo stesso che aveva presieduto il processo di Deacon, alzò le sopracciglia grigie cespugliose e guardò Jon. Jon gli sorrise con tanta innocenza da redimere un bordello intero.

«Figliolo, sei certo di non volere un avvocato?»

Keith scosse la testa. «No, signore, voglio soltanto sbarazzarmi di questo marmocchio e andarmene via di qui.»

Il Giudice Crandall strinse gli occhi e Benny gli sorrise dolcemente dal suo posto sulla panca dell'attore con Parry Angel sul fianco.

«Allora vai pure avanti, figliolo.»

Bastò quello per far confessare lo stupro al ragazzino ricco e viziato, dopo che aveva firmato i documenti per rinunciare a tutti i suoi diritti sulla piccola Parish.

DP @Crick – Avresti dovuto vedere la faccia che ha fatto quel ragazzino quando l'ufficiale giudiziario l'ha portato via!

Crick @DP – Sono contento che Benny non debba più sentirsi minacciata da lui.

DP @Crick – Già, stiamo festeggiando un sacco qui.

Crick @DP – Bene.

DP @Crick – È un po' poco.

Crick @DP – Mi preoccupo per quando Benny se ne andrà via, ecco tutto.

DP @Crick – Bel modo di rovinare il mio momento, grazie. Grazie tante.

Crick @DP – Beh, ti ho già ferito abbastanza quando me ne sono andato. Non voglio che succeda di nuovo.

DP @Crick – Non ti stai preparando per partire presto?

Crick @DP – Domani mattina, per essere precisi.

DP @Crick – Allora bisogna esserne contenti adesso. Non possiamo esserne contenti?

Crick @DP – Sì, Deacon. Possiamo essere contenti per adesso. Nessun problema.

Crick guardò il cellulare e mandò giù lo strano vuoto che sentiva allo stomaco. C'era quasi, era così vicino a tornare a casa. E se Deacon dopo averlo guardato non avesse voluto vederlo mai più? E se era lui quello con l'alone di mistero, e Deacon si fosse dimenticato che gran rottura di palle potesse essere?

DP @Crick – Lascia stare. Sarò felice quando sarai a casa.

Crick @DP – Sei sicuro che ne valgo la pena?

DP @Crick – Assolutamente sì.

IL GIORNO dopo, Crick si buttò lo zaino in spalla, strinse la mano al suo ufficiale comandante e a tutti gli altri ragazzi della sua unità e montò sull'ambulanza, perché Lisa aveva chiesto il permesso di portarlo fino alla pista d'atterraggio in Kuwait, da dove si sarebbe imbarcato. Stava quasi per salire al posto del passeggero quando brontolò.

«Awww… fanculo a tutto!»

«Che succede, Punky? Ti sei scordato di aver firmato per altri due anni?» Lisa gli sorrise sfacciatamente da sotto l'elmetto. La strada non era stata per forza sicura nell'ultimo mese o giù di lì.

«No, ho dimenticato…» Si guardò intorno furtivo, sentendosi un coglione. «Ho lasciato alcune delle mie cose nel tuo forziere,» disse in modo eloquente e Lisa spalancò gli occhi. Il loro convoglio era già pronto e in fase di partenza e lei aveva ancora i suoi blocchi, per non parlare di alcune lettere di Deacon. Alcune le aveva ancora lui nel portafoglio o nascoste nel suo elmetto, ma non poteva tenerle tutte là.

«Bella stronzata, Punky, dovrò mandartele. Ho il tuo indirizzo. Te le mando appena torno indietro.»

La faccia di Crick si rilassò in un sorriso. «Grazie, Popcorn, non ce l'avrei fatta senza di te, lo sai?»

«Lo so!» disse in modo arrogante, e montò sul sedile dell'autista. Lui la seguì dall'altro lato, tirando fuori il cellulare.

Crick @DP – Sono per strada, Deacon. Ci vediamo presto. Ti amo un sacco. Ho già le farfalle nello stomaco e le mani sudate.

DP @Crick – Non essere nervoso. Ti mangerò soltanto finché non verrai.

Era la cosa più spinta che Deacon gli avesse mai spedito, cosa poteva dire? Era stato un po' volubile quell'ultima notte. Crick stava tornando a casa.

Crick @DP – Dannazione, Deacon, mi rimarrà duro una settimana se lo fai di nuovo.

Si scambiarono un po' di messaggi, ma poi Crick chiuse per poter parlare con Lisa, dicendole addio mentre chiacchieravano durante il viaggio.

DP @Crick – Ci vediamo presto, Carrick James. Ti amo.

Crick @DP – Anch'io ti amo.

LA FAMIGLIA non seppe nulla dell'agguato al convoglio fino al giorno successivo. Il Dipartimento della Difesa li chiamò alle otto di mattina, mentre stavano mangiando uova strapazzate e fiocchi d'avena. Stavano chiacchierando per decidere dove portare Crick a cena fuori, al suo rientro a casa.

Parte IV

Promesse Mantenute

CAPITOLO
DICIOTTO

Un viaggio lungo e uno breve

CONFUSIONE. Tanta confusione.

Se Crick fosse morto, Deacon era certo che il suo cuore si sarebbe fermato e quella sarebbe stata la fine di tutto. Se Crick rimaneva in ospedale in Germania, era semplice: Deacon, Benny e la bambina avevano i passaporti e i visti d'ingresso in regola proprio per quel motivo. Ma la voce asciutta che lo aveva chiamato al telefono quella prima mattina era stata categorica sul fatto che portare i loro culi in Germania fosse una pessima idea.

Figliolo, se le sue condizioni non sono sufficienti per trasferirlo, finché non si stabilizza e viene riportato negli Stati Uniti, qui potreste solo disperarvi in un ambiente sconosciuto invece che in uno familiare. Vi consigliamo di essere forti, e vi faremo sapere quando verrà trasferito al centro medico in Virginia.

Deacon rimase seduto sul pavimento della cucina, boccheggiando, cercando di mettere a punto un piano.

Vedeva tutto nero, e non pensava di poter respirare, ma... doveva farlo, giusto? Doveva mettere a punto un piano. In qualche modo doveva tirar fuori dei soldi per comprare i biglietti dell'aereo, fare una tabella, chiedere ad Andrew e Patrick se potevano coprirlo, assicurarsi che la bambina fosse in buone condizioni fisiche per viaggiare, e...

Ancora non ci credeva. Crick era ferito...

«Stamattina il tenente Francis e il suo autista sono stati coinvolti nel bombardamento fuori del Kuwait, figliolo. Il tenente Francis è sotto i ferri e ne avrà per un po'.»

Oh, Dio... anche il suo autista. «Lisa?»

«Ci dispiace, figliolo, il soldato Arnold non ce l'ha fatta.»

Deacon cercò di respirare. Crick ne sarebbe rimasto distrutto: la sua unica amica laggiù, diavolo, l'unica vera amica che avesse mai avuto, e non ce l'aveva fatta. E Crick poteva fare la sua stessa fine.

Deacon poggiò la fronte sulle ginocchia, desiderando di poter svenire come una ragazzina, perché l'essere cosciente non gli dava nessun favore del cazzo. Poi sentì delle manine sulle sue spalle.

«Deek-deek...»

«Ciao, Angel,» disse con voce stridula, e poi alzò lo sguardo, per cercare di vedere qualcosa attraverso i contorni sfocati della sua vista. Benny, Andrew e Patrick erano ancora in piedi sopra di lui, in attesa di notizie.

«È sotto i ferri,» riuscì a dire. «Quando» – *quando!* – «quando si sarà stabilizzato e lo trasferiranno in Virginia ci chiameranno, e potremo vederlo.»

Benny singhiozzò un po' e si lasciò cadere mollemente accanto a lui. Deacon le circondò le spalle col braccio e la tenne stretta mentre lei si lasciava andare in silenzio.

«Patrick, hai detto che qualcuno ha mostrato

interesse per il puledro di un anno di Lucy Star?»

«Sì, signore.» Di colpo l'uomo gli sembrò *antico*. Deacon si ricordò che era stato sul punto di ritirarsi quell'anno, ma poi aveva deciso di restare ad aiutarli fino al ritorno di Crick.

«Vedi se riesci a concludere la vendita: avremo bisogno di soldi. E mentre non ci sono, vedi anche se riesci a tirar fuori un po' della nostra scorta di sperma e a farla mettere incinta questa stagione.» Avevano deciso di lasciarla pascolare quell'anno per concederle una pausa, ma anche lei doveva darsi da fare come tutti loro. Avrebbero avuto bisogno della vendita di quel cavallo.

«Sì, signore,» disse Patrick piano. Si rannicchiò e arruffò i capelli di Deacon. «Guarirà, Deacon. Io ho fede.»

«È più di quello che ho io,» ribatté Deacon fissando la vernice scrostata sul mobiletto della cucina con occhi vuoti. «Dovrò prendere in prestito la tua.»

Prepararono i bagagli, misero i biglietti aerei in standby alla Sac International, e poi andarono avanti con la loro giornata. Cos'altro potevano fare? Deacon era distratto. Shooting Star gli morse le dita così forte da lasciargli i lividi e lui ricordò a malapena di aver dato uno scappellotto alla vecchia stronza. Per poco non lasciò Even nello stesso pascolo di una delle loro cavalle di stagione; il che di per sé non sarebbe stato un male, ma la cavalla era imparentata con Even e avevano deciso di inseminarla con un altro campione.

Quando per poco non si prese un calcio in testa da uno dei puledri giovani e vivaci, Andrew sellò Lucy Star, lo raggiunse con le redini e disse: «Vai a cavalcare. Vai e basta. Non preoccuparti per noi qui. Vai. Hai il cellulare. Se ci sono novità ti facciamo sapere.»

E così Deacon si ritrovò alla tomba di Comet e poi alla Roccia della Promessa.

Al suo corpo piaceva andare a cavallo. Gli piaceva muoversi col cavallo. Lucy aveva ancora un'andatura liscia come l'olio, e le gambe e lo stomaco di Deacon si abituarono a quel ritmo, quello che diceva che finché il corpo si muove, l'anima sta bene.

Pensava che avrebbe finito col fissare cupo la tomba di Comet, invece scoprì di non avere tutto quel melodramma in sé. Faceva così male guardare lì, quell'impronta nel suolo che era stata di nuovo ricoperta dall'erba. Stava tornando il caldo, ma il terreno era abbastanza bagnato, al punto che c'erano ancora fiori gialli selvatici sparsi tutt'intorno. Quel dannato cavallo amava mangiarli, e Deacon e Crick amavano quel periodo dell'anno al Pulpito. Guardare alla morte gli faceva avere istinti suicidi, e non poteva farlo. Doveva tenere a mente Benny e Parry Angel perché avevano bisogno di lui. Lui era la loro famiglia.

Si allontanò da quel posto e spinse Lucy a un facile piccolo galoppo verso la Roccia della Promessa.

Il posto era pieno di fantasmi, e non tutti di Crick.

Dopo la morte di sua madre, in estate, Parish lo aveva portato lì minimo due volte a settimana. Quello stesso settembre, dopo che Deacon aveva iniziato ad andare all'asilo e rimandato regolarmente a casa in lacrime a causa delle difficoltà che aveva a rapportarsi con gli altri bambini, Parish gli aveva detto di scegliere un ragazzino, uno soltanto, e di farlo diventare suo amico. Se Deacon ci fosse riuscito, Parish gli promise che li avrebbe portati entrambi alla Roccia della Promessa tutte le settimane finché non fosse diventato troppo freddo per nuotare.

E così Deacon aveva conosciuto Jon, calmo e rilassato. Proprio quella settimana Deacon l'aveva trovato nel bagno in lacrime perché i suoi genitori stavano partendo di nuovo e non sarebbero stati lì per sentirlo raccontare della scuola, così Deacon l'aveva invitato a nuotare, e da lì era nato tutto.

Jon aveva provato a baciarlo alla Roccia della Promessa. A Deacon non aveva dato fastidio. Gli era sembrato così naturale. Le ragazze erano grandiose, gli provocavano un'erezione così come i ragazzi, ma Jon già lo sapeva, quindi era più semplice. Jon era sembrato più dispiaciuto di Deacon quando tutto si era risolto con uno strofinio di labbra incerte e uno scoppio di risa, ma poiché significava che non avrebbe perso il suo amico, a Deacon andava bene.

Lui e Amy avevano perso lì la loro verginità. Il suo corpo era così dolce – piccolo, vitale – la sua pelle così liscia, e i suoi seni così soffici, miracoli carnosi nei palmi delle sue mani. L'interno della sua vagina gli era sembrato così liscio attorno al suo pene – dolce, satinato e prezioso, come una stoffa raffinata. Il corpo di Amy era dolcezza, morbidezza, tutta gioia. Forse troppa, a volte. Deacon si sentiva strano circondato da tutto quel conforto; lo faceva sentire un po' debole, stupido, come uno stivale con la punta di acciaio in una profumeria.

E poi c'era stato Crick.

Deacon già lo sapeva. La prima volta che Crick era stato lì con lui e Jon, Deacon sapeva della cotta di Crick. Lo sapeva e aveva pensato, *È così carino, e io già lo amo, ma non è ancora il momento.*

Crick era troppo giovane, ecco tutto. Era troppo giovane quando era al liceo. Deacon lo sapeva, ma gli era sembrato così perso. La notte del funerale di Brian Carter lo aveva sistemato nella sua camera, e Deacon si era alzato come minimo sei volte, era arrivato fino alla porta di Crick, lo aveva sentito piangere e aveva poggiato la mano sulla maniglia.

L'unica cosa che l'aveva fermato era la consapevolezza che, se l'avesse fatto, Crick non avrebbe più avuto scelta nel suo futuro, per niente. Quel sorriso goffo, quella mente ingegnosa. Deacon aveva creduto che Crick potesse fare qualsiasi cosa. Non viveva timido e felice nell'ombra: era senza paura. Perché avrebbe voluto restare in quella cittadina di merda con qualcuno che sapeva – anche allora, quando aveva appena vent'anni – desiderare la più semplice delle vite nonostante ciò che dicevano i suoi voti?

Deacon ricordò il giorno della morte del proprio padre. Voleva rimanere riservato. Voleva provare dolore come un adulto, addossarsi il peso del Pulpito, ed essere il fratello maggiore di cui Crick aveva bisogno. E poi Crick gli si era avvicinato da pari a pari, come un amico, e Deacon si era appoggiato a lui, era caduto in lui. Un altro anello di amore si era aggiunto alla catena intorno al petto di Crick, che il peso gli piacesse o meno.

Deacon era stato così debole al matrimonio di Jon e Amy. Debole e stupido, e incapace di pensare lucidamente. Il giorno dopo era stato...

Non poteva farlo. Non poteva dire che era stato un errore. Aveva cercato di dare tutto a Crick – la sua libertà e il suo amore per renderlo perfetto – e Crick aveva...

Crick, che Deacon ammirava per le sue tante virtù, all'improvviso aveva tirato fuori il suo difetto più doloroso.

Deacon guardò ancora la Roccia della Promessa. Le ombre drappeggiate di verde fluttuavano sul granito, il vento della valle attraversava i terreni fioriti di Levee Oaks, e in quella quiete precipitosa udì la sua voce.

Per favore, non sono qui per litigare, Dio. Non sono qui per trattare. Sono qui solo per chiedere. Ho mantenuto le mie promesse, più che ho potuto. Crick ha mantenuto tutte le sue. Questo posto è il nostro posto speciale, e noi abbiamo promesso di esserci l'uno per l'altro. Per favore... ti prego. Ti prego, fallo vivere. Non ho niente da darti. Non posso rinunciare al Pulpito, perché non è più mio. Non posso trattare con la mia vita, perché Crick avrà bisogno di me quando starà meglio. Non posso promettere di non uccidermi se lui muore perché sono la cosa migliore dopo un padre, e Parish mi ha educato meglio di così, e quindi sarebbe una bugia. Quindi non ho niente, Dio. Ho solo «ti prego». Ti prego. Ti prego.

Non aveva idea di quanto tempo fosse passato, ma fu grato a Lucy Star per la pazienza. Alla fine, però, dovette muoversi. Lucy Star meritava una bella piccola galoppata, e il suo corpo si mosse di nuovo al ritmo del cavallo: quella era la miglior terapia che il mondo potesse offrirgli.

Sulla via del ritorno notò un serpente a sonagli e il suo senso di responsabilità si fece sentire, insistendo che aveva fatto troppo a lungo lo scansafatiche.

Benny lo trovò in garage, mentre apriva la custodia della pistola.

«Deacon!»

Alzò lo sguardo, spaventato, e vide che era pallida e tremava. «Benny? C'è qualcosa che non va?» E poi dissero, insieme: «Ci sono novità?»

Deacon sbatté gli occhi e chiuse la custodia, evitando di chiudersi dentro il sedere, prima di voltarsi a guardarla. «No. Ho visto avvicinarsi un serpente a sonagli dal campo a ovest. Non possiamo permettere che si metta a fare shopping, giusto?»

Benny si rilassò visibilmente e appoggiò una mano allo stipite della porta per reggersi. Deacon fece una connessione che non pensava avrebbe mai fatto.

«Benny?»

Lei deglutì. «Sì?»

«Tu e Parry siete mie. Voi siete...» Fu il suo turno di deglutire. «Potreste essere la sola cosa che mi leghi a

Crick per un po'. Parish non mi ha insegnato ad abbandonare le persone che hanno bisogno di me, okay? Non…» Inspirò profondamente e scelse di essere onesto.

«Non posso dirti che non mi sia passato per la mente, ma pensarvi l'ha scacciato via, okay? Non importa cosa succederà, non vi deluderò.»

Benny annuì con veemenza e poi, visto che era Benny e così simile al fratello, si buttò su Deacon con tanta forza da spingerlo contro la custodia della pistola, procurandogli un livido che durò per settimane.

«Ho visto la pistola e mi sono così spaventata,» confessò, e lui bisbigliò nei suoi capelli (che quel mese erano tinti di viola): «Lo so, piccola. Ma io non lascerò le mie ragazze, okay?»

«Okay,» annuì, ma stava piangendo, e lui la tenne stretta a lungo. Alla fine tirò su col naso, si asciugò il viso sulla sua maglietta, sorrise e chiese: «Ma potresti farmi un favore?»

«Quale, piccoletta?»

«Potresti mandare Andrew a sparare al serpente a sonagli? L'ultima volta che l'hai fatto hai sparato a un cavallo. Non penso che la tua fortuna con le armi sia migliore di quella di Crick.»

Non riuscì a trattenersi. Scoppiò a ridere, una risata colante moccio e bagnata, e lei fece altrettanto. Rimasero lì abbracciati a ridere e piangere finché la bambina non fece rumore, facendo sapere loro che si era svegliata dal suo sonnellino.

Benny si asciugò di nuovo la faccia e corse a prenderla, Deacon chiuse la custodia della pistola con molta attenzione e andò a cercare Andrew. Probabilmente aveva ragione Benny, dopotutto.

Quel giorno passò come una sorta di limbo. La notte, all'ora in cui di solito telefonava Crick, Deacon chiamò il loro contatto al Dipartimento della Difesa.

L'uomo dalla voce rauca e gentile era stato rimpiazzato da una donna brusca e pratica, che gli disse che il sottotenente Francis aveva superato il primo intervento e che ne avrebbe subito un secondo appena si fosse stabilizzato. «Ci chiami domani per un aggiornamento,» concluse, «o vi chiameremo noi in caso di cambiamenti drastici.»

«Oh, bene,» scattò Deacon, a cui sembrava di vivere in un universo surreale dove l'aria si era trasformata in gelatina. «Quindi ogni volta che squilla il telefono dobbiamo pensare che Crick sia morto?»

La donna in Germania si fece scappare un grugnito di sorpresa e diventò un essere umano. «No, signore, mi dispiace. Vi chiameremo anche se si stabilizza. Per favore, non pensate al peggio. I dottori dicono che sta lottando.»

Deacon mormorò «grazie» e appese. «Sta lottando?» chiese, anche se Benny non aveva udito quella parte della conversazione. «Sarà meglio.»

Il telefono squillò proprio mentre lo diceva, lo tirò su e disse: «Come sta?»

Jon rispose: «Speravo potessi dirmelo tu, stupido imbecille. È tanto difficile tirare su quel telefono del cazzo?»

Deacon grugnì e lo mise al corrente delle novità, e Jon disse: «E comunque, ho impedito a Patrick di vendere il puledro.»

«Perché l'hai fatto? Ci servono i...»

«I biglietti aerei e l'albergo li pago io, Deacon.»

«Non costringermi a farti nero di botte,» ringhiò Deacon. Fantastico. Ecco un altro coglione che pensava che non avesse un briciolo di orgoglio.

«Lo stesso vale per te, cretino. La mia famiglia ha sei triliardi di miglia di viaggio che non usa mai, fallo tu. I miei genitori sono in debito con voi per avermi cresciuto, quindi stai zitto.»

Deacon inspirò a fondo, pronto a dire *No, grazie comunque*, quando Jon continuò: «Non dirmi che non siamo legati come una famiglia perché io possa fare questo per te, Deacon. Mi spezzerebbe il cuore.»

Deacon buttò fuori quel respiro profondo. «Non potrei mai farlo,» mormorò, e poi gli fornì i numeri e i nomi delle società per pagare i loro biglietti. Non disse a Jon che molto probabilmente avrebbe dovuto vendere comunque il puledro per pagare i conti e nutrire la famiglia mentre non c'erano. Quel gesto significava molto per il suo amico e non voleva rovinarglielo.

E poi l'attesa ricominciò. La mattina seguente Crick subì un nuovo intervento, mentre loro erano fuori a sbrigare le faccende. Benny tornò da casa di Amy con una sciarpa che avrebbe potuto circondare la casa, e Deacon le suggerì di farla più larga la volta dopo, e di fare magari una copertina per la bambina. Benny sbatté le palpebre, guardò le quattro miglia di lana acrilica ai ferri che aveva prodotto e disse che poteva essere una buona idea per passare il tempo durante il volo.

Quella notte, Crick, uscito dalla sala operatoria, lottava per la vita. Deacon e Benny non finsero neanche di andare a letto. Si misero seduti sul divano a guardare i dvd dei telefilm preferiti di Crick uno dopo l'altro fino ad addormentarsi. Erano a metà della quarta stagione di 'Una mamma per amica', dove c'era quel ragazzo che a Deacon ricordava Crick, a parte che Crick aveva gli occhi marroni e un sorriso molto più goffo.

Il giorno successivo non ci furono cambiamenti e Deacon, dopo aver messo giù il telefono, colpì con un pugno il muro della lavanderia; non fu certo di averlo fatto finché Benny non lo raggiunse di corsa col kit del primo soccorso. Gli incerottò la mano e lui riparò il muro. Lo stava carteggiando per renderlo liscio, quando il telefono squillò di nuovo.

Era il tizio più vecchio, dalla voce aspra, e sembrava davvero stanco, ma gli disse che Crick era fuori pericolo.

«Lo trasferiremo in Virginia domani mattina. Dopodomani potrete vederlo.»

Deacon crollò sul pavimento, con ancora in mano il secchio del cartongesso e mandò un ringraziamento silenzioso a Dio, che sembrava aver smesso di tartassarli e aver deciso di lasciarli ai loro metodi personali per incasinare le cose.

Benny entrò e lo vide, e poiché era la sorella di Crick, pensò al peggio. «Crick... oh, mio Dio... *Crick!*»

«Prepara la borsa della bambina, Benny,» le disse Deacon sereno. «Andiamo in Virginia.»

Erano praticamente pronti. Quella notte andarono a dormire presto, perché il ranch doveva essere pronto per la loro partenza. Deacon stava steso sul letto e si guardava attorno. I muri erano ancora dipinti di verde oliva e viola, e le decorazioni, i cuscini e i tocchi finali erano sempre quelli di Crick. Certo, adesso erano vecchi di due anni, ma non si erano sciupati più di tanto: Deacon probabilmente aveva dormito più sul divano che nel suo letto.

Verso febbraio aveva comprato un calendario con dei gattini soffici, e l'aveva attaccato nel punto che stava conservando per il disegno che Crick aveva promesso di fare. Aveva pensato di prendere quello col fusto del mese, ma...

Chiuse gli occhi e pensò al corpo di Crick, e poi pensò al suo. Nonostante i messaggi disinvolti che gli aveva mandato, non aveva sentito nulla – desiderio, eccitazione, stimolazione, qualsiasi cosa – per quanto potesse ricordare. Era come se il suo corpo fosse scivolato in un qualche mondo tutto suo, in una specie di pausa sessuale. L'unica eccezione era stato quell'errore da ubriaco con Becca e non se lo ricordava, non che ci tenesse molto comunque.

Come sarebbe stato condividere di nuovo il letto?

Si addormentò immaginando il respiro di Crick accanto a sé.

Il volo sembrò fin troppo veloce e Deacon memorizzò soltanto la stanza d'albergo, in modo da poterci tornare. Lui e Benny quasi correvano per il corridoio dell'ospedale quando si fermarono di botto sentendo il suono di una voce familiare e... sgradita.

«Non mi interessa quello che dice,» si lamentò Melanie Coats. I capelli, solitamente aggrovigliati, erano acconciati all'indietro, in una treccia liscia, e di recente aveva acquistato un tailleur blu di poliestere. «Tutta la mia chiesa ha raccolto i soldi per pagare il biglietto aereo. Devo vederlo.»

«Il paziente non vuole vederla,» le rispose bruscamente il dottore con la cartella, guardando i due soldati che gli stavano accanto con uno sguardo d'attesa.

«Beh, di tutti gli ingrati...» Melanie si volse e vide Deacon e Benny che la guardavano con diffidenza mentre si allontanava.

«Avrei dovuto aspettarmi di trovarvi qui,» sogghignò. «Speravamo che l'esercito l'avesse trasformato in un uomo, ma con te che gli giri attorno...»

Deacon si fece avanti e piegò la testa, parlando a voce molto, molto bassa. «Suo figlio è stato ferito per il suo Paese, Melanie. Se non vuole che i servizi sociali si presentino alla sua porta invece che alla mia, è meglio che non dica una parola per danneggiare la sua reputazione qui. Quella è la sua decisione e io morirò per onorarla.»

Era una minaccia vuota: Deacon e Benny avevano detto più volte agli assistenti sociali che Crystal e Missy erano in ristrettezze peggiori coi loro genitori di quando erano state al Pulpito, ma nessuno gli aveva dato retta. Melanie però non lo sapeva, e a Deacon mancavano al massimo quindici metri per rivedere Crick, finalmente, e quindi mise tutta la sua frustrazione nella voce.

La madre di Crick indietreggiò, si guardò intorno furtiva e se la filò, diretta alla sua stanza d'albergo, o almeno così pensò Deacon. Sapeva che non era finita. La Guida in Stato di Omosessualità era già brutta di per sé, ma un sacco di persone frequentavano la chiesa di Melanie. Era certo che il suo povero ranch ne avrebbe risentito ancora di più, ma non gli interessava. Avrebbe fatto qualsiasi cosa per evitare a Crick un minuto di compagnia di quella donna, specialmente adesso.

I due soldati non si erano allontanati dal fianco del dottore e, mentre Deacon si avvicinava per chiedere quale fosse la stanza di Crick, li guardarono in modo sospettoso, bambina compresa.

«Possono entrare solo i familiari,» dissero severamente.

«Sono sua sorella,» ribatté Benny, «questa è la mia bambina, e,» guardò Deacon, e lui la vide spalancare gli occhi mentre capiva la situazione. Deacon poteva anche essere l'unico contatto sulla lista delle emergenze di Crick ma non faceva parte – almeno agli occhi dei militari – della sua famiglia.

«Questo è mio ma...»

«Bernice Angela Coats, non dirai una bugia con tuo fratello alla fine del corridoio,» scattò Deacon, e Benny lo guardò infelice.

«Ma Deacon...»

«Vai a vederlo,» le disse Deacon bruscamente. «Digli che non l'abbiamo ignorato per un giorno in spiaggia, okay?»

Benny si morse il labbro e annuì, con gli occhi che

le brillavano, e spinse il passeggino di Parry Angel giù per il corridoio mentre la bambina gridava felice sentendo l'eco.

«Senta,» disse al dottore, ignorando i soldati,«non mi interessa cosa le ha detto quella donna su chi lei sia, ma noi siamo la sua famiglia.»

«Signore,» disse il dottore, modulando la voce su un tono lamentoso. Era un uomo impegnato e aveva tante cose fare, e Deacon non aveva dubbi a proposito ma dannazione, qui si trattava di Crick.

«Non mi dica 'signore', dottore» scattò Deacon. «Mi ascolti. Siamo stati io e mio padre a tirar su quel ragazzo. Quando aveva nove anni lo abbiamo accolto e gli abbiamo insegnato tutto sui cavalli e sulla famiglia, visto che l'unica cosa che aveva imparato dalla sua era come schivare le bottiglie. Abbiamo festeggiato i suoi compleanni e le sue pagelle, e gli abbiamo detto che era intelligente e che credevamo in lui come nessun altro aveva mai fatto nella sua vita. Quando ha compiuto undici anni e i suoi genitori si sono dimenticati del suo compleanno, io ero lì. Quando a dodici anni l'hanno beccato perché fumava dietro le gradinate scoperte, io ero lì. Quando al liceo gli è morto il suo migliore amico, io ero lì, e dannazione ero *lì* quella stessa notte quando quella stronza di prima categoria ha buttato tutte le sue cose sul prato, cacciandolo via senza neanche un fottuto 'addio'. Ero *lì* quando abbiamo sparso le ceneri di mio padre e lui piangeva mentre io neanche ci riuscivo perché mi faceva troppo male. Ero *lì* quando ci ha spezzato i cuori e ha buttato via tutto il suo talento e si è arruolato nell'esercito, e sono *qui ora*, non perché mi ci ha mandato la mia chiesa, ma perché ho versato sangue, sudore e lacrime per vederlo stare bene. *Sarò io* a cambiargli le bende, ad aiutarlo ad andare in bagno, ad accompagnarlo a fare terapia, e se questo non mi autorizza a entrare nella sua stanza per vederlo subito allora non c'è *nulla* su questo pianeta che possa farlo.»

All'inizio, mentre Deacon parlava, il dottore era indietreggiato, guardando i soldati come se si aspettasse che facessero qualcosa. Ma il tono di Deacon non era minaccioso, non era neanche arrabbiato. La sua espressione era nuda e pura, e i suoi occhi disperati. Stava lì in piedi, timidezza e imbarazzo spariti, con soltanto il bisogno vero di vedere Carrick che gli incideva ogni linea del volto.

Fu come con la donna al telefono, si rese conto Deacon. L'uomo fece un respiro, la burocrazia cadde, e tornò l'umanità.

«Le darò le istruzioni per curarlo, lo dimetteremo tra una settimana circa. Lo porterà lei a casa?»

«Può scommetterci,» disse Deacon sollevato, chiudendo gli occhi .

«Allora prima che se ne vada dovremo fare una lunga chiacchierata riguardo agli esercizi e alle bende e…»

«Sono stato un paramedico per quasi tre anni, conosco la procedura. Mi dia i particolari e sarò in grado di farlo.» Ma per adesso… ora…

«Allora vada e segua la ragazza nella stanza.»

Quando Deacon entrò, Crick era steso sui cuscini, ma Benny stava tenendo Parry Angel sulla ringhiera del letto, in modo che la bambina potesse tubare con lui e sbavargli sopra.

Aveva ancora i capelli corti, ma non così corti come voleva il regolamento, e aveva una fasciatura attaccata sulla parte bassa della guancia che passava poi attorno alla tempia. Gli avevano rasato parte dei capelli per farla tenere. Il braccio sinistro era fasciato in modo pesante, e così anche la gamba. Deacon pensò di vedere parti di fasciature anche sotto il suo camice di paziente.

C'erano dei tubicini, comunque.

Ma i suoi occhi marroni erano all'erta e sorrideva alla bambina con un pizzico di meraviglia.

«Guarda cosa hai fatto, Benny, è così grande!»

«È grassa,» disse Benny indulgente, soffiando una bolla sul collo della bambina fino a farla ridere. La risata di Parry era come i fiori e i raggi del sole, e di certo spiccava nella piatta stanza d'ospedale.

«Quella bambina è perfetta,» disse Deacon piano e Crick alzò lo sguardo così velocemente da fare una smorfia quando qualcosa gli si tese nel collo.

Deacon si avvicinò al letto e Benny si fece da parte senza che neanche glielo chiedesse. Deacon prese la mano di Crick nelle sue, pensando che, diavolo, era solo una mano. Ma le loro pelli si toccarono, e lui strizzò gli occhi. Quando li riaprì, aveva il volto un po' bagnato, come quella di Crick.

«È bello vedere che hai smesso di bighellonare e hai riportato il culo a casa, finalmente,» brontolò, e Crick annuì. I loro occhi si incontrarono, gli sguardi si incatenarono e scivolarono sulle parole, mentre si dicevano cose più profonde.

«Beh, sai, ai veri uomini manca la puzza di merda di cavallo.» Crick cercò di sorridere, ed eccolo lì... era il sorriso di Crick. Era a metà e risoluto, anche se un po' stanco e ferito. E allora Deacon lo vide – il Crick di Deacon – in quell'uomo ferito nel letto.

Deacon cercò di ricambiare con un sorriso calmo e Crick emise un suono dalla gola. Poi sospirò e premette il bottone che alzava il letto. «Sorellina, mi faresti un favore?»

«Qualsiasi cosa, Crick, per adesso. Quando torniamo a casa, dovrai pulirla e fare tutte le cose che a me non piace fare. Sei l'ultima ruota del carro, amico!» Lo disse severamente, ma fece ridere Crick, e il giovane guardò Deacon con uno sguardo malizioso. Era il Crick a cui piaceva aggirare un po' la legge e che si teneva a malapena fuori dai guai.

«Potresti andare a prendere una soda per Deacon? Io devo...» E arrossì, quindi Deacon capì che stava dicendo la verità. «Mi hanno tolto il catetere un paio d'ore fa, ed è ora... speravo che Deacon potesse aiutarmi ad andare in bagno.»

Crick oscillò le gambe sopra il letto, i suoi due stinchi nudi, pallidi e pelosi nella luce fluorescente. Benny emise un suono schifato e scappò ridendo. Deacon si mosse come il professionista che era stato e fece scivolare la spalla sotto il lato buono di Crick per aiutarlo ad alzarsi.

Crick gli passò un braccio attorno alla spalla e Deacon girò la testa di lato, chiuse gli occhi e sentì di avere il naso contro i capelli di Crick, il collo, la linea della mascella.

«Portami al bagno,» mormorò Crick, e Deacon fece un suono che sarebbe potuto passare per un grugnito ma che sembrava più un lamento.

Crick si appoggiò a lui in modo piuttosto pesante – non era solo un trucco – e quando entrarono nella stanzetta, lasciò la sua flebo alla porta e la chiuse gentilmente per non schiacciare il tubo, poi diede a Deacon delle istruzioni laconiche.

«Ecco, aiutami a girarmi. Mi dovrò poggiare a te e afferrare il mio equipaggiamento.»

«Vuoi che metta una ciambella nella tazza così puoi mirare?» gli chiese Deacon asciutto e Crick si appoggiò tra le sue braccia e si mise ad armeggiare col suo camice, soffocando una risata.

«Brutto bastardo, se mi piscio addosso sarà colpa tua!»

«Ecco.» Deacon si sporse in avanti e gli tirò su il

camice di lato per lui, e Crick urinò grato.

«Anche la mia prima cagata diventerà un evento della comunità,» borbottò Crick, e poi si appoggiò in avanti e lasciò cadere il coperchio sulla tazza. «Ecco, aiutami a sedermi.»

«Posso riportarti di là...»

«Sta zitto,» disse Crick, sistemando il suo corpo lacerato sulla tazza e girandosi. Mise il braccio sano attorno alla vita di Deacon e lo tirò tra le gambe aperte.

Deacon non fece resistenza. Le mani gli tremavano... oh, Dio, le sue mani del cazzo tremavano, ma le affondò comunque nei capelli corti e fitti di Crick, e attirò la sua testa contro di sé. Crick armeggiò con la maglia di Deacon e la tirò fuori dalla vita dei jeans, appoggiando la guancia contro la pelle nuda dello stomaco. Tutto il corpo di Deacon rabbrividì convulsamente attorno a Crick. Deacon fece scorrere la mano sulla sua spalla buona, poi al centro della sua schiena, ovunque non ci fosse pelle fasciata che avrebbe potuto ferire. Chinò la testa e baciò i capelli di Crick, e il giovane si aggrappò a lui e lo tenne così stretto da fargli quasi cedere le ginocchia.

Non ci furono parole. Non una singola cosa da dire, neanche un «Mi dispiace» o «mi sei mancato». Era tutto nelle mani tremanti di Deacon sul volto di Crick, e nel modo convulso in cui Crick si attaccava al corpo del suo compagno.

A Deacon bruciavano gli occhi e li serrò contro le lacrime perché non poteva permettersele, ma poi ricordò che se c'era qualcuno di fronte a cui potesse piangere, quello era proprio Carrick. La pelle tenera del suo stomaco era già scivolosa a causa delle lacrime di Crick.

«Cristo, sei magrissimo,» mormorò Crick contro di lui, e Deacon trattenne una risata.

«E tu hai le spalle larghe il doppio. Buon Dio,

amico, gli steroidi sono un problema dell'esercito?»

«Sono solo cresciuto,» disse Crick un po' imbarazzato. Il suo respiro stuzzicava la pancia di Deacon, e lui si ritrovò a sghignazzare tra i capelli di Crick.

«Fai sempre le cose nel modo più difficile,» disse dopo un attimo, e Crick rise in modo un po' isterico sul suo stomaco.

«Sì? Tutto quello che dovevi fare era stare a casa e occuparti del ranch, ma a un certo punto, chissà quando, penso che tu ti sia trasformato in me!»

Deacon rise un altro po'. «Questo è un complimento che non penso di meritare. Dio, Carrick... riesco di nuovo sentire la mia pelle per la prima volta dopo due anni.»

Le mani di Crick si spinsero sotto la sua maglia e strusciarono la pelle nella parte bassa della schiena, e Deacon rabbrividì percependo una scossa di elettricità e qualcosa di selvaggio. Non era desiderio – non con Crick in quelle condizioni – era più come... come vita. Come vitalità e realtà. Come se il mondo negli ultimi due anni fosse stato un vuoto sfocato, distante, bianco e nero, senza suoni, emozioni e odori, e adesso tutto stesse tornando nel sangue che gli scorreva sotto la pelle, attivato dal fulmine del tocco di Crick.

Crick sospirò e rabbrividì e lo afferrò più forte, e Deacon pregò quasi che il suo cuore si fermasse, un battito e poi basta, proprio lì, nel petto, nella sua gola, perché stava minacciando di esplodergli, in quel piccolo spazio del bagno dell'ospedale militare.

«Promettimi una cosa,» disse Deacon con voce roca, e Crick ripose con un «mmm» smorzato sul suo petto. «Promettimi che se mi lascerai di nuovo, prima di andartene mi sparerai mentre dormo.»

Crick lo guardò, coi suoi occhi scintillanti, scuri, e

cerchiati di rosso, spalancati e scioccati sotto le ciglia appuntite. «Deacon.»

«Promettimelo, va bene?»

«Ti prometto che non ti lascerò mai più,» disse Crick, scosso. Deacon capì che lo era a causa della violenza delle sue parole, ma non poteva rimangiarsele.

«Mi sta bene per ora,» mormorò, ingoiando la paura. «Mi sta proprio bene per adesso.»

Non potevano stare lì per sempre: il tempo non si sarebbe piegato come una busta per spedirli da qualche altra parte mentre si stringevano come amanti in un luogo che non consentiva quel tipo di cose.

A un certo punto, Benny tornò nella stanza e si schiarì la gola delicatamente, di modo che la sentissero oltre la porta. «Ragazzi… ragazzi, a meno che Crick non sia fatto di pipì è ora che veniate fuori, va bene?»

Crick si lamentò: il suo corpo era probabilmente dolorante e più che infiammato; insieme lo sollevarono e lo portarono lentamente nella camera d'ospedale, dove lo fecero sdraiare. Lui si distese, palesemente stanco per il breve tragitto, e Deacon gli mise le coperte sulle gambe vulnerabili e scheletriche.

«Sei pronto per il sonnellino?» chiese Deacon. Non potevano guardarsi negli occhi o avrebbero ricominciato a piangere ed entrambi evitavano scrupolosamente di guardare Benny.

«Quasi, ma prima devi raccontarmi una storia.» Crick chiuse gli occhi e Deacon avvicinò una sedia.

«Sì? Cos'è, vuoi principesse e unicorni?»

Crick sorrise un po'. «Con me in un vestito infiocchettato e tu in un'armatura scintillante col destriero senza paura? Non penso proprio.»

Deacon fece spallucce. «La mia armatura è arrugginita e ho ucciso il tuo cavallo, penso che tu possa evitare il vestito. Cosa vuoi sentire?»

«Raccontami dei cavalli,» disse Crick. «Raccontami di casa.»

Deacon ingoiò il nodo che aveva in gola. Casa era una cosa incerta in quel momento, casa era una pila di conti che poteva pagare a malapena, era vendere cavalli che avrebbe voluto tenere, ed Even che usava a tutto spiano il suo pene delle meraviglie. Era uno shock che il cavallo non fosse ancora crollato a terra, esausto. Casa era i vicini che disapprovavano e recedevano dai contratti, e clienti arrabbiati che gli sputavano addosso mentre portavano i loro animali in posti più piccoli e sporchi, perché avevano paura che Deacon gli attaccasse «l'aids dei cavalli». Casa era una parata infinita di merda di cavallo, perché due settimane dopo la fine del processo per «Guida in Stato di Omosessualità», la madre dell'ultimo spalatore di letame aveva lasciato la casa dove si faceva di crack e aveva trascinato via il figlio per un orecchio, e Deacon non aveva avuto cuore di cercarne un altro.

Casa era un'ansia costante, terrorizzata, senza fiato, che correva nel petto e lungo le spalle di Deacon, la paura aspra e rimproverante di deludere tutte le persone che dipendevano da lui, e di riuscire a tradire la memoria di suo padre che non aveva mai, neanche una volta, tradito la fiducia che Deacon riponeva in lui.

«C'erano ancora i fiori color senape quando siamo venuti qui,» disse, ricordandoli sulla tomba di Comet. «E ha piovuto così tanto che i fiori di ciliegio sono già sbocciati. Sai quel profumo che c'è la sera? Di fieno e fiori selvatici e acqua? Quest'anno in alcuni campi ci sono dei papaveri e lo rendono più dolce. Abbiamo fatto accoppiare di nuovo Sugar ed Even, appena lei era pronta. Non dico che nascerà un altro Comet, ma hanno un'indole così dolce che credo non potremo che amare il nuovo nato. La corrente alla Roccia della Promessa è piuttosto profonda; sarà freddina quando si scioglierà altra neve. Non abbiamo...» Alzò lo sguardo e vide Benny che lo guardava con occhi commossi; la ragazza sapeva tutto quello che non stava dicendo, ma non lo interruppe. «Non ci abbiamo ancora portato la bambina. L'anno scorso l'abbiamo messa nel suo seggiolino sulla riva della corrente e le abbiamo fatto vedere le foglie. Fa dei pisolini oppure fa dei gorgoglii. Crick, quando sono così piccoli fanno dei rumori fantastici. Quest'anno dovremo prendere un piccolo salvagente e dei braccioli. Puoi portarla a nuotare, diremo che è terapia fisica, giusto? È uno spasso, Crick. Riesce a star seduta per ore con gli stessi quattro giocattoli, a fare rumori, e li muove tutti intorno. Ti viene da chiederti a cosa pensa mentre lo fa...»

«Anche Benny era così,» disse Crick sognante, ma aveva gli occhi mezzi chiusi e stava quasi per addormentarsi.

«Sì? Allora Parry Angel deve aver preso da lei... sta seduta a giocare nel fango con una piccola bambola di plastica per ore e ore e...»

Deacon parlò fino a quando Crick non si addormentò, poi alzò lo sguardo e vide Benny seduta sul bordo del letto, che gli accarezzava la mano. La bambina si era addormentata con Crick, cullata dalla voce di Deek-deek, e stava russando senza tante cerimonie nel suo passeggino a fiori verde e rosa.

Benny guardò Deacon in lacrime e scosse la testa. «È stata la bugia più bella in tutta la storia delle bugie, Deacon. Non so come ci sei riuscito.»

«Erano tutte cose vere,» disse Deacon con dignità, e Benny scosse la testa e si asciugò la faccia sulla spalla della sua maglietta verde tiglio.

«Deacon, quando tornerà a casa vedrà la verità e capirà che non lo sono.»

«Farò in modo che lo siano,» le disse Deacon con calma ferocia. «Te lo giuro Benny, non perderò la nostra casa.»

Benny annuì. «Anche se succedesse, noi ti ameremo in ogni caso, Deacon. La tua armatura non è affatto arrugginita, sai. Anche quella era una bugia.»

«Sta zitta, piccoletta. Torniamo in albergo. Voi due vi fate un sonnellino, io mi prendo un libro e torno qui. Dai uno sguardo veloce, c'è qualcuno fuori?»

Benny saltò giù dal letto e guardò attraverso il vetro di osservazione della camera. «Via libera.»

Deacon si alzò e si sporse sopra al letto, baciando dolcemente Crick sulla tempia senza cerotto. «Ti amo, Carrick James. Torneremo più tardi, va bene?»

Crick si stiracchiò e mormorò: «Non ti lascerò, Deacon. Lo prometto.»

Deacon chiuse gli occhi, e quattro mesi di colpa lo colpirono sulla testa. Credeva in quella promessa e sperava di non averla appena ripagata con delle bugie.

Sette giorni dopo, Crick era pronto per uscire e Deacon doveva assolutamente tornare a casa. Il terzo giorno che erano in Virginia, Andrew aveva chiamato in preda al panico. Si era presentato un avvocato con una lettera intestata della banca, che chiedeva il saldo di tutti i pagamenti entro trenta giorni, pena la perdita dell'immobile. Deacon aveva chiamato Jon in preda allo stesso panico e l'amico gli aveva detto che sì, era illegale, non potevano farlo, poi aveva attaccato e l'aveva richiamato, spiegandogli perché era successo.

«Sembra che Melanie e Bob siano gran praticanti devoti,» disse Jon disgustato. «E conoscono personalmente il direttore della banca. Senti, Deacon, dammi il controllo dei tuoi affari e io sposterò il tuo prestito in un'altra banca. Hai un credito eccellente, ti stanno discriminando, e questo è illegale. Dimmi fin dove mi devo spingere, e poi io e Amy andremo oltre il doppio tanto per vendicarci, okay?»

Deacon teneva stretto il cellulare contro l'orecchio e guardava fuori dal bagno verso Benny e Parry Angel. Erano sedute entrambe sul pavimento e la bambina guardava il suo programma preferito della Disney, eccitata nel vedere qualcosa di familiare in un posto così esotico.

«Non voglio perdere la mia casa, Jon. Voglio vivere la vita che ho sempre vissuto con le persone che amo. Faremo tutto ciò che è necessario, porteremo in causa chiunque, firmerò tutto quel che c'è da firmare per riuscirci.»

«Bene, Deacon. Ci sarò quando porterete a casa Crick. Ho bisogno che mi firmi qualcosa, va bene? Vieni a casa, mettilo a dormire e chiamami. Se vuoi tenere il Pulpito, dobbiamo mettere tutto in moto.»

Deacon rabbrividì e attaccò. Era ora di andare da Crick.

Quando andarono da lui l'ultimo giorno, lo trovarono seduto sul letto, con indosso una tuta dell'esercito e una maglietta bianca. C'era un altro uomo nella stanza – un ufficiale, da quel che sembrava – e lui e Crick chiacchieravano in modo amichevole, anche se con qualche formalità.

Crick li vide e disse: «Signore, ehm, scusi mia sorella e la bambina stanno cercando di entrare.»

L'ufficiale comandante si volse e indietreggiò, sorridendo a Benny per metterla a suo agio. Gli occhi della ragazza erano spalancati e Deacon rise. Crick, Benny... nessuno di loro si sentiva molto a proprio agio con le autorità.

«Ehi, salve. Lei deve essere Deacon. Crick dice che lo porta a casa?»

Deacon sorrise e arrossì, e gli strinse la mano.

«Devo andare a prendere le istruzioni,» disse scusandosi, «ma sì, appena firmate le scartoffie e prese le istruzioni e le medicine siamo pronti per andare.» Alzò lo sguardo e annuì verso Crick. «Torno subito. Sbava sulla piccola, hai un sacco di arretrato da recuperare.»

Crick era molto migliorato nell'ultima settimana. Era meno fasciato, e poteva sedersi e andare al bagno da solo. (Aveva avuto ragione nel dire che la sua prima cacata sarebbe stata un evento pubblico, e neanche bello. Benny se ne era andata rapidamente, imbarazzata, dicendo che ne aveva abbastanza di quella di Parry Angel, ma era andata a chiamare un aiuto ospedaliero per dare una mano a Deacon per pulire. L'aiuto era rimasto impressionato che Deacon sapesse cosa fare, e quando se ne andò – con un grosso sacco di roba sporca – Crick disse acidamente che Deacon avrebbe fatto qualsiasi cosa per guardargli il sedere. Deacon aveva detto «proprio così» in modo tanto amabile che aveva fatto sorridere un po' Crick, e anche arrossire.)

Adesso Benny poteva lasciargli la bambina in grembo senza problemi e Crick la teneva per bene, facendola saltellare un po' sulla sua gamba buona. Deacon si allontanò a passo svelto, cercando di spaventare il dottore di Crick.

Tornò circa un'ora dopo, con mezza risma di istruzioni, una borsa di antidolorifici e antibiotici, e dei numeri, scritti con un pennarello indelebile, di chi chiamare in California per la terapia fisica. Crick aveva ancora degli aghi che dovevano essere tolti dalle sue ferite interne, e aveva bisogno di esercizio e ginnastica. Aveva bruciature profonde sul braccio, sulla gamba e sul fianco, e le fasciature dovevano essere sempre pulite e asciutte. Deacon si sentì inquieto solo a leggere le istruzioni. Ci erano andati così vicino, così dannatamente vicino. Crick si era salvato per il rotto della cuffia. Ma sembrava essere forte e Deacon poteva soltanto essere grato di poter riportare a casa lui e il suo sorriso a metà.

Incontrò l'ufficiale comandante di Crick nel corridoio. Deacon aveva chiesto in farmacia e aveva scoperto che l'uomo proveniva dal centro di addestramento reclute di Crick. Deacon pensò che fosse dannatamente onesto da parte sua controllare come stava una vecchia recluta.

Annuì rispettosamente mentre si incrociavano, e l'uomo – sulla trentina, con occhi pallidi e capelli ispidi – lo fermò.

«Non è venuta la ragazza?» chiese, e Deacon sbatté gli occhi.

«Signore?»

«Crick, prima di partire, mi disse... com'era?» L'uomo si fermò un attimo per ricordare, e Deacon riuscì ad accettare il fatto che Crick avesse fornito una qualche storia di copertura. «Ecco, qualcosa su come avrebbe potuto avere tutto quello che voleva e invece aveva pensato che lo stessero sbattendo fuori. Mi chiedevo se la ragazza lo stesse ancora aspettando, visto che non è venuta in ospedale.»

La stima di Deacon per il Capitano crebbe di qualche altro livello mentre cercava di rispondergli nel modo più sincero possibile. «Quello che vuole è lì che lo aspetta, signore,» disse dopo un istante «Se riesco a non perdere il ranch, Crick lì avrà tutto ciò che vuole ad aspettarlo.»

Il capitano Roberts annuì e si accigliò, e Deacon si sentì parecchio a disagio mentre gli occhi chiari dell'uomo lo scrutavano con attenzione.

«Signore?» chiese alla fine, impaziente di tornare da Crick. Mancavano un paio d'ore al decollo del loro volo, e Deacon non voleva costringere il corpo fragile e in via di guarigione di Crick a correre fra i gate.

«Perché non ha detto niente?» chiese alla fine il capitano, debolmente.

«Signore?» A Deacon si fermò il cuore in gola.

«Era lì, nel mio ufficio, e io gli ho chiesto se aveva firmato mentre era ubriaco. Tutto quel che doveva fare era dire che era... che eravate...» Il Capitano Roberts arrossì. «Gli bastava una sola frase, e avrei firmato il suo...»

«Il suo cosa?» chiese Deacon, arrossendo d'ira e non d'imbarazzo. «Che cosa avrebbe scritto?»

«Il suo congedo con disonore.» L'uomo ebbe la grazia di arrossire.

«Forse Crick aveva fatto un casino, signore, ma aveva anche fatto una promessa. Non c'è un briciolo di disonore in quel ragazzo.»

Il Capitano Roberts lo guardò negli occhi, imbarazzato e un po' arrabbiato. «Immagino che lei ne sappia qualcosa.»

Deacon piegò la testa e distolse lo sguardo. «Ho i miei giorni, signore.»

«Beh, spero che questo sia uno buono. Si prenda cura di quel ragazzo. Ha impressionato un sacco di persone durante il servizio.»

Deacon guardò l'uomo negli occhi stringendogli la mano, e disse: «Ha impressionato prima me.»

CAPITOLO
DICIANNOVE

Avvicinandosi

IL VIAGGIO verso casa fu uno schifo... che altro? I dottori alla fine volevano tenerlo lì un altro paio di giorni, ma Crick li aveva implorati di mandarlo a casa e Deacon aveva fatto altrettanto, in modo più convincente, così la data delle dimissioni era rimasta invariata. Per rendergli il viaggio più comodo, Deacon era riuscito a prendere dei biglietti di prima classe sul volo Atlanta – Los Angeles, così Crick non doveva stare tutto curvo come un pretzel, ma l'aereo da Los Angeles a Sacramento era un volo a corto raggio e non aveva la prima classe. Crick soffriva tantissimo quando scesero, a dispetto degli antidolorifici che Deacon gli aveva fatto ingoiare.

Deacon era stato bravo anche con le altre cose: prendere un facchino con un piccolo carrello elettrico per portare Crick al gate senza farlo zoppicare col bastone in mano e tutti i nervi in fiamme, tenere idratato Crick e trovargli buoni posti a sedere mentre aspettavano in aeroporto. Sul volo angusto a corto raggio, Deacon tenne in braccio la bambina per tutto il tempo, così Crick aveva a disposizione un posto in più per sgranchirsi. Non parlò molto e quando lo faceva, arrossiva e distoglieva lo sguardo. Crick capì che la sua timidezza – la terribile introversione che Deacon era riuscito a nascondere così bene per la maggior parte della sua vita e a cui non aveva mai permesso di influenzare la sua relazione con Crick – si era fatta sentire.

Gli faceva male almeno quanto la pelle lacerata, i muscoli violati e le viscere perforate.

Deacon era timido con lui. Con Crick. Uno che faceva parte della manciata di persone con cui aveva sempre parlato a cuore aperto. A Crick c'erano voluti quasi dieci anni per capire che Deacon si comportava in modo diverso con lui, Jon, Amy e Parish.

Gli ci volle solo il tempo di quel volo per capire che aveva perso tutto, se aveva perso quel posto d'onore.

Ma non poteva farci molto su quell'aereo, e poi Deacon sembrava così stanco. Il suo volto era sempre composto come al solito, ma le borse sotto gli occhi e le pieghe più profonde ai lati della bocca erano una prova del fatto che non era più l'uomo calmo e rilassato che Crick aveva pensato di sedurre un giorno di primavera. Quando arrivarono all'aeroporto di Los Angel e Deacon li lasciò per andare a cercare il ragazzo col carrello elettrico, Crick chiese alla sorella perché l'uomo sembrasse come stanco e preoccupato.

«Sta succedendo qualcosa con la banca,» gli disse, dando da mangiare alla bambina i cracker, uno alla volta (se non faceva così finivano per terra). «Non me ne parla, ma di notte sta al telefono con Jon per una o due ore, cercando di risolvere tutto. E abbiamo perso altri clienti questa settimana. Penso che stia anche cercando di far quadrare i conti.»

Crick la guardò, col corpo che gli faceva male da morire, e cercò di concentrarsi sul tipo di panico che Deacon stava probabilmente provando.

«Non può perdere il Pulpito,» disse dopo un istante. «Lo ucciderebbe.»

Benny si accigliò e all'improvviso Crick la vide come la madre e l'adulta che era diventata negli ultimi due anni. «Deacon è più forte di quello che pensi. Lo ucciderebbe pensare che ci ha delusi. Digli che la tua felicità non si misura col Pulpito, e sopravvivrà anche se lo perderemo.»

Crick si accigliò a sua volta, senza alcuna voglia di iniziare quella discussione. «Come potrebbe non saperlo?»

«Non lo so, genio. Come potevi non sapere che ti volesse quando ci avevi appena fatto sesso? Se tu sei capace di andartene e arruolarti nell'esercito, lui può pensare che tu lo ami soltanto per quel dannatissimo ranch». Si alzò irrequieta dal seggiolino di vinile, tirando fuori le mani dalle tasche della felpa nera che indossava sopra una gonna rosa chiaro. «Questa conversazione mi sta facendo incazzare. Io e Parry andiamo al bagno, cerca di non aderire a una setta o altro mentre non ci siamo.»

Crick era rimasto silenzioso finché non si erano imbarcati, ma le parole di Benny continuavano a risuonargli nelle orecchie.

Primo, Deacon le aveva detto perché Crick si era arruolato e davvero non poteva credere che si sarebbe aperto a quel modo con chiunque altro. Sembrava che Benny fosse entrata nella piccola lista, e se da una parte lo rendeva felice sapere che Deacon aveva qualcun altro con cui confidarsi, dall'altra aveva la certezza che Benny lo avrebbe mollato per Deacon senza pensarci due volte, e quello lo feriva. Ma fu la verità dura e cruda che gli fece davvero ponderare quel momento per tutta l'ora e mezza che passarono sopra la California.

Deacon l'aveva perdonato, poteva vederlo in ogni fibra del corpo dell'uomo. Non c'era rabbia né risentimento latente in lui. La timidezza era peggio, molto peggio, ma comunque non era rabbia, ed era già qualcosa. Crick non aveva pensato al fatto che Deacon non fosse il solo ad avere una ragione per essere incazzato.

Se ne accorse con dolore quando arrivarono al Pulpito.

Jon era andato a prenderli all'aeroporto con la sua Mercedes e mentre Crick si appoggiava al bastone, Jon scendeva per prendere i bagagli. Al posto dell'abbraccio che si aspettava, ricevette un sorriso tirato.

«Sono felice che tu sia riuscito a tornare, Carrick.»

«Sono felice di essere tornato,» disse Crick a disagio, chiedendosi cosa avesse fatto.

Quando salirono in auto, Jon provò un paio di volte a parlare di affari con Deacon, ma lui lo bloccò ogni volta.

«Avevamo un accordo,» disse. «Avrai la mia attenzione non appena Crick è a posto. La testa gli sta per saltar via dalle spalle. Cerchiamo di non peggiorare la situazione più del dovuto, okay?»

Crick lo guardò con gratitudine dal sedile posteriore, Deacon gli fece l'occhiolino e arrossì prima che Jon parlasse di nuovo.

«Bene, continua a mettere Crick al primo posto. Lo apprezzerà molto quando cercherai di mantenere sei persone in un appartamento di una sola stanza con un'abilità lavorativa passata di moda da cinquant'anni!»

«Posso anche fare il paramedico» disse Deacon con un sorrisetto. «Quello dovrebbe garantirci un appartamento con due camere da letto almeno.»

«Io ho il mio diploma,» si unì Benny, orgogliosa. «Cavolo, potremmo prendere la vasca da bagno grossa una volta e mezzo le altre e una buona marca di burro di arachidi!»

«Tu andrai al college, Benny,» disse Deacon, improvvisamente di cattivo umore. «Ce ne siamo occupati io e Jon. Dannazione, almeno una persona in famiglia continuerà a studiare e se ne andrà da qualche parte che non sia l'Iraq!»

«Amen,» aggiunse Crick, nonostante gli si fosse ristretta la visuale. Lasciare a Deacon il compito di sistemare Benny quando il resto di quel che amava sembrava fallire.

La camera da letto sembrava più o meno proprio come Crick la ricordava. La piccola scatola di cedro con le sue lettere e il calendario coi gattini erano nuovi, certo, ma per il resto...

«Dannazione, Deacon, il piumino ha ancora le pieghe della confezione!»

Deacon lo stava sistemando sui cuscini dopo avergli dato altre due pillole per il dolore e i suoi antibiotici. «Ti piace ancora, giusto?»

Crick guardò la stanza e sorrise. «Oh sì.» Era il paradiso che voleva fosse «Assolutamente!»

«Bene. Non credo che possiamo permetterci di rifarla.»

«Non è troppo gay per te, vero?» chiese Crick, accorgendosi di quanto gli sembrasse chiara e pulita dopo due anni di pantaloni mimetici per il deserto e piedi maschili puzzolenti.

Deacon rise sincero. La sua prima vera risata da quando Crick era tornato e caracollato dentro casa, in cerca di riposo e quiete prima di uccidersi per fuggire dal dolore. «Aspetta di vedere la camera delle ragazze. Questo posto sembra virile.»

Detto questo, andò a preparare a Crick qualcosa per cena. Crick si addormentò prima che tornasse, ma quando si svegliò diverse ore dopo, trovò sul comodino accanto al letto una ciotola fredda di zuppa e del pane all'aglio.

Si svegliò vagamente quando Deacon tornò per cambiargli la fasciatura e le lenzuola sotto di lui: i suoi drenaggi avevano perso più liquido del solito e Deacon rifece abilmente il letto senza quasi muoverlo. Qualche ora dopo lo svegliò per fargli prendere altri antidolorifici e per fargli mangiare altra zuppa (diversa, l'altra l'aveva portata via). Era buio quando si svegliò di nuovo, disorientato e col bisogno di fare pipì più di un cavallo.

Uscì dal letto con passo malfermo e andò in bagno, e una voce lo chiamò dall'altro lato della stanza. «Crick? Sei tu?»

Crick grugnì e pisciò, gli occhi che gli si incrociavano per la bella sensazione, e poi prese coscienza del suo corpo fragile. Gli faceva male – nessuna bugia – ma era così contento di andare al bagno in casa sua che non si pentiva affatto di aver detto a Deacon di portarlo a casa invece di aspettare, come avevano suggerito i dottori qualche giorno dopo il suo arrivo.

«Più o meno,» disse rispondendo in ritardo alla domanda. «Jon? Che fai nello studio?»

«Aspetto un fax dall'ACLU[9],» ripose questi, sobrio e pratico. Crick aprì l'armadietto delle medicine in cerca del suo antidolorifico. Era abbastanza certo che fosse ora di prenderlo – iniziava a riconoscere il dolore onnicomprensivo che lo ghermiva quando si abbassava lo scudo chimico. La sua attenzione venne attirata dalla boccetta quasi piena, la guardò e si accigliò.

Prese le sue pillole e barcollò fuori dal bagno, ansioso di tornare a letto. «Jon?» chiamò, certo di aver

---

[9] American Civil Liberties Union : è un'organizzazione non governativa che difende i diritti civili e le libertà individuali negli Stati Uniti.

sentito il rumore del fax.

«Sì?»

«Deacon è andato da uno strizzacervelli mentre non c'ero?»

«Magari. Perché?» Jon uscì dallo studio mentre Crick si sedeva sul lato del letto in cui Deacon aveva posizionato le imbottiture assorbenti, nel caso le fasciature trasudassero.

«C'era una boccetta di Valium di là, e la data era di settembre di due anni fa.»

Jon grugnì. «Quanto ce n'era?»

Crick voleva far spallucce, ma per farlo si sarebbe dovuto muovere. «Era quasi piena.»

Jon rise senza allegria. «L'avrei dovuto immaginare. Vai a dormire, Crick.»

Crick stava per chiudere gli occhi, ma qualcosa nel tono di Jon lo disturbava. «Ma per cos'era? Non mi ha detto nulla nelle sue lettere…»

Jon mormorò una bestemmia. «Crick, senza offesa, perché sono davvero contento che sei tornato, okay? Sono davvero contento che stai bene, e mi sei mancato, va bene? Ma questa è una cosa che dovresti chiedere a Deacon, perché solo a pensarci mi sta facendo incazzare di nuovo e non posso parlarne.»

Chiedere a Deacon. Okay. «Già, perché Deacon è così aperto per quello che lo riguarda,» disse Crick asciutto, e stavolta la risata di Jon fu un po' meno amara.

«Non posso che essere d'accordo.»

«Dov'è, comunque?»

Sentì uno sbadiglio e rumori di stiracchiamento, un suono nervoso da parte di Jon che si sgranchiva le ossa per scacciar via i nodi, e desiderò che anche il suo corpo funzionasse così bene. «Fuori, a occuparsi delle cose dell'allevamento, a nutrire e a spalare e a dare le carote a tutti i cavalli orfani del mondo e a dire a Even

340

che è lo stallone più grosso del mondo, e tutta la merda che rende il fienile il suo posto preferito, mentre affrontare la realtà occupa l'ultimo posto in classifica.»

«Ti sta evitando?» Non sembrava da Deacon.

«Dio, magari! No, in quel caso vorrebbe dire che per un pidocchioso nanosecondo non sta provando a prendersi sulle proprie spalle tutte le responsabilità, come se fosse una questione di vita o di morte. Evitarmi sarebbe un miglioramento.» Jon sospirò e lasciò perdere, e sedette accanto alle gambe di Crick. Il giovane sentì il letto abbassarsi e desiderò che ci fosse Deacon lì con lui.

«Sembra così stanco,» bofonchiò Crick. Non voleva far incazzare Jon di nuovo, ma aveva bisogno di qualcuno con cui parlare.

«Già,» sospirò Jon. Sembrava che la voce di Crick nel buio non lo irritasse. «Dopo che è nata la bambina abbiamo avuto un anno facile, sai, le cose sono andate piuttosto lisce. E poi tutti si sono ammalati... Cristo, è stato brutto.»

«Non sono riuscito a farmi dirmi quanto è rimasto in ospedale quella volta,» gli disse Crick lamentandosi, e Jon rise. Di nuovo quella sua curiosa risata asciutta, e senza allegria, che negli ultimi due anni era un po' invecchiata, proprio come lui.

«Più o meno quanto ci sei rimasto tu.»

Crick trattenne il fiato. «Sarei tornato,» disse seriamente, sentendo un'orribile ondata di panico arretrato colpirgli il petto. «Mi sarei assentato senza permesso e sarei tornato.»

«E avresti passato gli anni successivi in una prigione militare. È uno dei motivi per cui abbiamo partecipato tutti alla congiura del silenzio.» Jon si passò le mani tra i capelli – lunghi abbastanza da risultare sexy – ed espirò un'altra volta. Quando riprese a parlare, la sua voce era quasi sognante di stanchezza e preoccupazione.

«Volevo scriverti. Dio, Crick, avrei voluto scriverti un paio di volte al giorno e scaricarmi. Volevo dirti come stava e quanto eravamo preoccupati. Volevo tanto che tu sapessi ogni cosa, e cosa posso dire? Sei finito in Iraq perché tu... tu alle volte proprio non pensi. In realtà una volta ti ho scritto una lettera intera, appena Benny è venuta a vivere qui. E la lettera era sul tavolo pronta a partire la mattina successiva, già affrancata... e io mi sono svegliato sudando freddo, perché ho sognato che la ricevevi, disertavi e poi venivi portato via e noi dovevamo superare di nuovo tutto il casino della separazione.» Una piccola scorza di amarezza nella semi oscurità. La luce proveniente dallo studio illuminò il profilo di Jon, che era ancora bello come una stella delle soap opera, ma adesso sembrava più reale. La preoccupazione lo rendeva tale.

«Quando mi sono svegliato, la mattina dopo, ho fatto a pezzi quella dannata cosa. Amico, è una lettera che non riceverai mai quella.» La mano di Jon era gentile mentre lo toccava sul ginocchio buono. «E ce l'ho tutta nel petto adesso. Vederti ferito mi fa ricordare tutte quelle volte al liceo, quando io e Deacon ci preoccupavamo per te. Mi fa ricordare le lettere che mi scriveva quando io ero al college, rassicurandomi che stavi bene. Eri anche la mia famiglia, e ti voglio bene, e sono contento che tu sia tornato. Ma l'hai ferito così tanto... sarò incazzato con te per un po', sai?»

Crick sospirò. Il suo scudo chimico era tornato ed era stanco, e sentiva il corpo così lontano. «Ti voglio bene anch'io,» mormorò. «E anch'io sono incazzato con me stesso. Ma mi manca Deacon... dov'è Deacon?» Chiuse gli occhi prima che Jon potesse rispondergli.

A un certo punto, durante la notte, sentì un bacio sulla tempia e un respiro che gli muoveva i capelli.

«Deacon?»

«Mmmm... vengo subito a letto.»

Poi ci fu un calore rassicurante, e Crick lo sentì, sul suo lato non ferito. Il mento di Deacon gli strofinava la spalla, e la sua mano calda e ruvida si stendeva sulla vita di Crick, sotto la maglietta. Crick grugnì e girò la testa per baciare la fronte di Deacon, poi il sonno lo mise al tappeto, e il momento passò.

Ci fu movimento la mattina. Deacon, profumato di fresco dopo la doccia, lo spostò di nuovo dall'imbottitura e gli tolse le bende, poi le lavò velocemente con acqua calda e del sapone che aveva esclusivamente l'odore di Deacon. Gli spalmò la crema antibiotica col tocco efficace e impersonale del medico, e Crick riuscì a malapena e mettere a fuoco.

«Deacon,» mormorò, sicuro che fosse urgente, «perché c'è del valium nel nostro armadietto delle medicine?»

Deacon rise un po', e nella luce tagliente del mattino che filtrava dalla finestra accanto allo specchio, gli sembrò che le linee attorno ai suoi occhi fossero più profonde di quanto ricordasse, anche mentre il suo sorriso veloce e tirato prendeva possesso del volto.

«Perché, ne vuoi un po'? Ne prendi già abbastanza di roba nel tuo cocktail!»

Crick grugnì. La confusione delle ultime sedici ore iniziava un po' a sparire. «Non mi sentivo così stordito all'ospedale. Pensi che abbiano aumentato le dosi per casa?»

«Penso che volare ti abbia quasi fatto svenire,» gli rispose Deacon. «Te l'ho detto, potevamo farti recuperare le forze là.» Le sue mani dure e capaci erano impegnate ad assicurare la fasciatura sopra il drenaggio che passava tra le costole di Crick, e il giovane con attenzione mise una mano sulle sue, prima che le muovesse di nuovo.

«Non posso stare un momento di più senza te,» disse, sapendo di suonare sentimentale. «Non voglio più neanche aver bisogno di andare al bagno per fami abbracciare di nuovo.»

Deacon gli sorrise e il respiro di Crick gli vacillò in gola. Era il *suo* sorriso.

«L'ultima volta che ho visto quel sorriso, ti ho fatto spogliare nudo davanti alla telecamera,» disse Crick ammirandolo, e Deacon arrossì di nuovo.

«Già, è stato divertente,» borbottò. Fece per muovere le mani, ma Crick non glielo permise.

«Non devi mai e poi mai essere imbarazzato davanti a me,» disse, sentendosi più forte che nelle ultime due settimane. «Per favore, Deacon, continua a sorridere per me, ma... sai... basta timidezza.»

Deacon alzò gli occhi al cielo. «È sempre stata lì, Crick. Solo che non sapevi dove guardare. Allora, Amy arriverà verso le nove. Il dottore le ha dato l'ok per gli spostamenti, a patto che rimanga seduta sul divano mentre è qui, quindi voi due ve ne starete a vegetare e a guardare Oprah o quello che vi pare. Io sarò nei paraggi. Benny ha il mio cellulare. Penso che l'assistente sociale sarà qui verso le undici...»

«Assistente sociale?» Crick si sentì perso. Questa era una casa diversa da quella che aveva lasciato, anche se la loro camera era ancora quella che aveva dipinto. Lasciò andare le mani di Deacon, che tornarono a occuparsi del suo corpo.

«Già. Melanie e il tuo patrigno Bob hanno parlato parecchio mentre eri in Virginia. Deve venire ad accertarsi che non siamo vestiti con qualche diavoleria bondage o che facciamo sesso sul tavolo mentre la bambina è qui con noi.» Il sospiro di Deacon era uno di quelli che sottolineava che ne aveva sopportate tante.

«Deacon, l'hanno detto per davvero?»

Deacon fece spallucce. «Non è una donna cattiva, davvero, è solo che si comporta come se avesse un'asse quattro per quattro su per il culo. Non penso che sia stata così contenta nel portar via Crystal e Missy a marzo, e sono piuttosto certo che non pensi che io sia una specie di pervertito sessuale, ma lei deve fare il suo lavoro, sai?»

«No, non lo so,» borbottò Crick freddamente. «Com'è possibile che qualcuno possa pensare che tu sia un pervertito, Deacon? Io non capisco…»

Il sorriso tirato e impegnato di Deacon stavolta prese una sfumatura piuttosto malvagia. «Non lo so, Carrick, sono due giorni che ti metto le mani addosso dappertutto mentre sei profondamente addormentato e mi è piaciuto. Questo mi fa guadagnare qualche punto come pervertito?»

Le spalle di Crick si tirarono un po' su, e lui rise. Sollevò la mano, con le bende e tutto, e massaggiò con le dita tra i capelli di Deacon mentre lui gli sorrideva, peso del mondo sulle spalle e tutto il resto.

«Guadagni punti solo se non mi piaceva,» disse piano, chiedendosi se in quei due anni Deacon avesse sognato anche solo un decimo delle cose che aveva sognato lui.

«Non eri cosciente, non contava.» Deacon fece spallucce, con quel suo piccolo sorriso malizioso sempre al suo posto.

«Dovrai farlo di nuovo quando sono sveglio,» gli disse Crick, con lo sguardo più serio possibile.

Finito con le fasciature, Deacon si alzò e poi si chinò per baciarlo con dolcezza e cautela sulla nuova pelle splendente della tempia e della guancia, ancora rossa e tenera.

«Dovremo aspettare che il tuo corpo sia pronto per

quello, Crick. Adesso, sembra proprio che la prima cosa da fare quando torni è farti ricrescere i capelli.»

«Dea-con,» piagnucolò Crick. «Non sei eccitato per niente?»

Il sorriso di Deacon divenne diabolico. «Sai, devo ammettere che mentre non c'eri non lo ero molto. Ne parlavo per farti sentire meglio, ma onestamente, era come se fossi un gatto castrato. Non era proprio sul menù. Ma adesso?» Si sporse in basso e strofinò le labbra di Crick col pollice. «Adesso, sì. Sono eccitato. Spicciati e guarisci, baby.»

Poi uscì. Crick sentì sua sorella e il gorgoglio felice della bambina nella camera accanto e gli sembrò di essere stato colpito con un proiettile da sette tonnellate, mentre gli occhi gli si chiudevano e si addormentava.

Si svegliò due ore dopo, sentendosi talmente meglio che gli sembrava di avere un corpo nuovo. Si lavò velocemente i denti e la faccia e poi, con un grosso aiuto da parte di muri e stipiti, riuscì ad arrivare in salotto. Si fermò quando vide che c'era Amy, seduta su una piccola sedia a dondolo di legno imbottita, che non aveva mai visto prima. La sua piccola pancia aveva una forma perfettamente tonda, sotto la sua graziosa maglia prémaman color pesca.

«È nuova,» disse con un sorriso, sedendosi a titolo di prova sul divano col plaid logoro.

«Quindi a me non tocca neanche un abbraccio, Crick,» si lamentò Amy, e Crick le regalò uno dei suoi sorrisi migliori e si rimise in piedi per darglielo.

«Temevo che fossi un altro membro del club 'tutti odiano Crick',» confessò mentre lei si sporgeva per abbracciarlo e faceva di no con la testa mentre lo teneva stretto.

Quando si sedette di nuovo, lei disse: «Deacon ti

ha perdonato del tutto, dolcezza. A me basta.»

Crick guardò la sorella con prudenza mentre entrava nella stanza con una ciotola di porridge speziato per lui «Grazie... hai sentito?»

«Deacon e Amy sono più buoni di me,» tirò su col naso, andando ad accendere la tv. La bambina, impegnata a gattonare da una parte all'altra della stanza, si lasciò cadere davanti all'apparecchio e strillò.

«Oh, evvai!» disse Benny asciutta. «Spongebob!»

«Zitta,» replicò Amy, riprendendo in mano il lavoro a ferri che aveva posato quando Crick era entrato «È l'episodio con Squidward e la macchina artiglio. Sono una fan.»

«Oh, cavolo... mi ricordo di aver visto questo episodio quando ero al liceo.» A dispetto di come il suo mondo fosse cambiato e dei due anni passati in un deserto straniero, Crick si sentì improvvisamente perso nella normalità della situazione, con le ragazze che lavoravano ai ferri e la bambina che saltellava allegramente sul suo sederino, il tutto legato da quel cartone animato familiare.

Il bel momento fu completamente rovinato da un bussare stentoreo alla porta.

«Vado io,» disse Benny tesa, mettendo giù il lavoro ai ferri. Crick strizzò gli occhi cercando di ricordare chi dovesse venire.

Non si aspettava la sosia dell'infermiera Ratchet da «Qualcuno volò sul nido del cuculo» in un tailleur pantalone di poliestere.

«Signorina Abernathy, prego entri,» disse Benny, con un tono di voce il più neutrale possibile. Crick guardò la donna che entrava nella stanza e posava la valigetta sul tavolo della cucina con un'aria da padrona, e fece una smorfia. Chi era questa sconosciuta, e perché aveva l'aria di star valutando la casa e di trovarla manchevole?

«Vuole venire in soggiorno? È una specie di zona feriti qui, sa.» Benny stava cercando di fare una battuta e all'improvviso Crick si sentì molto guardingo nei confronti di quella persona, e un po' più che arrabbiato.

«Vedo,» rispose la Abernathy, e Benny le fece cenno di sedersi sulla sedia imbottita, posizionata in diagonale rispetto a Crick che era sul divano. Il suo volto si addolcì un po' quando vide le cicatrici e le bende di Crick, e lui le porse la mano per salutarla.

«Mi perdonerà se non mi alzo,» disse, cercando di ricordare tutto quello che aveva imparato sul tenere la testa a posto.

«Comprensibile. Quindi lei è il fratello di Benny?»

«Sì, signora. Lei invece è quella con la trave su per il culo che ha detto che Deacon è un deviato sessuale?» Fanculo. Al diavolo la maturità.

«Crick!» sibilò Benny, ma a lui non fregava nulla del suo sguardo sparuto e terrorizzato.

«Beh, mi dispiace!» Scattò. «Ti muovi attorno a questa donna come se stessi camminando sulle uova, e la bambina sta bene ed è felice, e tu stai bene e sei felice, e Deacon non si merita che lei venga qui a farlo sentire una merda!»

«Questa donna...» riuscì a ricomporsi e dopo un attimo disse: «Temevamo che il signor Winters portasse avanti una relazione inappropriata con sua sorella, signor Francis. Sappiamo anche che voi due avevate rapporti sessuali al liceo.»

Crick la guardò e si sentì avvampare. Il sangue gli scorreva così forte nel corpo che le ferite gli pulsavano nel ritmo. «Magari.» Il grugnito era basso e arrabbiato, e lei arretrò.

«Beh, viveva con lui a sedici anni.»

«Perché i miei genitori mi hanno buttato fuori di

casa quando ho detto che ero omosessuale!» Perché quel particolare evento sembrava aver definito la sua vita? Gesù, pensava che due anni in Iraq gli avrebbero fornito storie migliori da raccontare!

«Io... io pensavo che lei e sua sorella foste scappati,» disse la donna, sembrando sconcertata, e l'espressione di Crick si incupì.

«Sono andato a un funerale, e quando sono tornato tutta la mia roba era buttata sul prato. Deacon mi ha aiutato a raccoglierla e Parish mi ha dato la stanza libera per mettercela.»

«Almeno a te hanno buttato la roba sul prato!» esclamò Benny, dura. «Quando gli ho detto che ero incinta, ho fatto in tempo a prendere due pigiami e ho rimediato un occhio nero, prima che Deacon venisse a prendermi.» Guardò l'assistente sociale con disgusto comprensibile. «Io le ho detto tutto e lei mi ha ignorato. Ma vedo che non ignora Crick.»

La signorina Abernathy ebbe la grazia di arrossire. «Suo fratello è molto convincente.»

Crick la guardò male. «Anche mia sorella. Ma lei non voleva ascoltarla. E tutta quella merda a proposito di una relazione inappropriata...» Rabbrividì nel prenderla in considerazione, ma spiegava molto dell'introversione di Deacon, che sembrava essere peggiorata. «Ehm, l'ha davvero detta a Deacon quella stronzata?»

«Lui ha negato,» concesse lei, «ma lei non era qui per collaborare. Se Bernice non fosse stata così irremovibile nel dire che non la stava forzando a...»

Oh, Dio. Sentirla che lo confermava... Pensare a Deacon accusato del peggior tipo di condotta mentre stava solo cercando di tenere la sua famiglia unita nel miglior modo possibile... Crick non ce la faceva. Si alzò sulle gambe tremanti.

«Chi è stato?» chiese, sull'orlo delle lacrime. «Chi, in questo mondo del cazzo, ha detto una cosa del genere su Deacon?» Guardò Benny oltraggiato. Lei era paonazza, ma sembrava stanca e risoluta, come se lo avesse già sentito.

«Chi pensi sia stato, Crick? E la situazione è peggiorata da quando l'abbiamo cacciata dall'ospedale. Lei e Bob hanno continuato a parlar male di lui, credo.»

Crick si reggeva al retro del divano. Voleva riavere le forze per prendere a calci qualcosa. «È fuori di testa? Tutte le persone in questa città sono fuori di testa? Stiamo parlando di Deacon Winters! Dannazione... come ha potuto pensare che farebbe una cosa del genere?»

La signorina Abernathy era pallida ma teneva il punto. «Il signor Winters non era proprio disponibile nello spiegare le ragioni per cui ospitava la ragazza. E nelle visite precedenti sembrava si sentisse in colpa, verso di lei in special modo.»

Crick si premette i palmi delle mani sugli occhi per non mettersi a piangere come un bambino «Era mortificato, stronza!»

«Crick!» sibilò Amy, ma lui la ignorò.

«Fanculo. Nessuno dice queste stronzate di Deacon. Mi ascolti. Dica a chiunque deve fare rapporto che Deacon Winters è la persona migliore che io abbia mai conosciuto. Vada a dirgli che io ero il ventenne vergine più eccitato sulla faccia della terra e ho dovuto sedurlo, e gli dica che ha accolto mia sorella perché lei è la mia famiglia e lui è una persona buona. E poi gli dica di lasciarci in pace, mi ha capito?»

«Adesso, signor Francis...»

«Per lei sono il sottotenente Francis. Per due anni ho servito il mio Paese e sono stato decorato sul campo due volte, e tutto quello che so sull'onore e sul senso della morale me l'ha insegnato la persona che lei ha appena definito stupratore di ragazzine. Vuole tornare ancora qui? È meglio che abbia un cazzo di mandato!»

«Crick!» protestò Benny, e anche Amy stava cercando di alzarsi. Il giovane smise di trattenere le lacrime e guardò l'assistente sociale col viso bagnato pieno di disgusto.

«Sono serio,» disse con voce rauca. «Nessuno fa questo a Deacon. Nessuno.»

La signorina Abernathy si alzò e si lisciò la gonna con troppa veemenza. «Bene, perlomeno ci ha chiarito le idee su alcuni punti,» disse tremante, e Crick rimase a fissarla scuotendo la testa.

«Dove cazzo devo firmare per farla uscire da qui?»

CAPITOLO
VENTI

Giardini segreti

LA MANO di Deacon non era mai veramente guarita dopo la seconda volta che se l'era rotta. Si era dislocato il pollice circa tre volte da quando aveva tolto il gesso, sempre in modo inaspettato, ed era sempre molto doloroso.

Almeno sapeva cosa fare.

Si stava occupando di uno dei loro cavalli di due anni, quelli che gli facevano guadagnare denaro se riusciva a mostrarli e a piazzarli. Il vivace animale tirò indietro la testa nello stesso istante in cui Deacon notò la macchina dell'assistente sociale fermarsi nel vialetto.

L'esclamazione «Cazzo!» che gli scappò a pieni polmoni non era proprio l'impressione che stava cercando di dare. Non che alla donna piacesse, comunque.

Andrew si affrettò a raggiungerlo e afferrò la cavezza, e Deacon si appoggiò contro il recinto, cercando di vedere qualcosa tra i puntini che gli ballavano davanti agli occhi.

«Aaah, fanculo,» ansimò. «Devo andare a sistemarlo!»

«Già,» gli disse Andrew con partecipazione. «Assicurati di essere vicino al cesso quando lo fai.»

Quel particolare tipo di dolore, causato dal rimettere il dito a posto, gli scatenava il riflesso del dare di stomaco come nient'altro. Era umiliante ma vero, le prime tre volte lo provavano.

Quindi Deacon non era esattamente al meglio della forma quando entrò dall'ingresso per poi passare in cucina. Quando ci arrivò, Crick e la signorina Abernathy lo guardarono spaventati, e lui gli sorrise ingenuo tra i puntini che gli ballavano davanti agli occhi.

«Felice di vederla, signorina Abernathy... Crick, vedo che vi siete conosciuti. Ehm, potreste scusarmi...e, ehm...» Il dolore stava prendendo il sopravvento sul suo corpo, espandosi dal tendine fino a infiammare tutto il braccio. «Potreste ignorare ogni rumore proveniente dal bagno?»

«Oh, Gesù,» disse Benny, arrivando dal salotto. «Deacon, l'hai fatto di nuovo?»

«Già, piccoletta, temo di sì. Vuoi aiutarmi visto che sai come fare?»

Lui si diresse barcollando verso il bagno, senza aspettare una risposta. Quando fu lì, allineò con cura il pollice con lo stipite della porta, e poi ci si gettò contro con tutto il peso, strillando quando l'articolazione tornò al suo posto. *Aspetta... aspetta...*

Quando Crick arrivò zoppicando nella stanza con le bende prese dall'altro bagno, lo trovò seduto sul lato della vasca, che rigettava la colazione nella tazza del gabinetto.

«Deacon?» Crick sembrava davvero stanco e leggermente divertito, ma sfortunatamente Deacon gli rispose solo con un altro conato. Rimase lì per un minuto, col sedere sul lato della vasca e le spalle che gli tremavano, prima di alzare lo sguardo e sorridere tremante.

«Che tu ci creda o no, mi sento già meglio.» Era vero: se teneva il pollice fasciato contro la mano, sarebbe guarito in un paio di giorni.

«Non sono certo di crederci,» disse Crick piano. Deacon si sollevò e abbassò la tavoletta per farlo sedere. Lui lo fece, grato, gli passò la benda e insieme, un po' goffamente, riuscirono a sistemargli la mano in un modo che non dispiaceva a nessuno dei due. Una volta fatto, Crick si rifiutò di lasciarla, rimanendo lì seduto con la mano di Deacon tra le sue, mentre gli massaggiava delicatamente il polso con quella buona.

«Se n'è andata?» chiese Deacon, incantato da quelle dita forti sull'interno del polso. Aveva visto Crick firmare delle carte; immaginava che il vero fratello di Benny avesse miglior fortuna col gioco della burocrazia del suo cognato gay.

«Già, se l'è data a gambe quando hai iniziato a vomitare. Era una donna orribile, Deacon. Mi spiace così tanto che tu abbia dovuto aver a che fare con quel genere di cose mentre non c'ero.» Sembrava così stressato! Deacon riuscì a tirar fuori un sorriso per calmarlo un po'.

«Non è stato tanto terribile: lo stesso tipo di merda con cui tu hai avuto a che fare per tutta la vita.» Chiuse gli occhi e assaporò il tocco del giovane sul suo braccio. Ahh... Dio. Non gli importava neanche che fossero di nuovo in bagno, ma solo che Crick fosse lì, a toccarlo.

«No, Deacon, è stato peggio,» disse Crick, ma Deacon pensò che probabilmente non era così.

«Hai firmato qualcosa? Parry può stare con noi?»

«Sì, ho la custodia piena di entrambe, adesso. Più difficile portarcele via col legame di sangue, credo. Teste di cazzo.»

Deacon pensava che la cosa l'avrebbe fatto sorridere, ma la sua gola invece si annodò, e annuì.

«Che c'è?» Crick lo conosceva ancora, le espressioni, i rumori, tutto.

«Niente.» Deacon scosse la testa, ma Crick gli strinse il braccio più forte, e lui sospirò. «Era bello, anche solo sulla carta, essere il padre di quella bambina, ecco tutto.»

Crick distolse lo sguardo. «Non posso farci nulla per quello, Deacon,» disse alla fine, e Deacon scoprì di riuscire a sorridere davvero dopotutto.

«La alleveremo come se fosse nostra finché Benny ce lo lascerà fare. È abbastanza no?»

L'espressione di Crick sembrava molto più adulta della sua età. «Deacon, amico, devi iniziare a chiedere di più alla vita. Sono serio. È come se nel tuo cuore ci fossero dei posti inesplorati con cose che vuoi ma a cui non dai voce. Non avrei mai saputo che tu desiderassi avere dei bambini, lo sai? Se Benny non fosse arrivata incinta, non ci sarei mai arrivato che ti sarebbe mancata una cosa così grossa. È come il tuo braccio o la tua gamba.»

Deacon fece spallucce. «Ci saresti arrivato. Sei ancora piuttosto giovane. Hai il diritto di pensare a te stesso quando sei giovane.»

La smorfia di Crick era storta e cupa. «Come se tu l'avessi fatto.»

Deacon non aveva nulla da rispondere. Si alzò, visto che c'erano altre cose da fare, e si lavò velocemente i denti mentre Crick lo guardava con occhi inquieti . Dopo essersi lavato anche la faccia, si chinò, poggiò la mano sulla spalla buona di Crick e lo baciò sulla tempia. «Hai compiuto la tua buona azione quotidiana, Carrick: hai messo la nostra famiglia al sicuro più di quanto io abbia mai fatto. Perché non vai a farti un sonnellino davanti alla tv mentre il vecchietto qui si occupa delle faccende domestiche?»

«Hai ventisette anni, Deacon.» Ma stava un po' sorridendo mentre lo diceva.

«Ho ancora un po' di anni buoni.» Deacon sorrise, avviandosi verso la porta. La voce di Crick lo fermò.

«Deacon?»

«Sì?»

«Mi dirai mai a cosa è servito il Valium?»

«Non se posso evitarlo,» rispose, e uscì, dopo aver colpito lo stipite della porta con la mano buona.

E ah, Dio… dolce Dio misericordioso, era così dannatamente bello averlo a casa.

Nella settima seguente, Deacon si occupò delle sue medicazioni – che diminuivano ogni giorno – e delle sue medicine, facendo tutto ciò che era in suo potere per tenere Crick in salute e senza dolori, e il giovane sembrava rimettersi in forze.

Era grato di poter rifare una doccia, anche se stava seduto sullo sgabello dentro la vasca, e Deacon era grato per l'occasione di vederlo, di vederlo per intero, bello e pulito e che tornava in forma, sotto il getto dell'acqua.

«Mi rimarranno le cicatrici,» disse Crick addolorato e Deacon non poté contraddirlo.

«Camminerai da solo,» ribatté Deacon, mettendo passione nelle sue parole. «Con un po' di terapia sarai in grado di usare la tua mano. Crick, potrai cavalcare di nuovo.»

Crick si guardò sotto il getto d'acqua calda e il sapone antibiotico e fece un'altra smorfia mentre Deacon gli insaponava il petto e il fianco, stando molto attento a non usare troppa forza per non far sanguinare i drenaggi e le ustioni in via di guarigione mentre le sfregava.

«Una volta ero carino,» disse, e Deacon sorrise.

«Non avrei mai immaginato che tu fossi vanitoso, Carrick. Io penso ancora che tu sia carino.» Oh, eccome se lo pensava. Il corpo di Crick era ancora funzionale, le cicatrici non significavano nulla. Crick se ne stava lì seduto, sforzandosi di stare meglio. I suoi muscoli erano ancora connessi, i suoi arti lunghi, slanciati e pieni di grazia si muovevano ancora a comando. I suoi occhi potevano ancora vedere e Deacon ogni notte sentiva i polpastrelli sensibili di Crick che gli si muovevano sul petto, sullo stomaco e sulle spalle, mentre aspettavano che il corpo del giovane guarisse. Si stavano abituando di nuovo a toccarsi la pelle l'un l'altro. Crick, seduto diritto e all'erta e capace di muoversi... beh, dannazione, era la cosa più bella che Deacon avesse mai visto.

Crick lo guardò strizzando gli occhi attraverso l'acqua bollente. «Deacon, da quanto mi ami così?»

Deacon sapeva di essere arrossito, ma non poteva farci nulla. Chiuse la tendina della doccia su Crick e s'impegnò ad asciugare l'acqua sul pavimento.

«Ha importanza?» chiese, visto che Crick sembrava attendere una risposta.

«È un'altra delle cose che non sapevo di te quando ho pensato di sedurti,» disse Crick. Era notte in quel momento. Crick era forte a sufficienza da muoversi lentamente per la casa e aiutare con le faccende domestiche, e Benny gliene era grata. Non poteva inseguire la bambina – e di certo ancora non si fidava a restare solo con lei – ma lei si stava abituando a sedersi sul suo lato sano, e ad ascoltare una storia (ma mai una canzone). Sembrava stanco e giovane e un po' triste, e Deacon pensò a tutto quello che aveva ancora da fare nelle stalle dopo aver messo a letto Crick. Non era sicuro di avere la forza per fare altro, oltre che essere felice che Crick fosse a casa.

«Lo dici come se io avessi un sacco di segreti, Crick.» Il pensiero era ridicolo. «Se non te ne sei accorto, sono un tipo molto semplice.» Deacon sentì un improvviso fremito di orrore, abbastanza da fargli sbirciare nella tendina della doccia. «Non è che ti stai già annoiando con me, vero?»

Crick sorrise, senza vergognarsi affatto della sua nudità o delle sue cicatrici. «Mai. Posso incazzarmi con te, essere frustrato, e assolutamente convinto che non puoi rispondere a una domanda con nient'altro che una risposta tortuosa, ma mai annoiato.»

Deacon scosse la testa, di nuovo imbarazzato. «Ti piace fare il drammatico,» borbottò. «Non c'è alcuna ragione di eccitarsi per il fatto che ti ho amato, in un modo o nell'altro, fin da quando sei arrivato al Pulpito quand'eri un ragazzino.»

Crick perse il suo sorriso e d'improvviso divenne aperto e vulnerabile come il bambino che Deacon ricordava. «E dicevi che *io* ti rendo un rottame. *Dannazione,* Deacon, *avvertimi* prima di farmi battere il cuore a questo modo.»

Deacon sorrise ancora mentre chiudeva l'acqua e passava a Crick un grosso asciugamano pulito, e il giovane si rimetteva in piedi. «Forse dovresti solo abituarti a ricevere un complimento, non pensi?»

Circondò Crick con l'asciugamano, come se si stesse prendendo cura di un bambino troppo cresciuto, e lasciò che il giovane si appoggiasse a lui mentre lo riportava a letto. Con qualche manovra – e un sacco di palpeggiamenti da parte di Crick – il giovane era pulito, vestito, di nuovo a letto, e cercava di restare sveglio con tutte le forze.

«Vieni a letto, Deacon?» chiese, ed era una domanda legittima. Da quando era tornato, tra le scartoffie legali, il lavoro al ranch e il tempo extra impiegato a prendersi cura di lui, Deacon andava a letto tardi e si alzava presto.

«Ho ancora delle cose da fare. Prima o poi arrivo.»

Sorrise di nuovo. Crick era a casa da più di una settimana, ma vedere la sua testa scura sul suo cuscino lo riempiva ancora di una gioia bollente.

Ma stanotte Crick lo guardava con un'intensità calma, quasi preoccupante. «Deacon, devi parlare con me qualche volta, sai? Il mondo non è così impegnato.»

Deacon sospirò, avvicinò una sedia al letto e sedette. «Invece sì, almeno adesso. Ma di cosa volevi parlare?»

Crick scosse la testa contro i cuscini, con gli occhi che gli si chiudevano nonostante i suoi sforzi migliori. «Che ne dici del perché non riesci a prendere peso?»

Deacon si guardò. Non era andato male da quel lato. All'ultima riunione di famiglia (dove stava diventando un rituale) pesava poco più di settantasette chili, che era ancora poco ma non di molto. Ma era successo prima che ricevessero la telefonata della Germania riguardo a Crick e sembrava che avesse perso più peso nelle ultime settimane.

«Forse è perché ero preoccupato per te, imbecille. Magari se non ti fai saltare in aria dall'altra parte del mondo, inizierò a mangiare di nuovo bacon, formaggio e biscotti di pasta frolla.»

«Ti fa male al cuore essere sottopeso, Deacon,» disse Crick serio. «Sai, lo stesso cuore che aveva Parish?»

Ahia. Ma Deacon sapeva perché glielo stava dicendo. Non avrebbero mai superato la faccenda del «per favore, non lasciarmi». Mai.

«Il mio livello di colesterolo è buono,» disse Deacon dolcemente. «Senti, Crick, non abbiamo alcuna garanzia. È così e basta. Mi terrò in forma il più possibile, ma non posso prometterti che non succederà niente di brutto. Gesù, dopo questi ultimi due anni, quel che posso prometterti è che la California del Nord forse è fuori dalla mappa se dovesse arrivare la piaga delle locuste.»

Crick rise un po' e chiuse gli occhi del tutto. Deacon si alzò e lo baciò sul volto – sul lato luminoso e rovinato, perché lo amava tutto – e poi sulle labbra. La bocca di Crick si aprì e lo lasciò entrare, e oooh... non l'avevano ancora fatto. Il respiro di Crick sapeva di menta e la sua bocca era calda, e per un minuto, solo un minuto, Deacon si lasciò andare a quel bacio con gli occhi chiusi.

Gli ricordò quanto tempo era passato dall'ultima volta che il suo corpo era stato toccato, toccato per davvero. Gli ricordò di quanto Crick gli era mancato, e di quelle due settimane che erano stati insieme, quando Deacon lo desiderava così tanto che i muscoli dello stomaco erano tirati e il suo pene diventava duro solo a guardarlo, solo al pensiero che fosse suo.

Crick annaspò, ora completamente sveglio, e sollevò le braccia per allacciarle dietro il collo di Deacon, e il giovane si domandò se gli avrebbero dato una medaglia per aver avuto la forza di staccarsi.

«Ahhh... Dio, Carrick, *devo* andare.»

«Deacon!» si lamentò Crick, e Deacon ne ebbe pietà. Usò il pollice per lisciare la bocca gonfia del suo compagno.

«Tra quanto ti togli i drenaggi?» chiese, anche se lo sapeva benissimo.

«Tre giorni,» rispose Crick con l'aria imbronciata, e Deacon sorrise.

«Bene, allora abbiamo un giorno a cui mirare come obiettivo. Non posso prometterti che ti sconvolgerà il mondo o che faremo un fuoricampo, ma aggiungerò a matita un po' di 'tempo per Crick', okay?»

Crick s'illuminò. «Non è carino da parte tua mettere nella stessa frase 'tempo per Crick' e 'matita', sai?»

Deacon rise forte e sbirciò scherzosamente sotto le coperte. Senza ombra di dubbio dai boxer bianchi di Crick si stava alzando una tenda più grossa della misura di una matita. Deacon infilò la testa sotto e glielo baciò, sentendo nelle labbra il cotone soffice che sapeva di biancheria pulita. Poi se ne andò ridendo prima che Crick potesse fare altro, a parte lamentarsi e grugnire.

Divenne serio appena arrivò nelle stalle.

Insieme ad Andrew e Patrick avevano lavorato per quanto potevano e il più a lungo possibile, ma aveva ancora da fare per un'ora e mezzo: c'era da spalare il letame. Cercò di fare poco rumore perché aveva promesso ad Andrew che l'avrebbe fatto la mattina dopo, ma non poteva. La mattina dopo aveva promesso a Jon che avrebbe dedicato un paio d'ore a riempire scartoffie legali, il tempo che di solito dedicava a spalare il letame, e Andrew e Patrick avevano la loro parte da svolgere.

Benny lo trovò ore dopo, che dormiva in piedi all'angolo dell'ultimo box, appoggiato al forcone.

«Dannazione, Deacon,» imprecò, svegliandolo. Gli cadde il forcone e inciampò, mentre lei lo raggiungeva muovendosi con attenzione nelle sue infradito, e stringendosi la felpa col cappuccio sopra la vestaglia da notte. Deacon raccolse il forcone e lei glielo strappò dalle mani.

«Benny...»

«Fanculo, Deacon. Mio fratello mi è venuto a chiamare perché tre ore fa l'hai messo a letto e gli hai promesso 'ci metto un minuto, Crick'. Guardati. Stavi dormendo in piedi, dannazione!»

Deacon si accigliò. «Ti ha detto lui di mandarmi affanculo?»

«Sono incazzata!» ringhiò. «Per due anni ti sei

consumato per mio fratello come un cane smarrito. Ora che è qui, passi a malapena dieci minuti con lui nella stessa stanza!»

Deacon trasalì colpevole, e forse a causa del sonno che ancora gli pompava pigramente nella testa, si lasciò sfuggire qualcosa che stava cercando di tenersi dentro. «Non farò del bene a Crick, se perdo la casa appena torna!»

Benny si fermò per un attimo e inspirò profondamente, posando il forcone contro il lato del box con fin troppa attenzione. Era primavera, quindi Shooting Star era stata lasciata fuori al pascolo, il che era positivo, vista la sua tempra.

«Deacon, per quanto possiamo amare questo posto, non sarebbe la nostra casa senza di te.»

Deacon avvampò: era una delle cose più belle che gli avessero mai detto. «Ho promesso a tuo fratello che avrebbe sempre avuto un posto da chiamare casa,» replicò, ripagando il complimento con l'onestà. «Io… io non posso deluderlo.»

Benny scosse la testa, sembrando troppo grande per la sua età. «Bene, allora perché non mi chiedi di aiutarti…»

«Perché tu hai già abbastanza cosa da fare qui!» le disse seccamente «Non sei una lavorante a tempo pieno, sei una ragazza, e una madre, e devi avere del tempo libero.»

«E tu cos'hai, Deacon?» gli chiese alla fine, tristemente.

«So che tuo fratello è al sicuro,» disse con un sorriso. E poi sospirò. «Qui finirò domani.»

«Io lo finirò domani,» borbottò Andrew, entrando nella stanza con indosso i pantaloni del pigiama e una maglietta. Il suo piede artificiale era pallido e nudo accanto a quello vero color caffè, e a Deacon non sfuggì l'interesse senza ombra di giudizio di Benny per quel piede.

«Hai già una lista di cose da fare domani,» mormorò Deacon. «Mi spiace di averti svegliato.»

«Dispiace anche a me. Vai a letto.» Si fermò notando l'interesse di Benny e disse: «C'è qualcosa che vorresti sapere?»

Benny gli sorrise. «Non potevano permettersi di dartene uno dello stesso colore?»

Andrew ricambiò il sorriso. Era proprio un sorriso stupefacente, in coppia con quegli occhi scuri. «Sono tutti così impegnati a non guardarlo, che credo abbiano pensato che nessuno ci avrebbe fatto caso.»

«Io ci ho fatto caso,» disse lei impertinente, e lui fece un passo avanti, ardito, e le scompigliò i capelli.

«Lo dirò al dottore quando lo vedo per il prossimo impianto. Adesso rientrate e andate a dormire. E Deacon?»

Deacon sbatté le palpebre. Aveva annuito un po', anche davanti a loro due che flirtavano. «Mmm?»

«Ci penso io a dargli da mangiare domani mattina. Dormi.»

Non riuscì a trovare nessuna ragione per obiettare. «Mi sembra un buon piano.»

Avrebbe potuto esserlo se, dopo aver fatto una doccia ed essere stato pronto per andare a letto, non avesse trovato Crick sveglio e incazzato.

«Mi dispiace,» bofonchiò barcollante, impaurito dallo sguardo torvo di Crick per andare a sdraiarsi vicino a lui.

«Deacon! Sono le due passate, che stavi facendo?»

«Spalavo merda,» rispose veloce, afferrando la coperta dal suo lato e raggomitolandosi.

«Deacon,» disse Crick, insistente – beh, lui aveva dormito tre ore, poteva esserlo. «Ti stai scavando la fossa. Non mi dici mai nulla degli incontri che hai con Jon. Viviamo di burro d'arachidi e Top Ramen. Non sarebbe ora che mi dicessi quanto va male per davvero?»

Deacon grugnì. «Il burro d'arachidi e il Top Ramen sono un'idea di Benny. Le ho detto che non dobbiamo risparmiare sul cibo, ma sembra che pensi possa aiutarci.»

«Non hai risposto alla mia domanda.»

Deacon si seppellì ancora più stretto nel suo piccolo bozzolo. Poteva rispondere meglio a queste domande dopo aver dormito un po'. *Solo un po', Crick, per favore? Solo un paio d'ore, e poi sarò onesto su come decido di salvarci il culo?*

«Non voglio farlo,» disse Deacon schiettamente. «Mi spiace di aver fatto tardi...»

«Da quando spalare la merda è una cosa così lunga?» Crick stava puntando i piedi. Deacon riconosceva il suono.

«Da quando mi addormento mentre lo faccio,» sbadigliò Deacon, e Crick dovette aver capito che non stava scherzando, perché ci fu uno spostamento cauto nel letto, e poi un braccio bendato circondò le braccia di Deacon e si fermò sul suo petto.

«Deacon, continui a cercare di proteggermi, e lo capisco, ma mi sembra che tu mi stia mentendo, e odio questa cosa. Non sono un bambino. Quando mi toglierò le bende potrò aiutarti!» L'ultima parte sembrava petulante, ma Deacon non poteva biasimarlo.

«Quando sarai pronto, ti dirò tutto,» gli promise Deacon, sentendosi magnanimo. «Ma adesso abbiamo entrambi bisogno di dormire.»

«Beh, nessuno di noi due lo farà finché non sarai onesto con me.» Oh Dio, sembrava un cane che non voleva mollare l'osso.

«Su cosa?» scattò Deacon, spazientito.

«Non lo so, Deacon. Com'è stato disintossicarti?»

Deacon scattò su come se gli avessero sparato, con le bende di Crick che gli cadevano nel petto mentre il braccio scivolava giù. «Tremendo,» bofonchiò, semplicemente stordito fino a essere di una franchezza brutale. «Come lo sai?»

Gli occhi scuri di Crick luccicavano nell'oscurità, mentre lo guardavano infelici. «Ho fatto due più due: il Valium nell'armadietto e poi Benny e Andrew che rifiutano di avere birra in casa. E cavolo se non mi sono sentito uno stupido. Voglio dire, cos'è che avevi scritto? 'Ti dirò soltanto che qualsiasi quantità di alcool è troppa'?»

«Cosa ti hanno detto?» chiese Deacon, sentendo il panico salirgli in gola come bile. Non sapevano molto, pensò confuso. Benny sapeva che era stato ubriaco per un po', sapeva che aveva perso un sacco di peso. Non sapeva quello che era successo in bagno, quando nudo nella vasca in mezzo al suo vomito aveva supplicato Jon di dargli del Valium, per evitare che il suo corpo cedesse. Non sapeva dei tre giorni di tremiti, attenuati dal medicinale, né che era stato in grado a malapena di dar da mangiare ai cavalli la prima settimana che Benny era stata lì.

«Benny mi ha detto che eri un alcolizzato totale e che è venuta a parlarti mentre te ne andavi dal negozio di alcolici a mani vuote, e ti sei accorto che era incinta.» Crick sembrava ancora arrabbiato che Deacon lo avesse negato, e il giovane tirò un sospiro di sollievo.

«Non sono stati i miei momenti migliori,» borbottò. «Posso non riviverli stanotte?»

«Non mi hai ancora raccontato della disintossicazione,» mormorò Crick implacabile, e Deacon tirò su le ginocchia e si strofinò il volto con le mani.

«È stato un tumulto di risate, okay? Due settimane di felicità e gioia, del tipo che il mio corpo non ha mai visto, e prego Dio non vedrà mai più. Per favore...» Deacon si sorprese di quanto gli tremasse la voce. «Ti prego, Carrick. Non costringermi a raccontarti quella storia. Tu pensavi che fossi qualcosa, okay? Mi guardavi come se fossi speciale. Non costringermi a raccontarti di come sono stato un mucchio tremante di vomito, non potrei sopportarlo se mi guardassi come se fossi ancora così. Posso andare a dormire sul divano se vuoi... se non riesci ad accettarmi come sono, come sono stato, posso dormire sul divano così non devi preoccuparti per me se vengo a letto tardi, ma...» *Oh dannazione. Datti un contegno, Deacon. Hai troppe cose da fare, ed è troppo tardi per quel casino. Datti un cazzo di contegno.* «Non costringermi a raccontartelo, okay?»

Stava tremando. Il petto nudo e le spalle tremavano mentre si abbracciava le ginocchia, e Crick si stava alzando goffamente.

«Ho detto che vado a dormire sul divano,» borbottò Deacon, cercando di far dondolare le gambe fuori dal letto. La voce di Crick gli arrivò come una frustata.

«Non osare uscire da questo letto, Deacon Winters.» Il braccio buono di Crick si allacciò sulle spalle di Deacon, tirandoselo contro il petto. Deacon era riluttante a lasciarsi andare, ma Crick lo baciò sulla tempia e mormorò. «Per favore? Ti prego, Deacon, non andartene arrabbiato. Parla con me.»

«Crick...» Stava ancora tremando e non riusciva a smettere. «Sto bene, okay? Ho solo bisogno di dormire un po'.»

«Non stai bene,» mormorò Crick stendendosi e portando Deacon con sé. «E parli come se io cambierò idea su di te quando scoprirò il peggio. È come se non ti fidassi di me abbastanza da conoscerti, Deacon, e questo mi ferisce.»

Ah, Dio. Crick si sentiva bene. Si sentiva forte, forse abbastanza forte da togliere un po' di peso dalle spalle di Deacon. «Non devi mai pensare che io non mi fidi di te,» mormorò Deacon. «È che non voglio farti del male.» Era stanco... così stanco. E appoggiarsi a Crick per un minuto lo faceva sentire così bene. Il tremolio non se ne era andato del tutto, ma migliorava a ogni respiro.

«Non vuoi farmi del male?»

«Mmm.» Si stava addormentando addosso a Crick, ipnotizzato dalla sensazione di calore e dolcezza che gli dava il suo respiro sui capelli.

«Allora per una volta, solo una volta, ammetti che non stai bene quando ti chiedo come stai.»

Deacon gemette piano e si girò sul corpo forte di Crick. «Ma io sto bene,» mormorò. «Sto alla grande, adesso.»

E Crick doveva aver avuto pietà di lui, perché quella fu la fine della conversazione come Deacon se la ricordava.

CAPITOLO
VENTUNO

Terapia

CRICK occupava il sedile del passeggero del pick-up e si domandava perché far rispettare la parola a Deacon lo facesse sentire una merda.

È stato molto brutto, Crick, cosa vuoi che ti dica?

Quell'imbecille cocciuto gli aveva raccontato della disintossicazione. Più o meno.

Mi ha trovato Patrick la mattina dopo. Ero un disastro. Jon mi ha portato il Valium e mi ha aiutato a pulire la casa. Senti, possiamo non parlarne più?

Era stata la conclusione di un'altra lunga notte. Questa volta era stato Crick ad andare nelle stalle e a trovarci Deacon che dormiva in piedi, e stavolta il giovane non era riuscito a rientrare subito e ad andare a letto. Si era fatto una doccia e aveva baciato Crick, poi era andato nello studio a firmare le carte che Jon gli aveva faxato mentre era fuori nelle stalle.

Crick aveva sollevato l'argomento più doloroso per fargli mollare le carte e rifugiarsi tra le sue braccia.

Crick pensò amaramente che gli sarebbe bastato strapparsi un drenaggio per portare Deacon a rilassarsi e passare un po' di tempo con lui – e ci credeva quando Deacon gli diceva che non lo stava evitando. Era dura non credergli quando si comportava come se stessero andando al circo invece che dal dottore di Crick.

«Allora vuoi andare a prendere qualcosa da mangiare quando torniamo?» gli chiese eccitato mentre prendevano l'uscita I-50 dalla I-5, e Crick gli sorrise, del tutto incapace di rovinargli l'umore.

«Assolutamente. Bistecca, non vedo l'ora. E forse potremo fare un po' di spesa per Benny quando torniamo.»

Gli occhi di Deacon si spalancarono. «Già... mi chiedo dove compri quei biscotti con la crema nel mezzo. Sono fantastici.»

Crick non poté fare a meno di ridere. Il nucleo di dolcezza di quel ragazzo era assolutamente intoccabile. Poteva essere complicato arrivarci, ma ne valeva assolutamente la pena.

Deacon entrò con lui dal dottore. Lo chiese con gentilezza e poiché era stato lui a occuparsi del cambio delle fasciature fu tutto più semplice. Crick se ne stava seduto lì in boxer, aspettando un certificato di buona salute, e si sentì rassicurato quando il panciuto uomo cinquantenne, con calvizie incipiente, annuì con approvazione osservando il tessuto rosa della cicatrice.

«Bene. Chiunque si è preso cura di lei ha fatto un ottimo lavoro, tenente Francis. Possiamo togliere le bende, a meno che i suoi soliti vestiti non inizino a irritarla.»

«No,» rispose Crick sollevato. Il dottore gli aveva tolto i drenaggi, e quel che rimaneva di ciò che aveva percepito come una fasciatura dalla testa ai piedi ma che erano due piccoli tamponi di garza, che si stavano tingendo di rosa a causa del trauma della rimozione. Senza più bende gli sembrava quasi di riavere il suo vecchio corpo, a parte il braccio e il dolore al fianco.

Il suo braccio non era un bello spettacolo, comunque.

La pelle sembrava... attorcigliata, ecco cosa. Come se qualcuno con le mani roventi avesse cercato di bruciare una statuina di cera. I muscoli del braccio gli sembravano perennemente in mostra e la sua mano era tirata nella parodia spaventosa di se stessa – più come l'artiglio di un'arpia in effetti – e lui avrebbe voluto rimettersi le bende solo per nasconderne la forma.

Non voleva neanche pensare a come l'avrebbe usata con le briglie.

Il dottore non ne era particolarmente preoccupato e neanche Deacon. Il medico gli prese la mano con quel tocco pratico e asciutto che hanno i professionisti e gli estese le dita, gli chiese di stringerle, toccò le membrane tra le dita e disse che andava tutto bene.

«Okay, tenente, non va così male come sembra. La sua muscolatura è ancora buona. Era stata tagliata ma non hanno fatto un cattivo lavoro nel rimetterla assieme. Lei ha bisogno di terapia fisica. Adesso la sistemo.» L'uomo si girò verso il suo computer e digitò sulla tastiera per un minuto. «Le ho preso un appuntamento per oggi. Jeff è in sede oggi e ha un buco libero tra circa quarantacinque minuti. Andatevi a bere qualcosa, prendete il prossimo appuntamento, ed è fatta. Passerà del tempo a massaggiarle i muscoli e le insegnerà degli esercizi di rafforzamento. D'ora in poi vi vedrete al centro di Citrus Heights. Che ne pensa?»

Deacon sembrò alquanto deluso, e Crick gli fece l'occhiolino. «Non preoccuparti, Deacon, possiamo trovare altre scuse per venire a Sacramento, okay?»

Deacon arrossì e questo fece venire in mente a Crick un'altra cosa che voleva chiedere. «Ehi, Deacon, puoi lasciarci soli un attimo?»

Deacon sembrò sorpreso, ma visto che era lui a chiederlo, lasciò Crick alla sua privacy. Il giovane ne fu molto sollevato. Se Deacon fosse rimasto a sentire il resto del discorso sarebbe arrossito fino a Natale e Crick non sarebbe mai riuscito a farlo spogliare nudo.

«Ha fatto un buon lavoro a occuparsi di lei,» disse il dottore mentre Deacon se ne andava. «È suo fratello, giusto?»

Crick fece una smorfia. «Allora, lei è il mio dottore, esatto?»

L'uomo parve confuso, ma annuì.

«Quindi non è obbligato a dire all'esercito tutto quel che mi riguarda, vero?»

Il dottore, sempre confuso, annuì di nuovo. «Finché non è un pericolo per sé o per gli altri, cioè che mi dirà rimarrà un'informazione confidenziale, figliolo. Perché, cos'ha in mente?»

Crick tirò un sospiro di sollievo. «Okay, ecco cosa. Quel ragazzo *non* è mio fratello e a me piace stare sotto. A meno che non mi dia il via libera per quel tipo di sesso, non mi scoperà *mai*. Allora, sto bene?»

Crick non era preparato a vedere gli occhi dell'uomo uscirgli dalle orbite, né ai cinque minuti di tosse che seguirono, ma alla fine ottenne una nota del dottore che diceva che Deacon poteva scoparlo finché non gridava pietà (non erano proprio queste le parole) senza danneggiare, ferire o traumatizzare le sue delicate parti interne. Con quel pezzo di carta, che pensava di tirar fuori in un momento strategico, incontrò il suo terapista fisico in uno stato mentale decente.

Il suo terapista, Jeff Beachum, era l'uomo più gay che Crick avesse mai conosciuto. Trillava quando parlava e si muoveva flessuoso quando camminava e guardò Deacon con una lussuria talmente sfacciata e affascinata, che il giovane arrossì e mormorò qualcosa sul prendere un'altra bibita, prima di voltarsi e scappar via, lasciando Crick nella piccola stanza con un letto, un sonogramma e Jeff, l'unico uomo sulla terra che faceva sembrare Crick etero, e rideva tanto forte da farsela nei pantaloni.

«Molte grazie,» disse Crick, cercando di sembrare severo. In realtà era affascinato e piuttosto sollevato. Deacon a parte, iniziava a sentirsi come l'unico uomo gay sulla Terra: ecco che effetto hanno l'Esercito e Levee Oaks su un ragazzo. «Chi mi difenderà da te, adesso?»

Jeff lo abbagliò con un sorriso felice. «Oh, bambolina, se facessi anche solo un lamento, quell'ardente palla di testosterone tornerebbe qui in un lampo, dal distributore di bibite. Adesso siediti, togliti la maglietta e stendi il braccio, va bene?»

Crick obbedì e l'ausiliario medico Beachum iniziò a fare le stesse cose che aveva fatto il dottore di Crick, solo con più verve e passione. Crick si ritrovò a digrignare i denti e a trattenere i lamenti.

«Allora,» disse con voce roca, «come l'hai capito? Io non ci sono arrivato finché non sono cresciuto, e me l'ha dovuto dire lui.»

Jeff rise. «Okay, adesso allarga le dita. Più larghe, più larghe. Dannazione, non ne verrai mai fuori se non puoi chiuderci la mano attorno, giusto?»

Quell'ultima frase sorprese Crick, che riuscì a muovere un po' l'artiglio che era la sua mano.

«Visto? Fornisci motivazione a un ragazzo e guarda cosa riesce a fare. E per rispondere alla tua domanda, non è stato per il tuo ragazzo, neanche io sarei riuscito a capirlo. Sei tu che hai tatuato sulla fronte: 'Terrò il mio culo per aria per quest'uomo tutti i giorni della settimana e due volte di domenica'.»

«Grazie a Dio,» disse Crick con sentimento, sia perché Jeff aveva lasciato andare la sua mano e sia perché «pensavo che il mio dottore avesse messaggiato a tutto il palazzo!»

Jeff rise ancora. Sembrava farlo molto, ma Crick non poteva lamentarsi. A Deacon piaceva ridere piano, ma a volte un po' di sollievo di quell'intensità era carino. «Perché, cos'hai detto a Herbert? Non è semplice scuoterlo, sai.»

Crick gli raccontò il dialogo e Jeff smise di torturargli i tendini del gomito il tempo sufficiente per mettersi le mani tra le ginocchia e gridare allegramente. «Oh, mio Dio! Dimmi che mi dai il permesso di prenderlo per il culo. Ti prego. Ti prego. Ti prego, ti prego... per favore, per favore, per favore con una ciliegina sulla torta?»

Crick fece un gran sorriso e Jeff si mise la mano sul petto in modo drammatico. «Dipende da chi è la ciliegia...» disse con un sorrisetto. Quando Jeff smise di ridere, Crick gli disse: «Fai pure, diglielo, accomodati pure, non mi sembra sia una gran cosa.»

«Non ti sembra? La gran cosa è che lui è a prova di bomba. È una leggenda. La storia dice – e suo figlio è venuto a confermarla – che gli disse di essere omosessuale quando Herbert gli stava facendo il discorso sui fatti della vita. Herbert era tutto preso dal discordo di usare sempre un preservativo – 'ti protegge dalle malattie, protegge dalla gravidanza, in generale è una buona idea' – quando il ragazzo gli disse: 'Papà, non devo preoccuparmi della gravidanza: sono gay'. Ed Herbert – senza battere ciglio, bada bene – dice: 'Allora, lascia che ti parli del lubrificante, perché è qualcosa che vorrai conoscere'. Tesoro, se sei riuscito a sconvolgere Herbert, non sei solo il mio tipo, sei una calamità naturale.»

Crick rise un po' e poi si calmò. «Già, penso che Deacon si troverebbe d'accordo con te su questo.»

Jeff fece dei versi di compassione prima di fargli alzare il braccio sopra la testa, facendogli vedere tutto nero. «Sì? Deve essere stata dura quando te ne sei andato. Raccontami, baby, sono tutto orecchie.»

Alla fine della seduta di fisioterapia, Crick non ricordava quando aveva riso così tanto – o si era sentito il cuore così leggero. Quando Jeff gli disse che poteva sedersi e rivestirsi, dopo un esercizio particolarmente estenuante, esclamò: «Wow, ti pagano il doppio per la psicanalisi? Erano anni che non parlavo così tanto.»

Jeff inclinò con modestia la testa nera arruffata col taglio da parrucchiere. «Fa tutto parte del servizio, ragazzo mio.» Alzò lo sguardo, con gli occhi marroni che luccicavano. «Sul serio, a tanti ragazzi serve parlare quando tornano. Mi piace pensarlo come una ricompensa per il dolore che vi procuro.»

Crick annuì vigorosamente. In effetti, gliene aveva procurato un po'. Provò a flettere la mano un po' di più e gli fece male, ma riuscì a muoverla e non pensava di poterlo fare. Jeff annuì con approvazione.

«Bene, continua a farlo. Se davvero vuoi vedere qualche miglioramento, scegliti una piccola vecchia signora e prendi i ferri o impara a filare. Conosco casi come il tuo in cui si è avuta una guarigione completa. Ci sono voluti un paio di anni – e dolore – ma non c'era nulla che quelle donne non potessero fare con le loro mani, sai? Una di loro può lavorare ai ferri anche un fantastico centrino!»

Crick alzò gli occhi al cielo. «Non so dirti dei centrini ma penso che mia sorella possa insegnarmi a lavorare coi ferri, visto che lo fa da un po'. Quello che mi chiedo davvero riguarda lo spalare il letame, posso farlo?»

Jeff spalancò gli occhi e lo incitò a continuare. «Che spalare merda sia un obiettivo della terapia non è una cosa che si sente tutti i giorni, tenente. C'è qualche motivo particolare per cui è sulla tua lista?»

«Deacon ha bisogno di aiuto. Darei qualsiasi cosa per farlo dormire qualche ora in più la notte,» disse Crick con una smorfia, e Jeff serrò le labbra e alzò le sopracciglia.

«È la cosa più bella che abbia mai sentito. Sai cosa lo aiuterebbe davvero?»

Crick mise le mani in fuori in un classico gesto di scrollata di spalla. «Fammi eccitare.»

«Esattamente. Scopalo, e il mondo sembrerà molto meno brutto, fidati di me.»

Crick sorrise, anche se c'erano parecchie cose che non aveva detto a Jeff che gli spensero un po' il sorriso. «Beh, il mondo sembrerebbe molto meno brutto anche se non si facesse venire un'ulcera perché pensa che sta per perdere la nostra casa. Abbiamo perso un sacco di clienti, grazie al mio patrigno Bob e a quella puttana che m'ha messo al mondo.» Già, avevano parlato anche di quello, insieme alla «guida in stato di omosessualità».

Adesso era Jeff a sembrare pensieroso. «Mmm… sai, potrei essere Jeffe, la tua fata padrina, dolcezza, potrei avere la risposta ad alcune delle tue preghiere. Hai mai sentito parlare del progetto *Cavalcare*?»

Quando uscì da quella stanza, con Jeff alle calcagna che riempiva un biglietto da visita con i dettagli del progetto *Cavalcare*, Crick si sentiva più ottimista verso il mondo. Aveva anche il numero privato di Jeff, e gli aveva promesso di chiamarlo.

«Ora fai in modo che il tuo ragazzo musone capisca che non sei il mio tipo,» aveva trillato Jeff. «Sta tutto lì,» e poi gli aveva regalato un sorriso a metà, il tipo di sorriso che fece pensare a Crick che forse quell'uomo ne sapeva molto di più sulla solitudine di quanto avesse fatto trapelare in quei quarantacinque minuti di terapia fisica ed emotiva. «Tutti hanno bisogno di un amico, giusto? Anche la tua fata padrina.»

Per la prima volta da quando aveva ripreso conoscenza nella barella dell'ospedale in Germania, Crick si permise di ricordarsi di Lisa e di quel sorriso che gli aveva regalato quando si era lasciata cadere nella sabbia accanto a lui. Anche Jeff gli sembrò così e pensò che non sarebbe stato male avere un amico, specialmente ora che la sua famiglia era ancora alle prese col suo ritorno.

«Assolutamente,» disse sincero, tendendo la mano e stringendo quella di Jeff quando l'altro ricambiò il gesto. «Deacon mi permette anche di scegliere le pantofole e di organizzare pigiama party, se glielo chiedo per favore.»

Jeff sorrise maliziosamente. «Possiamo truccarlo?»

Crick scosse la testa, pensando alla reazione di Deacon. «Mmm... no.»

Il sorriso malizioso si allargò. «Ah, beh, un ragazzo può sempre sognare.»

Mentre cenavano a Outback, Crick era entusiasta del progetto *Cavalcare* e la sua eccitazione iniziò a contagiare anche Deacon.

«Hai detto che hanno bisogno di una nuova stalla? È promettente... ti ha dato il numero?» Deacon diede un gran bel morso alla sua costoletta più grossa e Crick annotò mentalmente quanto aveva lasciato nel piatto.

«Sì. Usano i cavalli come terapia fisica, quindi devono *avere* un carattere dolce. Per lo più funzionano con i volontari, ma ci sono cose per cui possono pagarci. Hanno dei cavalli che hanno bisogno di essere domati e possiamo farci pagare per quello. E poi ricevono fondi dal governo, quindi... la faccia di Crick si spense. «Beh, forse quello non è un punto a favore.»

Deacon rise nel suo modo quieto e Crick gli sorrise, con un nodo in gola che la soda non sarebbe mai riuscita a sciogliere. La sentiva, in modo acuto: la differenza tra avere un amico ed essere amici del tuo amante −nessuna conversazione piacevole con Jeff avrebbe mai eguagliato una risata quieta e onesta di Deacon.

Deacon colse il suo riguardo e alzò lo sguardo. «Che c'è?»

Crick arrossì, sorrise e scosse la testa. «Pensavo al fatto di amare qualcuno e di essere innamorato e altre cose stupide.»

Fu il turno di Deacon di arrossire. «Hai fatto proprio una bella chiacchierata col tuo terapista è?»

Crick distolse lo sguardo. «L'avevo dimenticato, sai. Com'è bello avere un amico.»

Deacon si sporse sul tavolo e gli afferrò la mano ferita; era un gesto che potevano fare a Sacramento o a Citrus Heights o anche a Roseville, ma non a Levee Oaks. Il fatto di sentire il caldo tocco della sua pelle sulla mano di Crick non sfuggì neanche al giovane. Per Deacon quello non era un artiglio, o qualcosa da evitare, ma solo la mano di Crick. A Deacon non interessava che fosse imperfetta.

«Non ho mai avuto l'occasione di dirti quanto mi è dispiaciuto per Lisa.»

Crick alzò lo sguardo su di lui all'improvviso e lo vide, tutto: non c'era gelosia per Jeff, soltanto semplice comprensione per il suo amico e il suo desiderio di aiutare Crick.

«Mi manca. Mi ha tenuto sano di mente laggiù, sai? Continuo...» Deglutì e guardò il suo piatto vuoto. Deacon aveva dovuto tagliargli la carne, ma l'aveva fatto così tranquillamente e con così poco trambusto che Crick non se ne era quasi accorto. «Continuo a pensare di volerle mandare un messaggio o qualcosa, di dirle come sto. Avevo quest'idea fissa in testa, di lei laggiù e di me qui, e di noi due ancora amici. È solo che... non riesco a lasciarla andare.»

«Ne sentirai la mancanza. La sentirai per un po' proprio dentro al petto. Dimmi solo cos'hai bisogno di fare per superarla.»

Crick sbatté gli occhi e poi lo fece di nuovo, cercando di ridarsi un contegno. Avrebbe preso una pagina dal diario di Deacon e l'avrebbe fatto in privato, avendo solo il giovane come testimone. «Jeff è un inizio, credo,» disse alla fine, pensando che fosse vero.

Deacon sospirò e gli strinse la mano più forte. «Tu... Crick, tu e Benny, mi spezzate il cuore. Siete senza paura ed estroversi. Dovreste avere degli amici. Dovreste andare alle feste. Quando ti stavi organizzando per le scuole d'arte e pensavi di andartene, t'immaginavo mentre andavi alle feste in una camera del dormitorio e dicevi cose oltraggiose, ed eri circondato dalle persone, e tutti ti amavano.»

Fece quel suo sorriso tirato e fiero e il cuore di Crick si spezzò: quella era la fantasia di Deacon per Crick, ma non per se stesso. E Deacon non aveva mai voluto trattenerlo.

«Sai quando continui a dire che tutto quello che vuoi siamo io e il Pulpito? Io voglio che tu desideri di più. Hai un sacco di progetti per tutti meno che per te stesso. Mi piace avere degli amici, hai ragione. Voglio avere degli amici. Ma non li desidero più della mia famiglia. Tu e Benny e la bambina, e Jon e Amy e anche il Soldato Perdita di Sangue. Siete la mia famiglia, voglio che tu ci abbia tutti.»

Il sorriso divenne più aperto e sognante, e il cuore di Crick fece una capriola nel petto, mentre la sua mano ferita e mostruosa ebbe un movimento convulso sotto le dita rudi e perfette di Deacon.

«Okay,» disse Deacon con quel sorriso dolce e

fiducioso. «Lo sognerò per te.»

Quella notte Deacon lasciò stare le scartoffie e lasciò che Andrew si occupasse degli escrementi. Si fece la doccia presto, mentre Crick era ancora seduto sul letto a guardare la televisione che avevano sistemato sul cassettone mentre non c'era. Deacon entrò in boxer, coi capelli pettinati e rasato di fresco, cosa che non doveva fare, e Crick lo guardò con curiosità speranzosa.

«Sembra che tu abbia dei piani,» disse, e il sorriso fiero e tirato di Deacon si tinse d'imbarazzo.

«Io... io potrei sempre andare a fare...» iniziò, sporgendosi per prendere la maglietta dalla cassettiera.

«Deacon ti giuro, se vai a occuparti dei conti anche stasera, ti prendo a calci su quel culo ossuto fino in Canada. Vieni a letto, okay?»

Deacon obbedì e Crick si sporse per spegnere la luce.

«No,» mormorò Deacon. «Voglio vederti...»

Crick la spense comunque. «Per favore,» lo pregò, odiandosi per avergli rifiutato qualcosa anche nel più piccolo dei modi. «Fammi immaginare che il mio corpo sia perfetto, solo per stanotte.»

Deacon gli era vicino, talmente vicino che Crick sentiva l'odore della sua crema da barba e sentiva la fresca idratazione che irradiava la pelle. I suoi occhi, quei begli occhi verdi sotto la luce, nel buio erano insondabili, e la sua bocca perfetta si stirò in un sorriso prima che Crick dovette chiudere gli occhi.

«Il tuo corpo *è* perfetto, Carrick.»

Sentire il sapore del respiro di Deacon sul suo volto lo fece rabbrividire, e il suo pene divenne duro all'istante. Quando la bocca di Deacon si chiuse sulla sua, Crick gli circondò i fianchi con la gamba – rovinata ma sana - tirando quel corpo scheletrico e forte contro di sé, e spingendo il suo pene contro quello di Deacon, gemendo nello scoprire che era duro quanto il suo.

Fu il turno di Deacon di gemere e la sua lingua scivolò nella bocca di Crick, facendola sua di nuovo e di nuovo. Crick avrebbe potuto perdersi per sempre in quel bacio, ma Deacon liberò la bocca per piazzare baci tremanti lungo la linea della mascella di Crick.

Crick inarcò la schiena ed espose il collo, provò ancora e ancora a premere il suo torace nudo più vicino a quello di Deacon. Lo strofinio delle loro pelli era celestiale, e a Crick non bastava mai. Sembrava che Deacon provasse la stessa cosa, perché mentre baciava Crick fino ad arrivare alla clavicola, tormentandolo con un leggero tocco dei denti, continuava a rimanergli vicino, pelle contro pelle, la patina liscia del bagnoschiuma fresco divenuta rapidamente appiccicosa a causa del sudore.

La bocca di Deacon indugiò sul petto di Crick. Gli succhiò i capezzoli sensibili fino a farlo mugolare, timoroso di venire nei pantaloni prima che arrivasse il meglio. Deacon si mosse oltre prima che potesse farlo e si soffermò ancora sulle tenere e luminose cicatrici di Crick. Baciò la pelle nuova sulla spalla di Crick, i ponti di cicatrici lasciati dalle schegge lungo le costole, il caos contorto di pelle sul lato sinistro dello stomaco: ogni bacio una benedizione, una dichiarazione. *Sei ancora tu. Amo farlo. Non preoccuparti, Crick; sei tutto prezioso per me.*

Crick si contorceva a ogni bacio, spingendo i fianchi contro lo stomaco e il petto di Deacon, mentre l'uomo si muoveva paziente sul suo corpo, verso il basso.

«Verrò nelle mutande se non ti dai una mossa,» ansimò. Deacon ridacchiò sul suo addome soffice, e Crick buttò la testa all'indietro e gemette. Non si accorse che a Deacon tremarono le mani finché non cercò per due volte di aprirgli i boxer. Crick alla fine se ne rese conto e mise le mani – quella rovinata e quella sana – su quelle di Deacon e lo aiutò a spogliarlo dei boxer. C'era già un punto umido sul davanti perché Crick stava eiaculando come un rubinetto, e l'aria che avvolse il suo glande fu una sorta di sorpresa.

Crick aspirò l'aria tra i denti, e poi la lingua di Deacon, ruvida come quella di un gatto, fece un attacco scherzoso al glande di Crick che rise rauco perché era tutto così bello. Finito con i preliminari, Deacon aprì la bocca e lo prese tutto.

Crick grugnì dalla sorpresa. Era stato veloce e la bocca di Deacon era così calda e bagnata, e lui mosse la testa una volta, due...

Crick sentì i muscoli del petto di Deacon che tremavano contro le sue cosce, e anche se vedeva le stelle davanti agli occhi, si rese conto che i movimenti del giovane erano agitati, tremanti e a malapena controllati.

Oh, Dio. Oh, Dio... si sta trattenendo. Lui... lui è stupido a volere che io...

Il pensiero fu una rivelazione e bastò per farlo grugnire, mentre cercava di resistere. Voleva confortarlo, voleva che fosse bello anche per lui, ma Deacon era insistente. Spinse la bocca in avanti a scatti, e i suoi denti sfioravano a malapena la pelle del pene di Crick, e Crick era a fondo nella sua gola quando venne.

«Diiiiiiiiooooooo,» annaspò, stringendo le mani nei capelli bagnati di Deacon, e questi si raggomitolò attorno a lui, afferrandogli il sedere con dita ruvide, circondandogli i polpacci con le gambe, affondando la testa nel suo bacino e aggrappandosi al suo corpo nudo e scosso da spasmi con forza tremante.

Crick uscì mollemente dalla bocca di Deacon e si allungò verso il basso, issando il compagno con un po' di aiuto da Deacon stesso. Quando furono in posizione, Crick abbracciò Deacon stretto, tenendosi il volto del giovane contro il petto, e sentì contro la coscia la stoffa appiccicosa dei suoi boxer.

«Dio, Deacon… tu…»

«Già.» Deacon espirò profondamente. «Spero non ti aspettassi l'amante migliore del mondo. È appena venuto nelle mutande.»

Crick rabbrividì, stringendo Deacon ancora più stretto. «È così dannatamente sexy,» bisbigliò ammirato.

«Sei così semplice,» mormorò Deacon, e Crick sentì il suo imbarazzo bruciargli la pelle.

«Nel tuo letto? Sono una cosa certa.»

Deacon ridacchiò piano, e poi, miracolo dei miracoli, si addormentò. Così. Niente conti, niente sterco nelle stalle. Solo Deacon, felice e contento, accoccolato contro il petto di Crick, come aveva sempre sognato.

Quindi non era stata una notte intera di passione sensuale e sudata, ma Crick pensava che fosse un inizio, un buon inizio. Pensava che con una passione come quella – il tipo di passione che aveva fatto raggomitolare e venire un uomo per la voglia di avere il suo amante in bocca – lui e Deacon erano sulla buona strada per un anno di sesso stellare per compensare il tempo passato lontani. Dopotutto non avrebbe avuto bisogno che il dottore gli scrivesse una nota per lui.

Una settimana dopo, pensava che se Deacon non l'avesse scopato presto, l'avrebbe fatto lui.

«Mio Dio, tesoro, le tue spalle sono così tese che ci potresti far rimbalzare una moneta sopra.» Jeff sembrava sconvolto mentre iniziavano a lavorare sull'allenamento fisico di Crick, e il giovane non poteva biasimarlo.

Crick si era applicato assiduamente nell'ultima settimana: aveva chiesto a Benny di insegnargli a lavorare coi ferri, così poteva fare qualcosa di utile con la mano mentre si riposava, il che accadeva più spesso di quanto avrebbe voluto. Svolgeva la maggior parte del lavoro domestico e si era dedicato a ripulire quattro box a notte, tanto per fare la sua parte.

Deacon apprezzava e lo sosteneva, e in cambio del duro lavoro di Crick si era impegnato a essere a letto prima di mezzanotte, così potevano almeno palpeggiarsi l'un l'altro, e uno dei due (Crick, di solito) poteva venire prima che si addormentassero, sfiniti dalla giornata.

Ma Crick non era ancora stato sbattuto sul materasso e lo stress iniziava a farsi notare.

«Siamo stati impegnati questa settimana,» mentì, non volendo di nuovo annoiare Jeff coi loro guai finanziari. Lo aveva chiamato durante la settimana e lui aveva ricambiato il favore, e Crick stava iniziando a riconoscere il ritmo del parlare con un amico.

«Vi siete stressati pensando ai soldi, vorrai dire,» disse Jeff saggiamente, alzando il braccio di Crick sopra la testa e tirandoglielo oscenamente mentre il giovane cercava di fare l'uomo e di non piagnucolare.

«Deacon mi ha detto un po' dei soldi, siamo messi male. Non così male come pensa lui, ma abbastanza.»

Erano messi male sul serio. I soldi del progetto *Cavalcare* gli avrebbero dato una mano, se la cosa si fosse concretizzata – e loro tenevano le dita incrociate – ma avevano comunque bisogno di cavalli da domare. Era ciò che Deacon sapeva fare meglio e nessuno gli dava l'opportunità di farlo.

«Beh, dolcezza, sai qual è il rimedio migliore per attenuare lo stress? Ed è gratis?»

«Il sesso,» rispose Crick asciutto. Non aveva bisogno di un disegnino.

«Esatto. E sai cos'hai per convincere quel bocconcino di uomo a farlo?»

Crick sospirò. «Ha ancora paura di farmi male... ahia!»

Jeff rise. «Ecco perché sono il tuo terapista fisico e non l'uomo nel tuo letto. Sai, Crick, a volte devi solo prendere l'iniziativa.»

Crick fissò lo spazio rimuginando, mentre permetteva, passivo, che il braccio gli fosse storto come un pretzel e poi rimesso sotto forma di arto umano. All'improvviso ebbe un'idea, ed era abbastanza certo che fosse un'idea migliore di quella che lo aveva fatto finire in Iraq.

CAPITOLO
VENTIDUE

Come salvare un orgoglio morente

A DEACON di certo piaceva il giovane soldato Perdita di Sangue. Gli sarebbe dispiaciuto vederlo andar via.

«Senti, Andrew,» stava dicendo, camminando su e giù per il piccolo appartamento nelle stalle dove il giovane viveva. «Noi ti vogliamo bene qui. Voglio dire, onestamente, non ce l'avrei fatta senza di te in quest'ultimo anno. Mangi alla mia tavola, giochi con la bambina; farei praticamente qualsiasi cosa per te. Ma... non questo mese, e probabilmente neanche il prossimo, ma ci sarà un momento in cui...»

Distolse lo sguardo. Andrew lo fissava coi suoi occhi pazienti e Deacon scoprì che il suo orgoglio era seduto con la schiena dritta e gli ruggiva nel petto, perché Andrew non era solo un amico, e non era solo un dipendente. Quel ragazzo faceva parte della *famiglia*. Dirgli quelle cose, dovergli fare quel discorso... beh, era come se non fosse in grado di provvedere alla sua famiglia, e la cosa lo feriva.

«Sei preoccupato di non potermi pagare,» disse

385

Andrew, e Deacon fece una smorfia.

«Già. Non preoccuparti per l'appartamento. Puoi stare quanto vuoi. Ci piace averti qui. E sei *sempre* benvenuto alla nostra tavola, ma tra un paio di mesi, se le cose non migliorano, forse vorrai cercarti un altro lavoro.»

Andrew grugnì. «Sì, perché avere un posto in prima fila mentre tu ti ammazzi di lavoro sarà davvero divertente. Non preoccuparti, Deacon. Mi hai appena offerto vitto e alloggio. Lavorerò per quello finché le cose non miglioreranno.»

Deacon si guardò intorno per evitare di restare a bocca aperta come un pesce. La stanza accanto era piena di finimenti e selle extra e sacchi di grano; si riusciva a malapena a vedere il lettino accanto al muro. Però quella di Andrew l'avevano sistemata bene. Aveva la moquette imbottita di un blu polvere e avevano rimpiazzato il lettino col vecchio letto di Crick, che aveva i cassetti sotto, assieme alla sua lampada e al comodino. Avevano comprato biancheria nuova: la vecchia roba era macchiata. Era piuttosto ovvio che Crick avesse sempre avuto l'impulso sessuale di un martello afrodisiaco. Deacon gli aveva anche comprato un piccolo televisore e delle coperte per decorare i muri. In ogni angolo quel posto sapeva di casa molto più della maggior parte delle stanze dei dormitori o di appartamenti appena comprati.

«Non puoi...?» Deacon mandò giù il nodo di orgoglio e imbarazzo. «Insomma... non hai fatto dei progetti per la tua vita?»

Guardò Andrew in tempo per vederne il sorriso beffardo. «Penso che io e te siamo molto simili, Deacon, e non ci sono più molti posti nel mondo per uomini come noi. Mi piace qui. Se non ti dispiace, per un po' chiamerò *casa* questo posto.»

Deacon era certo che il suo imbarazzo avesse

alzato la temperatura della stanza di circa dieci gradi. «Non mi dispiace,» disse, deglutendo di nuovo. «Anzi, ne sono molto contento»

Andrew sorrise. «Bene, ora vattene a letto. Amico, Crick ha bisogno di essere sbattuto al muro più di ogni altro uomo in tutta la storia.»

Era vero. Nell'ultima settimana Crick era stato irascibile e sarcastico, e Deacon sapeva che era un po' deluso dal sesso. E anche Deacon lo era, a dirla tutta. Solo che... dannazione! Deacon lo voleva così tanto. E quando avevano finito con la parte delicata, quella che rassicurava Deacon che non gli stava facendo del male o che fosse stato troppo brusco col suo corpo in via di guarigione... beh, uno dei due – lui di solito – si addormentava.

Ma sentirsi dire di sbattere al muro il proprio ragazzo era un po' più che imbarazzante.

«Devo occuparmi dei conti stanotte,» sospirò Deacon. Era il primo del mese – doveva decidere chi pagare e chi mettere in attesa – non era proprio il suo compito preferito.

Andrew sospirò e scosse la testa. «Deacon, sai che amo questo posto, e che tuo padre ha sacrificato tanto per crearlo. Ma non è l'unico posto che esista al mondo – o diavolo, anche in questo Stato – in cui tu possa metter su un allevamento di cavalli. Forse dovresti pensare di raccogliere le cose e andartene prima che sia troppo tardi. Verrei anch'io, sai?»

Deacon non si rese conto di essere rimasto lì in piedi, a respirare a bocca aperta, finché la polvere non gli arrivò in gola. L'idea era... era...

Tossì via la polvere e sbatté gli occhi, cercando di ragionare nonostante la confusione nella sua testa, dovuta al troppo pensare ai loro problemi e al poco sonno.

«Scusami, Drew,» disse alla fine. «Penso che tu abbia mandato in pappa il mio piccolo cervello.»

Andrew ridacchiò, sbadigliò e si stiracchiò, guardando Deacon di proposito. Deacon sorrise e capì l'antifona. Era ora di farlo dormire.

Rientrato in casa, si fece una doccia per tenersi sveglio per un po', e poi si mise seduto davanti ai conti per mettere a punto una strategia su come pagare un tizio e metterne in attesa in altro. Finito, passò alle carte legali per Jon, che sembravano funzionare per davvero, poiché erano riusciti a farsi pagare il dovuto da alcuni clienti, e fargli chiudere il becco riguardo all'«AIDS dei cavalli» (stronzi!). Aveva quasi finito quando sentì un rumore proveniente dalla camera da letto.

«Ahia!»

Deacon era già quasi in piedi. «Che succede, Crick, si è rotto qualcosa? Stai sanguinando? Stai bene?»

«Sto bene, dannazione, ho solo usato un muscolo che non usavo da un po'. Aspetta…» Crick fece un suono poi, un suono sospirante e sexy, del tipo che rendeva dolorante il pene di Deacon e gli faceva sudare le mani. «Mmmm… sì, aspetta un attimo…»

La penna cadde con un tonfo sul pavimento di legno massiccio dalle dita di Deacon e lui faticò a recuperarla. Quando si risollevò, stava ascoltando il respiro di Crick dall'altro lato del muro, cercando di ricordare il proprio nome.

«Deacon?» lo chiamò Crick, ancora senza fiato e con un inconfondibile tono pieno di desiderio.

Deacon. Oh, sì. Era quello il suo nome. «Sì-ì?» La sua voce si alzò di un'ottava nel mezzo della parola, e lui si rimise in piedi lentamente, chiedendosi cosa lo stesse aspettando nel loro letto.

«Puoi venire un secondo, per favore?»

Deacon restò sulla porta, cercando di ricordare di

nuovo il proprio nome.

Crick era steso sulla schiena, tutto nudo, con la parte del corpo ferita nascosta ad arte dalle lenzuola. Aveva le ginocchia piegate, e le gambe un po' allargate, quanto bastava perché Deacon vedesse che si era oliato l'erezione rampante fino ai testicoli pesanti, e fino al giochino per adulti piuttosto grosso che gli usciva dalle natiche dilatate.

Deacon non riusciva a muoversi. Forse aveva emesso un suono, qualcosa di elegante, tipo «uhhhnghh…»

Crick gli sorrise a metà, mordendosi provocatoriamente il labbro inferiore con i denti. «Deacon?»

E Deacon capì quanto questo fosse duro per lui: come si sentisse esposto, con le ferite coperte dalle lenzuola e le parti più vulnerabili del suo corpo in mostra.

«Zitto,» mormorò Deacon, togliendosi il sotto del pigiama, i boxer e la maglietta. «Mi sto spogliando.»

«Davvero?» Era dura sentire la speranza.

«Volevi del vino e dei fiori?» borbottò, mettendosi al lavoro col plug anale. Lo strattonò gentilmente, sentendo la resistenza, godendosi il potere mentre Crick gemeva e il suo pene si fletteva, sporgendogli all'infuori sullo stomaco e tornando a posto con una botta.

«No,» fu la replica strozzata.

Deacon lo strattonò di nuovo. «Eravamo impazienti, vero?»

«Sì-ììì…» Crick si contorse mentre Deacon lo provocava. Poi il giovane si bilanciò sulle mani e sulle ginocchia. Con una mano pizzicò il capezzolo sensibile di Crick, mentre con l'altra tormentava la parte inferiore del suo corpo.

«Non potevi pensare a un altro modo per

dirmelo?» chiese Deacon maliziosamente, dando al pene di Crick una bella lisciata, come cambio di ritmo.

«Avevo una nota del dottore,» piagnucolò Crick, e Deacon tornò a usare il giocattolino proprio come richiedeva di fare. «Non ho avuto occasione di d-d-d-dartel... Dio, Deacon, piantala di cazzeggiare con quella cosa e fotti *me*!»

Deacon rise, una risata bassa e malvagia, e si mosse verso il basso per succhiare il pene di Crick, nonostante il lubrificante, e Crick andò contro di lui e mugolò un po' di più. Deacon si posizionò tra le ginocchia di Crick.

«Mi vuoi lì per davvero?» chiese, impaziente e volubile e pronto per giocare. «Insomma, il plug ti va dannatamente stretto... potrebbe anche essere più grosso di me... sicuro che non stia meglio lì?»

«Diiiiiiiooooo... Deacon!» lo supplicò Crick, e Deacon lo afferrò e tirò, e gli piacque il modo scivoloso in cui uscì dal culo di Crick, gli piacque come il corpo di Crick si mosse dal letto, rabbrividendo, e il modo in cui il suo pene scattò contro lo stomaco di Deacon, spruzzando sperma tra di loro.

Crick gemette, e Deacon lasciò cadere il plug anale e si avvicinò, mettendosi proprio contro l'entrata sofficemente dilatata e rilassata di Crick, e catturò la sua bocca in un bacio famelico e voglioso.

«Quindi hai già fatto tutto,» lo prese in giro, scorrendo in avanti abbastanza per permetter a Crick di cogliere il suo glande gonfio, e Crick grugnì. «Voglio dire, ti sei dato piacere, sei venuto, e adesso ho solo bisogno di farmi una sega nella doccia, giusto?»

«Fottiti, Deacon,» ansimò Crick, e Deacon rise sentendo un brivido di potere che gli schizzava lungo la schiena. Oh, Dio, aveva passato un sacco di tempo alla mercé di Crick, vivendo la sua vita con la certezza che il giovane tenesse il suo cuore in mano, e ora Deacon si prendeva ciò che era suo.

«Pensavo di dover fottere te, Crick,» disse, e poi fece scivolare il suo pene dentro Crick, dove avrebbe sempre voluto stare.

Crick ruggì per il desiderio e Deacon lo bloccò con un bacio mezzo famelico e mezzo arrabbiato. Crick rispose al bacio e i fianchi di Deacon iniziarono a pompare, non dolcemente, ma rudemente, affamati ed esigenti. Crick lasciò cadere la testa all'indietro e chiuse gli occhi, e Deacon per tutta risposta ruggì, volendo... volendo... oh Dio, come voleva tutto questo, questo momento, il corpo di Crick, la sua totale sottomissione.

Colpì la prostata di Crick e la testa di quest'ultimo si sollevò dal letto; il giovane affondò i denti nello spazio morbido tra il collo e la spalla di Deacon, facendolo eccitare del tutto.

«Sei pronto per essere scopato?» lo provocò, mettendo le mani ai lati di Crick, e il giovane cadde di nuovo sul letto, stringendo le braccia attorno alle costole di Deacon, supplicandolo di continuare.

«Oh Dio, Deacon, vieni. Per favore, per favore, ti prego, ti prego. Ho bisogno di sentirti. Dio, scopami e scopami e... vieeeeeeeeeeeeeeeeeni...»

L'ultima parola si trasformò in un lungo sibilo, mentre il corpo di Crick venne di nuovo scosso da spasmi, e Deacon non riuscì a resistere un secondo di più. Con un'ultima spinta brutale si trovò completamente contro il sedere di Crick. Ci vide nero, e il suo pene scattò nel corpo di Crick. Affondò il volto nel collo del suo uomo ed emise un gemito. Crick gli fece eco, alzando le braccia per circondare le spalle di Deacon per abbracciarlo, tenerlo, premere i loro corpi assieme mentre rabbrividivano per le conseguenze di essere diventati una sola persona invece di due anime ferite.

Deacon ci mise un po' a scostarsi ma il ragazzo sembrava riluttante a lasciarlo andare. Deacon scivolò di lato e le braccia di Crick gli circondarono le spalle, poi si chinò e tirò su le lenzuola, coprendo entrambi.

Deacon ansimava contro il petto di Crick, grato che il lenzuolo li coprisse. Viveva nell'ansia, temendo il giorno in cui Parry Angel avesse imparato a usare una maniglia (riusciva già a calarsi dalla culla).

«Hai davvero una nota del tuo dottore?» chiese Deacon quando riuscì a respirare di nuovo, e Crick grugnì.

«Già, pensavo che ti saresti comportato come uno stronzo testardo per l'idea di non farmi male. Avevo ragione.»

«E allora perché non l'hai tirata fuori?» chiese Deacon, sorridendo. Aveva gli occhi chiusi e Crick era lì con lui, tutto andava bene.

Crick non rispose e Deacon alzò lo sguardo per vedere a cosa stava pensando. Crick non lo guardò, sembrava inquieto.

«Cosa? Perché non hai tirato fuori la nota e mi hai detto 'Deacon, scopami stupido?'»

«L'avresti fatto?» chiese Crick piano.

Deacon sorrise, cercando per una volta di essere quello che ravvivava l'atmosfera. «Pensavo di averlo appena fatto.»

«Già, ma l'avresti fatto se te lo avessi chiesto? Deacon, sei schifosamente chiuso in te stesso in questi giorni. So che stai cercando di tenermi fuori dalle cose peggiori, ma… è come…» Crick sospirò e mosse la mano per togliere i capelli dagli occhi di Deacon . «È come se ti fossi abituato a stare tutto solo. Anche con Benny e Jon, sei ancora solo. Sei… sei così concentrato a salvare il Pulpito, a essere come tuo padre, che ti sei scordato di essere Deacon. L'unica volta che ti ho visto davvero aperto con qualcuno qui è quando tieni la bambina in braccio.»

«Già,» borbottò Deacon, allontanandosi da quella mano confortevole. «Ma la bambina non parla ancora. Alla fine scapperò via anche da lei.»

Crick gli massaggiò le spalle, l'avambraccio, e poi lo baciò con cura partendo dal centro del collo fino alla curva della spina dorsale tra le scapole.

«Non sarebbe molto più divertente portarci con te?» disse Crick piano.

Deacon chiuse gli occhi e permise a Crick di toccarlo con reverenza. La pelle sotto le labbra di Crick s'increspò, rabbrividì, e il suono che emise la gola di Deacon sembrò una specie di supplica.

«Mi piacerebbe tenervi qui, piuttosto, nella vostra casa,» replicò piano, e Crick lo abbracciò di nuovo e poggiò la guancia sulla sua schiena.

«Non è casa se non ci sei tu,» disse piano.

«Me lo ricorderò.» Deacon si sistemò nell'abbraccio di Crick, permettendosi di essere confortato e di rilassarsi. Chiuse gli occhi per un attimo e regolò il suo orologio interno, piuttosto affidabile, sul pisolino, e si addormentò in paradiso, stretto nelle braccia del suo compagno.

Si svegliò riluttante alcune ore dopo. Crick si era girato dall'altro lato, e stavano raggomitolati sedere contro sedere, così fu piuttosto semplice per Deacon infilarsi i pantaloni del pigiama, pulire il giochino sessuale e rimettersi a fare quel che stava facendo prima che Crick lo chiamasse.

Crick lo trovò lì circa mezz'ora dopo, che fissava infelice una pila di conti.

«Deacon,» sbuffò Crick, mettendosi i boxer con la mano buona e stropicciandosi gli occhi col dorso della sinistra, mentre sbadigliava. «Il sesso non è rilassante se poi non dormi. Da quando ci vuole così tanto a pagare i conti?»

Deacon sorrise vedendolo, carino e ancora scompigliato dal sonno, perché era una visione dannatamente migliore rispetto allo scenario fosco che aveva davanti a sé sulla scrivania. «Da quando non abbiamo soldi per pagarli. Vieni,» disse, sorprendendosi per l'impulso di fare partecipe Crick di quella tortura. «Vuoi vedere come lo faccio?»

Crick sbatté gli occhi, appoggiandosi impaziente sulla sua spalla, e Deacon si sentì davvero in colpa. Crick aveva circa l'età che aveva lui quando aveva preso in mano le redini del Pulpito, non è che non potesse gestire i dettagli.

«Ho due mucchi principali: i conti che devo pagare e quelli che posso spostare al prossimo mese. Il trucco è usare circa i due terzi dei soldi che facciamo di solito per pagare i conti da saldare subito, e assicurarsi di non mettere per due volte di fila lo stesso conto nel mucchio di quelli che posso ritardare, perché se no il tuo credito va a farsi fottere.»

Crick iniziò a guardare entrambi i mucchi sul tavolo, sbattendo gli occhi quando trovò quello della rata del mutuo. «Non è più alta di prima?»

Deacon sospirò e si strofinò gli occhi. «Sì, la vecchia rata era con la banca locale. Quando sono tornati dalla Virginia, Melanie e il tuo patrigno Bob hanno aperto le loro boccacce dicendo che stavamo preparando una specie di centrale della sodomia, e la banca locale ha cercato di farci pagare tutto il dannato mutuo in un mese.»

«Oh, mio Dio.» Crick imprecò e appoggiò la sua mano – la sinistra, quindi era stato colto di sorpresa – sulla spalla di Deacon. «È successo proprio quando sono tornato a casa. Ti stavi occupando di quello quando mi hai portato a casa? *Deacon,* avresti dovuto dire qualcosa!»

«Stavi dormendo, Crick. Cosa avrei dovuto fare, svegliarti e dire 'Sai, gli stronzi che hanno abusato di te stanno cercando di diffondere la gioia?'» Deacon ridacchiò un po', ma Crick non lo imitò. «Comunque, io e Jon abbiamo spostato tutti i nostri conti in un'altra banca, ma i loro interessi per il mutuo erano più alti, e quindi il mutuo è più alto.»

Crick non rispose: era impegnato a scansionare il tavolo per cercare di capire la situazione. Curiosamente, si sporse per prendere tre buste non aperte all'angolo del piano.

«Parry Angel riceve posta?» chiese scherzosamente. «No, aspetta. Questo è un fondo per il college. Riconosco la busta. E uno per Benny anche. E...» Crick lacerò la terza busta in un silenzio irato.

«Deacon?» disse dopo un istante, con la voce pericolosamente calma.

«Che c'è?» Deacon stava cercando di decidere se pagare il conto dell'acqua o quello dei rifiuti, pensando che potevano andarli a gettare nella discarica locale.

«Questo è il mio conto bancario.»

Deacon alzò lo sguardo. «Sì, ci sono i tuoi soldi per il college e le tue paghe come aiutante. Ci abbiamo messo anche i tuoi assegni militari e l'invalidità. Abbiamo dovuto cambiare banche – e tra parentesi, mi ha aiutato essere il tuo esecutore – ma le informazioni sono sempre le stesse. Ti ricordi? Lo abbiamo fatto prima che tu partissi.»

«Deacon, c'è una somma a sei cifre in questo conto.»

Deacon sbatté gli occhi. Crick sembrava arrabbiato e Deacon non aveva alcuna idea del perché.

«Sì, Crick, sei abbastanza sistemato...»

Non si aspettava che Crick gli strappasse di mano l'estratto conto del Pulpito. Con le mani che gli tremavano – entrambe – Crick alzò il telefono vicino alla scrivania con la mano buona e compose goffamente col pollice il numero della banca attivo ventiquattro ore, scritto sui due estratti conto, poi seguì le istruzioni del menù fino ad arrivare a parlare con qualcuno in carne e ossa.

Deacon lo guardava, sbalordito. Non sapeva cosa Crick stesse pensando, o perché fosse così arrabbiato, e specialmente non aveva idea di cosa volesse fare con quei due estratti conto. E poi Crick parlò con una voce brusca e incazzata come Deacon non l'aveva mai sentita prima.

«Sì, sono Carrick Francis e vorrei chiudere il mio conto e far trasferire tutti i miei beni patrimoniali in quello del mio esecutore.»

Deacon rimase a bocca aperta, poi ci vide rosso mentre sbiancava e s'irrigidiva. Crick stava fornendo tutte le informazioni che lo avrebbero privato dei soldi necessari per i suoi sogni, di tutte le opportunità accuratamente cumulate per il college, di tutti i piani che avevano fatto per il suo futuro, gettandoli in quel pozzo senza fondo che il Pulpito era diventato.

«Non osare!» ruggì, arrabbiato quanto Crick, se non di più.

«Sta' zitto, Deacon,» scattò Crick.

«Non farà un cazzo di differenza, imbecille,» gridò Deacon. «Se non riusciamo a far sì che il Pulpito si paghi da solo, riuscirai soltanto a tenerlo su per altri otto mesi!»

«Bene, allora hai altri otto mesi per capire come tenerci casa nostra!» Crick ribatté, sempre gridando. «Qual è il nome da nubile di tua madre?»

«Holmes! Oh, cazzo, Crick non farlo!» disse, mentre il ragazzo diceva educatamente al telefono la prima parte della password. «Beh, non ti dirò il resto della dannata password!»

«Non ce n'è bisogno, testa di cazzo,» Crick spostò la sua attenzione sulla persona all'altro capo del telefono. «Ha dannatamente ragione voglio ancora farlo, signora, non mi attacchi il telefono adesso. Sì, li premerò sul telefono, aspetti.»

Crick spostò di nuovo il telefono e strizzò gli occhi alle piccole lettere vicino ai numeri sulla tastiera. «M-I-M-A-N-C-A-C-R-I-C-K-2» mormorò, e Deacon cercò troppo tardi di prendergli il telefono, quando si rese conto che Crick conosceva la password per davvero.

«Sapevo che non l'avresti cambiata. Me l'hai detta quando ero in Iraq, e pensavo stessi scherzando,» sibilò Crick, e Deacon si girò e diede un pugno al muro del cazzo con un respiro profondo e poi un «fanculo», mentre Crick finiva la transazione.

Benny irruppe nella loro camera da letto sembrando furiosa e spaventata, proprio mentre nella stanza calava un silenzio imbarazzante, sull'eco del pugno di Deacon che colpiva il cartongesso.

«Che cazzo succede?» chiese, guardando male tutti e due. «Così sveglierete la bambina, brutti idioti. Dannazione, per cosa state litigando?»

«Deacon, fammi vedere,» mormorò Crick, e Deacon si tenne le nocche sbucciate contro il petto.

«Non è niente,» grugnì. «Solo tuo fratello che butta via il suo futuro del cazzo…»

«Piantala di fare l'idiota cocciuto,» ringhiò Crick, afferrandogli la mano e tamponandogli il sangue con dei fazzoletti presi dalla scrivania. Benny uscì e tornò subito con qualche garza e un unguento. «Gettavo i soldi nella nostra casa.»

«Li stavi buttando nel mio problema!» scattò Deacon, con l'orgoglio lacerato e sanguinante ai suoi piedi.

«Stavo cercando di evitare che tu ti ammazzassi prima di compiere trent'anni, dannazione! Sono appena tornato. Mi piacerebbe vederti più di dieci minuti al giorno!»

«Dove hai preso i soldi?» chiese Benny, bendando la mano di Deacon come una professionista.

«Dal mio fondo per il college-barra-paga esercito-barra-pensione di invalidità,» rispose Crick irritato, guardando Deacon aspro. «Hai idea di quanti soldi avesse sottomano mentre si stava ammazzando per far quadrare i conti?»

«Non erano soldi miei!» protestò Deacon, troppo ferito per nasconderlo.

«Fico!» disse Benny pratica. «Posso buttarci dentro anche il mio fondo per il college?»

«No!» strillarono insieme Deacon e Crick, e lei si allontanò guardandoli male.

«Quindi ora, Deacon, sai cosa saremmo capaci di fare per proteggerti. E Crick? Dimmi, come ti sei sentito?»

«Fanculo, sorellina,» ruggì Crick, e Benny gli fece una pernacchia.

«Grazie, piccoletta,» disse Deacon educatamente, e lei gli gettò le braccia al collo e lo abbracciò.

«Agiva a scopo di bene, Deac, non dubitarne mai.»

«Mai fatto,» mormorò prima che lei lo lasciasse andare e se ne andasse lungo il corridoio.

In silenzio, Deacon superò Crick e andò a sedersi. Tutti gli assegni erano scritti, in attesa dei soldi per coprirli. Metodicamente, iniziò a riempire ogni busta con un assegno e la ricevuta, e poi la chiuse leccandone il bordo.

Crick lo guardò in quella calma snervante e, dopo aver visto cosa stava facendo, iniziò ad aiutarlo.

Quando tutte le buste furono affrancate, Deacon le impilò con cura per metterle nella posta del mattino e si girò per andare a letto. Crick lo seguì, spegnendo la luce, e Deacon strisciò nella sua parte di letto, afferrando il piumino nel freddo del primo mattino, avvolgendoselo stretto sulle spalle come un regalo di Natale sul bordo del letto.

Non si aspettava che Crick lo abbracciasse, raggomitolandosi dietro di lui, quasi nella stessa posizione in cui si erano addormentati qualche ora prima, circondandogli le spalle col braccio ferito e baciandogli il collo. Nonostante tutto, Deacon iniziò a rilassarsi contro di lui. Dio, l'aveva perdonato per l'Iraq, giusto?

Crick alzò la testa e avvicinò le labbra all'orecchio di Deacon, sussurrando: «Per merito tuo, Deacon, non troverò mai la mia roba buttata sul prato quando tornerò a casa.»

Il corpo di Deacon si rilassò ancora di più. «Sì,» ammise.

«Stai bene?»

«Sicuro.»

Crick gli sospirò nell'orecchio e lo strinse più forte. «Ogni volta che lo dici, sembra sempre più una bugia.»

Deacon si svegliò tardi quella mattina e bestemmiò quando si accorse che erano già tutti in cucina, Crick compreso. S'infilò i jeans del giorno prima e si lavò i denti il più velocemente possibile, arrivando in cucina appena in tempo per sentire la porta di ingresso che si chiudeva mentre Benny e Andrew uscivano per passare la mattina da Amy (Amy era piuttosto grossa in quei giorni. Appena Crick si era rimesso in piedi, Benny aveva ricominciato ad andarla a trovare a casa per aiutarla coi lavori domestici.)

«Dannazione,» mormorò, «volevo dire a Benny di comprare lo shampoo quando passava dal Wal-Mart.»

«Ha un cellulare, Deacon,» disse Crick alle sue spalle, usando entrambe le mani per bere il caffè dalla tazza che aveva regalato a Parish per Natale anni prima.

Deacon guardò fuori dalla finestra della cucina, accigliandosi. Qualcuno aveva appena svoltato nel vialetto d'ingresso e non riconosceva la vecchia Ford marrone.

«Già, ma me lo scordo sempre durante il giorno, ecco perché è da una settimana che usiamo il sapone per le mani.» Rischiò un'occhiata oltre la spalla verso Crick, senza incontrarne lo sguardo. «Mi hai lasciato dormire.»

«Ne avevi bisogno.» Crick mise giù il caffè deliberatamente e andò ad abbracciare Deacon in vita, e il giovane alla fine tirò un sospiro di sollievo e si appoggiò a lui. Non poteva essere arrabbiato con Crick: era come se il suo corpo fosse collegato direttamente al suo. Non era sicuro se sarebbe mai stato in grado di scusarsi, ma non si aspettava neanche che lo facesse Crick.

«Mi dispiace,» disse Crick, e Deacon per poco non cadde.

«Perché?» mormorò Deacon, girando la testa e cercando gli occhi marroni di Crick. Dio, se era carino. Crescere non aveva cambiato la bellezza dei suoi occhi grandi e il fascino dei suoi zigomi stretti, e Deacon passò un minuto stordito a pensare che forse quello era solo il modo in cui lui vedeva Carrick, e non com'era veramente.

«Mi scordo che anche tu hai dell'orgoglio... di solito sei così bravo nell'essere modesto, Deacon. Mi dimentico di quanto tu sia orgoglioso di noi, sai?»

Deacon stava per rispondere, stava veramente per dire qualcosa di intelligente tipo 'fanculo l'orgoglio, io ho te' – ma la sua attenzione fu catturata dal grido di Benny e lui bestemmiò mentre usciva dalla porta senza né maglietta né scarpe.

Melanie era alla guida della macchina sconosciuta e Bob era proprio lì, sul suo prato. Sembrava che avesse messo Andrew ko – più tardi scoprirono che ci era riuscito scalciando da dietro la sua gamba artificiale – ed era impegnato in un braccio di ferro con Benny per Parry Angel.

«Tieni giù le mani dalla mia bambina, testa di cazzo!» stava urlando Benny, e poi arrivò Deacon.

Bob non lo vide, così impegnato nel rubare la bambina piangente dalle braccia della madre. Sogghignò: «Nessun frocio o negro crescerà il sangue del mio sangue, puttanella!» mentre strattonava Parry in modo particolarmente violento.

Le parole furono dannatamente brutte, ma Deacon neanche le sentì. Col primo pugno stordì Bob abbastanza da fargli mollare la bambina, e col secondo gli piegò le ginocchia tanto che sarebbe caduto a terra se Deacon non lo avesse afferrato per la camicia.

Col terzo pugno gli ruppe il naso, e veder schizzare il sangue fu stupendo. Poi non ci vide più dalla rabbia, e non ricordò più molto finché Crick, Andrew e Patrick non lo tirarono via.

CAPITOLO
VENTITRÉ

Non bene

OH, CRISTO. Deacon stava per uccidere quello stronzo.

I suoi pugni continuavano a tempestare la faccia di Bob e stava urlando frasi sconnesse mentre picchiava l'idiota.

«Non *toccare* la mia famiglia, stronzo – la *mia* famiglia – lascia stare la mia famiglia…»

La sua faccia era stravolta dalla rabbia, e anche il suo corpo, ancora troppo magro, era come una radice d'albero contorta fatta d'acciaio. Crick aiutò Andrew a rialzarsi e aspettò finché non si sistemò la gamba; aveva bisogno di aiuto per tirar via Deacon.

Ma il giovane, anche con loro due che lo tiravano per le braccia, sarebbe riuscito a sopraffarli e a commettere un omicidio. Fu Patrick a colpirlo sulla testa, e quel tirarsi indietro istintivo, rimasto dall'infanzia, sembrò spezzare quel terribile incantesimo di furia che l'aveva stregato.

Deacon lasciò andare il colletto di Bob, mentre Crick e Andrew gli prendevano le mani. Lo stronzo cadde giù dritto dov'era, mentre Deacon se li scrollò di dosso e si girò per un istante prima di andarsene, coi piedi nudi che camminavano sulla piccola ghiaia del vialetto. La bambina strillava ancora e Melanie stava gemendo davanti alla macchina, ma senza la violenza dell'attacco di Deacon contro quello stronzo che aveva generato il caos, sembrava che ci fosse silenzio. Crick e gli altri guardarono Deacon, e quando si voltò era di nuovo lui, e non l'angelo vendicatore in cui si era trasformato per qualche istante.

«Patrick, chiama la polizia,» disse ruvidamente, guardando Bob con tanto odio da farlo esplodere in fiamme. Bob si lamentò e Melanie fece un singhiozzo attutito dalla macchina. Deacon sputò su Bob prima di girarsi verso Benny e la bambina.

«State bene?» chiese piano, e Benny annuì, tendendogli Parry in modo che se ne accertasse.

La bambina si calmò quasi all'istante tra le sue braccia, circondandogli il collo con le piccole braccia e singhiozzando sul suo petto.

«Mi spiace, dolcezza,» cantilenò Deacon. «Non volevo spaventarti. Nessun uomo brutto e cattivo verrà a portarti via mentre Deacon è qui, va bene? Non succederà. Vero, Angel?»

«Deek-deek,» disse lei triste, e Deacon le baciò la piccola testolina scura e soffice mentre lei gli piagnucolava sul petto. Crick gli si avvicinò da dietro e gli mise le mani sulle spalle, grato quando lo sentì appoggiarsi a lui.

«Stai bene?» Oh, Dio. Ormai glielo chiedeva di riflesso. Crick sapeva già che bugia avrebbe detto anche prima che aprisse bocca.

«Fantastico, Carrick. Non c'è nulla di cui preoccuparsi, va bene?»

«La polizia sta arrivando!» esclamò Patrick. Si era allontanato di alcuni passi col cellulare. Crick lo guardò e all'improvviso pensò che fosse vecchio. Abbastanza vecchio per ritirarsi, abbastanza vecchio per non trovare più divertente quel genere di stronzate.

«Bene,» mormorò Deacon. «Potresti chiamare

Jon, adesso? Avremo bisogno anche di lui probabilmente.»

Quando lo sceriffo arrivò, Bob si era già rialzato da terra stordito, ed era risalito in auto. La Ford Vattelapesca passò oltre l'auto dello sceriffo mentre voltava nel vialetto, e a parte Patrick – che era fuori a riprendere il cavallo che era scappato dall'anello quando c'era stato tutto il casino – lo sceriffo li trovò tutti riuniti in cucina, a occuparsi dei feriti.

«La pianti di far casino, Benny?» Andrew prese dolcemente le mani della sorella di Crick nelle sue, mentre lei cercava di mettergli della pomata sul gomito sbucciato. «Sto bene.»

«Sul serio, Benny,» disse Crick asciutto. «Ha perso una gamba in guerra, penso che un po' di graffi non lo uccideranno. Deacon, piantala di fare il bambino, è acqua ossigenata.»

Deacon grugnì. Le sue nocche erano state ferite parecchio dai denti finti di Bob, e Crick pensò che un paio di cerotti a farfalla sarebbero stati perfetti, visto che di sicuro non sarebbe andato a farsi medicare.

Il giovane uomo in uniforme rimase in piedi educatamente sulla soglia della porta d'ingresso aperta, aspettando che gli altri si accorgessero della sua presenza. Era bello in modo semplice, con i capelli marroni tagliati corti, gli occhi marroni e un volto intelligente, squadrato e dai tratti cesellati.

«Sì, ti vediamo,» borbottò Deacon. «Ti sei perso loro, ma entra comunque.»

«Sono l'agente Perkins,» disse l'uomo con sobria confidenza. Deacon si scrollò di dosso Crick per asciugarsi le mani sanguinanti con il panno della cucina e tese la mano per salutare il poliziotto. Lui non ci pensò due volte ad accettarla e stringerla.

«Deacon Winters. Dovrebbe controllare gli

404

ospedali. L'ho conciato piuttosto male.»

Il poliziotto alzò le sopracciglia. «Per qualche motivo in particolare?»

Deacon grugnì. «Quell'uomo si è introdotto nella mia proprietà e ha messo le mani addosso alla mia famiglia. Nessuno tocca la mia famiglia. Nessuno, mi ha capito?»

Crick resistette all'impulso fuori luogo di mettersi a ridere, perché vedere Deacon fare il cavernicolo era qualcosa di speciale.

L'agente Perkins alzò le sopracciglia e annuì, poi tirò fuori il suo piccolo taccuino e iniziò a fare delle domande serie.

«Okay, di chi è la bambina?»

«Nostra!» risposero in coro Crick, Deacon, Benny e Andrew, e il povero ragazzo dovette ricominciare tutto daccapo.

«Immagino che lei sia la madre, giusto?»

Benny annuì, stringendo le labbra. Parry Angel stava seduta sul seggiolone, mangiando l'ultimo dei biscotti preferiti che il suo Deek-deek le aveva dato per farle dimenticare il trauma, e Benny le mise una mano sulla testolina con fare protettivo.

«E lei è…?»

«Sono Benny Coats.»

«Coats? Come il tizio che le ha prese?»

«È il donatore di sperma che mi ha generato, sì.»

Gli occhi dell'agente Perkins si spalancarono. «E chi è il padre della bambina?»

«Un tizio con un ordine restrittivo che porta la cavigliera perché è uno stupratore,» disse Benny piatta. «Vuole sapere chi l'ha cresciuta? Beh, ci sta guardando adesso, ma Deacon è quello che lei ama di più.»

L'agente Perkins guardò Deacon con le mani tese in fuori in un gesto che diceva «aiutatemi». «E lei in che modo è legato alle ragazze?»

Deacon arrossì così tanto che Crick poteva sentire il suo corpo irradiare calore. «Sono il ragazzo del fratello di Benny.»

Gli occhi bruni si spalancarono ancora di più e il giovane guardò Crick, che aveva iniziato a spostarsi con fare protettivo, mettendosi tra Deacon e la nuova minaccia.

«Allora come mai Benny e la bambina vivono qui invece che a casa coi genitori?»

Crick si ritrovò a ruggire, quindi fu Benny la prima a parlare. «Perché quando questo scemo di mio fratello qui si stava facendo saltare in aria in Iraq, Deacon è venuto a prendermi e mi ha fatto stare qui. Vuole vedere la mia stanza? L'assistente sociale ha voluto vederla e ha voluto vedere la stanza della bambina e il mio armadietto delle medicine, e controllare se prendevo la pillola... quella dannata donna voleva quasi farmi un esame pelvico. Ora quello stronzo di mio 'padre'» – ci incluse le virgolette in aria – «si è ficcato in quel suo piccolo cervello grosso quanto un pisello, che la mia bambina vivrebbe meglio con lui...»

L'agente Perkins annuì e cercò di riprendere in mano la conversazione – dopotutto era lui a scrivere il rapporto. «Okay, ha detto il perché?»

Stavolta fu Deacon a parlare. «Mi sembra che le parole esatte fossero che non voleva nessun 'frocio o negro ad allevare il sangue del suo sangue'.»

Perkins trasalì e guardò i tre uomini. «E, ehm, a chi si riferiva di voi?»

Deacon e Andrew si guardarono e ridacchiarono. «Non lo so, davvero,» disse Deacon con un sorrisetto riluttante. «Drew, hai qualche idea?»

La risata di Andrew fu un po' meno riluttante. «Non so, signore. Lei è piuttosto abbronzato.»

Crick scosse la testa con violenza. «Non è divertente,» disse, provando una sorprendente dose di rabbia dopo il fatto. «Cosa gli ha fatto pensare di poter venire qui e fare questo? Io ho la custodia legale di Parry e Benny. Si è introdotto nella proprietà e ha cercato di rapirle. Che diavolo gli passava per quel suo piccolissimo cervello?»

L'agente Perkins si schiarì la gola. «Posso rispondere io,» disse, annuendo verso Jon mentre entrava. «Il signor Coats è un uomo che va in chiesa?»

«Cristo, sì,» rispose Crick

«Beh, si sta svolgendo un incontro spirituale nel campo vuoto fuori Elverta. Ieri c'era un tizio che predicava sui mali del matrimonio misto e dell'omosessualità e le solite cose. Probabilmente gli ha acceso il fuoco sotto al culo e si è sentito autorizzato a farlo.»

«Mi sorprende che non abbiate avuto un oratore anche voi,» disse Jon asciutto, mettendosi accanto al bancone vicino a Deacon e Crick.

«Piano, cowboy,» disse Deacon. «L'agente Perkins è stato piuttosto gentile con noi.»

«Già,» riconobbe Benny irritata, «ma ci ricordiamo l'ultimo.»

L'agente Perkins ebbe la grazia di arrossire. «Mi spiace per quello. Dovete sapere che non siamo tutti così. Mi piacerebbe davvero essere un amico qui, va bene?»

Jon annuì, considerandolo con attenzione. «Beh, tutto dipende se arresterà o no Deacon per aver protetto la sua famiglia.»

L'agente Perkins guardò il suo taccuino e fece spallucce. «Penso di poter rispondere con un grosso 'no'. Anche se tutto dipende da quanto gravemente ha ferito il signor Coats. Il signor Winters ha usato più forza del dovuto per fermare il crimine?»

«Se il bastardo è riuscito a risalire in macchina da solo, anche questa domanda ha per risposta un grosso 'no',» scattò Crick e Deacon gli mise una mano sul braccio per trattenerlo. Crick guardò in basso e vide le nocche di Deacon, unite insieme da cerotti a farfalla e coperte di garze, e la rabbia tornò a farsi sentire.

«Non ricordo, onestamente,» disse Deacon, e c'era qualcosa di strano nella sua voce, qualcosa di remoto e di alieno, che ricordò a Crick il giorno della morte di Parish, o il momento in cui gli aveva detto dell'esercito. «Io... è strano. Doveva... doveva lasciar andare la bambina, ecco tutto.»

All'improvviso Deacon si ritrovò nel posto in cui odiava stare, al centro dell'attenzione. «Devo...» Deglutì e avvampò di nuovo. «Abbiamo finito, agente?» chiese, e Crick si accorse dello sforzo che stava facendo per rimanere concentrato sulla questione.

«Sì, signore, penso di sì.»

Deacon annuì e gli strinse di nuovo la mano. «Questo è Jon Leavens. È un amico di famiglia e ci aiuta con le faccende legali. Se ha bisogno di arrestarmi ci chiami, così Jon può occuparsi della cauzione.»

«Lei ne parla in modo estremamente disinvolto,» disse Perkins asciutto, e Deacon fece spallucce.

«Almeno stavolta sarò sveglio, probabilmente, quando verrete a bussare alla porta.» Iniziò ad allontanarsi – scalzo e ancora a torso nudo – verso l'atrio, diretto fuori.

«Deacon, dove stai andando?» chiese Crick quando il giovane mise la mano sulla maniglia per andare fuori.

«Devo spostare il fieno,» rispose laconico, e Andrew alzò gli occhi al cielo.

«Beh, era una cosa che dovevamo fare oggi,» mugugnò. Era vero: c'era un'ondata di calore e probabilmente la temperatura sarebbe arrivata fino a quaranta gradi quel giorno. Potevano concedergli un po' di spazio per scaricare lo stress – sembrava che ne avesse bisogno – ma... Dio. Crick odiava quel tono di voce. Odiava sentire le emozioni di Deacon totalmente separate dalla sua ragione. Odiava sul serio il fatto che niente di più piccolo di un crollo emotivo potesse passare attraverso quel muro alieno di ghiaccio che Deacon aveva schiaffato tra se stesso e il mondo.

L'agente Perkins lo guardò andar via con le sopracciglia alzate. «Quello è l'uomo più flemmatico o il più profondamente ferito che io abbia mai conosciuto.»

«Perché?» chiese Jon. Buttò il caffè tiepido di Crick, prendendo la tazza per sé. «Che ha fatto Crick stavolta?»

«Ha salvato il ranch,» grugnì Benny. «Ma il modo in cui l'ha fatto ha fatto schifo.»

«Il maneggio è nei guai?» chiese il giovane sceriffo, guardando speranzoso il caffè, e Jon gliene versò un po', probabilmente spinto dal senso di colpa per aver detto qualcosa di sgradevole, immaginò Crick.

«A causa degli stessi stronzi che lei dovrebbe stare fuori ad arrestare,» gli disse Jon asciutto, porgendogli una semplice tazza marrone. «Continuano a mettere in giro cazzate per la città come «l'aids dei cavalli», e le persone non permettono a Deacon di domare i loro cavalli. Il che è un peccato perché è nato per farlo.»

Perkins annuì per ringraziare del caffè e ne bevve un sorso. «Non si preoccupi. C'è un'auto di persone in uniforme che sta controllando gli ospedali e l'indirizzo che ci avete dato per telefono. Ma il vostro amico qui... di sicuro prende la vostra famiglia molto sul serio,» disse a Crick, e il giovane scosse la testa.

«È la sua famiglia. Noi... noi ci siamo in qualche

modo riuniti attorno a lui, come dei satelliti. È che lui... lui brilla così intensamente, sa?» Crick arrossì e Jon gli sorrise a metà.

«Piuttosto giusto,» concordò Jon. «Allora Crick, come l'hai salvato il ranch?»

Crick grugnì. «Ho unito i nostri conti bancari. Hai idea di quanti soldi c'erano nel mio fondo per il college?»

Jon annuì. «Certo che lo so, scemo. Hai idea di quanto significasse per lui che tu potessi ancora andarci?»

Crick scosse la testa: sapeva di essere nel giusto anche mentre lo diceva. «Non andrò al college. Non dopo quello che gli ho fatto. Non voglio andarci, non più. Se la vita di Deacon è qui, anche la mia lo è. Posso disegnare ovunque. Deacon può guadagnarsi da vivere solo in un allevamento per cavalli.»

Jon scosse la testa e mise una mano sulla spalla di Crick. «Potrei già perdonarti, scemo.»

Crick accettò il sentimentalismo – e la mano – ma il suo treno di preoccupazioni su cosa stesse passando per la testa di Deacon fu interrotto dall'agente Perkins che disse: «Cosa disegna?»

Crick rise un po'. «Tutto quel che voglio.»

«Ma più che altro Deacon,» s'intromise Benny asciutta e Crick arrossì.

«Mi manca quel blocco,» confessò.

«Dov'è?» chiese Benny, e Crick resistette alla tentazione di nascondersi il viso tra le mani e lamentarsi.

«Probabilmente a casa dei genitori di Lisa... oh, Dio. Dovrei andare a parlarci. Vivono a Seattle... ora che sono quasi del tutto guarito gli devo una visita no?» Sì, gliela doveva. Non era sicuro che fosse scritto nella guida dei soldati, ma era stato l'ultima persona a vedere viva la loro figlia, ed era stato il suo miglior amico e confidente per oltre un anno. Sapeva che, se non fosse mai tornato a casa, avrebbe voluto che Lisa fosse andata a parlare con Deacon.

«Non lo so, Crick,» disse Benny sobria, «penso sia una questione tra te e il tuo cuore, sai?»

«Chi è Lisa?» chiese l'agente Perkins e tutta la famiglia lo guardò nello stesso momento.

«Era l'autista della mia ambulanza in Iraq,» spiegò Crick, riprovando tutte le emozioni. «Cosa ci fa ancora qui?»

Il giovane arrossì. «Io...» Rise in modo impacciato e fece per andarsene. «Mi dispiace. Io... io mi sono trasferito qui circa un mese fa. Siete la famiglia più carina che abbia conosciuto qui...»

Jon iniziò a sghignazzare, proprio come faceva al liceo, e Benny lo imitò. Andrew si strofinò gli occhi mentre Crick lo fissava, scuotendo la testa. «Questa è la cosa più strana che ho sentito oggi, e la dice lunga. Gesù, amico, che ne pensi di vederci quando non stiamo combattendo contro parenti fanatici o qualcosa del genere?»

Il povero agente Perkins stava arretrando fuori la porta, arrossendo quanto Deacon prima, e Jon ridendo lo richiamò indietro. «Non ti preoccupare, è solo Crick. Ti dico io che facciamo: vieni domenica sera a cena. E porta dei fiori a mia moglie che adesso è più incinta che dolce, e così potrai conoscerci, che te ne pare?»

Il giovane sbatté gli occhi e parve speranzoso e scettico allo stesso tempo. «Anche tu vivi qui?» chiese a Jon.

«Lo vuole da tutta la vita,» disse Crick, asciutto. «Per mia fortuna, ho avuto io il cromosoma gay.»

Jon fece spallucce. «Già, essere etero è una maledizione. Hai conosciuto mia moglie? Quando non è furiosa di essere incinta di dodici mesi è un bel bocconcino.»

«Dovrò chiedere a Deacon,» disse Crick compiaciuto. «Non saprei.»

Jon rise sinceramente e tirò un colpo a Crick sulla spalla buona. «Okay. Okay, mi arrendo. Mi sei mancato davvero, e penso di averti perdonato del tutto.» Guardò verso il povero amico poliziotto tutto rosso. «Sei ancora il benvenuto a cena, ma ci servirebbe conoscere il tuo nome.»

«Shane,» disse, sempre rosso. «Shane Perkins. Verrò con piacere domenica a cena. Cavolo, le persone di questa città morirebbero di sete prima di ammettere di avere acqua a sufficienza da condividere. Capite cosa intendo?»

All'improvviso Crick dimenticò il suo punzecchiarsi con Jon e guardò al loro nuovo amico gravemente. «Amico, sappiamo esattamente cosa vuoi dire. Vado fuori a parlare con Deacon. So che dovremmo lasciargli il suo spazio, ma non posso sopportare che sia lì fuori a superare tutto questo da solo.»

E cavolo se stava lavorando.

La schiena gli brillava di sudore, e i muscoli di braccia, collo, schiena e petto gli si flettevano per lo sforzo, mentre afferrava una balla dal retro del camioncino con gli uncini per il fieno e la gettava contro il muro della stalla, sotto la sporgenza protettiva fatta per ospitarla. Crick era piuttosto certo che anche i suoi polpacci e le cosce si stessero flettendo sotto ai jeans, e cercò di non pensare a quanto fosse sexy guardare il corpo di Deacon mentre si muoveva. Al momento c'erano altre cose su cui lavorare. Il mucchio di fieno era pulito e Crick dovette ammirare l'efficienza con cui Deacon si muoveva. Era un compito che svolgeva da quando era grande abbastanza da issare una balla di fieno senza ferirsi.

Parlava tra sé e sé mentre lavorava, e sembrava stare bene, anche se malediva Bob. «Stupido figlio di puttana... ti uccido, testa di cazzo... vieni qui nelle mia proprietà, tocchi la mia famiglia. Stai lontano dalla mia famiglia se vuoi tenerti quelle palle del cazzo. Stupido figlio di puttana...»

Crick osservò quell'energia furiosa e pensò che forse era meglio aspettare a parlargli finché non avesse più tra le mani armi potenzialmente mortali. Stava per girarsi e andarsene quando Deacon lo sorprese uscendo dallo stato in cui si trovava abbastanza a lungo da chiamarlo.

«Mi spiace, Crick, volevi parlarmi di qualcosa?»

«Stavo solo controllando come stavi,» disse Crick, un po' rassicurato quando vide apparire il sorriso teso e fiero di Deacon.

«Sto sistemando le cose.»

«Immaginavo. Fa caldo, forse è meglio che riprendi stasera.»

Deacon fece spallucce. «Ci saranno altre cose da fare per allora.»

«Già,» ammise Crick e poi, visto che ci stava pensando in cucina, disse: «Ehi, Deacon, pensi che sia possibile per me fare un viaggio a Seattle tra poco? Devo andare a trovare i genitori di Lisa. È giusto.»

Non si aspettava una reazione del genere alla sua richiesta. Deacon buttò per terra gli uncini – non li appese a una balla né li lasciò andare, li buttò per terra – sopra i guanti di pelle. Poi il suo collo e la schiena, che era rivolta verso Crick, iniziarono a tremare per la tensione.

«Mi lasci?»

«Solo per un paio di giorni,» lo tranquillizzò Crick. «Ti chiederei di venire con me, ma qui sei talmente impegnato... non voglio portarti via da...»

«Mi lasci?» Il cuore di Crick iniziò a battergli nel petto. Di nuovo quella voce. Quella voce persa e aliena, quella che veniva dalla gola di un ragazzino chiuso in una grande casa col solo eco del suo cuore a fargli compagnia.

«No,» Crick fece retromarcia. «Non ti lascerò. Giuro. Puoi venire con me... oppure non ci andrò e basta...»

«Hai dannatamente ragione, non ci andrai!» ringhiò Deacon, turbinando su Crick a una velocità disperata. In un secondo, in un battito di ciglia, Crick si ritrovò schiacciato contro il muro posteriore della stalla con la pelle nuda e sudata di Deacon sulla sua.

«Non mi lascerai,» gli ordinò Deacon, e Crick annuì furiosamente.

«Non ti lascerò.» Oh, Dio. Aveva l'odore di sesso della notte precedente, e sudore e rabbia, e sembrava che sapesse di sale.

«Mai più... non mi lascerai. L'hai promesso!»

«Ho promesso,» disse Crick, mesmerizzato dall'intensità furiosa degli occhi verdi di Deacon. Sembrava quasi fuori di testa all'idea che Crick lo lasciasse – terrificato, arrabbiato, ferito – tutte cose che Crick pensava avesse provato per due anni senza mai mostrale.

«Non mi lascerai,» sibilò Deacon, tirando giù la testa di Crick con un bacio devastante, invadendogli la bocca con una lingua punitrice e sbattendo il corpo di Crick contro il muro in maniera così possessiva che il giovane si chiese se la sua pelle non si sarebbe aperta per prendere Deacon dentro si sé. Aveva il sapore di... Deacon, ma aspro. Non c'era dolcezza nella sua bocca, né gentilezza nel suo respiro o nel suo bacio, e schiacciò le labbra di Crick tanto da far male.

Crick staccò la bocca il tempo sufficiente a dire:

«Non ti lascerò, lo giuro, mai più,» prima che Deacon gliela prendesse di nuovo in un altro bacio arrabbiato e violento. Entrambi i loro corpi si eccitarono all'istante, e Crick si poggiò contro l'anca di Deacon mentre il suo pene si gonfiava e s'induriva così velocemente da fargli male.

Deacon spostò i suoi fianchi contro la coscia di Crick e gli sibilò arrabbiato nell'orecchio. «Non mi lascerai, non lo farai, starai sempre al mio fianco... dannazione, Carrick, l'hai promesso...»

«L'ho promesso,» grugnì Crick. «L'ho promesso... Deacon , la stanza dei finimenti...»

Deacon continuò a baciarlo, mordendogli il collo e poi il petto tanto forte da lasciargli i segni. Le sue mani mossero le spalle di Crick di lato, e il giovane andò con lui, inciampando leggermente mentre Deacon lo spingeva all'indietro, attraverso la porta aperta delle stalle. La camera da letto di Andrew era lì dentro, e la stanza libera, quella riempita di finimenti e con un piccolo letto, era proprio lì accanto. Fu lì che Deacon spinse Crick, tra un passo malfermo, un bacio arrabbiato e fiero, una succhiata e anche un morso violento.

Crick aprì la porta della stanza dei finimenti e cadde praticamente dentro l'oscurità polverosa e soffocante, e Deacon chiuse la porta dietro di loro tirando il catenaccio. Crick si tolse i pantaloni e baciò Deacon di nuovo. Deacon si scostò il tempo sufficiente a strappargli via la maglietta e a farlo girare, per poi farlo piegare sopra il letto, lasciandolo col sedere per aria.

«Stai fermo,» ruggì, e Crick obbedì. Sentì Deacon cercare nelle tasche, e poi i suoi jeans caddero a terra. I pollici di Deacon, oliati con qualcosa che sapeva di ciliegia, gli allargarono le natiche e premettero nel suo ano, poi lo tirarono rudemente, preparandolo, e Crick affondò la testa nel materasso polveroso, vicino a un sacco di mangime per cavalli, e grugnì.

«Dio, Deacon...»

«Ho detto stai fermo!»

«Non mi muovo,» ansimò Crick, e quei pollici continuarono il loro lavoro, duri e rudi e veloci, e i suoi fianchi scattarono. Mosse la mano verso il basso per prendersi il pene, che gli faceva molto male, ma Deacon gliela afferrò e gliela rimise sulla testa.

«Ho detto stai fermo,» borbottò Deacon, posizionando il suo pene all'entrata posteriore di Crick.

«Sì, signore,» gemette Crick, completamente sottomesso. L'esercito gli aveva insegnato come prendere gli ordini, gli aveva insegnato che era una questione di vita o di morte, e adesso sapeva che la vita di Deacon dipendeva dal fatto di sapere che lui ci sarebbe sempre stato.

Anche Deacon era oliato, ma qualsiasi cosa stesse usando come lubrificante era granuloso e non liscio come avrebbe dovuto, e bruciò mentre Deacon infilava il suo pene nel culo di Crick. Il giovane gemette. Gli piaceva il margine del dolore, la rudezza, perché *Dio*, Deacon aveva bisogno di lui e quello era sufficiente a eccitare un santo. Deacon lo penetrò, allargandolo con la sua verga spessa, spingendosi in lui finché i suoi peli pubici ruvidi, marroni e ricci, furono a contatto col sedere di Crick, e i loro testicoli collisero assieme per la forza della loro unione.

Crick affondò la faccia nel materasso polveroso e urlò per la gioia rabbiosa del momento.

Deacon si tirò indietro e poi spinse di nuovo, sempre cantilenando: «Non mi lasciare, non mi lasciare, non mi lascerai mai, hai capito?» e Crick, si ritrovò a supplicare alla stessa maniera.

«Scopami, Deacon. Per favore, sbattimi. Oh, Dio, ti prego, afferrami... prendi il mio... oh, Dio, sì!»

Deacon, che era clemente e saggio, si allungò e afferrò il suo pene con la mano scivolosa e gli diede un colpo e un altro, e un altro, e le parole di Crick divennero un linguaggio incomprensibile, e quelle di Deacon duri respiri affannosi. Crick urlò di nuovo mentre il suo sperma schizzava su contro il suo stomaco, e di nuovo quando il glande di Deacon sfiorò i suoi piccoli fasci di nervi, e poi ancora quando lo fece di nuovo.

Deacon afferrò Crick per i capelli – ora erano lunghi abbastanza per poterlo fare – e tirò indietro la testa del giovane per sibilargli nell'orecchio, «*Non lasciarmi*». Crick rispose con un grugnito, mentre i fianchi di Deacon continuavano a spingerlo sul materasso. «Dico davvero, dannazione.»

«Non ti lascerò,» ansimò Crick piano, il suo corpo usato, pieno e ancora tremante mentre Deacon lo scopava fino a ridurlo gelatina. «Ti amo, Deacon. Non ti lascerò mai più.»

Deacon spinse i fianchi in avanti un'altra volta e venne, ruggendo, mordendo forte la spalla di Crick, grugnendo contro la pelle liscia e sudata della schiena del giovane, mentre il suo bacino scattava ancora e ancora e ancora.

«Hai dannatamente ragione. Non lo farai,» ansimò Deacon su di lui, nell'immobilità improvvisa dei loro corpi.

Rimasero così per un po', Deacon che rabbrividiva dopo la scossa sessuale, e Crick che si riprendeva dall'improvviso attacco. Deacon allacciò i polsi attorno alla vita di Crick e lo strinse talmente forte che poteva a malapena respirare. Crick mise la mano buona sopra alle sue, e lasciò che tutto il peso appoggiasse sulla spalla ferita. Le mani di Deacon stavano rabbrividendo – non solo tremando, rabbrividendo – e il sudore tra la schiena di Crick e la guancia di Deacon era più denso e caldo di quanto avrebbe dovuto essere.

«Deacon... Deacon stai bene?» chiese Crick nel silenzio.

La voce di Deacon era proprio la sua, adesso. Non quella del ragazzino sperduto di cinque anni né quella del fiero dominatore sessuale: era Deacon. Il Deacon di Crick. E Deacon stava soffrendo.

«Non molto, Crick,» disse con voce strozzata, e Crick annuì. Si allungò, e Deacon uscì dal suo corpo. Poi Crick si girò e si mise a sedere su quel piccolo pezzo di letto, abbracciando Deacon per la vita. Deacon nascose per un attimo il viso contro la sua spalla, e Crick allungò la sua mano buona verso la testa del suo compagno, spingendola verso il basso. Deacon seguì quell'esortazione e cadde nudo in ginocchio sulla paglia polverosa, affondò il viso nella vita di Crick, e pianse.

CAPITOLO

VENTIQUATTRO

Parole nude, cuori nudi

DI CERTO la parte più difficile fu sgattaiolare evitando tutta la famiglia per raggiungere la doccia. Erano entrambi sudati, coperti di polvere e fieno, e avevano l'odore di sesso polveroso, sudato ed eccitante. Deacon non poteva nascondere il fatto di aver pianto per un'ora usando soltanto una maglietta stropicciata e le mani sudate del suo amante sulla faccia.

Alla fine si vestirono alla bell'e meglio, sporsero le teste nella stalla per assicurarsi di non causare a Patrick un attacco alle coronarie, ed entrarono in casa, sperando che il poliziotto se ne fosse andato. Così era, e Jon e Benny se ne stavano seduti nel fresco delizioso dell'aria condizionata, a mangiare una torta che dovevano aver comprato mentre Deacon e Crick erano impegnati a fare altro.

Erano la loro famiglia e per questo quando alzarono lo sguardo e videro la faccia di Deacon mentre se la filava verso il bagno, non dissero nulla. Deacon sentì Jon chiamare il nome di Crick, ma non si fermò per sentire cosa gli stesse chiedendo né quale fosse la risposta. Quando Crick arrivò in bagno, Deacon era già sotto la doccia e guardava con gratitudine la nuova boccetta di shampoo che Benny aveva messo sulla mensola.

«Mmm,» mormorò Crick, riuscendo a prendere la boccetta prima del suo uomo. E poi si occupò di lui. Gli lavò i capelli, il corpo, strofinando le sue mani calde e insaponate sul petto, sulla schiena e sul collo di Deacon.

«Che voleva Jon?» borbottò Deacon, stavolta contento di lasciarsi andare nelle braccia di Crick e che si prendesse cura di lui.

«Voleva dirmi che hanno arrestato Bob, ma che probabilmente non dovremmo sporgere denuncia o potrebbero arrestarti per aggressione.»

Deacon grugnì. Bene, dannazione, il sacco di merda se la sarebbe cavata. «Altro?»

«Voleva sapere come stavi.» Le mani di Crick gli insaponarono il petto, e Deacon quasi piagnucolò, era così piacevole sentirsele sulla pelle.

«E?»

«Gli ho detto che non stavi bene.»

Deacon si chiese se potesse vivere col pensiero che non ce l'aveva fatta, che si era accasciato come calce marcia.

«E cosa ti ha risposto?»

«*Grazie a Dio.*»

Deacon si fece scappare uno sbuffo d'aria che poteva essere una risata, o l'acqua che gli schizzava dalla faccia nell'aria di fronte a lui. Crick gli circondò le spalle con le braccia, e cullò Deacon dolcemente mentre finiva di lavarlo.

Quando l'acqua divenne fredda si asciugarono e Deacon stava per mettersi i pantaloni quando Crick disse: «Fermati alla biancheria. Oggi penseranno a tutto

Andrew e Patrick. Dichiaro che oggi è 'il giorno libero di Deacon'.»

«Sì, oh grande legislatore. E cosa facciamo nel giorno libero di Deacon?»

«Il mio piano è di starcene a letto per un po' e chiacchierare, e poi dormire. Se vogliamo essere *davvero* – e dico *davvero* – ambiziosi, stavo pensando a una gita alla piscina naturale, con o senza famiglia. Ma per adesso, vai a letto. Voglio stringerti quando non sei tutto sudato e coperto di sesso.»

Parlarono. E poi Crick se ne andò e tornò con dei panini, e parlarono un altro po'. Deacon si addormentò, e ne rimase sorpreso come pensò lo fosse anche Crick. Quando si svegliò, il giovane era ancora lì, con la testa appoggiata alla pelle scintillante del suo avambraccio disteso, e lo guardava con gli occhi scuri e calmi. Deacon sbatté gli occhi e sorrise.

«Non te ne sei andato,» mormorò.

«Te l'ho promesso. Manterrò questa promessa, Deacon, te lo giuro.»

Un mese dopo, Deacon era in piedi sulla prua del traghetto bianco che navigava tranquillo attorno alle isole di San Juan. Era una giornata di luglio, col cielo blu cristallo, e le acque di Puget Spund erano di un freddo indaco.

Alla fine lui e Crick avevano deciso di andare a trovare insieme i genitori di Lisa. Deacon non era più psicotico e rabbioso per un viaggio di quattro giorni, ma, beh, tutta la famiglia – Benny, Jon, Amy, Patrick, Andrew e Crick – si erano tutti impegnati per fargli prendere una vacanza prima della nascita della bambina di Amy.

«Ti vogliamo qui tra trent'anni, stupido!» Erano state le ultime parole di Jon sull'argomento e Deacon aveva scoperto di non aver più tanta voglia di litigare quando si trattava di separarsi da Crick.

E così eccoli lì, e Deacon non riusciva a esserne dispiaciuto. Crick stava prendendo del caffè dalla macchinetta dentro il traghetto. Stava lavorando sulla sua mano, e il fatto che potesse portare la piccola tazza era fonte di orgoglio, neanche tanto nascosto.

Il cuore di Deacon non era ancora completamente guarito, e forse sarebbe rimasto segnato per tutta la vita, ma in quel caso lo sarebbe stato anche quello di Crick, e sarebbero stati in gradi di sopravvivere alle conseguenze. Se il suo cuore avesse iniziato a sanguinare troppo, Deacon avrebbe usato le parole che si erano scambiati quel giorno come una garza pulita per avvolgerlo, che lo avrebbe tenuto pulsante e risanato, e lo avrebbe mantenuto in forma per permettergli di avere un futuro con la persona che l'aveva spezzato per primo.

«*Deacon?*»

«*Sì?*»

«*Cos'è che ti ha fatto smettere di bere? Non me l'hai mai detto. Benny ha detto che te ne stavi andando via dal negozio di alcolici. Non mi hai mai detto perché.*»

«*Per la lettera che mi hai mandato. Quella in cui mi chiedevi di scriverti qualcosa di vero.*» *Deacon si fermò e deglutì, guardando Crick cautamente dalla sua posizione prona, con la testa poggiata sulle braccia incrociate.* «*L'unica cosa vera che potevo raccontarti è che sarei tornato a casa con una bottiglia dopo essere stato al negozio di alcolici. Non potevo scriverlo. Dovevo rendere le cose 'vere' migliori.*»

Crick allungò la mano sinistra ferita e tolse i capelli che erano finiti negli occhi di Deacon. «*Sembri sempre così forte, Deacon. Ti giuro, oggi è stata la prima volta che ti ho visto piangere dal giorno della morte di tuo padre.*»

Deacon gli prese la mano, carezzandola gentilmente. «Questo perché non mi hai visto cinque minuti dopo che mi hai lasciato in Georgia.»

«Germania,» disse Crick nella quiete calma.

Gli occhi di Deacon si spalancarono. Si era quasi addormentato, con la testa poggiata sulle stomaco di Crick, le loro mani allacciate sul suo petto.

«Tibet,» disse a caso.

«No, idiota, volevo dire che voglio parlarti di quello che è successo in Germania.»

Deacon grugnì scontento. «Già. Tibet non era la risposta esatta neanche l'ultima volta che abbiamo fatto questo discorso.»

Crick fece cadere la mano sfregiata in una buona imitazione di un colpo sulla sommità della testa di Deacon. «Per favore, Deacon? Ho cercato di raccontare tutta la storia a Lisa, ma era così incazzata con me per averti tradito che non ha voluto ascoltarmi. Sei la sola persona sul pianeta che penserà che è divertente come lo penso io.»

«Lisa neanche ti conosceva quando stavi in Germania,» mormorò Deacon, e Crick annuì, dalla sua posizione sul cuscino.

«Te l'ho detto, per una volta vorrei avere un amico che non ha una cotta per te, Deacon. Le era presa brutta.»

«Jeff non...»

«Col cavolo. Jon, Amy, Lisa, Jeff... Cavolo anche l'agente Perkins ha una cotta per te»

«L'agente Perkins è etero!»

«Come no. Credimi, Deacon, conosco quello sguardo. Molto bene. Lisa ha dato uno sguardo al mio blocco e si è innamorata.»

Deacon si tirò su a guardare Crick con un cipiglio

confuso. «Ti devi essere immaginato tutto.»

Crick scosse la testa. *«Cosa posso dire, baby, sei un bocconcino. Posso finire la mia storia adesso?»*

«Quella in cui ti fai scopare da un perfetto estraneo a Berlino? Come no, Crick, fai pure.»

Crick lo fece, ovviamente, del tutto ignaro al sarcasmo di Deacon, e aveva ragione. Alla fine il giovane stava ridendo.

«Gli è bastato uno sguardo per dire 'Sì, è solo, si vede'? Dannazione, Crick. È triste almeno quanto io che dico 'ti amo, Crick' mentre sono ubriaco con Becca!»

«A quello ci arriveremo dopo,» minacciò Crick, *«ma sì. E poi ho passato metà della notte a mostrargli le tue foto e a leggergli le tue lettere.»* Scosse la testa. *«Mi disse di chiudere gli occhi e di dire il tuo nome quando mi ha baciato e io l'ho fatto.»*

Deacon si girò sullo stomaco e si tirò su nel letto, appoggiandosi sui gomiti, guardando la faccia di scuse di Crick. *«Chiudi gli occhi e di' il mio nome,»* bisbigliò.

E Crick lo fece.

Mezz'ora dopo, dopo essersi rimessi la biancheria e ripreso fiato, Crick disse: «Oh, sì. E io stavo sopra.»

Deacon represse una risata. *«E perché diavolo dovrei volerlo sapere?»*

Crick arrossì lentamente sul collo fino allo stomaco. Si fermò alla cicatrice chiazzata, ma altrimenti era una costante della sua pelle, leggermente tinta di marrone. *«Io...»* Deglutì, sorrise tra sé e sé, e distolse lo sguardo. *«Avevo questa... sai. Questa strana idea romantica, credo, che il mio sedere fosse soltanto tuo.»*

Deacon iniziò a ridacchiare piano e poi scoppiò in una risata fragorosa. Poi si asciugò gli occhi e guardò impenitente il cipiglio offeso di Crick.

«Carrick James, questo è tremendamente, dannatamente dolce da parte tua, ma devo dirti che se

dovessi reclamare per mia una parte del tuo corpo, non sarebbe quella.»

«Okay,» disse Crick, alzando gli occhi al cielo. «Mi arrendo. Quale parte del mio corpo è più interessante del mio sedere?»

Deacon ricompensò la sua ottusità con un colpetto sulla testa. «Il tuo cuore, dannato imbecille. Cavolo, posso avere il tuo sedere al massimo quindici minuti al giorno per volta, ma è il tuo cuore che voglio ventiquattro ore su ventiquattro. Gesù, Crick, smettila di pensare con le parti basse!»

Crick gli sorrise radioso e lo attaccò con un bacio felice e giocoso, e poi non parlarono per almeno altri quindici minuti.

CRICK si spinse in avanti per pulire col pollice il baffo di latte sul labbro superiore di Deacon. Deacon poggiò il bicchiere sul comodino, si sistemò il piatto col panino in grembo e aspettò paziente che finisse. Crick sfruttò l'occasione per strofinare il dito sulla radice del naso di Deacon che si era riformata.

«È già brutto che ti siano cresciuti tre nuovi peli sul petto mentre non c'ero. E ora questo.»

Deacon si accigliò e pose via il piatto accanto al latte, gli era passata la voglia di mangiare il panino. «Disse il tizio che è saltato in aria in Kuwait.»

«Già, ma mi sono messo io in pericolo. Ancora non mi hai detto come te lo sei procurato.»

Deacon arrossì, sapendo che quella poteva essere la parte peggiore del loro gioco apri-il-tuo-cuore e parla. «Nello stesso modo in cui sono andato a letto con Becca Anderson. Non me lo ricordo.»

Crick era genuinamente sorpreso. «Deacon!»

Deacon desiderò non aver mangiato quel panino. «Sono un ubriaco da blackout, Crick. Non bevo per sentirmi meglio, bevo finché finisce il mondo. Mi sono svegliato una mattina e c'era una scia di sangue che partiva dallo stipite della porta e arrivava al letto, e giù per la mia maglietta, e formava un grumo sul mio cuscino. Il naso mi faceva male da morire ma riuscivo ancora a respirare, quindi penso di essermi messo a letto da solo.»

«Deacon, quel genere di sbronze… per quanto hai detto che sono andate avanti? Quanto è stata brutta la disintossicazione?»

Okay. Okay. Guarda il mostro in faccia e di' il suo nome, e non potrà più farti del male. Non diceva così la storia?

«Patrick mi ha trovato nudo nella vasca, coperto di vomito. Se Jon non fosse arrivato qui con la ricetta di Valium, probabilmente sarei morto.»

Crick aveva finito il sandwich da un pezzo, e abbracciò stretto Deacon, a lungo.

«Ucciderò Becca Anderson,» disse con voce strozzata, la faccia bagnata sul petto di Deacon. «Entrerò in quel cazzo di bar e farò a pezzi quella fottuta…»

Deacon si tirò indietro e gli afferrò il mento. «Fermati subito, Carrick. Ho sentito l'odore del gin prima di scolarmelo. Avrei potuto tirarmi indietro se fossi stato forte abbastanza…»

«No.» Crick scosse la testa. «No, non crederò mai che è stata colpa tua. Un uomo entra in un bar e ordina della soda e ha una dannatissima ragione, e se non puoi rispettarla non sei migliore del vomito che ti lascia sulle scarpe.»

Deacon scosse la testa. «Non farlo, non assolvermi. Crick, non è giusto…»

«Hai ragione, non lo è stato, ma non sei stato tu a comportarti male. Okay. Tu mi perdoni per la Germania

e io te ne sono grato e ne sono sopraffatto, e ti amerò per sempre per questo. Ma ascoltami, lo dirò un migliaio di volte al giorno, ma abbiamo cose più importanti da fare col nostro tempo. Non hai nulla da farti perdonare per quello che è successo con quella donna, capito? Ti ha cambiato la bevanda, e questo è tutto, okay?»

Crick era ancora in lacrime, quindi Deacon lo calmò come quando era un ragazzino. Si addormentò appoggiato ai cuscini con Crick accoccolato contro il petto.

Mentre giocavano con le mani giunte nella luce del sole che entrava dalla finestra, dopo essersi svegliati dal loro pisolino, Crick disse: «Bob.»

Deacon ribatté: «George.»

Crick disse: «Continui a cercare di rendere simpatica questa cosa, e non lo è. Sono dannatamente serio. Avresti potuto ucciderlo.»

Uno scrollo di spalle confuso. «E sarebbe stato un male perché…»

«Perché saresti finito in prigione, idiota! La prossima volta, ecco… non lo so. Vattene e basta.»

Deacon ci pensò su a lungo e di brutto. «Non ti faccio promesse,» disse alla fine. «Posso promettere di provarci, per te. Ma lui ha ferito tutte le persone che amo ed è stupido e cattivo. Posso promettere di non andar di nuovo a cercare guai.»

Crick distolse lo sguardo per un minuto e si portò le nocche di Deacon alle labbra per baciarle dolcemente. «Devi perdonarlo.»

Deacon tirò via la mano. «Col cazzo! Io ero là, Crick ricordi? Io e Parish ti mettevamo il ghiaccio sulle ferite perché non c'era nessuno per te durante la settimana. Lo sai che abbiamo chiamato i servizi sociali? E ti hanno picchiato ancora di più, così abbiamo smesso. Ti giuro, se avessi saputo che per farti buttare fuori gli bastava sapere che eri gay, ti avrei baciato sul prato davanti casa prima di compiere diciotto anni, solo per tirarti fuori dalle loro vite. Perdonarlo? Perdonarlo? Ho portato via tua sorella dalla veranda con un bimbo nel grembo e un occhio nero del cazzo. Quell'uomo ha infastidito là mia famiglia per...»

Si stava infuriando, stava facendo una tirata... e Crick lo guardò e gli sorrise debolmente finché non si calmò.

«Deacon, cosa ti ha fatto perdonarmi?»

Deacon si fermò. «È stato il giorno in cui si è rotto l'argine,» rispose dopo un istante, e Crick alzò le sopracciglia. Un'altra cosa di cui Deacon non parlava mai. Deacon fece spallucce e tirò le ginocchia a sé.

«Io ero lì... avevo appena sparato al tuo cavallo. Dio, Crick. Ho ancora gli incubi per avergli sparato... non vuoi...» Non poté finire quel pensiero, perché era troppo brutto, perché nel sogno Comet non era Comet. Comet non era mai un cavallo alla fine del sogno, e Crick era sempre morto, mutilato e sanguinante ai suoi piedi nella pioggia. «Comunque, io... io non so quanto sono rimasto lì, a scavare una fossa come uno scemo. Jon mi ha detto che sono mancato per due ore, quindi probabilmente l'ho fatto più o meno per un'ora e mezzo. E io stavo urlando contro il cavallo per avermi lasciato, e poi urlavo contro di te per avermi lasciato, e poi Dio ha fatto crollare il fottuto argine, proprio di fronte a me, e io urlavo contro di lui. E quell'acqua... Gesù, Crick. Mi è arrivata proprio fino al petto, mi si sono quasi sollevati i piedi da terra, e io pensavo 'È tutto? È tutto quello che hai? Mi hai portato via Crick e questo è tutto ciò che puoi fare?' e poi l'acqua si è abbassata e io ero così pazzo. Pensavo di aver vinto qualcosa, sai?»

Crick lo stava guardando a occhi spalancati, e lui

arrossì.

«*Non ti avevo detto che era una cosa sensata. Ma ho pensato 'Ecco. Batto Dio.' E poi Dio m'ha risucchiato dentro la tomba di Comet quando l'acqua s'è ritirata, e ne sono uscito a malapena. Mi sono reso conto che il punto non è battere Dio, ma ciò che hai quando la battaglia è finita. Ti volevo. Volevo che fossi vivo... e così ecco, la battaglia era finita, e io avevo il Pulpito... e te. Non sarei più stato arrabbiato con te se ti avevo ancora. Non potevo.*»

Crick rimase silenzioso così a lungo che Deacon si pentì di avergli raccontato la storia. Forse troppe parole erano brutte. Forse aveva avuto ragione a tenersele tutte chiuse nel cuore.

«*Deacon. Dio, Deacon. Mi sorprendi.*» *Crick lo stava di nuovo guardando con gli occhi spalancati, con quello stesso bagliore dolce sul volto che aveva quando era alle medie e Deacon era un dio e non soltanto un ragazzo timido con un gran circolo di famiglia.*

«*Ero matto da legare, non formidabile. Pazzo.*»

Crick scosse la testa e reclamò la mano di Deacon. «*Vieni qui.*» *Era più grosso, quindi tirò Deacon finché il giovane non gli finì addosso senza grazia, sul suo petto ampio, guardandolo con sorpresa e una certa dose di imbarazzo.*

«*Di cos'è che stavamo parlando?*»

«*Dicevamo che devi tenerti alla larga da Bob, perché se puoi fronteggiare Dio nel mezzo di una dannata alluvione ed essere felice perché hai ancora me, allora puoi ignorare un pezzo d'immondizia umana per la stessa ragione.*»

«*Ti ha fatto del male.*» *Deacon sentì la testardaggine e non gliene importò.*

«*Non quanto ti ho ferito io,*» *disse Crick piano.* «*E tu mi hai perdonato!*»

Un grosso sospiro. Il cervello di Deacon si spense guardando quegli occhi scuri, quel mezzo sorriso, quel volto stretto e affascinante. Non c'era posto per animosità: Crick gli stava sorridendo, sorrideva solo a lui, e la rabbia di Deacon se ne andò lontano lontano.

«Se prometto di non ucciderlo apposta, possiamo chiudere la questione?» Bene. Bene, bene, bene. Niente più fantasie di spaccare la faccia a Bob. Basta.

«Va bene. Puoi baciarmi di nuovo?»

Deacon sorrise dal suo posto sull'ampio petto di Crick. «Sì, va bene anche questo.»

«A COSA stai pensando?» gli chiese Crick adesso, tenendo in equilibrio il caffè e la borsa a tracolla con attenzione, lontana da un potenziale disastro. Deacon distolse lo sguardo dalla fredda acqua mesmerizzante, prese il caffè dalla mano di Crick, e volse la faccia verso il sole estivo.

«Sto pensando che questo è più o meno il posto più carino che io abbia mai visto,» disse Deacon serio. «Sto pensando che potrei vivere qui, come i genitori di Lisa, su una di queste isole. Potremmo prendere le nostre cose e portare i cavalli, e vedere il resto del mondo solo una volta al mese. La vita non sarebbe niente male.»

Crick guardò il cielo blu e il mare indaco. Avevano prenotato una camera d'albergo – una che aveva la vista sul Sound a Seattle – e quella mattina, quando si erano svegliati, avevano visto le balene sullo sfondo. Deacon le aveva fissate avidamente come un bambino finché si era accorto che Crick guardava lui invece che loro.

«Che c'è?»

«A volte mi dimentico quanto sei bambino.»

Deacon arrossì. «Sono ancora più vecchio di te.»

«Già, ma non di molto.»

«Ti mancherebbe casa,» disse Crick con affetto, e Deacon si girò verso di lui, cercando di articolare la cosa che gli si muoveva nel petto fin da quando era sceso dall'aereo.

«Sarei a casa. Non capisci, Crick? Solo perché abbiamo sempre vissuto al Pulpito non significa che dobbiamo continuare a provarci lì se non funziona.»

«Deacon!» Crick era veramente scioccato. I suoi capelli, abbastanza lunghi da sbattergli negli occhi nel vento fiero e gelido, gli volarono in faccia mentre era in piedi, assolutamente immobile, sulla prua della nave in moto.

Ma Deacon non poteva fermarsi. «Vedi, le cose stanno così. Coi soldi che hai messo nel conto corrente bancario, abbiamo un po' di spazio di manovra. Potremmo vendere la terra, tenere i cavalli, prendere su tutto e trasferirci. Non qui probabilmente, ma ci sono dei terreni a Gilroy o Salinas, posti in cui nessuno ha mai sentito parlare di noi, in cui a nessuno frega niente di chi siamo o di cosa eravamo da ragazzini. Ci saremmo solo noi, i cavalli, e l'oceano a quarantacinque minuti di distanza.»

Crick alla fine si mosse. Circondò le spalle di Deacon col braccio e bilanciò il corpo alto contro il parapetto, tirando Deacon a sé per baciarlo sulla tempia. Per loro, fare un gesto di quel genere in pubblico, era quasi come avere le ali e poter volare nella folata del vento della nave, come le aquile che avevano visto giocare sopra di loro.

«Le ceneri di tuo padre sono sparse su quella terra, Deacon. Non dirmi che non significa nulla per te.»

«È un posto benedetto grazie a quello che c'è nei nostri cuori, Crick. Possiamo creare un altro posto da venerare per la nostra famiglia, dove farlo non ci costerà il nostro sangue.»

Cadde il silenzio, rotto soltanto dal ruggito del vento e dal brusio del motore del traghetto.

«Lo perderemo davvero altrimenti?» chiese Crick, curvando le spalle mentre lo diceva, poggiando su Deacon parte del suo peso. «Non voglio lasciare la nostra casa, Deacon. Posso vedere cosa ti provoca. So che odi gli avvocati e apparire davanti alla corte e le scartoffie. E ho sempre giurato che me ne sarei andato da Levee Oaks. Ma è come se il Pulpito fosse tutto un altro posto, e io non voglio andarmene.»

«Pensi che io lo voglia?» ribatté Deacon, aspro. «Se continuiamo a perdere soldi, arriverà un momento in cui non potremo più neanche domare i cavalli. Non saremo in grado di comprare nulla di lontanamente vicino a quello che dovremo lasciare. Non sarebbe bello, se proprio dobbiamo lasciare la nostra casa, non dover ricominciare da zero?»

Il respiro di Crick era caldo e rassicurante nell'orecchio di Deacon. «Beh allora... perché non aspettiamo finché quel momento non arriva, okay? Quando arriverà un mese in cui, se continuiamo a perdere soldi non potremo neanche domare i cavalli, allora faremo una votazione di famiglia e decideremo.»

«Una votazione di famiglia?»

«Sì. Benny, Jon, Amy, Andrew, Patrick: la famiglia. Il peso non è tutto tuo, Deacon. Taglieremo le spese inutili.»

Deacon deglutì, sentendosi leggero e potente. Era un dio con un bilanciere da dieci pound se la sua famiglia era lì per aiutarlo in quella faccenda.

«Va bene, allora. La famiglia.»

In quel momento l'interfono annunciò «Anacortes», che era la loro fermata. Per Crick era giunto il momento di fronteggiare i suoi demoni, ora che quelli di Deacon erano stati messi tutti a riposo.

Gli Arnold vivevano in una casa di tre piani che era costruita in una collina. Sembrava che fosse uscita dal mondo delle fiabe, a causa della gran quantità di felci e sequoie che la circondavano – e al fatto che fosse dipinta di un celeste acceso – e Crick rise piano mentre salivano i gradini.

«La chiamavo *Popcorn*, ma forse avrei dovuto chiamarla 'Pixie'[10], non pensi?»

Deacon sorrise rassicurante e poi arrossì nonostante tutto. Per lui già il solo viaggio sembrava qualcosa di incredibilmente coraggioso, e lo disse.

Crick si bloccò di botto e si girò a guardarlo. Non si stavano toccando, ma gli occhi di Crick erano calorosi mentre diceva: «Non penso che potrei farlo senza di te. Ti ho già ringraziato per avermi accompagnato?»

«Non ce n'è bisogno,» borbottò Deacon, spingendo il fianco di Crick per farlo muovere.

Fu Crick a bussare alla porta e a presentarli quando venne ad aprire una donna di mezza età con un volto dolce e coi capelli raccolti in una coda di cavallo biondo-argento. Indossava dei jeans e una felpa.

Ma in effetti non c'era bisogno di presentazioni.

Il suo volto, che era segnato da tristezza e linee di dolore, s'illuminò all'istante appena vide Deacon.

«Io ti conosco!» disse con una risata genuina, anche se lacrimosa, aprendo la porta e facendogli segno di entrare. «Tu sei il Deacon di Crick – e quindi tu sei Crick. Oh, mio Dio! Sono così contenta che siate venuti.»

Deacon diventò di un particolare tipo di rosso. «Grazie, signora,» mormorò, e lei li fece entrare.

«Mio marito sarà molto dispiaciuto di non avervi incontrati,» disse loro la signora Arnold mentre li faceva

---

[10] Folletto, fatina.

accomodare in salotto. Era una stanza confortevole a dispetto dei centrini sui mobili e del tappeto decorato sul pavimento di legno massiccio. Il pavimento era stato graffiato dal vecchio cane davanti al caminetto, e il tappeto era pulito ma non senza aloni. C'era della polvere sulle tende e sopra la mensola del camino, e visto che i due uomini erano più abituati alla polvere che alle stanze decorate, la polvere li aiutò a mettersi a proprio agio.

«Possiamo tornare domani,» propose Crick, anche se pensavano di andare a visitare la città il giorno successivo, e Deacon si sentì un po' in colpa nel sentirsi sollevato quando la signora Arnold scosse la testa.

«No, mi dispiace. Ha portato la nostra figlia più giovane a visitare i college della California. Pensa di frequentare il Cal Arts Valencia o l'USC. Voleva mostrarle un po' il posto.»

Deacon intercettò lo sguardo di Crick, ed entrambi sorrisero un po' di traverso. Era bello sapere che qualcuno stava per vivere il loro «e se».

Crick sospirò, guardò la donna negli occhi e le disse la verità. «Mi dispiace molto per Lisa, signora. Era l'amica migliore che avessi mai avuto. Mi manca ogni giorno.»

Gli occhi della donna s'illuminarono, e lei si sporse dal suo posto e toccò il ginocchio di Crick. «Anche a me, caro. Ma sono così felice che avesse te laggiù. Sai che mi scriveva, vero?»

Crick fece spallucce. Lisa gli aveva chiesto se poteva raccontare di lui alla madre. Non pensava che fosse una gran cosa. «Sì, signora. Leggevamo insieme le nostre lettere. Ci aiutava a passare il tempo.»

Deacon non poté trattenersi dall'emettere un verso strozzato, e con sua sorpresa, la signora Arnold batté le mani e lo guardò affettuosamente. «È proprio adorabile come mi aveva detto... pensava che tu fossi molto fortunato, sai Carrick?»

Crick guardò Deacon, ma lui era troppo impegnato a mortificarsi per ricambiare.

«Sì signora, me l'ha detto un paio di volte.»

«E sei stato così bravo a disegnarlo. Aspetta,» disse alzandosi. «Vado a prendere i tuoi blocchi. Li vorrai riavere.»

Il resto del pomeriggio fu... dolce. Era il solo modo con cui Deacon riuscì poi a definirlo. Nessuno dei due uomini era abituato alle cure materne, ma la madre di Lisa riuscì a dargliene parecchie in poche ore. Vennero a sapere che Lisa voleva guadagnarsi da sola i soldi per il college e di come l'esercito sembrasse la soluzione al suo problema. Lessero le lettere che aveva spedito a casa e videro le sue foto, e anche la sua vecchia stanza. Anch'essa era il regno delle fate come il resto della casa, con colori pastello e orpelli, e Crick disse a Deacon in privato che non si stupiva che la povera donna fosse finita col più grande folletto dell'esercito degli Stati Uniti. Una battuta che gli fece guadagnare una sonora pacca sulla nuca mentre la madre di Lisa non li vedeva.

Prima di andarsene per prendere il bus per l'ultimo traghetto, Crick pianse un po', e anche la signora Arnold, e tutti e tre compiansero una giovane donna straordinaria.

E Deacon era orgoglioso più che mai del suo amante.

«Era davvero straordinaria, Crick,» disse Deacon mentre prendevano il traghetto. «E ti amava come un fratello...»

«Una sorella,» disse Crick tirando su col naso. «Mi ha detto che ero la sorella maggiore che non aveva mai avuto.»

Deacon rise e lo colpì di nuovo dietro la testa. «Eravate entrambi da manicomio.» Poi afferrò la mano di Crick. «E io sono contento che eravate insieme, cavolo. Vorrei davvero che fosse tornata a casa anche lei, ma sono così felice che l'avevi al tuo fianco laggiù.»

E Crick, grazie alla sua cocciutaggine a un solo binario, riuscì a girare anche quello a suo vantaggio. «Hai visto la loro casa, Deacon? Era la casa di sua nonna. L'amava, è cresciuta lì. Voglio che casa nostra sia così. Voglio che Parry Angel ci porti i suoi bambini e che ci inviti a cena i suoi amici. Dimmi che possiamo far sì che questo si avveri. Per favore?»

«Amico, faremo quel che potremo okay? Rimetteremo la decisione alla famiglia e faremo quel che possiamo.»

Era il meglio che poteva promettergli.

CAPITOLO

VENTICINQUE

Promessa mantenuta

DOPOTUTTO fu semplice.

Proposero il piano alla famiglia non appena Jon li portò a casa dall'aeroporto. Jon si disse subito d'accordo. «Ci trasferiremo con voi,» proclamò grandiosamente dal tavolo della cucina, e Deacon disse che il suo impegno era estremamente onorevole, visto che la sua povera moglie era bloccata a casa coi piedi per aria per la gestazione. Jon tirò fuori il cellulare, compose il numero e disse: «Amy, se Deacon prende e porta il Pulpito a Gilroy o in culo alla luna, vuoi andare con lui, vero?»

Mise il telefono all'orecchio di Deacon in tempo per fargli sentire la risposta di Amy. «Sì, diavolo. Perché? C'era bisogno di chiedermelo?»

E quello fu l'inizio del primo incontro di famiglia.

Ne facevano uno al mese, all'inizio, mentre Deacon faceva i conti e calcolava la perdita del ranch per quel periodo. Tutta la famiglia si riuniva in cucina, Deacon esponeva i fatti e i diagrammi su un grosso blocco di carta e gli mostrava le proprietà disponibili sul mercato per i loro bisogni.

Amy si presentò alla seconda riunione con un nuovo membro della famiglia. La signorina Lila Lisa Levins era piccola, rugosa, e fu salutata da tutti con entusiasmo, Parry Angel inclusa, convinta che la 'bee-bee' fosse la sua bambola personale e che rimanesse a casa con lei.

La signorina Lila Lisa non fu l'unico nuovo membro della famiglia a presentarsi agli incontri. Jeff si presentò al secondo, dopo essere stato una presenza fissa a cena – e non solo a una serata in famiglia – per un paio di mesi. Anche l'agente Shane si presentò a cena, anche se lui e Jeff si sedettero lontano l'uno dall'altro. Tutti concordarono che, dopo aver rivelato la sua omosessualità guardando Jeff disgustato e dicendo: «Non ti morderò, mi piacciono i ragazzi più virili», Shane sembrò meno strano e inquietante, e le cene di famiglia furono parecchio più rilassate.

Eppure, nella fredda e chiara notte del primo di febbraio, Deacon non riuscì a votare.

«Siamo vicini a entrambe le cose,» disse al circolo di volti in attesa. «Siamo molto vicini a far soldi e a non perdere... ma dannazione. Siamo anche vicini a non aver nulla da spendere in futuro se decidiamo di andarcene. Ragazzi... non posso farlo. Questo è il mio...» Non poteva guardarli. Non poteva neanche guardare Crick, che avrebbe capito più di chiunque altro.

«Sono tentato di votare di andarcene, solo perché penso che sia la cosa migliore per voi, e perché voglio rimanere così tanto.»

Detto questo si girò e uscì scalzo dalla cucina per rimuginare nel freddo umido.

Il tempo era stato più mite quell'anno, anche troppo. La gente prevedeva siccità, specialmente dopo l'ondata di calore dell'estate precedente, e Deacon rimase lì in piedi per una mezz'ora buona, spostando il peso sui piedi intirizziti. Era ingrassato un po', abbastanza perché la famiglia smettesse di rompergli le scatole, ma la maglia continuava a sventolargli sullo stomaco piatto nella brezza nebbiosa. Una folata di vento particolarmente forte gli aveva sollevato la maglietta e gli aveva fatto pensare di andarsene nelle stalle, quando Shane entrò con l'auto nel vialetto a una velocità tale che slittò fuori da esso e finì nel mucchio di fango vicino al maneggio.

Il giovane ufficiale, rigido e introverso, non aspettò neanche che il motore del suo malconcio GTO nero si spegnesse, il che era un bene perché a volte ci voleva un po' ad accenderlo, e si mise a camminare nel fango fin troppo velocemente. Cadde una volta ma rimbalzò sulle ginocchia bagnate e fangose, e stava già bussando alla veranda prima che Deacon si rendesse conto che con lui c'era un altro giovane uomo sottile ma muscoloso, che lo seguiva con passo più calmo.

«Non votate! Deacon, non votate! Non potete ancora votare: ho delle novità! Dannazione, hanno già votato?»

Deacon sorrise. Di solito Shane era silenzioso. A volte rompeva il silenzio venendosene fuori con qualcosa di oltraggioso ma sensibile, o imbarazzante, o semplicemente strano, ma non era mai espansivo e mai, mai così eccitato.

«Non lo so ancora,» replicò, sentendo la tensione crescergli nello stomaco. «Io non... mi sono tirato fuori della votazione.»

Shane annuì eccitato e poi s'interruppe per gridare; «Non votate! Ragazzi, non votate ancora!» e Deacon sgranò gli occhi, mentre l'altro l'uomo lo raggiungeva, salendo timidamente gli scalini della veranda con la mano tesa.

«È molto eccitato,» gli disse in un inglese

leggermente accentato. «Mi chiamo Mikhail Bayul. Io sono...» I suoi tratti slavi delicati si accesero nella debole luce della veranda. Indossava un giubbotto jeans foderato e un cappello lavorato a maglia sui capelli biondi ricci, ma la sua mano era ancora un po' fredda quando Deacon la strinse.

«Il ragazzo di Shane?» completò Deacon, chiedendosi come tre persone così inette socialmente potessero davvero finire insieme.

«Sì. Il ragazzo di Shane. Abbiamo alcune...» Guardarono entrambi alle spalle di Deacon, perché Shane era corso in casa e la porta si era chiusa dietro di lui con un gran botto. Mikhail sorrise dolcemente, con gli occhi grigi che guardavano adoranti il punto in cui erano appena scomparsi quei novantacinque chili di buona volontà senza grazia. «Abbiamo delle novità. Sono mesi che Shane parla soltanto della vostra famiglia. Io ballo nel circuito delle fiere – fiere del rinascimento – per tutto il paese. Sai cosa sono?»

Deacon annuì, un po' sorpreso. Benny aveva convinto Andrew a portare lei e Parry a una di quelle a Fair Oaks a giugno. Quando era tornata era loquace ed eccitata, e indossava degli abiti che Deacon era piuttosto certo si potessero indossare soltanto ad altre fiere del rinascimento. In generale, poi, aveva dato uno sguardo a un intero mondo di mercanti e sognatori che Deacon aveva in qualche modo ammirato.

Mikhail sorrise, apparentemente sollevato dal non doversi spiegare. «Alle fiere ci sono dei cavalli, cavalli da torneo. Conosciamo delle persone, i visitatori regolari, sai?»

Deacon annuì, sentendo il basso fracasso di Shane proveniente dalla cucina. Probabilmente stava spiegando le stesse cose con meno grazia e più stramberia.

«Comunque, quei cavalli sono speciali. Sono

allevati per essere dolci e forti. Devono essere così. Vengono cavalcati da omoni in armatura, e intorno a loro c'è un sacco di rumore e sferragliare di metallo, e battaglie. Hanno bisogno di essere domati con molta attenzione, e la stalla che se ne prende cura sta per chiudere. Abbiamo bisogno di un altro domatore di cavalli che usi armi.»

Deacon sbatté gli occhi e Mikhail imprecò. «Giuro, di solito parlo meglio in inglese,» mugugnò. «Sono nervoso,» disse alla fine, schiettamente. «È la prima volta che mi fa avvicinare così tanto a delle persone che considera come la sua famiglia. Quella sua vera non gli piace granché. Voi siete importanti.»

Arrossirono entrambi. «Non siamo bravi con le persone, vero?» chiese, e Deacon scosse la testa per rispondere di no.

«Quindi intendevi le lance e le altre cose che usano mentre cavalcano... per cui hanno bisogno di un addestramento speciale. Hai detto che la stalla che lo fa sta per chiudere?»

«I proprietari dell'attività sono più vecchi. È un lavoro duro per il corpo. Sono pronti a ritirarsi. Shane ha parlato in tuo favore. Vogliono che tu gli mostri le tue tecniche, e poi ti cederanno i loro clienti se acconsentiranno.»

Oh, Cristo. Era un lavoro da sogno e gli era piombato addosso perché lui e Benny avevano concesso il beneficio del dubbio a un giovanotto che poi si era innamorato della loro tavola.

La speranza di Deacon non ce la faceva a rimanergli tutta nel petto ed esplose sul suo volto in un sorriso goffo che solo Crick avrebbe potuto riconoscere. «Scusami,» mormorò a uno sconcertato Mikhail, prima di superarlo e correre in casa.

«Non votate!» disse senza fiato. «Shane ha

441

ragione… non votate!»

Crick lo afferrò di peso col braccio destro, prendendolo praticamente per la vita e sistemandolo in piedi. «Calmati, Deacon, certo che abbiamo votato di rimanere e continuare a sperare. Ora non ci resta che dirti 'Te l'avevamo detto!'»

Deacon sorrise tutto. «È un lavoro da sogno, Crick.»

Crick annuì, con gli occhi che gli brillavano. «Sì, Shane ce l'ha detto. Vedi? Te l'ho detto, chiedi di più alla vita. Qualche volta arriva quello che chiedi.»

Deacon si fece serio. «E tu cosa hai ottenuto di recente?»

«Le stesse cose che hai avuto tu: noi e la casa.»

Era più che sufficiente.

ORGANIZZARONO un picnic alla Roccia della Promessa ad aprile.

Crick fece vestire Deacon. Una bella camicia western, stivali nuovi, e lui indossò le stesse cose. Benny comprò un nuovo vestito verde salvia, e anche Amy; Deacon pensò che fossero andate a fare spese insieme, visto che gli abiti sembravano star bene vicini. Era abbastanza certo che Parry Angel e Lila fossero vestite apposta di due toni lavanda che s'integravano, ma erano così carine, quindi sorrise a Lila nel suo seggiolino e aiutò con attenzione Parry a far dondolare i piedini paffutelli nelle acque basse, gridando con lei quando sentì che erano troppo fredde.

Non si accorse dello sguardo di cospirazione quasi beffardo che tutti si scambiarono.

Le sorelline di Benny non erano potute venire. Adesso vivevano con la loro nonna, che non approvava la relazione di Crick e Deacon, e la loro assenza rese la giornata un po' meno luminosa. Ma c'erano i genitori di

Amy, e Patrick aveva portato la sorella ed era fantastico. Shane portò Mikhail, e Jeff... non portò nessuno. Deacon aveva sottolineato piano, in un momento privato, che gli occhi di Jeff erano tristi come quelli che Crick aveva in Iraq, e il giovane si accorse con sorpresa che aveva ragione. Qualsiasi fosse il motivo, era qualcosa di privato e doloroso, e Deacon decise di nuovo di tenere d'occhio il loro genio favorito della riabilitazione fisica.

Ma quel giorno era dedicato ai festeggiamenti. Andrew mise a punto il sistema sonoro dal camioncino, e sistemarono un tavolo col cibo sotto alla quercia, e Jon si presentò indossando un...

«Che diavolo ci fai in un completo?» chiese Deacon sconcertato. Jon indossava i jeans di solito, a meno che non stesse lavorando gratis per Deacon.

Jon ridacchiò. «Tu pensi davvero che questo sia solo un picnic di famiglia, vero?»

Deacon fece spallucce. «Okay, dobbiamo firmare qualche scartoffia. Ecco perché abbiamo deciso di fare un picnic, giusto? Per festeggiare i documenti?»

«Oh, è tutto qui? È tutto quello che ha scritto?»

«È il vostro anniversario,» disse Deacon disgustato. «Ho dato i cioccolatini ad Amy, che altro c'è?»

Jon scosse la testa e alzò un sopracciglio verso Crick, che era in piedi accanto a lui. «Ci ucciderà tutti. Dovremmo iniziare così diventerà tutto sconvolto e virile prima di averne la possibilità.»

Crick annuì, cercando di trattenere la sua allegria. «Sì. È il tuo barbecue, amico. Hai i documenti legali.»

Jon annuì, togliendosi i suoi capelli da star dagli occhi, e facendo segno ai buoni amici e alla famiglia adorata di radunarsi attorno a lui. Amy arrivò correndo al suo fianco, portando una cartella legale e alcune penne che poggiò sul tavolo del rinfresco, e Jon iniziò a parlare.

«Bene amici, è tempo di procedere. Siamo pronti, dolcezza?»

«Quando lo sei tu, baby!» intervenne Amy. Teneva Lila in grembo e aveva messo dei piccoli sassi sui fogli per non farli volar via nella brezza di aprile.

«Allora iniziamo. Okay, amici, sapete tutti perché siamo qui. Oggi renderemo ufficiali alcune cose, e vogliamo che tutti voi ne siate testimoni, lo sapete vero?»

Tutti annuirono e Jon andò avanti, ignorando il grugnito di Deacon, perché dannazione, quell'uomo stava facendo proprio il drammatico.

«Allora ci sono due documenti là...»

«Due?» lo interruppe Deacon, e Jon lo guardò divertito.

«Zitto, Deacon. Crick ha detto che è il mio barbecue, fammi cucinare.» Ci furono delle risate, ma Deacon si convinse che tutti lì sapevano qualcosa che lui ignorava, e ciò lo mise dannatamente a disagio.

«Allora,» continuò Jon, «conoscete tutti uno di questi due documenti. È l'atto che rende Crick proprietario del Pulpito alla pari con Deacon, e poiché è una cosa grossa, e poiché questa bellezza di posto perseguitato dalla siccità è finalmente in attivo dopo alcuni anni incasinati, penso che da solo meriti di essere festeggiato. Vero, amici?»

Deacon sorrise alle acclamazioni provenienti dal gruppo. Parry Angel, felice tra le braccia di Andrew in piedi accanto a Benny, fece dei gridolini di gioia invece di battere le mani.

«E l'altro... Benny, ne vuoi parlare tu?»

Benny sorrise e si mise al centro del circolo. Questo mese aveva i capelli di un giallo burro chiaro, e si intonavano al vestito. Come la maturità che le veniva naturale ora che aveva quasi diciotto anni.

«Okay, sapete tutti che l'unica cosa su cui Deacon non ha ceduto – anche quando tutto sembrava molto merdoso per noi – è stato il mio fondo per il college, e sapete che in autunno partirò e che i miei ragazzi si prenderanno cura della bambina per me mentre non ci sono.» Pianse un po', com'era giusto. Era stata una decisione dura da prendere per lei, e con Deacon avevano passato un sacco di notti seduti a parlarne: ne era venuto fuori che lei desiderava una bella vita per la sua bambina e una madre di cui Parry potesse essere fiera.

«La questione è che Deacon deve sempre spiegare alle persone che relazione ha con mia figlia, e non è giusto perché» – sniff – «nessuno è stato un padre migliore per lei, giusto?» Tutti ridacchiarono a parte Deacon, che arrossì. «Oggi firmeremo un accordo di custodia. Dà a Deacon dei diritti sulla mia bambina, perché so che non ne abuserà mai, sapete... sarebbe come guardare un'aquila che si trasforma in un mucchio di merda di bufalo mentre è in aria. Deacon non fa del male alle persone e merita il meglio. Quindi il meglio è la mia bambina, e finché non sarà grande abbastanza da far infuriare i suoi genitori come fanno tutti i ragazzi, lui ha il diritto di visitarla, il diritto di pesare nel suo futuro... insomma il diritto legale di far parte della sua vita. E voi firmerete tutti, così tutto il mondo saprà che nessuno può dirgli che non fa davvero parte della vita della mia bambina. E Deacon piantala di arrossire. Come potresti non essere reale per lei...»

Poi Benny iniziò a piangere seriamente e Deacon le tese le braccia, e la giovane si tuffò su di lui. Gli sporcò la bella camicia del vestito col mascara, ma non gli interessava, perché anche lui era un po' sconvolto.

«Grazie, piccoletta, è davvero una bella sorpresa,»

disse piano, e lo sguardo scaltro che gli indirizzò tra le lacrime e il trucco fu abbastanza per fargli sbattere gli occhi.

«È solo il tuo regalo di nozze, Deacon, non è proprio la sorpresa.»

Deacon alzò gli occhi al cielo, ma nessun altro lo fece. «Questo non è un matrimonio, è un picnic, ma se Jon non si zittisce moriremo tutti di fame.»

Jon si schiarì la gola. «In realtà Deacon, quello che stiamo facendo qui è una riforma legale della tua famiglia più prossima, con testimoni, di fronte a persone che ti amano, con voti, divertimento, e cibo.»

«Tu non hai l'aria di un prete,» disse Deacon divertito, e mentre Jon gli faceva una linguaccia, Crick gli prese il braccio e disse. «Non deve esserlo, Deacon. È solo il nostro maestro di cerimonia. Ma pensaci... tutto ciò che ha detto, è un matrimonio, non credi?»

Deacon sbatté le palpebre, sentendosi stupido. «Questo è un matrimonio?» La famiglia annuì e lui aggrottò le sopracciglia. «Merda. Siete seri.»

Il mezzo sorriso di Crick era in parte scaltro e in parte vulnerabile. Fece un respiro profondo e alzò la voce cosicché tutti potessero sentirlo. «Okay, ecco come stanno le cose. Tre anni fa, io e Deacon...» Arrossì di brutto, così tanto che Deacon sentì il suo dopobarba, e vide il sudore inumidire la fronte di Crick, nonostante la temperatura mite nel mezzo dei campi di fiori selvatici, immersi nell'ombra. Crick si volse verso di lui. Adesso erano al centro del cerchio formato dai loro amici, con le mani giunte, e Deacon all'improvviso si rese conto davvero che, sì, era un matrimonio.

Il loro matrimonio.

«Okay,» disse Crick dopo un respiro purificante, «prima che racconti la storia – o una sua parte – anch'io ho qualcosa che deve essere firmato.» Guardò Amy, che annuì.

«Eccomi! La principessa dei documenti,» disse asciutta. Lui le sorrise e tutti risero.

«Grazie, dolcezza.»

«Quando vuoi, fratello mio.» Nessuno rise di quello, neanche i suoi genitori.

«È un regalo per Deacon,» continuò, «perché lui ha sempre paura di deluderci, così ho messo insieme tutti i modi in cui lo vedo, e li ho disegnati tutti assieme, e io spero che voi tutti lo firmerete sul retro, perché siete le persone che lo amano, e io sono certo che anche voi lo vedrete così.» Crick guardò sul tavolo, come se stesse controllando alcune cose. «Beh, forse alcuni di quei disegni mostrano solo come lo vedo io, ma avete capito il concetto.»

Ci fu un'altra risatina, e Deacon girò la testa per guardare, ma Crick gli afferrò il mento per farlo girare di nuovo verso il centro del cerchio.

«Voglio vederlo!» si lamentò Deacon. Era felicissimo che Crick avesse ricominciato a disegnare, e ora sapeva a cosa aveva lavorato.

«Più tardi, Deacon…»

«Beh, sembra proprio grosso!»

«Avevamo bisogno di coprire i calendari di gattini teneri che continui a comprare. Ora sta zitto e fammi finire,» lo rimproverò Crick, e lui obbedì, poi arrossì, e si commosse di fronte agli amici, alla famiglia, a Dio e a tutti.

«Tre anni fa,» ricominciò di nuovo, «Deacon mi offrì tutto quel che desideravo al mondo, e…» Si fermò, qualcosa di simile a una risata gli scosse le spalle. «E io sono stato un idiota totale e non ho capito cosa mi stesse offrendo e sono finito nel mezzo del dannato deserto a evitare che un coglione si mettesse a sparare a un serpente con un M-16. Deacon mi ha aspettato per aiutarmi a superarlo, ed era lì per me quando sono tornato. E tutti qui, anche quelli nuovi, sanno che non è stato tanto semplice, ma non so dirlo con altre parole. Vi volevo tutti qui per chiedere a Deacon di offrirmi tutto di nuovo, eccetto la scuola, Deacon. Quella nave è salpata. Comunque chiedimi qui, di fronte a Dio e a tutti, se voglio il mondo. Chiedimi se voglio te, la tua casa, e il tuo cuore enorme e indistruttibile. Chiedimelo.»

Crick chiuse gli occhi. Sembrava così nervoso e spaventato. Deacon voleva rassicurarlo, voleva dirgli qualcosa, voleva toccargli la faccia e dirgli che era tutto okay, che non dovevano farlo, che loro sapevano cosa c'era nei loro cuori e nessun altro doveva saperlo. Poi Crick aprì gli occhi e sorrise. Era quel sorriso goffo, malizioso, da ragazzino, quello che aveva catturato l'attenzione di Deacon uno milione di anni prima, quello che gli aveva spezzato il cuore e glielo aveva ricostruito uno milione di volte.

«Forza, Deaconm» mormorò Crick, con quel sorriso sul volto di colpo adulto. «Chiedimelo.»

E oh, Dio, toccava a lui parlare. Arrossì tutto, ed era mortificato e imbarazzato anche di fronte a quelle persone che lo amavano, ma riuscì comunque a dire qualcosa.

«Ti amo, Carrick,» disse con voce roca, improvvisamente nervoso come non lo era mai stato. «Per favore, rimani.» E poi trattenne il respiro in attesa della risposta, sapendo che non avrebbe mai dovuto considerare qualcosa di quel tipo come scontato.

«Certo che rimarrò,» mormorò Crick, con gli occhi scintillanti, una smorfia tra le lacrime che Deacon avrebbe ricordato finché non gli si fosse fermato il cuore. «Che razza di stronzo rifiuterebbe un'offerta simile?»

Deacon non dovette rispondere perché la bocca di Crick raggiunse la sua e si baciarono dolcemente, come amanti alla loro prima volta, come compagni di una vita che mantenevano una promessa per sempre.

Tutti quelli radunati alla roccia della promessa, le persone che li amavano e sapevano quanto avevano dovuto lottare per essere felici, si rallegrarono.

Più tardi, quando il picnic era finito e così anche gli abbracci (anche se Benny scoppiava in lacrime di gioia di tanto in tanto), Deacon guardò il disegno per bene.

Era... lui. Deacon che si occupava dei cavalli, Deacon che teneva la bambina, Deacon che dormiva. Uno dei disegni più piccoli era stato fatto dalla foto che Benny aveva mandato il giorno della rottura dell'argine. Uno dei più grandi ritraeva Deacon naso a naso con un cavallo che assomigliava sospettosamente a Comet. Il disegno centrale, circondato da tutti gli altri, mostrava Deacon giovane, come un dio per Crick, con le braccia sopra le ginocchia, e gli occhi abbassati pensosamente sul mondo oltre il telo disegnato della Roccia della Promessa.

«Ti piace?» gli chiese Crick piano, e Deacon annuì, cercando per un istante le parole.

«Continuo a non essere un dio, però,» disse a mo' di scusa.

Crick era in piedi dietro di lui e lo tirò dalle spalle sul suo petto largo e forte. «Meglio di un dio,» mormorò. «Tu sei la ragione per cui avere fede.»

Il chiacchiericcio s'interruppe e per un momento, con la brezza e la dolcezza, ci furono di nuovo solo loro due, a casa sulla Roccia della Promessa.

AMY LANE è madre di quattro figli e scrive libri occasionalmente. Quando non sta supplicando i suoi studenti di stare seduti o fa da taxi ai suoi figli per portarli a calcio/danza/karate – oddio! Potete trovarla a schiacciare pisolini d'emergenza, a fare la spesa, o nascosta in bagno per leggere qualcosa senza essere interrotta. Non la troverete mai a cucinare, pulire o a svolgere faccende domestiche, ma si dice che prepari coi ferri set di emergenza con cappello/coperta/un paio di calzini per qualsiasi occasione o a volte senza motivo.

Scrive nella doccia, mentre fa la pendolare, mentre la sua classe fa i compiti o mentre vagabonda per il vicinato di notte, fingendo di fare esercizio fisico, e ha imparato per necessità a farlo veloce come il vento. Vive in una casa infestata dai ragni e fatiscente, in un quartiere scadente, e conta sul suo adorato compagno Mack per tenerla ancorata alla realtà – lui lo fa, e come bonus le tiene sempre il telefono cellulare carico. È sposata da oltre vent'anni e crede ancora nel Vero Amore con la V maiuscola e la A maiuscola, e non vede alcun motivo per cambiare idea.